U0135455

中華古籍保護計劃

成　果

書志

中國國家圖書館　中國國家古籍保護中心　編

第四輯

中華書局

圖書在版編目(CIP)數據

書志.第四輯/中國國家圖書館,中國國家古籍保護中心編. ——北京:中華書局,2023.6
ISBN 978-7-101-16285-1

Ⅰ.書… Ⅱ.①中…②中… Ⅲ.古籍-版本目録學-研究-中國 Ⅳ.G256.22

中國國家版本館 CIP 數據核字(2023)第 126189 號

書　　名	書志(第四輯)
編　　者	中國國家圖書館　中國國家古籍保護中心
責任編輯	李碧玉
責任印製	陳麗娜
出版發行	中華書局
	(北京市豐臺區太平橋西里 38 號　100073)
	http://www.zhbc.com.cn
	E-mail:zhbc@zhbc.com.cn
印　　刷	三河市中晟雅豪印務有限公司
版　　次	2023 年 6 月第 1 版
	2023 年 6 月第 1 次印刷
規　　格	開本/710×1000 毫米　1/16
	印張 18¼　插頁 25　字數 268 千字
國際書號	ISBN 978-7-101-16285-1
定　　價	98.00 元

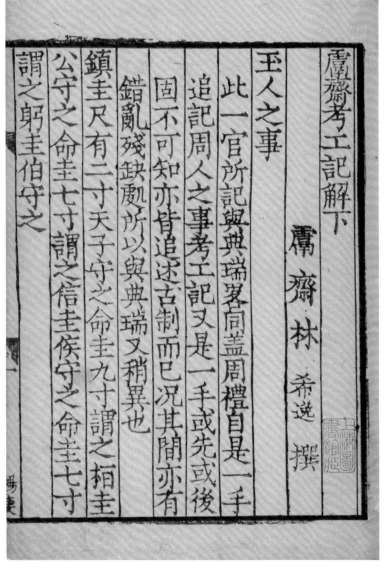

鬳齋考工記解下

鬳齋　林希逸　撰

王人之事

此一官所記與典瑞畧同盖周禮目是一手
追記周人之事考工記又是一手或先或後
固不可知亦皆追述古制而巳況其間亦有
錯亂殘缺厥所以與典瑞又稍異也

鎮圭尺有二寸天子守之命圭九寸謂之桓圭
公守之命圭七寸謂之信圭侯守之命圭七寸
謂之躬圭伯守之

圖1《國家珍貴古籍名録》00258　《鬳齋考工記解》
南宋刻元延祐四年重修本（有抄補）　上海圖書館藏

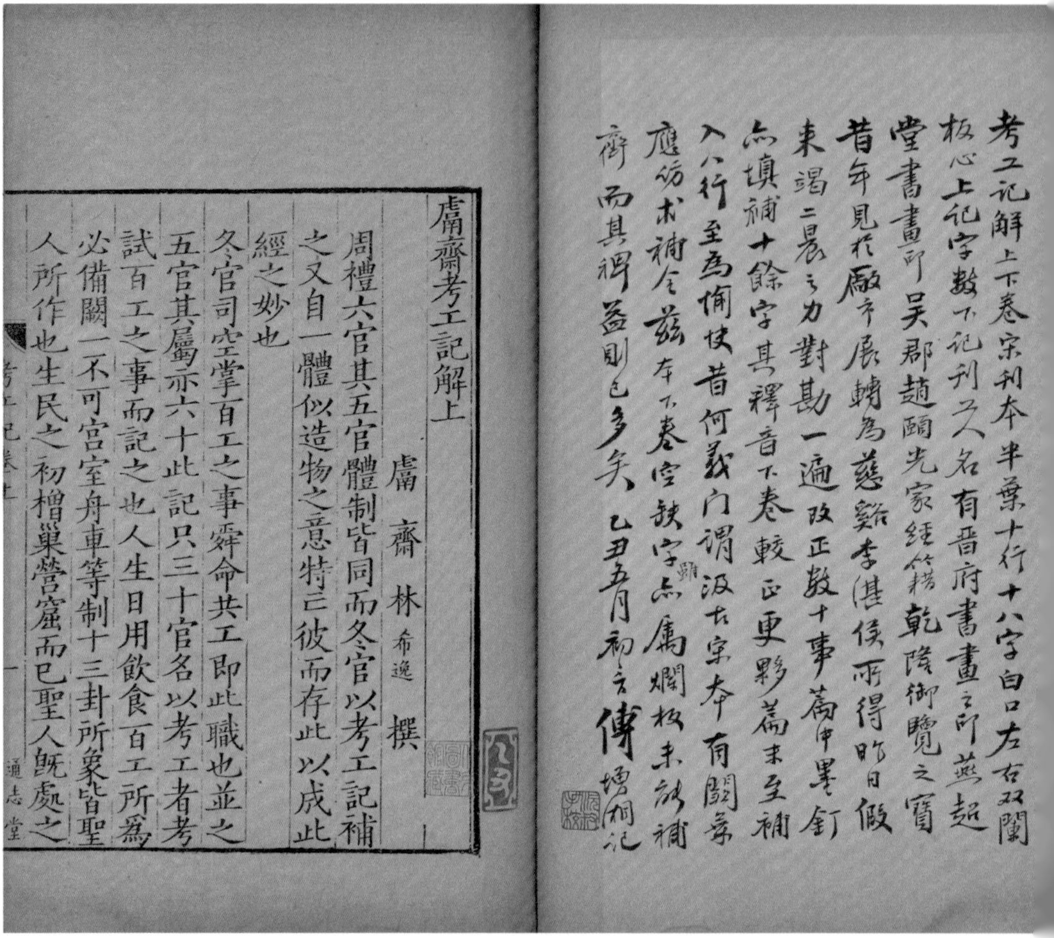
考工記解上下卷宋刊本半葉十行十八字白口左右双闌
板心上記字數下記刊工人名有晉府書畫之印燕超
堂書畫印吴郡趙頤光家經籍乾隆御覽之寶
昔年見於廠市展轉為慈谿李湛侯所得昨日假
來竭二晨之力對勘一過改正數十事篇中墨釘
亦填補十餘字其釋音下卷較正更夥篇末至補
入八行至為愉快昔何義门謂汲古宋本有闕葉
應仿宋補全茲本下卷空缺字亦屬爛板未能補
齊而其裨益則已多矣 乙丑五月初六 傅增湘記
鬳齋考工記解上
鬳齋 林希逸 撰
周禮六官其五官體制皆同而冬官以考工記補之又自一體似造物之意特𠀌彼而存此以成此經之妙也
冬官司空掌百工之事舜命共工即此職也並之五官其屬亦六十此記只三十官名以考工者考試百工之事而記之也人生日用飲食百工所爲必備闕一不可宮室舟車等制十三卦所象皆聖人所作也生民之初橧巢營窟而巳聖人既處之
考工記卷上 一 通志堂

圖2 《鬳斋考工记解》 清康熙《通志堂經解》本
中國國家圖書館藏 傅增湘跋

題六經奧論序

成化紀元四年戊子孟秋既望吉
吳後學臨川怨軒黎溫序

書林劉氏
日新堂刊

圖3 《國家珍貴古籍名録》03397　《新刊宋學士夾漈先生六經奧論》
明成化四年書林劉氏日新堂刻本　北京師範大學圖書館藏

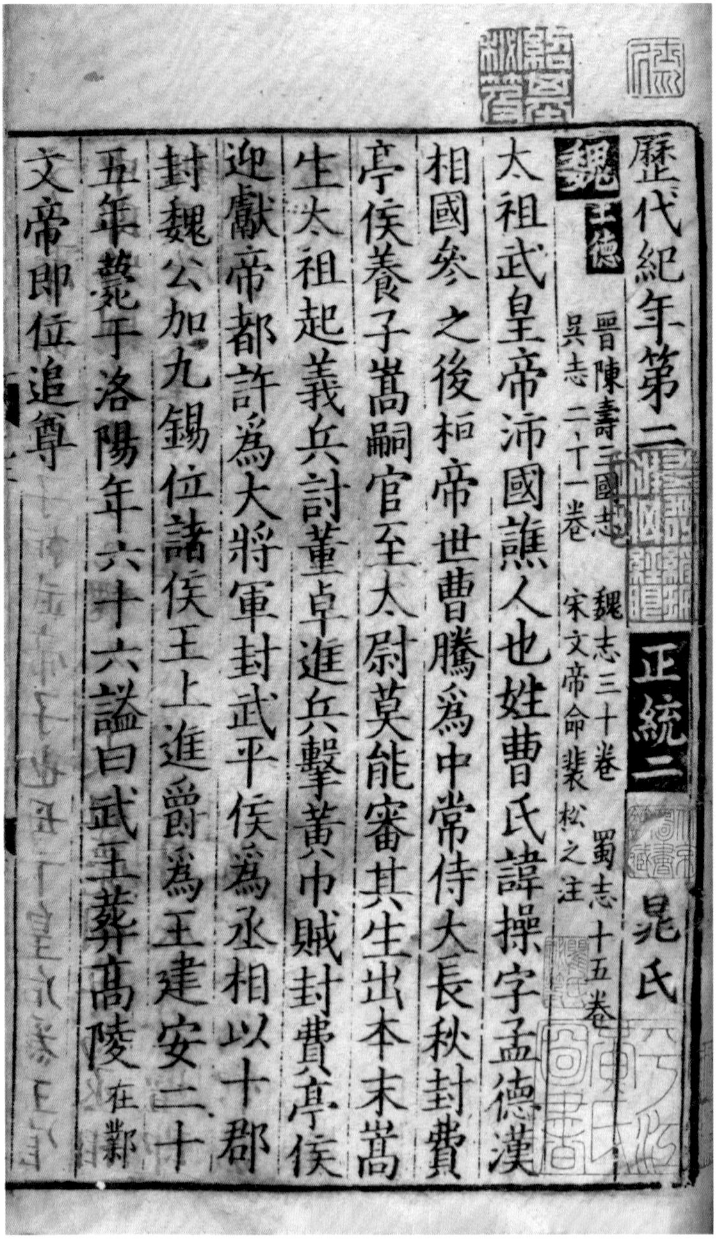
歷代紀年第二　正統二　晁氏

魏　土德

晉陳壽三國志　魏志三十卷　蜀志十五卷　吳志二十一卷　宋文帝命裴松之注

太祖武皇帝沛國譙人也姓曹氏諱操字孟德漢相國參之後桓帝世曹騰爲中常侍大長秋封費亭侯養子嵩嗣官至太尉莫能審其生出本末嵩生太祖起義兵討董卓進兵擊黄巾賊封費亭侯迎獻帝都許爲大將軍封武平侯爲丞相以十郡封魏公加九錫位諸侯王上進爵爲王建安二十五年薨于洛陽年六十六謚曰武王葬高陵在鄴

文帝即位追尊

圖4《國家珍貴古籍名録》00459　《歷代紀年》
宋紹熙三年盱江郡齋刻本　中國國家圖書館藏

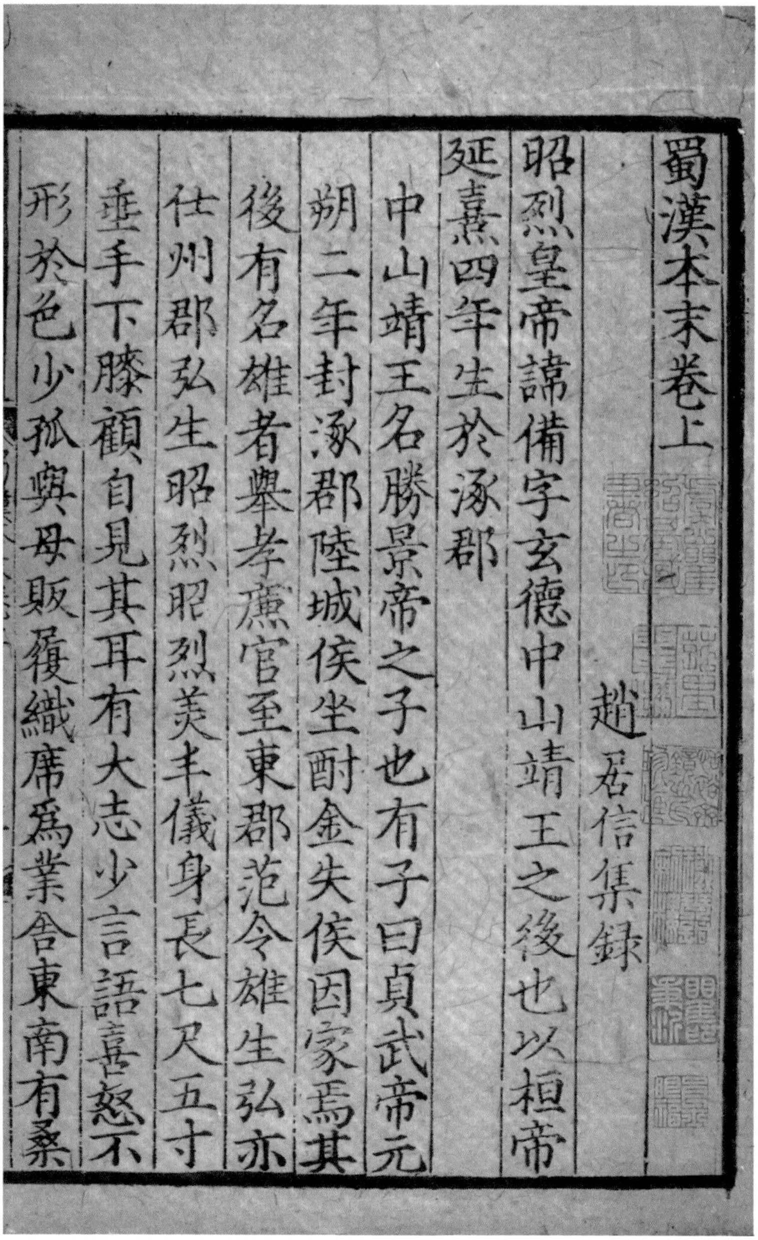

蜀漢本末卷上

趙居信集錄

昭烈皇帝諱備字玄德中山靖王之後也以桓帝

延嘉四年生於涿郡

中山靖王名勝景帝之子也有子曰貞武帝元

朔二年封涿郡陸城侯坐酎金失侯因家焉其

後有名雄者舉孝廉官至東郡范令雄生弘亦

仕州郡弘生昭烈昭烈美丰儀身長七尺五寸

垂手下膝顧自見其耳有大志少言語喜怒不

形於色少孤與母販屨織席為業舍東南有桑

圖5 《國家珍貴古籍名録》00460 《蜀漢本末》
元至正十一年建寧路建安書院刻本 中國國家圖書館藏

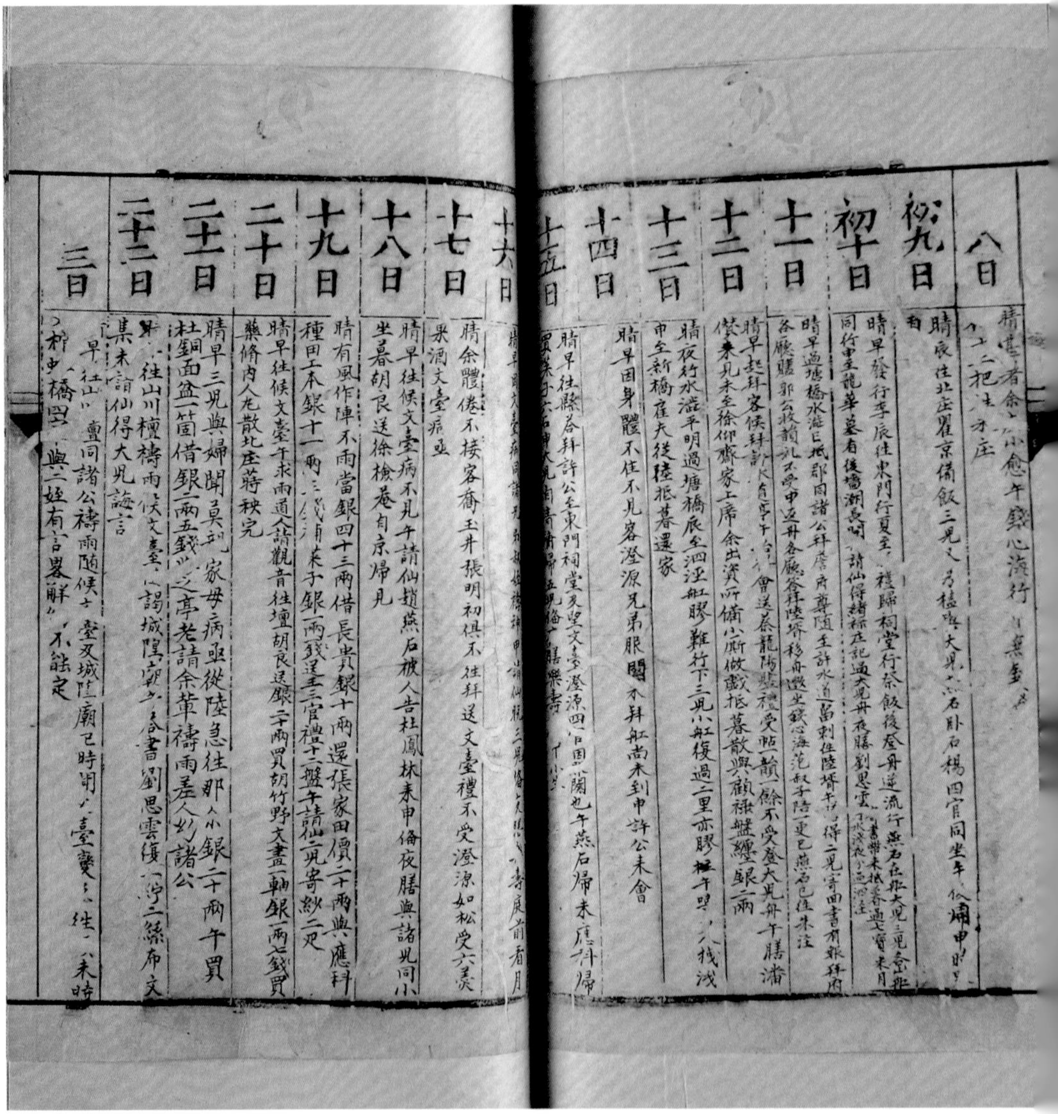

圖6 《國家珍貴古籍名録》03983 《玉華堂日記》
稿本 上海博物館藏

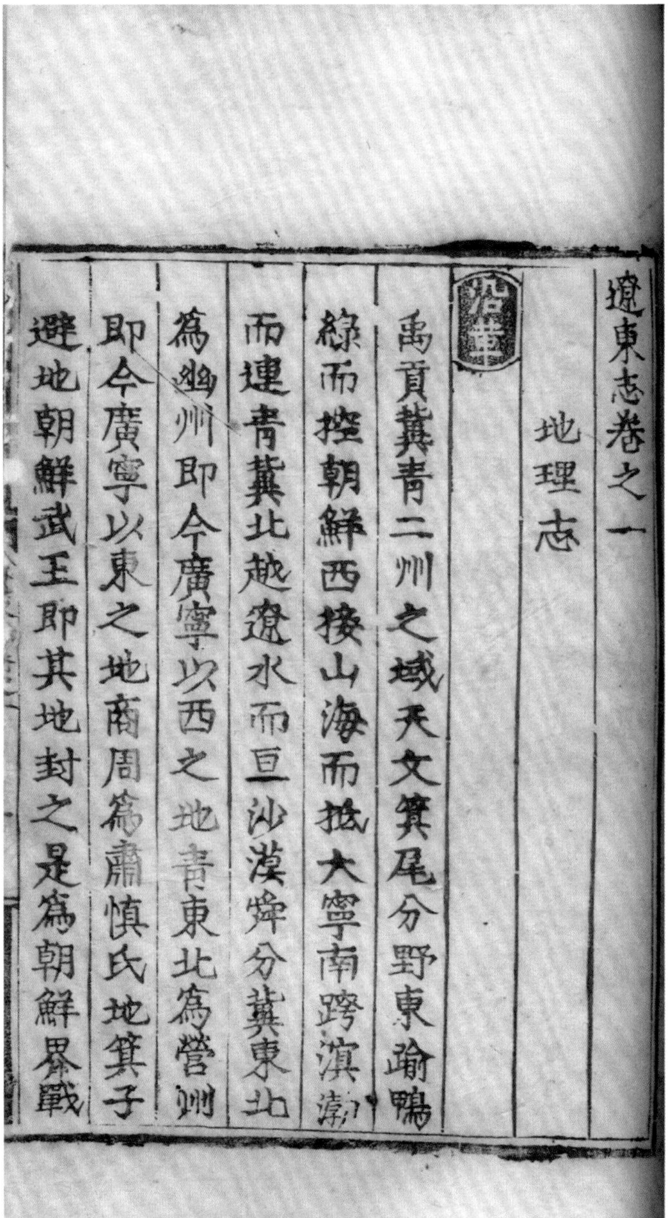

遼東志卷之一

地理志

禹貢冀青二州之域天文箕尾分野東踰鴨

綠而控朝鮮西接山海而抵大寧南跨滇海

而連青冀北越遼水而亘沙漠乎分冀東北

爲幽州即今廣寧以西之地青東北爲營州

即今廣寧以東之地商周爲肅慎氏地箕子

避地朝鮮武王即其地封之是爲朝鮮界戰

圖7 《國家珍貴古籍名錄》04135 《[嘉靖]遼東志》
明嘉靖十六年刻本 天津圖書館藏

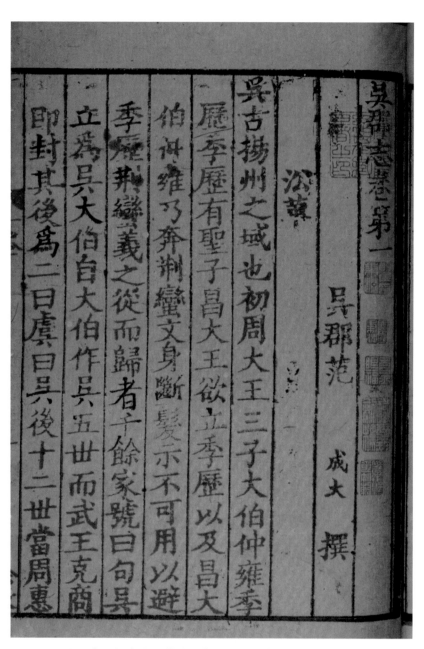

吳郡志卷第一　　　吳郡范　成大　撰

沿革

吳古揚州之域也初周大王三子大伯仲雍季
歷季歷有聖子昌大王欲立季歷以及昌大
伯仲雍乃奔荊蠻文身斷髮示不可用以避
季歷荊蠻義之從而歸者千餘家號曰句吳
立爲吳大伯白大伯作吳五世而武王克商
即封其後爲二曰虞曰吳後十二世當周惠

圖8　《國家珍貴古籍名録》00561　《[紹定]吳郡志》
宋紹定刻元修本　中國國家圖書館藏

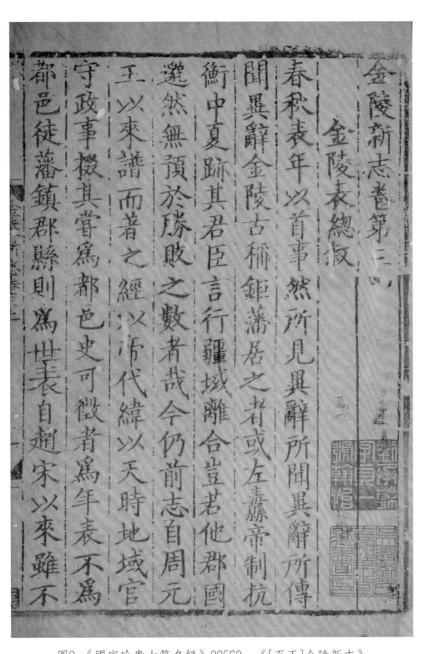

金陵新志卷第二

金陵表總叙

春秋表年以首事然所見異辭所聞異辭所傳
聞異辭金陵古稱鉅藩居之者或左轟帝制抗
衡中夏跡其君臣言行疆域離合豈若他郡國
邈然無預於勝敗之數者哉今仍前志首周元
王以來譜而著之經以帝代緯以天時地域官
守政事揆其嘗窩都邑史可徵者窩年表不窩
郡邑徒藩鎮郡縣則窩世表自趙宋以來雖不

圖9 《國家珍貴古籍名録》00560 《[至正]金陵新志》
元至正四年集慶路儒學溧陽州學溧水州學刻明正德十五年南京國子監重修本
中國國家圖書館藏

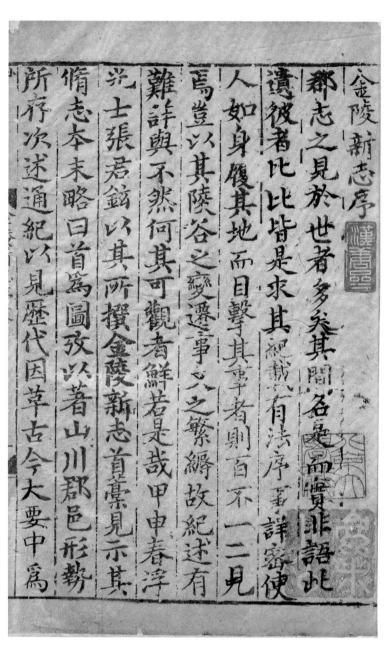

金陵新志序

郡志之見於世者多矣其間名是實非語此
遺彼者比比皆是求其經載而有法序重詳審使
人如身歷其地而目擊其事十者則百不一二見
焉豈以其陵谷之變遷事六之繁縟故紀述有
難詳與不然何其可觀齋鮮若是哉甲申春浮
光士張君銳以其所撰金陵新志首彙見示其
脩志本末略曰首為圖攷以著山川郡邑形勢
所存次述通紀以見歷代因草古今大要中為

圖10 《國家珍貴古籍名録》07111 《[至正]金陵新志》
元至正四年集慶路儒學溧陽州學溧水州學刻明正德十五年南京國子監重修本
北京大學圖書館藏

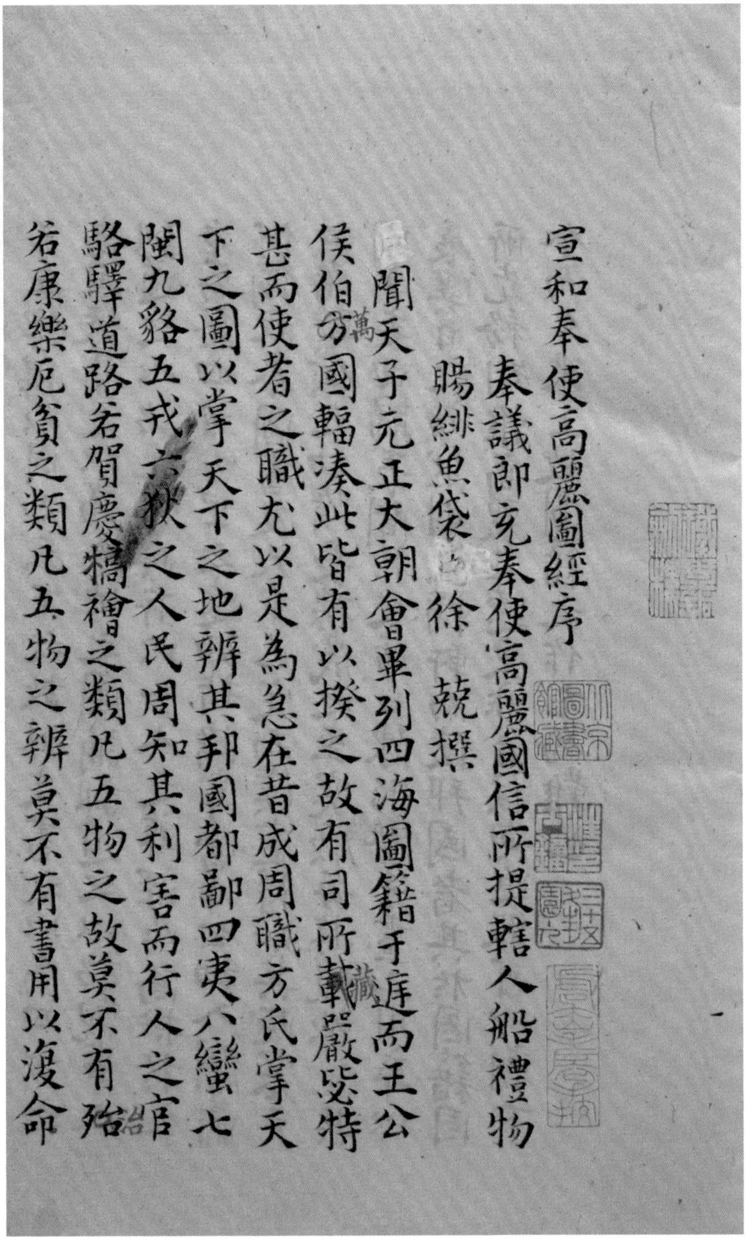

宣和奉使高麗圖經序

奉議郎充奉使高麗國信所提轄人船禮物

賜緋魚袋臣徐　兢撰

聞天子元正大朝會單列四海圖籍于庭而王公

侯伯分國輻湊此皆有以攝之故有司所載嚴毖特

甚而使者之職尤以是為急在昔成周職方氏掌天

下之圖以掌天下之地辨其邦國都鄙四夷八蠻七

閩九貉五戎六狄之人民周知其利害而行人之官

駱驛道路名賀慶禬之類凡五物之故莫不有殆

若康樂厄貧之類凡五物之辨莫不有書用以渡命

圖11　《國家珍貴古籍名録》04226　《宣和奉使高麗圖經》
明末抄本　中國國家圖書館藏

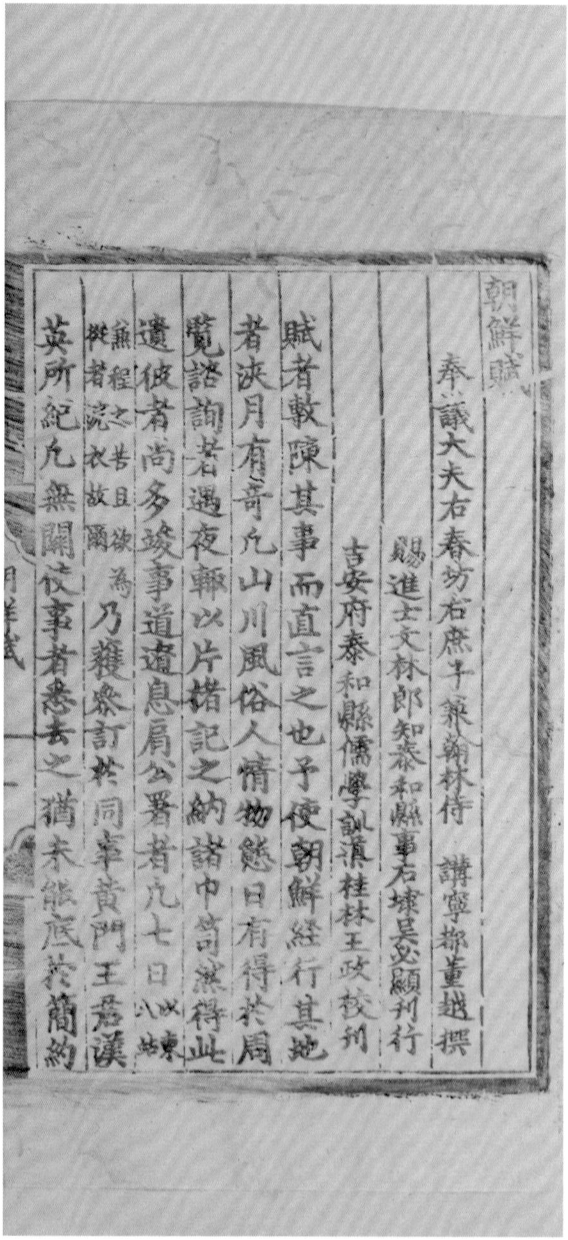

奉議大夫右春坊右庶子兼翰林侍　講寧都董越撰

賜進士文林郎知泰和縣事石埭吳必顯刊行

吉安府泰和縣儒學訓導桂林王政校刊

賦者敕陳其事而直言之也予使朝鮮經行其地

者浹月有奇凡山川風俗人情物態日有得於周

覽諮詢若遇夜輒以片楮記之納諸中笥洎得此

遺彼者尚多竣事道遠息肩公署者九七日以竢

無程之書且欲為之乃雜綜訂其同室黃門王君漢

秧者宛如枚故爾

英所紀凡無關於事者悉去之猶未能底於簡約

圖12　《國家珍貴古籍名録》10328　《朝鮮賦》

明弘治三年吳必顯、王政刻本　上海博物館藏

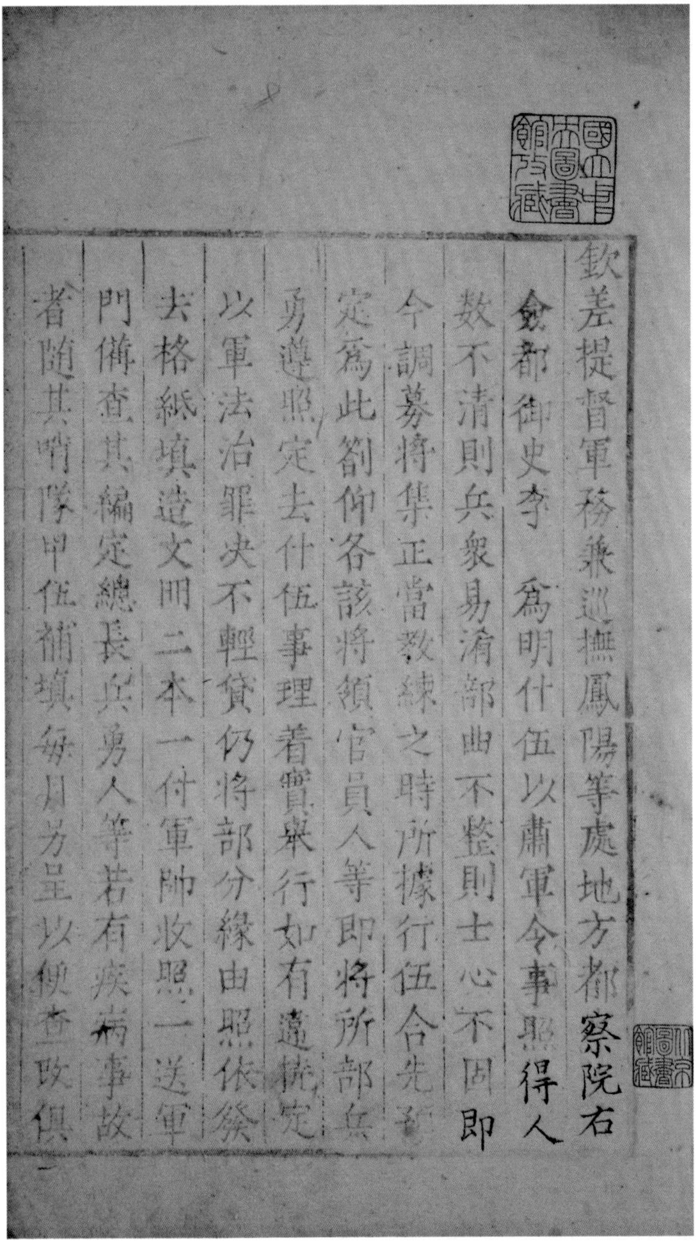

欽差提督軍務兼巡撫鳳陽等處地方都察院右

僉都御史李　為明什伍以肅軍令事照得人

數不清則兵衆易淆部曲不整則士心不固即

今調募將集正當教練之時所據行伍合先

定為此劄仰各該將領官員人等即將所部兵

勇遵照定去什伍事理着實奉行如有遠扰定

以軍法治罪决不輕貸仍將部分緣由照依發

去格紙填造文册二本一付軍師收照一送軍

門備查其編定總長兵勇人等若有疾病事故

者随其哨隊甲任補填每月方呈以便查攷俱

圖13　《國家珍貴古籍名録》12599　《禦倭軍事條款》
明嘉靖刻藍印本　中國國家圖書館藏

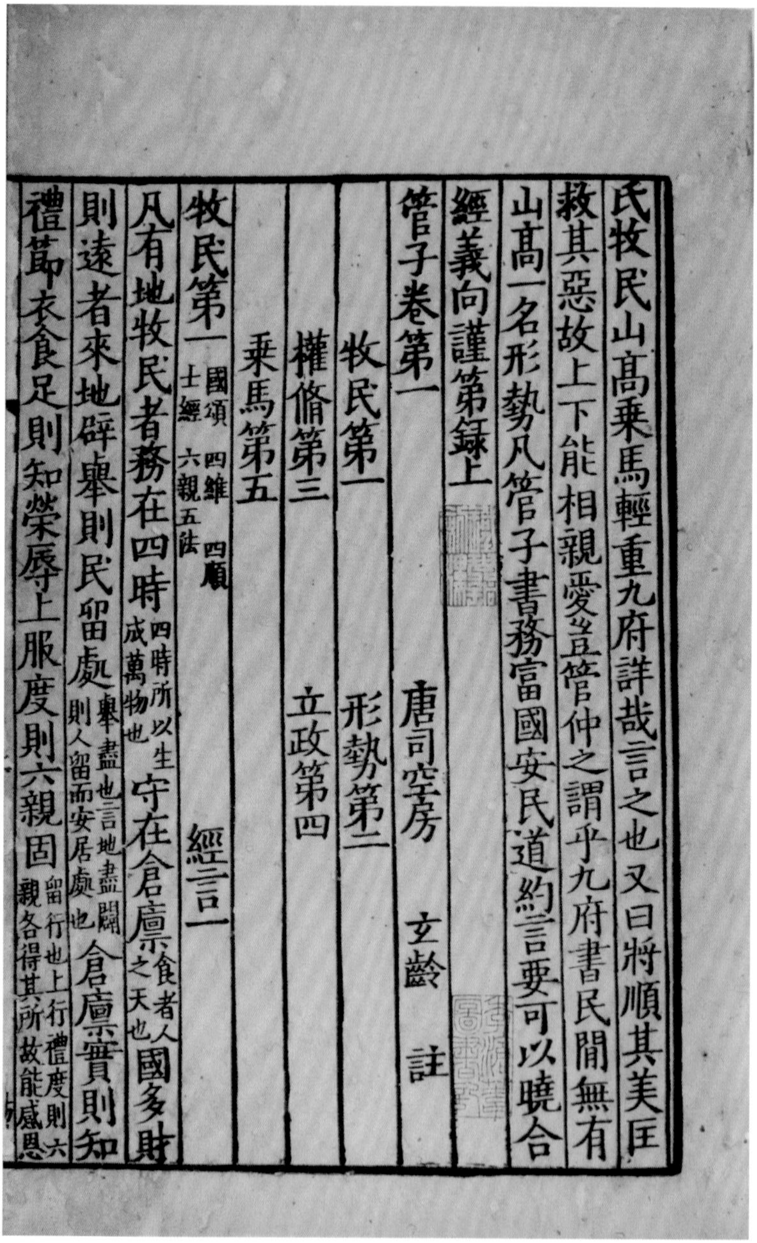
氏牧民山高乘馬輕重九府詳哉言之也又曰將順其美匡
救其惡故上下能相親愛蓋管仲之謂乎九府書民間無有
山高一名形勢凡管子書務富國安民道約言要可以曉合
經義向謹第録上

管子卷第一　唐司空房　玄齡　註

牧民第一　形勢第二
權脩第三　立政第四
乘馬第五

牧民第一（國頌　四維　四順　士經　六親　五法）　經言一

凡有地牧民者務在四時（四時所以生成萬物也）守在倉廩（食者人之天也）國多財則遠者來地辟舉則民留處（舉盡也言地盡闢則人留而安居處也）倉廩實則知禮節衣食足則知榮辱上服度則六親固（留行也上行禮度則六親各得其所故能感恩

圖14《國家珍貴古籍名録》00620　《管子》
宋刻本　中國國家圖書館藏

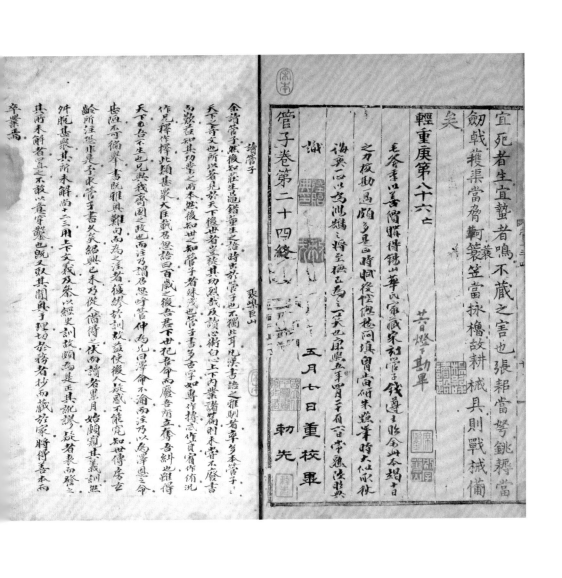

圖15 《管子補注》
明刻本　中國國家圖書館藏　清陸貽典跋

管子卷第一

牧民第一
形勢第二
權修第三
立政第四
乘馬第五

唐司空房　玄齡　注

唐司空房　玄齡

蘆泉　劉　績　續補注

牧民第一　士國頌　四維　六親　四順　立法順　經言一

凡有地牧民者務在四時。守在倉廩。四時城郭萬物所以生守在倉廩言畜蓄也

國多財則遠者來。地辟舉則民留處。地辟舉則墾盡也言

倉廩實則知禮節。衣食足則知榮辱。上服

度則六親固。服得其所故六親鞏固也服度量其六親謂父母兄弟妻子也

慶則六親固。得其所故謙恩而結也

君令行故省刑之要在禁文巧。文巧所由生守國之度

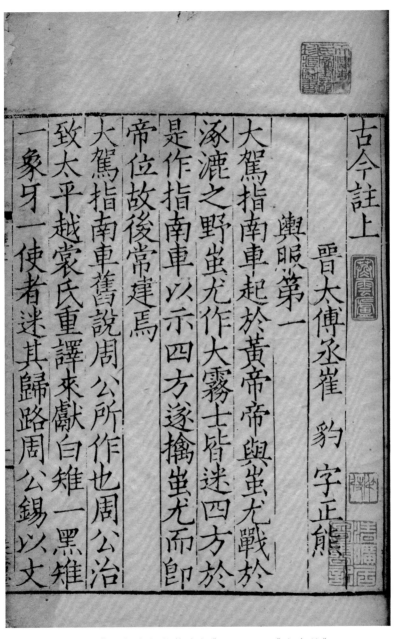

古今註上

晉大傅丞崔　豹　字正能

輿服第一

大駕指南車起於黃帝帝與蚩尤戰於
涿漉之野蚩尤作大霧士皆迷四方於
是作指南車以示四方遂擒蚩尤而即
帝位故後常建焉

大駕指南車舊說周公所作也周公治
致太平越裳氏重譯來獻白雉一黑雉
一象牙一使者迷其歸路周公錫以文

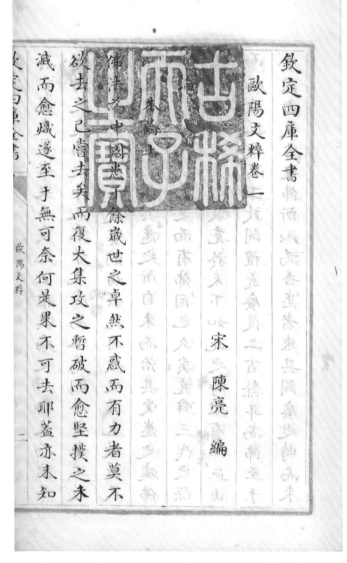

钦定四库全书

欧阳文粹卷一

宋 陈亮 编

佛荼名于中国盖余岁世之卓然不惑而有力者莫不

欲去之已尝去矣而复大集攻之暂破而愈坚扑之未

灭而愈炽遂至于无可奈何是果不可去耶盖亦未知

古粹而已
本粹而已

文定四库全书

欧阳文粹

一

圖18 《國家珍貴古籍名録》12750　《歐陽文粹》
清乾隆内府寫南三閣《四庫全書》本　上海博物館藏

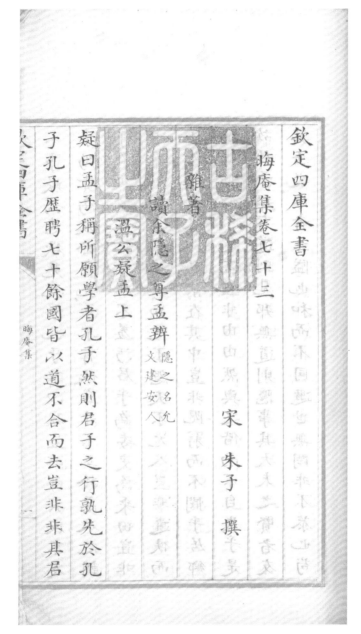

圖19 《國家珍貴古籍名錄》12765 　《晦庵集》
清乾隆內府寫南三閣《四庫全書》本　上海博物館藏

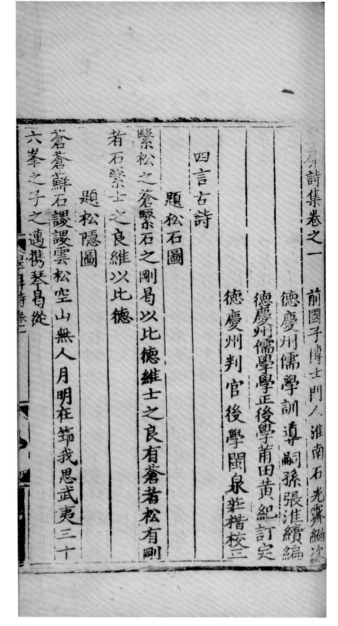

前國子博士門人淮南石光霽編次

德慶州儒學學訓導嗣孫張淮續編

德慶州儒學學正後學莆田黃紀訂定

德慶州判官後學閩泉莊楷校三

四言古詩

題松石圖

縈松之蒼縈石之剛昌以比德維士之良有蒼者松有剛
者石縈士之良維以比德

題松隱圖

蒼蒼蘚石謢謢雲松空山無人月明在篴我思武夷三十
六峯之子之邁攜琴昌從

圖20 《國家珍貴古籍名錄》09032　《翠屏集》
明成化十六年張淮刻本　中國國家圖書館藏

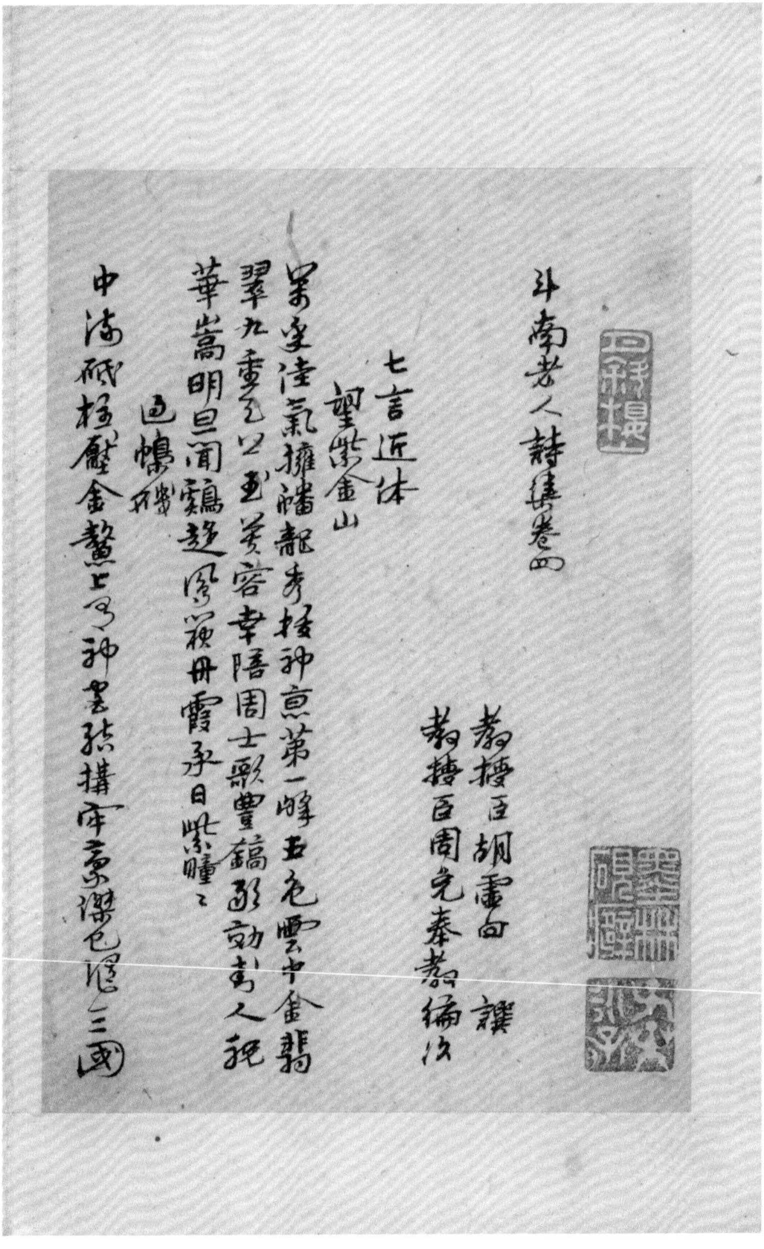

斗南老人詩集卷四

翰撰臣胡靈白　撰
翰轉臣周完奉敕編次

七言近体
望隔金山

岩空遑氣擁橋龍　援神烹第一峰
玉色雲中金翡
翠九雲气玉芙蓉　幸隱周士影豐鎬
影劫芟人袍
華嵩明旦聞雞逢　浮滉禎冊霞
承日紫瞳之
回帳
中海砥柱壓金鰲上　神雲弘搆宇豪傑
包涵三國

圖21　《國家珍貴古籍名録》09039　《斗南老人詩集》
明姚綬抄本　天津圖書館藏

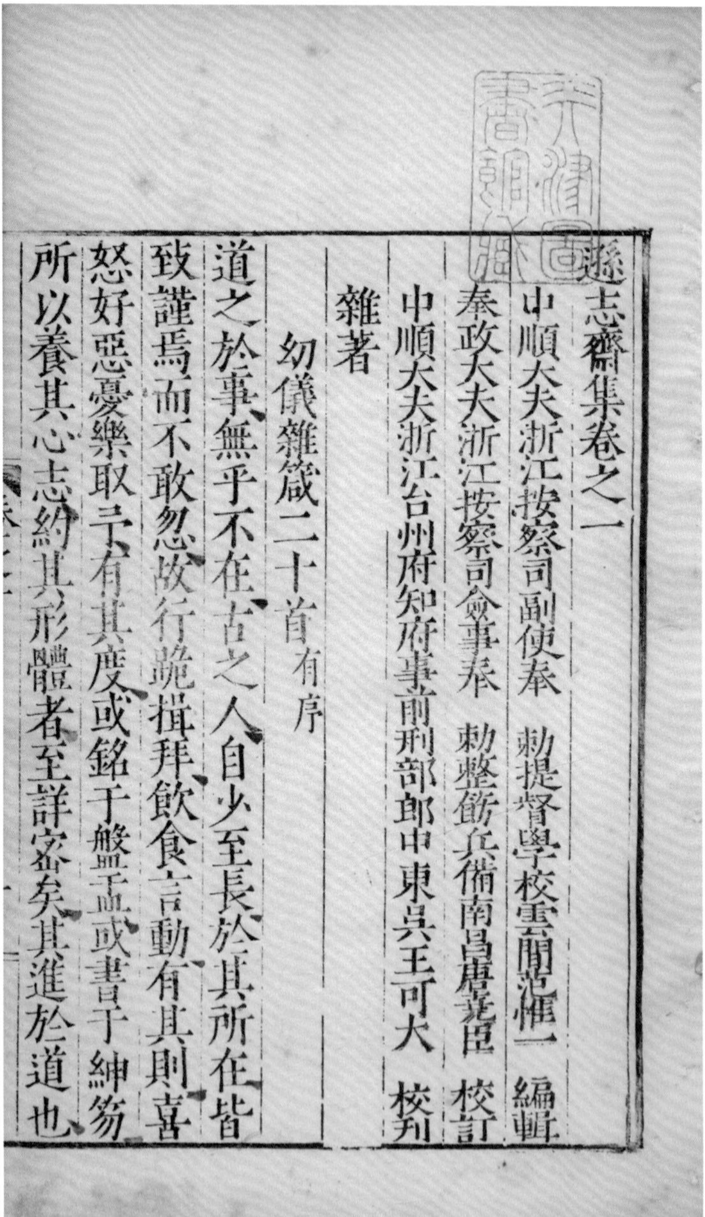

遜志齋集卷之一

中順大夫浙江按察司副使奉　勅提督學校雲間范惟一　編輯

奉政大夫浙江按察司僉事奉　勅整飭兵備南昌唐堯臣　校訂

中順大夫浙江台州府知府事前刑部郎中東吳王可大　校刊

雜著

幼儀雜箴二十首　有序

道之於事無乎不在古之人自少至長於其所在皆致謹焉而不敢忽故行跪揖拜飲食言動有其則喜怒好惡憂樂取予有其度或銘于盤盂或書于紳笏所以養其心志約其形體者至詳密矣其進於道也

圖22 《國家珍貴古籍名録》09044　《遜志齋集》
明嘉靖四十年王可大刻本　天津圖書館藏

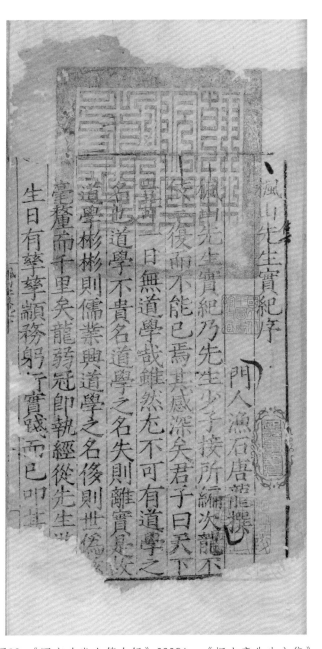

楓山先生集

楓山先生實紀序

門人漁石唐龍撰

楓山先生實紀乃先生少子按所編次龍不
後而不能已焉其感深矣君子曰天下
一日無道學哉然尤不可有道學之
名起道學不貴名道學之名失則離實是故
名者道學彬彬則儒業與道學之名後則世傷
道學彬彬則儒業與道學之名後則世傷
鼇而千里矣犖犖頹務躬丁實踐而已叩其
生日有犖犖頹務躬丁實踐而已叩其

圖23 《國家珍貴古籍名録》09081 《楓山章先生文集》
明嘉靖虞守愚刻本[四庫底本] 中國國家圖書館藏

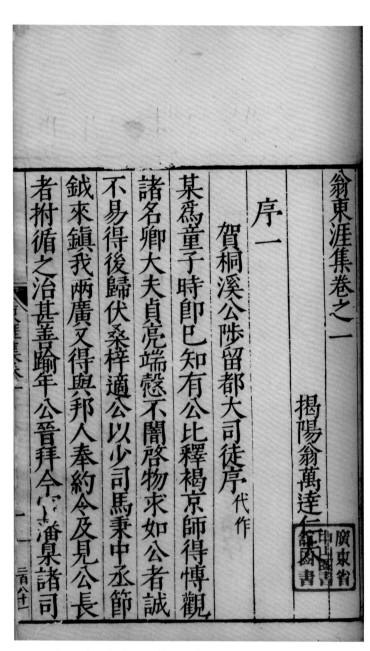

翁東涯集卷之一

　　　　揭陽翁萬達

序一

賀桐溪公陟留都大司徒序代作

某爲童子時卽已知有公比釋褐京師得博觀
諸名卿大夫貞亮端愨不聞啓物求如公者誠
不易得後歸伏桑梓適公以少司馬秉中丞節
鉞來鎮我兩廣又得與邦人奉約令及見公長
者拊循之治甚善踰年公晉拜今□潘泉諸司

張曲江集卷一

賦

白羽扇賦并序

開元二十四年夏盛暑奉勑使大將軍高力士
賜宰臣白羽扇某與焉竊有所感立獻賦曰
當時而用在物所長彼鴻鵠之弱羽出江湖之
下方安知煩暑可致清涼豈無紈素丹畫文章
復有脩竹剖析毫芒提攜密邇搖動馨香惟衆
珍之在御何短翮之敢當而竊思於聖后且見
持於未央伊昔皋澤之時亦有雲霄之志苟效
用之得所雖殺身之何忌蕭蕭白羽穆如微風

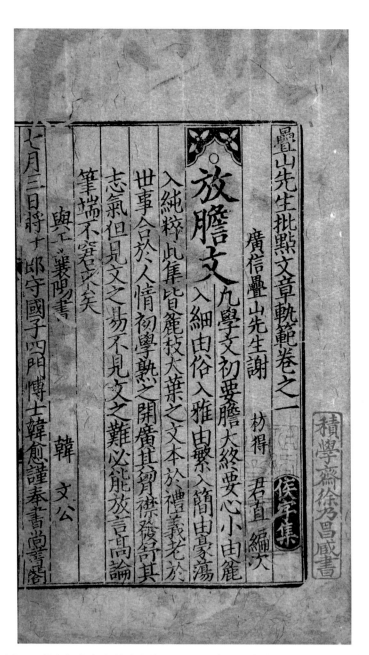

圖26 《國家珍貴古籍名録》03177 《疊山先生批點文章軌範》
元刻本 上海博物館藏

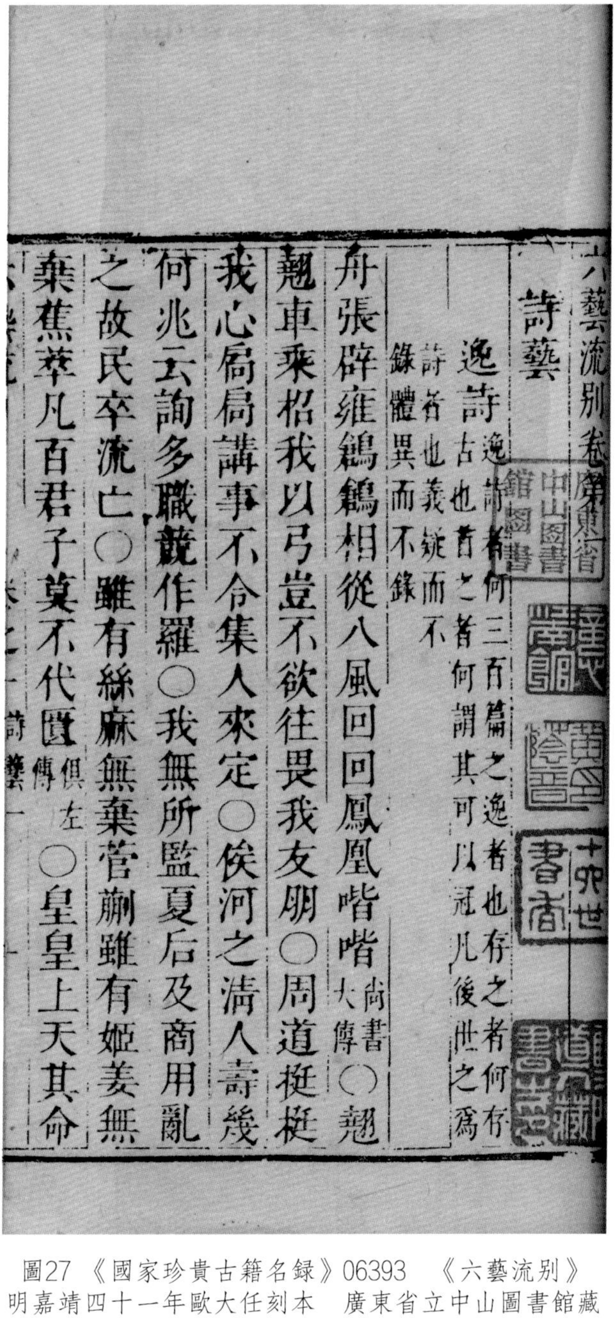
六藝流別卷
詩藝
逸詩逸詩者何三百篇之逸者也存之者何存詩古也書之者何謂其可以冠凡後世之爲詩者也義疑而不錄體異而不錄
舟張辟雍鶬鶬相從八風回回鳳凰喈喈尚書大傳○翹
翹車乘招我以弓豈不欲往畏我友朋○周道挺挺
我心扃扃講事不令集人來定○俟河之清人壽幾
何兆云詢多職競作羅○我無所監夏后及商用亂
之故民卒流亡○雖有絲麻無棄菅蒯雖有姬姜無
棄蕉萃凡百君子莫不代匱俱左傳○皇皇上天其命
六藝流別　卷之一　詩藝　一

圖27　《國家珍貴古籍名録》06393　《六藝流別》
明嘉靖四十一年歐大任刻本　廣東省立中山圖書館藏

明音類選卷之一

五言古詩

旅興二首　　劉基

倦鳥巢安巢風林無靜柯路長羽量短日暮當如何
登高望四方但見山與河寧知天上兩去爲滄海波
慷慨對長風坐感玄髮皤弱水不可航層城岌嵯峨
凄涼華表鶴太息成悲歌

寒燈耿幽幕蟲鳴清夜闌起行望青天明月在雲端
美人隔千里山河杳漫漫玄雲翳崇岡白露凋芳蘭
願以綠綺琴寫作行路難憂來無和聲絃絶空長歎

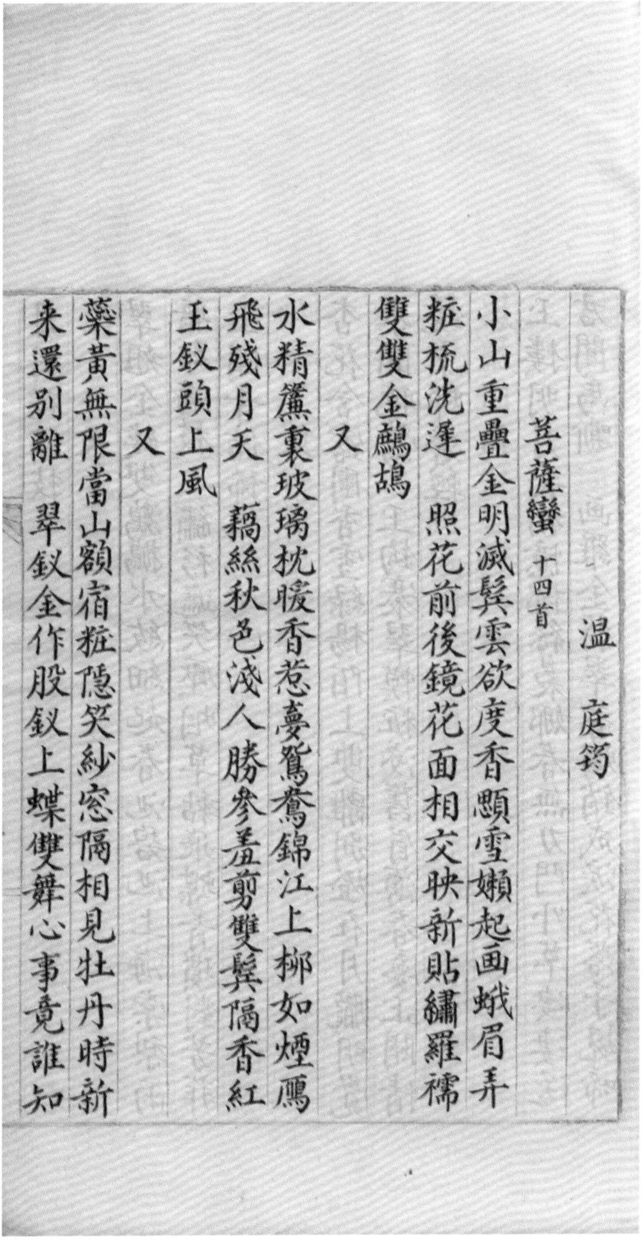

菩薩蠻 十四首　　　　　溫　庭筠

小山重疊金明滅鬢雲欲度香顋雪嬾起畫蛾眉弄
粧梳洗遲　照花前後鏡花面相交映新貼繡羅襦
雙雙金鷓鴣

又

水精簾裏玻璃枕暖香惹夢鴛鴦錦江上柳如煙鴈
飛殘月天　藕絲秋色淺人勝參差剪雙鬢隔香紅
玉釵頭上風

又

藥黃無限當山額宿粧隱笑紗窗隔相見牡丹時新
來還別離　翠釵金作股釵上蝶雙舞心事竟誰知

図29 《國家珍貴古籍名録》02271　《唐宋名賢百家詞》
明抄本　天津圖書館藏

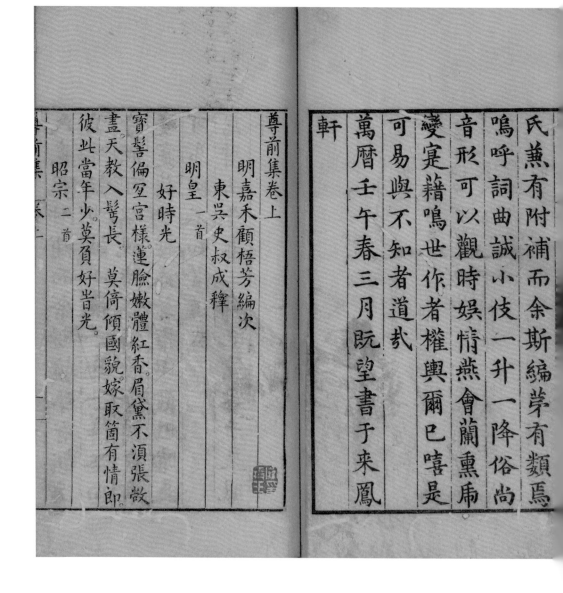

氏薰有附補而余斯編掌有類焉
鳴呼詞曲誠小伎一升一降俗尚
音形可以觀時娛情燕會蘭熏焉
變寔藉鳴世作者權輿爾巳嘻是
可易與不知者道哉
萬曆壬午春三月旣望書于來鳳
軒

尊前集卷上

　明嘉禾顧梧芳編次
　東吳史叔成釋

明皇一首

　好時光

寶髻偏宜宮樣蓮臉嫩體紅香。眉黛不湏張敬
畫天教入鬢長。莫倚傾國貌嫁取箇有情郎。
彼此當年少莫負好當光。

昭宗二首

圖30 《國家珍貴古籍名錄》12080 《尊前集》
明刻本 中國國家圖書館藏

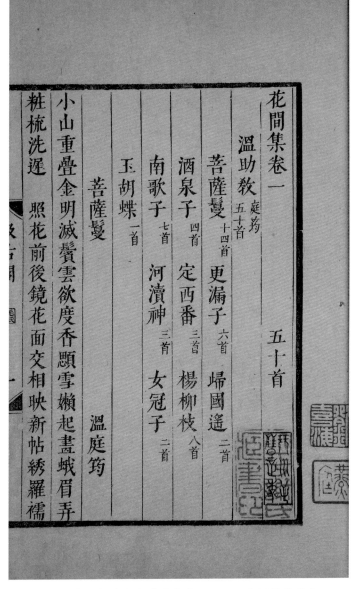

花間集卷一

溫助教 庭筠
五十首

菩薩蠻 十四首　更漏子 六首　歸國遙 二首

酒泉子 四首　定西番 三首　楊柳枝 八首

南歌子 七首　河瀆神 三首　女冠子 二首

玉胡蝶 一首

菩薩蠻 溫庭筠

小山重疊金明滅鬢雲欲度香顋雪嬾起畫蛾眉弄

粧梳洗遲　照花前後鏡花面交相映新帖綉羅襦

圖31 《國家珍貴古籍名録》10969　《詞苑英華》
明末毛氏汲古閣刻本　中國國家圖書館藏

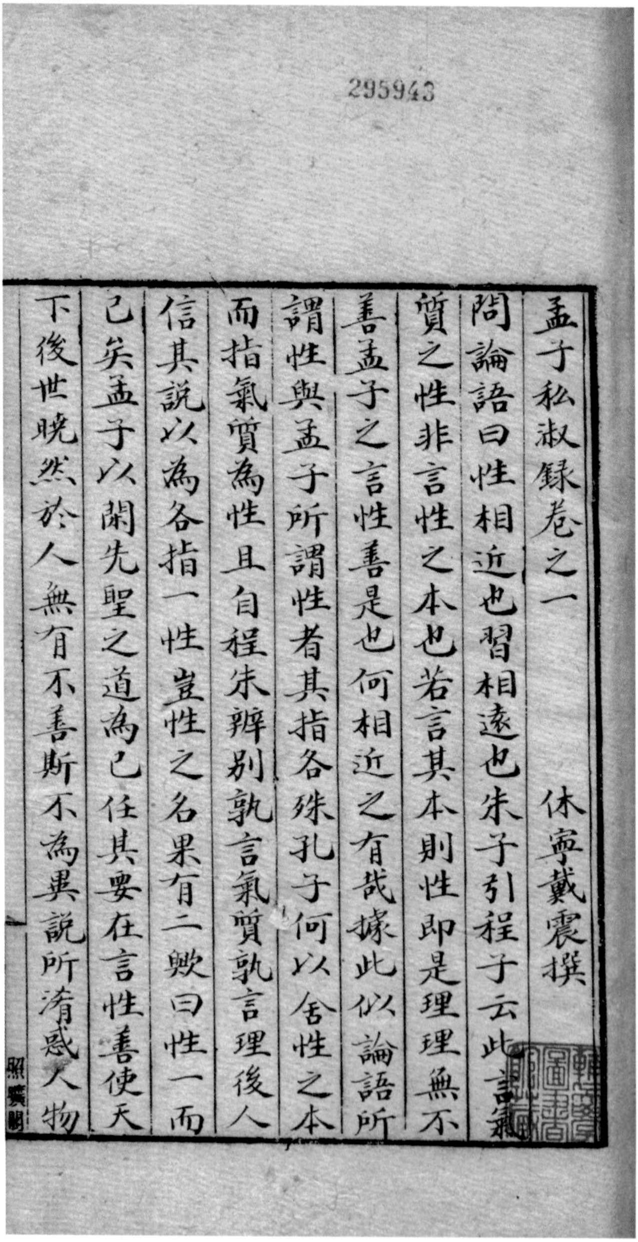

孟子私淑録卷之一　休寧戴震撰

問論語曰性相近也習相遠也朱子引程子云此言氣質之性非言性之本也若言其本則性即是理理無不善孟子之言性善是也何相近之有哉據此似論語所謂性與孟子所謂性者其指各殊孔子何以舍性之本而指氣質為性且自程朱辨别孰言氣質孰言理後人信其説以為各指一性豈性之名果有二歟曰性一而已矣孟子以闡先聖之道為己任其要在言性善使天下後世曉然於人無有不善斯不為異説所淆惑人物

照曠閣

圖32《孟子私淑録》
清張氏照曠閣抄本　北京師範大學圖書館藏

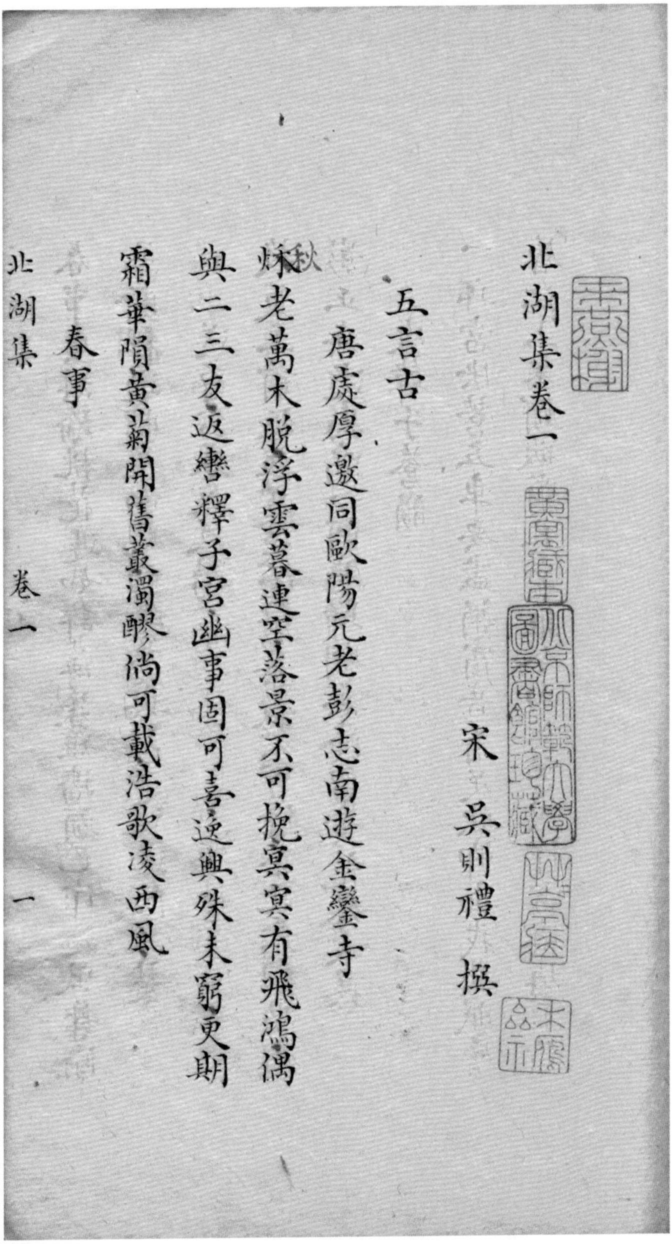
北湖集卷一
宋　吳則禮　撰
五言古
唐處厚邀同歐陽元老彭志南遊金鑾寺
秋老萬木脫浮雲暮連空落景不可挽冥冥有飛鴻偶
與二三友返轡釋子宮幽事固可喜逸興殊未窮更期
霜華隕黃菊開舊叢濁醪倘可載浩歌凌西風
春事
北湖集　卷一　一

圖33 《北湖集》
清抄本　北京師範大學圖書館藏

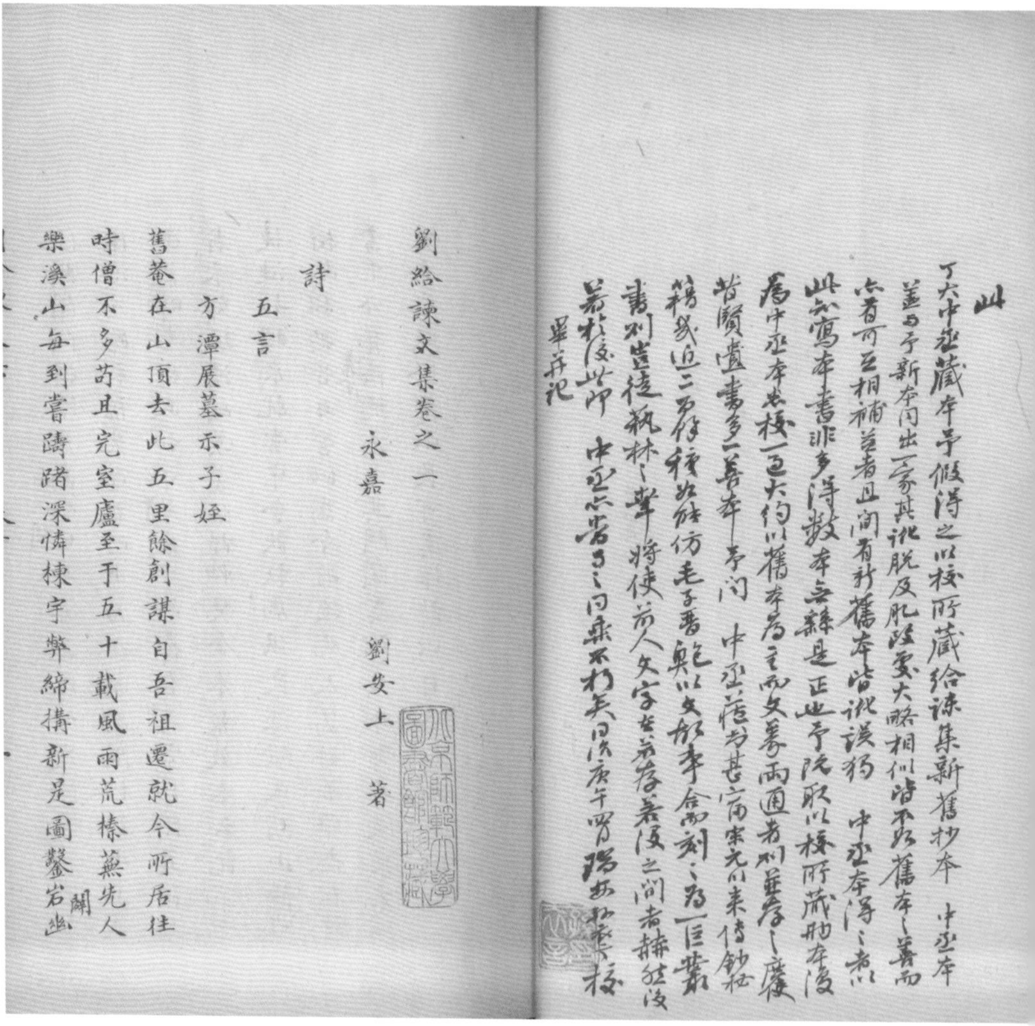
山

丁大中丞藏本予假得之以校所藏給諫集新舊抄本 中丞本蓋即予新本所出一家其訛脫及改處大略相似皆不及舊本之善而亦有可互相補益者且間有新舊本皆訛誤獨 中丞本得之者以此知寫本書非多得數本互讎是正也予既取以校所藏新本復爲中丞本書校一過大約以舊本爲主而兼采兩通者則並存之庶皆賢遺書多一善本予聞 中丞蒞杭甚久南宋元以來傳鈔秘籍幾近二萬種所積倣毛子晉鮑以文故事合而刻之爲一巨叢書則豈徒藝林之幸將使前人文字在若存若沒之間者赫然復著於後世即 中丞亦當自之曰樂不朽矣同治庚午四月瑞安孫衣言校畢并記

劉給諫文集卷之一

永嘉　劉安上　著

詩

五言

方潭展墓示子姪

舊菴在山頂去此五里餘創謀自吾祖遷就今所居往時僧不多苟且完室廬至于五十載風雨荒榛蕪先人闢樂溪山每到嘗躊躇深惜棟宇弊締構新是圖鑿岩幽

圖34《劉給諫文集》　清抄本
北京師範大學圖書館藏　清孫衣言跋

席撥拾　友林詩藁得百七十首明作莫傳士爭

借錄腕為之脫藁竊命工鋟之

友林乙第一卷一本同治甲子十二月二十七日城西草堂

徐氏眺羅鄉先生並作之考存人間此前余約略

宥之今則視之如祕本美又朱丞之因馬嘗穿

余史子孫讀固宥重刋本非也雖觀之秘笈也

今菱之珠石易得己巳七月十九日時棟記

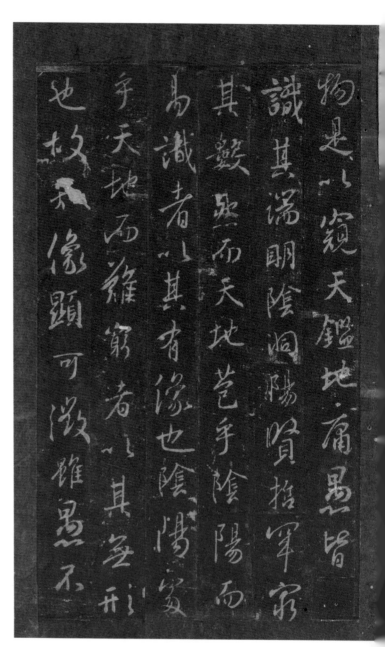

圖36 《懷仁集王羲之書聖教序》
北宋拓本 中國國家博物館藏

大唐三藏聖教序

太宗文皇帝製

弘福寺沙門懷仁集

晋右將軍王羲之書

蓋聞二儀有像顯覆載以

含生四時無形潛寒暑以化

圖37 《懷仁集王羲之書聖教序》
北宋拓本　中國國家博物館藏　"紛"字中筆不損

照東城而流遷者有不形不

跡於時求馳而成化當常

觀常之世民何德流知遷及

于晦影歸真遷儀越世金

容掩色石鏡三千之光麗象

開晶空滿四八二相於是發二

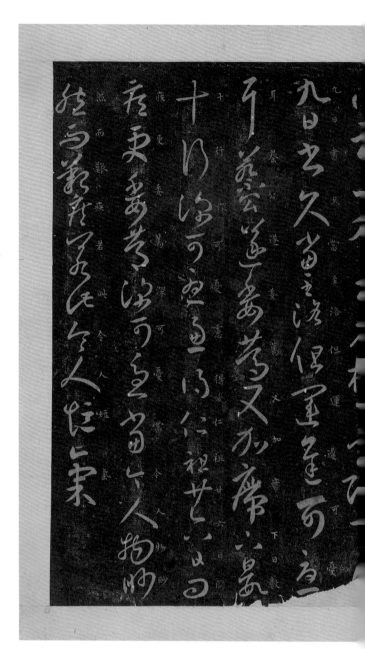

圖38 《大觀帖》
宋拓本　中國國家博物館藏

有一日一一義之白忽然秋月但

故歲族閒觸暑速沙憂卿不可言

有月一日義之白怱然

故歲族閒觸暑

得去月七日書知

言吾不力二王義之

吾羸故羸若力不乙

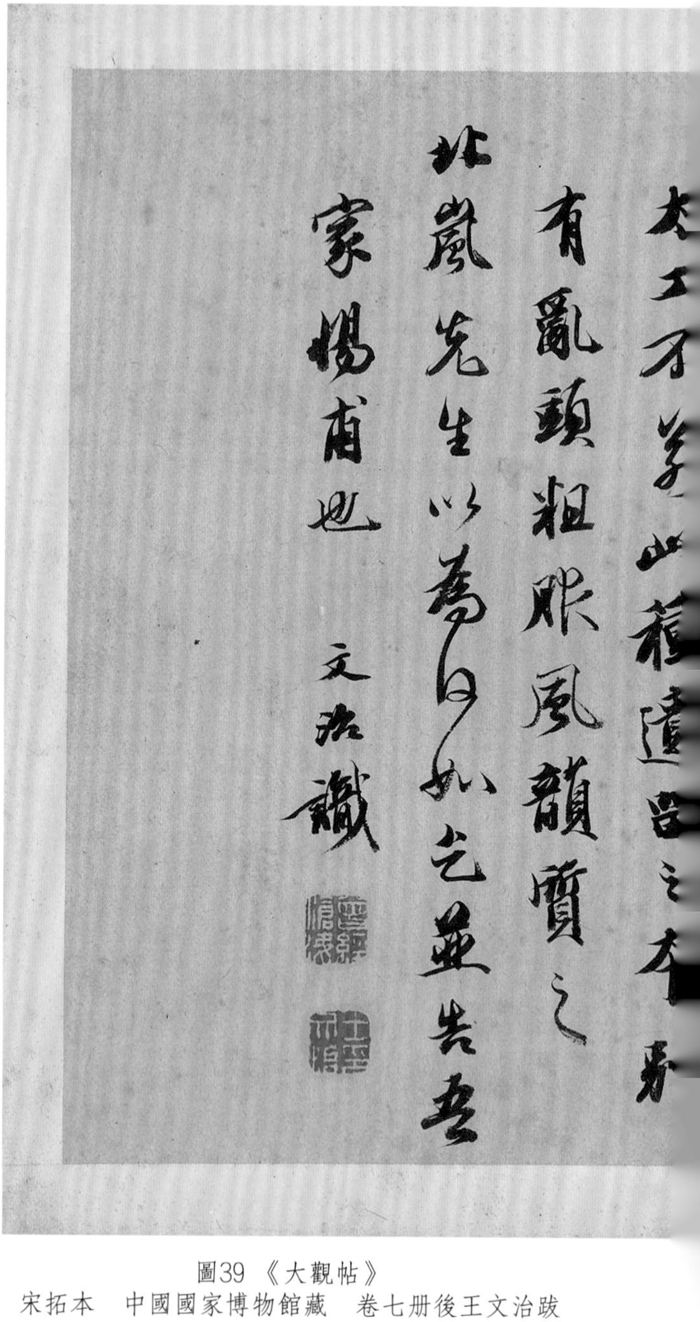

圖39 《大觀帖》
宋拓本　中國國家博物館藏　卷七冊後王文治跋

右軍書之在石刻者如水之
在地決之則流故右軍之神
氣至今存焉淳化大觀凡
為江河萬古不廢之洮手當
時內府真本余時曾見之其

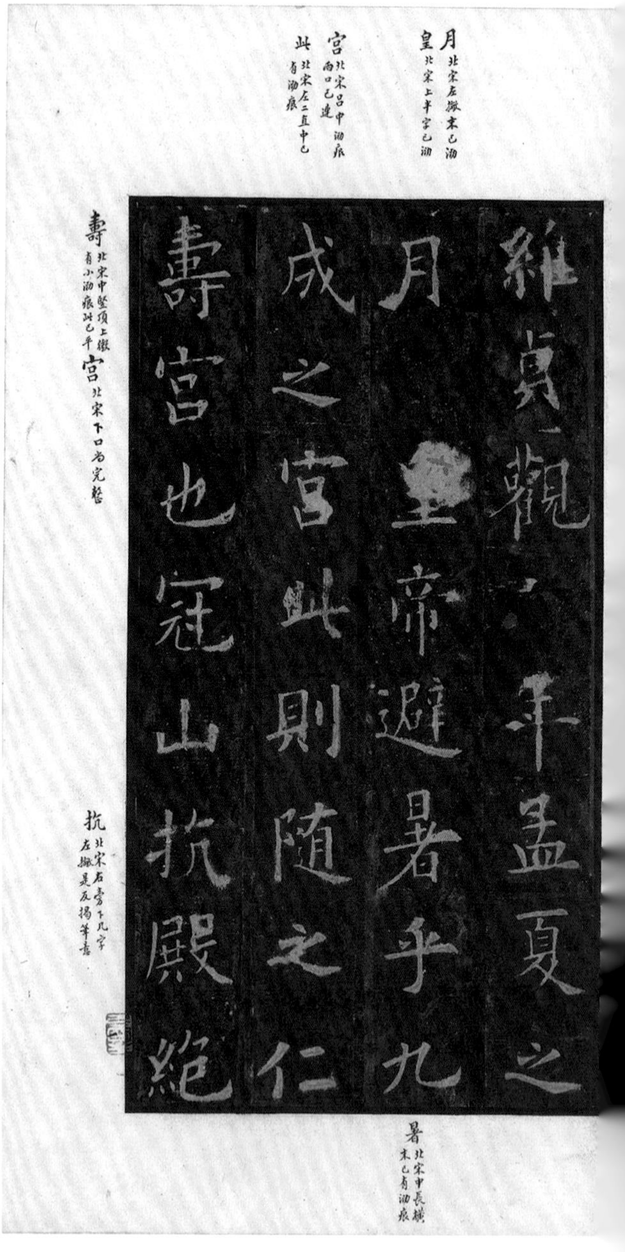

維貞觀六年孟夏之

月皇帝避暑乎九

成之宮此則随之仁

壽宮也冠山抗殿絶

圖40 《九成宮醴泉銘》
南宋拓本　中國國家博物館藏

九成宮醴泉銘
秘書監檢校侍中鉅
鹿郡公臣魏徵奉
勅撰

《書志》編委會

目　録

· 書目書志選刊

·國家珍貴古籍書志

經　部

鬳齋考工記解

北京大學中文系　朱瑞澤

上海圖書館 753995-4002

國家珍貴古籍名録 00258

《鬳齋考工記解》二卷。（宋）林希逸撰。《考工釋音》二卷。南宋刻元延祐四年（1317）重修本（有抄補）。八册。綫裝。

【題著説明】首卷卷端題"鬳齋考工記解上"，次行低七格"鬳齋林希逸撰"。

【著者簡介】林希逸（1193—1271），字肅翁，一字淵翁，號鬳齋，一號竹溪，福清人。南宋理宗端平二年（1235）進士。淳祐中爲秘書省正字。景定中以司農少卿兼翰林權直兼崇政殿説書，終直秘閣、知興化軍。善書畫，亦工詩。《淳熙三山志》《南宋館閣録續録》等載其生平，《宋元學案》明其學統。著述甚多，有《老子鬳齋口義》《莊子鬳齋口義》《列子鬳齋口義》《竹溪十一稿》等，别有《易講義》《春秋正附篇》，佚。

【内容】説解《考工記》經文，間附圖解。《釋音》二卷則注明僻字、異讀，以便觀覽。《四庫全書總目》評價其書:"僅存宋儒,務攻漢儒……希逸注明白淺顯,初學易以尋求。且諸工之事非圖不顯,希逸以《三禮圖》之有關於《記》者,采摭附入,亦頗便於省覽。"《經學通論》以爲"於古器制度未詳核"。

解"國有六職"至"謂之國工",凡二十八葉,爲第一册;解"輪人爲蓋"至"龍旂九斿",凡二十二葉,爲第二册;解"攻金之工"至"然後可鑄也"凡二十葉,爲第三册;解"㭉氏"至"是謂水涷",附《釋音》三葉,凡十八葉,爲第四册。是爲卷上、上函。解"玉人之事"至"同疏欲橾",凡二十二葉,爲第一册;解"陶人爲甗"至"野塗以爲都經塗",凡三十二葉,爲第二册;解"匠人爲溝洫"至"㝷長六尺",凡十九葉,爲第三册;解"弓人爲弓"至"謂之深弓",附《釋音》四葉,凡三十葉,爲第四册。是爲卷下、下函。

【刊印者】待考。

【行款版式】半葉十行,行十八字,注文低一格單行大字。白口,左右雙邊,雙順魚尾。版心上鐫字數(或爲墨丁,如卷上葉三十二、葉四十九,卷下葉十七),中鐫書名簡稱"考工"及卷次"上"/"下",下鐫葉次及刻工姓名(部分書葉無刻工);元代補版版心下刻工上又鐫"延祐四年刊補""延祐四年補刊""延祐四年補"(部分書葉亦無刻工,部分書葉魚尾、葉次、刻工與常式不同)。版框20.5厘米×15.8厘米,開本26.5厘米×18.8厘米。

【題名頁牌記】未見。

【刊寫題記】無。

【刻(寫)工】卷上第三葉下鐫"吳",第七葉下鐫"過",第十葉下鐫"太",第三十七葉下鐫"林",第四十四葉下鐫"張",第五十三葉下鐫"楊慶",第五十九葉下疑鐫"六",第六十三葉下鐫"林四"[1],第六十四葉下鐫"亞",第六十九葉下鐫"鄭立";卷下第三十六葉下鐫"足",四十六葉下鐫"鄭足"[2],第七十九葉鐫"慶"[3],第九十一葉下鐫"大",亦有爲墨丁者(如卷下第十七、五十、五十五、八十三、九十二葉等)。

---

[1] 與"林"或爲一人。
[2] 二者或爲一人。
[3] 與"楊慶"或爲一人。

卷上第一葉補版版心抄補"齊"①,第二葉補版版心下鎸"宸",第六十六葉補版版心下鎸"志"。

【避諱】卷上第十九、二十六葉諸"匡"字缺末筆,卷下第一葉諸"桓"字缺末筆(卷上"桓"字不缺),卷下第二十八、六十五、八十二、八十三葉諸"恒"字缺末筆。

【序跋附録】無序跋、目録等,每卷末附《考工釋音》②。

【批校題跋】無。

【鈐印】上卷卷端從下至上鈐"雙谿艸/堂圖記"朱文長方印、"汪季子/文栢柯/庭氏印"朱文方印、"上海圖/書館藏"朱文方印、"潘祖蔭/藏書記"朱文長方印、"古香樓"朱文圓印、"宋""本"朱文連珠印,下卷卷端鈐"上海圖/書館藏"朱文方印。

【書目著録】

1. 潘祖蔭《滂喜齋藏書記》:"宋刻《周禮考工記解》二卷。二函八册。題廬齋林希逸撰。上下二卷。每葉二十行,行十八字。卷後附《釋音》。宋諱'匡''桓''恒'字缺筆。惜下卷《釋音》後缺三十一葉……卷首有'古香樓''汪季子文栢柯庭氏''雙谿草堂圖記'三印。"③

2.《中國古籍善本書目》經部禮類周禮部分著録,編號1776④。

【遞藏】

1. 汪文柏(1659—?),字季青,號柯庭,安徽休寧人,寓居桐鄉。汪文桂、汪森之弟,人稱"汪氏三子"。附貢生,歷官北城兵馬司正指揮、行人司行人,工詩善畫。家有"古香樓""摛藻堂""擁書樓"等,藏書印有"扊硯齋圖書印""休寧汪季青家藏書籍""古香樓""雙谿艸堂圖記""梧桐鄉汪氏擁書樓所藏"等。

2. 潘祖蔭(1830—1890),字伯寅,小字東鏞,號鄭盦,江蘇吳縣(今屬江蘇

---

①首葉甲面爲抄補,查乙面字跡,當爲補版刻工"辰",抄配者據殘畫錯補。與後葉"宸"或爲一人。

②若無特別區分,本稿《釋音》皆包《句股法》《粟米法》《訓字疑似》等而言之。

③潘祖蔭著,潘宗周編,余彦焱、柳向春點校《滂喜齋藏書記·寶禮堂宋本書録》,上海古籍出版社2007年版,第13頁。

④《中國古籍善本書目》,上海古籍出版社1994年版,第179頁。下引版本皆同。

蘇州)人。清咸豐三年(1853)進士,授翰林院編修。光緒中,擢工部尚書、太子太保,贈太子太傅,諡文勤。學問淵深,才猷練達,工詩善書,藏弆甲於吳下。家有"滂喜齋""八求精舍"等,藏書印有"如願""伯寅經眼""金石錄十卷人家""分廛百宋""逐架千元""八求精舍"等,此本卷端"宋本"亦潘氏之印。

【其他】潘祖蔭言"下卷《釋音》後缺三十一葉"。下卷第一百葉後直接第一百三十一葉,下揭臺灣漢學研究中心藏本亦同,唯葉面殘破,不可辨識。

【按語】

1. 此本卷上第一葉甲面、第十五葉、第七十七葉、八十一葉,卷下第十三葉、第十六葉、第七十八葉、第一百三十一葉乙面皆似抄補,餘多有局部抄補者。其書寫,字不知則以□代之。此本補抄葉多全書其文,以至於圖亦手繪,後揭臺灣漢學研究中心藏本則補抄多舉綱目,以至空葉。

此本《中國古籍善本書目》著録爲"宋刻元明遞修本",然經審版面情況,磨損位置、筆畫細節,實當與後揭臺灣漢學研究中心藏本同版。部分缺文蓋經墨筆描潤,又有元代補版缺失版心補版年月刊記者,或是書估所爲。蓋《善本書目》將割去版心的補版葉面或補鈔葉面視爲白口,故以爲有明代補版,今審書影,知此本與臺藏本同版,整葉顯然不同者蓋抄補而來。

2. 是書《宋史·藝文志》不著録,蓋緣其成書已在理宗之時,無由得録爾。明代書目時有著録,然多不著版本,卷數亦各異,如《文淵閣書目》著録"《周禮林希逸考工記》一部二册"①,《國史經籍志》"《考工記解》三卷林希逸"②,《千頃堂書目》補宋"林希逸《考工記圖解》四卷"③。

此本刊工名中,楊慶見福唐郡庠刊《前漢書》、淳祐十年福州路提舉史季溫刊《國朝諸臣奏議》、嘉熙三年刊閩刻《押韻釋疑》,鄭立見福唐郡庠刊前、後《漢書》及《押韻釋疑》④,楊慶、鄭立又見宋刊《古靈先生文集》二十五卷《年譜》一

---

① 明楊士奇等《文淵閣書目》卷一,清文淵閣《四庫全書》本。
② 明焦竑《國史經籍志》卷二,明徐象橒刻本。《經義考》著録亦三卷,周中孚《鄭堂讀書記》以爲"皆字之誤也",然日本國立公文書館藏明萬曆刻本(経009—0008)《考工記圖解》二卷《補圖》一卷,恰爲三卷,亦不可定爲字誤云。
③ 明黃虞稷《千頃堂書目》卷二,民國《適園叢書》本。其四卷者,或合《釋音》言之。
④ (日)阿部隆一《增訂中國訪書志》,汲古書院1983年版,第19頁。

卷《附録》一卷,彼本刻工黄太、林文等亦或與此本太、林相關①。《古靈先生文集》實南宋末福州覆刻紹興三十一年贛州本②,林希逸正爲閩人,此本蓋即斯土所刻鄉賢著述,蓋南宋後期福州刊本。

3.《永樂大典》卷一萬四百六十録有《考工記解王庚序》:"僕初來試邑,得鬳齋先生《列子口義》與《考工記解》,心欲傳之梓,顧費無從給,於是銖累裘葛之具,蓁年乃克就。蓋《列子口義》,先生遁世無悶之書也;《考工記解》,先生經世有用之學也。自科舉之學盛,士之志於學者,僅取其足以資決科之利而已,外是則謾不講究矣。故童而入學,《語》《孟》是其闔端也,六經則《詩》《書》《易》猶成誦,至二《禮》則鮮有讀之終篇者。一取拾芥之効,則六經皆芻狗矣。間有業爲場屋通經之士,亦不過於孔、鄭諸人脚跡下轉。而通天下郡國士之習二《禮》者,比他經且絶少,所謂《考工記》之書,蓋有顛皓而目不到者。自非師友淵源所漸者深,疇克精貫之哉?吾閩自艾軒林氏爲乾、淳間太師,一傳而爲網山林氏,再傳爲樂軒陳氏。先生蚤得樂軒單傳,刻志問學,以覺後爲己任。及夫擢高科,躋顯仕,踐颺中外,而孳孳矻矻,手不廢卷,其勤過於寒生癯儒者。且《周官》六典,周室致太平之具也。《冬官》吾不得而見之矣,得見《考工記》幸矣。雖曰漢儒所補,而三代制度盡在於是。先生考訂之精,商榷之備,凡而縱橫曲直,盈縮巨細,開卷瞭然在目。如有用我,執此以往。蓋其淵源,皆自艾軒氏來也。昔孔門惟顏氏子一人足以當四代禮樂之事,而與其聖師皆舍藏不用。艾軒用於乾、淳而未盡,網山、樂軒亦皆不得用,今先生方日侍邇英,朝夕啓沃,且大用矣。爲邦禮樂,當必見於行事,不但載之空言也。至哉!樂軒之言曰:'《考工記》真可以補亡!而王公論道數語,乃唐虞三代精微之訓。'然則以考論制度之粗求之者,是殆見吾先生杜德機爾。"③

王庚,字景長,温陵人。南宋淳祐元年(1241)進士,淳祐十二年任莆田郡文

---

①王肇文《古籍宋元刊工姓名索引》,上海古籍出版社 2012 年版,第 379—380 頁。

②參時永樂《陳襄〈古靈先生文集〉宋刻本考辨》,《中國典籍與文化》,2013 年第 2 期。

③明解縉、姚廣孝等纂《永樂大典》卷一萬四百六十,見《牛津大學博德利圖書館藏〈永樂大典〉》第 9 册,國家圖書館出版社 2015 年版。

學①,寶祐元年(1253)任興化軍教授②,景定二年(1261)任福清縣令③。國家圖書館藏元初刻本《列子鬳齋口義》(索書號07186)有王庚《後序》,署“景定壬戌(景定三年,1262)中秋日”。據前引《考工記解》序,是二書刊刻恐皆在其景定間福清縣令任上。景定亦與前揭楊慶、鄭立在嘉熙、淳祐刻書相先後。刊刻之後,書版經久刷印,毁壞漫漶,於是元延祐四年修補其版,重加印行,今存世宋刻本皆含元代補版。

鬳齋考工記解

北京大學中文系　朱瑞澤

臺灣漢學研究中心 104. 12 00357

《鬳齋考工記解》二卷。(宋)林希逸撰。《考工釋音》二卷。南宋刻元延祐四年(1317)重修本。四册。綫裝。(清)查慎行校並跋。

【題著説明】首卷卷端題“鬳齋考工記解上”,次行低六格“鬳齋林希逸撰”。

【著者簡介】同前上海圖書館藏本。

【内容】同前上海圖書館藏本。解“國有六職”至“飾車欲侈”,凡三十九葉,爲第一册;解“輈人爲輈”至“是謂水凍”,附《釋音》三葉,凡四十八葉,爲第二册。第一、二册爲卷上。解“玉人之事”至“野涂以爲都經涂”,凡五十三葉,爲第三册;解“匠人爲溝洫”至“謂之深弓”,附《釋音》四葉,凡五十葉,爲第四册。第三、四册爲卷下。

【刊印者】待考。

【行款版式】同前上海圖書館藏本。版框 20. 3 厘米×15. 6 厘米,開本 29. 5 厘米×18. 3 厘米。

---

① 劉克莊《跋郡學刊〈文章正宗〉》,見曾棗莊、劉琳主編《全宋文》第三百二十九册,上海辭書出版社、安徽教育出版社 2006 年版,第 369 頁。
② 《[乾隆]莆田縣志》卷七,清光緒五年補刊民國十五年重印本。
③ 劉克莊《福清縣重建譙樓記》,見曾棗莊、劉琳主編《全宋文》第三百三十册,第 317—319 頁。

【題名頁牌記】未見。卷下第二十四葉殘存"解"字，疑爲牌記殘留。

【刊寫題記】無。

【刻（寫）工】卷上第一葉下鐫"辰"，餘多同前上海圖書館藏本。

【避諱】同前上海圖書館藏本。

【序跋附録】同前上海圖書館藏本。

【批校題跋】書中間有朱墨注音、補寫、校字。書前護葉、卷下第三十葉右半葉末有查慎行墨筆題識，録文如下：

1. 林希逸字肅翁，又號鬳齋，福清人。乙未吳榜由上庠登第，凡三試皆第四，真西山所取士也。是歲以"堯仁如天賦"預選，時稱林竹溪。周草窗《雜志》中載其登第事甚詳。查慎行手識。

2. "三代無文人，六經無文法"，此二語即此經之首"粵無鏄燕無函秦無廬"云云同意，非謂其真無文人、真無文法也。

【鈐印】上卷卷端從下至上鈐"古澹/厼"朱文方印①、"毛褒字/華伯號/質菴"白文方印、"得樹樓/藏書"朱文長方印、"慧海/樓藏/書印"白文方印、"葉氏/隸竹堂/藏書"朱文圓印、"'國立中央'圖/書館收藏"朱文方印，上卷卷末鈐"'國立中央'圖/書館收藏"朱文方印，下卷卷端從下至上鈐"古澹/厼"朱文方印、"'國立中央'圖/書館收藏"朱文方印、"得樹樓/藏書"朱文長方印，下卷卷末鈐"樏樏/客印"朱白文方印。

【書目著録】

1. 傅增湘《藏園群書經眼録》卷一著録："宋刊本，半葉十行，行十八字，白口，左右雙闌，版心上記字數，下記刊工姓名，卷後附釋音。查初白慎行舊藏，有跋一則。録後：'林希逸字肅翁又號鬳齋，福清人，乙未吳橋②由上庠登第，凡三試皆第四，真西山所取士也，是歲以堯仁如天賦預選，時稱林竹溪，周草窗雜志中載其登第事甚詳。查慎行手識。'鈐有：'葉氏隸竹堂藏書'朱文圓印、'毛衰③

---

①印主未詳，陳獻章有"題古淡居壁"詩，不知是否有關。見明陳獻章撰、黎業明編校《陳獻章全集》，上海古籍出版社 2019 年版，第 768 頁。

②當作"榜"，疑誤。

③當爲"毛褒"，釋讀有誤。

字華伯號質菴’白文、‘得樹樓藏書’朱文長方、‘古澹居’朱文各印。卷中有延祐四年刊補數葉。上卷釋音鮑人以下九行前年所校李氏藏本所無，通志堂本亦失之，得此補足，亦一快也。己巳三月邃雅齋送閲。”①

2. 傅增湘《藏園群書題記》卷一著録：“此書四年前曾假慈谿李氏藏本校定，補《釋音》卷下脱文八行。頃於廠肆邃雅堂見一宋刊本，其中延祐四年補刊者三十六葉，版多斷爛，字跡模糊，遜李氏本遠甚。然重其爲查初白先生藏書，卷首有先生手跋三行，因攜歸詳記於册子。及逐葉繙閲，乃驚喜過望，其《釋音》卷上‘函人’以下九行，通志堂本既失刊，李氏宋本亦脱佚，爰手寫附入。昔蕘翁校書，必聚數本，今同一宋刊，且印行較後，宜無足取矣。然細心披檢，其佳勝乃出意表。後之學者宜以蕘翁爲法，慎毋輕心掉之也。初白跋語録如左方。己巳三月藏園記。（録文略）”②

3. 王文進《文禄堂訪書記》卷一著録，録有查慎行跋及部分藏印，並云：“宋江西刻本。附《釋音》。半葉十行，行十八字，白口，版心上記字數，下記刻工姓名宸。元補刻。版心下‘延祐四年補刊’六字。”③

4. 屈萬里《“國立中央”圖書館善本書目初稿》著録：“鬳齋考工記解二卷四册宋林希逸撰　宋刊元延祐四年修補本　清查初白手書題記。”④

【遞藏】

1. 菉竹堂。其藏書源出明名臣葉盛。按葉盛（1420—1475），字與中，號蜕庵，別號涇東道人、瀛東老漁，江蘇崑山（今屬江蘇蘇州）人。明正統十三年（1448）進士，官至吏部左侍郎，諡文莊，《明史》有傳，有《西垣奏稿》《邊奏存稿》《菉竹堂稿》《蜕庵集》《水東日記》《菉竹堂書目》《菉竹堂碑目》等。

2. 毛褒（1631—1677），字華伯，一字莆伯，號質菴，江蘇常熟人。毛晋次子。家有“西爽齋”“致爽閣”，富藏書。師事太倉陳瑚，能詩。刻有釋德清《憨山老人夢遊集》四十卷，抄有李鼎祚《易傳集解》十七卷附《略例》一卷，没後所

①傅增湘《藏園群書經眼録》，中華書局 2009 年版，第 40 頁。
②傅增湘《藏園群書題記》，上海古籍出版社 1989 年版，第 21—22 頁。
③王文進《文禄堂訪書記》，上海古籍出版社 2007 年版，第 18 頁。
④屈萬里《“國立中央”圖書館善本書目初稿》，聯經出版事業公司 1985 年版，第 9 頁。

繼承乃父書版歸於毛扆。

3. 查慎行(1650—1727)，初名嗣璉，字夏重，號查田，後改名慎行，字悔餘，號他山，晚號初白，浙江海寧人。清康熙四十二年(1703)進士，特授翰林院編修，入直内廷。晚葳因弟嗣庭謗訕被逮入京，次年放歸，旋没。爲“國朝六家”之一，詩名頗盛。家有“得樹樓”，聚書甚富，藏書印有“得樹樓藏書”“南房史官”“海寧查慎行字夏重又曰悔餘”等。

4. 查瑩(1743—1803)，字韞輝，號映山，別號竹南逸史、依竹居士，浙江海寧人。查慎行族子查昇曾孫，查昇“澹遠堂”與“得樹樓”間常抄借往還。清乾隆三十一年(1766)進士，選庶吉士，授編修，歷官文瀾閣校理、吏科給事中，督貴州學政。藏書處曰“聽雨樓”“賜研堂”等，所弄甚富，開四庫館時亦多獻書。葉啟勳跋宋刊宋印本《韻補》言“又序首有‘慧海樓藏書印’六字白文大方印，卷五尾有‘櫃櫝客印’四字白文方印，此爲查映山編修瑩印記。”①知編修藏處、別號皆有愍見者如此。

5. 1946 年 3 月 20 日屈萬里致信鄭振鐸，言《鬳齋考工記》爲李寶棠自滬攜去港者，1941 年由馬明帶往重慶，當即此本②。

【其他】

1. 後補紺色絹質書衣。金鑲玉裝。

2. 書葉缺損、版心磨損較爲嚴重，部分葉殘損處襯紙補抄，或直接描補，間有朱筆點斷。

3. 此本有相當數量的元代補版，與前揭上圖本補版情況大致相同，據版心下鎸信息臚列如下：卷上第一葉③、第二葉、第五葉、第六葉、第十三葉、第十四葉、第三十三葉、第三十八葉、第三十九葉、第四十九葉、第五十四葉、第六十六葉、第六十七葉、第七十八葉、第七十九葉、第八十葉、第八十二葉、第八十七葉，卷下第三葉、第四葉、第八葉、第九葉、第十一葉、第十二葉、第十七葉、第二十四

①葉德輝等撰、湖南圖書館編《湖湘文庫 1　湖南近現代藏書家題跋選》第二册，《拾經樓紬書録》卷上，岳麓書社 2011 年版，第 22 頁。
②見張秀郎《抗戰時期搶救淪陷區古籍諸説述評》，《佛教圖書館館刊》，2013 年第 57 期。
③版心下部微殘，然猶可見較密字跡，當爲補版。

葉、第二十八葉、第三十八葉、第三十九葉、第五十七葉、第六十葉、第六十五葉、第六十六葉、第八十四葉、第八十五葉、第八十七葉，與傅增湘所言補版卅六葉合。審其字體刀法，知元補版字畫較粗，偶或筆道重而肥軟，帶趙字意，字較參差，相對而言稍呈右上勢，宋版則較爲挺拔。阿部隆一氏以爲修補蓋有整版、部分之别，且皆記元代紀年①，今審其字跡，知補版之標明者，全葉字體一貫，似未見部分修補。阿部氏並以避諱不嚴爲補版之咎，亦非，察其當諱處，仍是原版。

4. 卷上第七十七葉（第七十六葉靠近中縫處有朱筆"此後少七十七一葉"八字）、卷下第十六葉、第二十六葉（第二十五葉靠近中縫處有朱筆"此處當少圖一葉耳"八字）、第七十七葉、第七十八葉爲後補，除卷下第二十六葉外均有抄補。卷下第九十葉（版心葉次下寫"後又九十一葉"）後三葉，第一葉標"九一"，後葉仍標"九一"、朱筆書"九十二"，後葉標"九二"、朱筆書"九十三"。

【按語】無。

鬳齋考工記解

北京大學中文系　朱瑞澤

中國國家圖書館 00007

《鬳齋考工記解》二卷。（宋）林希逸撰。《考工釋音》二卷。清康熙《通志堂經解》本。二册。綫裝。傅增湘校跋並録（清）查慎行跋。

【題著説明】首卷卷端題"鬳齋考工記解上"，次行低八格"鬳齋林希逸撰"。

【著者簡介】同前書。

【内容】同前書。解"國有六職"至"是謂水涷"，爲卷上，凡七十五葉，附《釋音》三葉，凡七十八葉，爲第一册；解"玉人之事"至句股、粟米法，爲卷下，凡九十葉，附《釋音》三葉，凡九十三葉，爲第二册。

【刊印者】

1. 徐乾學（1631—1694），字原一，一字幼慧，號健菴，江蘇崑山人。清康熙九年（1670）進士，授翰林院編修，歷任翰林院侍講、禮部侍郎，升刑部尚書。曾

---

① （日）阿部隆一《增訂中國訪書志》，第 18 頁。

總裁《明史》《大清一統志》等，著述亦多，有《讀禮通考》等。藏書樓稱"傳是樓"，多藏宋元善本，有《傳是樓書目》。傳見《清史稿》《[同治]蘇州府志》。

2. 成德(1655—1685)，葉赫那拉氏，避保成諱又改名性德，字容若，號楞伽山人，滿洲正黃旗人。清康熙十五年(1676)進士，選授三等侍衛。有文名，擅小令，有《飲水詞》。篤意經史，藏書樓曰"通志堂"，早年又稱"花間草堂"。傳見《清史稿》。

【行款版式】半葉十行，行二十字。注文低一格單行大字。白口，左右雙邊，單魚尾。版心上左側鐫字數，中鐫書名簡稱"考工記"及卷次"上"/"下"，下鐫葉次，近書根處右鐫"通志堂"，左鐫刊工姓名。版框21.6厘米×14.9厘米，開本27.2厘米×18.2厘米。

【題名頁牌記】内封三闌，右闌"宋林虙齋先生著"，居中"考工記解"，左闌"通志堂藏板"。

【刊寫題記】每卷尾題"後學成德按訂"。

【刻(寫)工】卷上第一葉下鐫"鄧爾仁"(第二十五葉下鐫"爾仁")，第三葉下鐫"鄧珍"，第五葉下鐫"鄧本立"，第七葉下鐫"王貞"，第九葉下鐫"金子重"，第十一葉下鐫"邛順"，第十三葉下鐫"張玉"，第十五葉下鐫"張志"，第十七葉下鐫"穆彩"，第二十一葉下鐫"邛玉"，第二十九葉下鐫"邛本立"(卷下第四十一葉下鐫"本立")，第四十一葉下鐫"邛存"，第七十七葉下鐫"朱士"，卷下第十一葉下鐫"邛明"，第三十五葉下鐫"邛卿"。

【避諱】卷上第十一葉"玄"字缺末筆，卷上第十葉"殷"字缺末筆。卷下第十葉"桓"字缺末筆。

【序跋附録】無。

【批校題跋】書中有傅增湘朱筆校。上卷前後護葉有傅增湘兩跋，録文如下：

1.《考工記解》上下卷，宋刊本，半葉十行十八字，白口，左右雙闌。板心上記字數，下記刊工人名，有"晋府書畫之印""燕超堂書畫印""吳郡趙頤光家經籍""乾隆御覽之寶"。昔年見於廠市，展轉爲慈溪李湛侯所得，昨日假來，竭二晨之力，對勘一遍，改正數十事，篇中墨釘亦填補十餘字，其《釋音》下卷較正更夥，篇末至補入八行，至爲愉快。昔何義門謂汲古宋本有闕葉，應訪求補，今兹本下卷空缺字雖亦屬爛板，未能補齊，而其稗益則已多矣。乙丑五月初二日傅增湘記。（鈐“沅叔／手校”朱文方印）

2. 此帙四年前叚慈溪李氏藏本校定，補《釋音》卷下脱文八行。頃於敞肆遂雅堂見一宋刊本，其中延祐四年補刊者三十六葉，版多斷爛，字迹模䊟，遜李氏本遠甚。然重其爲查初白先生藏書，卷首有先生手跋三行，因攜歸詳記於册子。及逐葉繙閲，其《音釋》卷上“函人”以下九行，通志堂本既失刊，李氏宋本亦脱佚，爰手寫坿入。昔葓翁校書，必聚數本，今同一宋刊，且印行較後，宜無足取矣。然細心披檢，其佳勝乃出意表。後之學者宜以葓翁爲法，慎毋輕心掉之也。初白跋語録如左方。己巳三月藏園記。（鈐“沅／叔”朱文方印）

【鈐印】上卷卷端鈐“乙丑”白文長方印、“北京／圖書／館藏”朱文方印。上卷前後護葉傅增湘兩跋末各鈐“沅叔／手校”朱文方印、“沅／叔”朱文方印。

【書目著録】

1.《藏園羣書校勘跋識録》：“宋林希逸撰。清康熙《通志堂經解》本。乙丑年（1925）三月藏園先生據查慎行藏宋刊本補校，並録查慎行題跋。同年五月又據慈溪李思浩（湛侯）藏宋刊本校，卷首及卷上末葉兩則校刊跋文可見於《藏園羣書題記》，故不復再録。卷上末葉識曰：乙丑五月初二日校。”①

2.《北京圖書館古籍善本書目》經部禮類著録②。

3.《中國古籍善本書目》經部禮類周禮部分著録，編號01779。

【遞藏】傅增湘（1872—1949），字潤沅、沅叔，號雙鑑樓主人、藏園老人、長春室主人等，四川江安人。清光緒二十四年（1898）進士，選庶吉士，授編修，歷任貴州學政、北洋政府教育總長、故宫博物院圖書館館長等。爲近代中國著名藏書家、版本目録學家，有“雙鑑樓”“藏園”等，藏書印有“企驥軒”“佩德齋”“書潛”等。

【其他】無。

【按語】此本上卷卷端鈐有“乙丑”印，卷末朱筆題“乙丑五月初二日校”，册

---

① 傅增湘《藏園羣書校勘跋識録》，中華書局2012年版，第12頁。
② 《北京圖書館古籍善本書目》，書目文獻出版社1987年版，第63頁。下引版本皆同。

後附葉補抄《釋音》九行,乙面朱筆題"此《釋音》半葉,據查初白所藏宋刊本補
鈔,己巳三月十二日沅叔記",並抄版心"延祐五年補刊"。可知傅增湘1925年
(乙丑)以慈溪李思浩藏宋刻校該本,而1929年(己巳)又得查慎行跋本,即今臺
灣漢學研究中心藏本,遂綴跋於後。《藏園群書校勘跋識録》云其先録查跋,
疑誤。

　　傅氏跋云"汲古宋本有闕葉",見《通志堂經解目録》覃溪考訂載"何焯曰:
'汲古宋本有闕葉,應訪求補全。'"①有學者認爲"汲古宋本"或即臺藏本②,疑
非,藏園既據臺藏本補《經解》本,《經解》所據底本不當爲該本。

　　傅增湘校勘記亦行於世③,觀其朱筆所校,多改字體,如改剪爲剪,美爲羑,
冰爲水,箇爲个,乘爲乘,迤爲迤,參爲三、叄,體爲体;亦有易字者,如卷上第八
葉鮑爲鞄、鈌爲缺,第十三葉屧爲從,第十七葉敝下補而字,第十八葉縠爲谷,第
二十一葉溓爲濂,遇墨釘則朱筆補字其上,其一二字者尚補之,五六若六七字則
不補。從中可知此二本之間異文相對較少,這或許與其書版本系統較爲簡單
有關。

　　李思浩藏本據傅增湘跋,爲宋刊本,半葉十行十八字,白口,左右雙闌。板
心上記字數,下記刊工人名,有"晋府書畫之印""燕超堂書畫印""吳郡趙頤光
家經籍""乾隆御覽之寶"。中國嘉德2005年11月4日拍賣見一宋刻本
(Lot0969),上卷卷端鈐"胡氏所/藏宋本"朱文長方印、"吳郡/趙宦光/家經籍"
白文方印、"燕超堂/書畫印"朱文長方印、"晋府/書畫/之印"朱文方印、"宜/子
孫"白文方印、"乾隆/御覽/之寶"朱文圓印、"天津市人/民圖書館/珍藏圖書"
朱文方印④,或即李思浩藏本。嘉德本卷上第一葉(元代補版)版面較臺藏本更
爲清晰。而據傅增湘校記,李思浩藏本保存內容亦較臺藏本爲多,如卷下《釋
音》弓人"劋,飄去"以下八行,上海圖書館藏本及臺藏本並無,傅氏録李思浩藏
本則有。該本刷印時間或早於上圖本與臺藏本。

---

①清何焯輯、翁方綱考訂《通志堂經解目録》,《叢書集成初編本》,第14頁。
②參見王愛亭《崑山徐氏所刻〈通志堂經解〉版本學研究》,山東大學2009年博士學位論文。
③傅增湘《藏園群書校記:考工記解(通志堂刻本以宋本校)》,《北平北海圖書館月刊》,1928
　年第6期。
④見拓曉堂《嘉德親歷:古籍拍賣風雲録》,上海書畫出版社2018年版,第56頁。

新刊宋學士夾漈先生六經奧論

北京師範大學圖書館　程仁桃

北京師範大學圖書館 091. 3752/972 善

國家珍貴古籍名録 03397

《新刊宋學士夾漈先生六經奧論》六卷；《六經總論》一卷。題（宋）鄭樵撰；（明）黎温校正。明成化四年（1468）書林劉氏日新堂刻本。四册。綫裝。（清）潘道根校並跋。

【題著説明】卷一卷端題"新刊宋學士夾漈先生六經奧論卷之一"，"盱江訓導危邦輔家藏""臨川恕軒黎温校正""書林日新劉克常刊行"。卷前黎温序云："夾漈鄭先生名樵，字漁仲，莆陽人，亦出於宋隆平之世，典教之際，述作是書而爲《六經》錧轄之論，啟其關鍵，闡發幽秘。"據黎温此序，此書作者當爲鄭樵，但作者是否爲鄭樵，歷來尚有争議，詳見按語。

【著者簡介】

1. 鄭樵（1104—1162），字漁仲，世稱夾漈先生，興化軍莆田縣（今福建莆田）人。宋紹興間以薦召對，授右迪功郎、兵部架閣，尋改監潭州南嶽廟，給札歸鈔所撰《通志》。書成進呈，授樞密院編修。鄭樵一生潛心治學，著述甚多，但大多亡佚，現存的有《通志》《夾漈遺稿》《爾雅注》等。傳見《宋史》卷四百三十六《列傳》、一百九十五《儒林六》。

2. 黎温（生卒年不詳），字恕軒，撫州府臨川縣（今屬江西撫州）人。約活動于成化間（1465—1487）。

【内容】是書爲探究"六經"原委和旨意之作。凡六卷。卷前有《凡例》《目録》《總文》（即《總論》）。目録如下：

《總論六經》：夫子作六經、魯恭王獻古文、河間王獻書、劉向校中書、劉歆校秘書、六經總論、漢世傳經之人、朝廷立五經博士、六經古文辨、六經字音辨、諸儒著述訓釋圖、六經注疏辨、詩書逸篇猶存於春秋之世、讀詩易法、讀詩書春秋法（魯頌秦誓）。

卷一《易經》:三易、宓戲先天之易、文王後天之易、先天圖、未成之卦自上畫下圖、已成之卦自下畫上圖、未成之卦自上畫下法、已成之卦自下畫上法即加倍法、宓戲八卦、文王八卦、河圖、洛書、禹叙九疇圖、河圖洛書辨、又辨、河圖七八九六之數、河圖八卦大衍之數、蓍用七八九六之辨、揲蓍法、舊約卦法、今約法、内外體、易經總論、上下經辨、卦辭作於文王、爻辭作於周公、十翼出於夫子、彖辭、象辭、文言非夫子自作、繫辭、説卦、序卦、無咎悔亡、占筮、易經舉正、易之遺書。

卷二《書經》:書脱於秦火又有大不幸之幸、今文尚書序、伏生口授二十八篇、古文尚書序、孔壁續出二十五篇、今文古文尚書辨、禹貢地理辨、禹貢職方九州同異辨、辨禹貢職方山川地名、地名及四夷附、禹貢洪範相爲用、禹貢九州之圖見禹治水先後之序、洪範與九州堯典相類、洪範之數出於洛書、洛書、九疇數、書序、書疑、武成辨、君牙伯景①呂刑辨、秦誓、讀書當觀其意。

卷三《詩經》:毛氏傳、二南辨、關雎辨、國風辨、風有正變辨、雅非有正變辨、豳風辨、風雅頌辨、頌辨、商魯頌辨、逸詩辨、諸儒逸詩辨、亡詩六篇、樂章圖、歌詩、合樂詩、射樂、笙詩、管奏、金奏、絲奏、房中之樂、兩君相見之樂、删詩辨、詩序辨、詩箋辨、讀詩法、詩有美刺、毛鄭之失、詩亡然後春秋作、秦以詩廢而亡、解經不可牽强。

卷四《春秋經》:春秋總辨、始隱辨、終獲麟傳、正朔總論、六經正朔圖、春秋用夏正辨、六經皆用夏正辨、周易用夏正辨、周禮用夏正辨、詩用夏正辨因舊史以修春秋、例例非春秋之法、褒貶、春秋之文詳略、看春秋須立三節、三傳、公穀二傳、穀梁傳、左氏非丘明辨②、左氏善言詩書易。

卷五《禮經》:三禮總辨、三禮同異辨、儀禮辨。《樂書》:樂書傳授、禮以情爲本、禮文損益辨、禮記總辨、禮記傳授、月令、王制、中庸。

卷六《周禮經》:周禮辨、周禮傳授、天文總辨、中星辨、中星圖、漢古郡圖附、分野辨、山③河兩戎圖、雲漢圖、三辰圖、五服九服辨、六服朝禮、封國圖、周禮圖、

①“景”,應爲“同”字。
②“左氏”下紙張殘破缺文,據正文補“非丘明辨”。
③“山”字殘缺,據正文補。

孟子王制、王制開方合周禮數、王制開方法、封國辨附圖、貢助徹法、田稅辨、溝洫辨、讀法辨、牛耕耦耕辨。

【刊印者】序後牌記“書林劉氏日新堂刊”，卷端題“書林日新劉克常刊行”。日新堂爲元代建陽人劉錦文的書坊名。錦文字叔簡，其後裔世守其業，自元迄明代中葉，刻書甚多。劉克常當爲劉錦文後人。

【行款版式】每半葉十二行，行二十四字，小字雙行同。上下黑口，四周雙邊，雙魚尾。版心中鎸“總論”“易論”“書論”“詩論”“春秋論”“禮論”及葉數。有圖。版框 19.6 厘米×12.4 厘米，開本 37.6 厘米×15.6 厘米。

【題名頁牌記】序後有“書林劉氏/日新堂刊”牌記。

【刊寫題記】無。

【刻（寫）工】無。

【避諱】無。

【序跋附録】卷首刻有明成化四年黎溫《題六經奥論序》。其次爲《六經奥論凡例》《新刊宋學士夾漈先生六經奥論目録》《新刊宋學士夾漈先生六經奥論總文》。卷末有明成化四年丁元昇《題六經奥論後序》。

1. 黎溫序録文如下：

《題六經奥論序》

經以載道，先儒言之備矣。蓋《易》以究陰陽，《書》以道政事，《詩》以理情性，《春秋》以明褒貶，《禮》以謹節文，《樂》以致中和。故潔净精微，《易》教也；疏通知遠，《書》教也；温柔敦厚，《詩》教也；屬辭比事，《春秋》教也；恭儉莊敬，《禮》教也；廣博易良，《樂》教也。是以聖人作經垂訓之功，不亦大乎？昔者周衰，《六經》阨於秦火。漢室奮興，始除挾書之律，經籍漸出，諸儒傳於殘編斷簡之中，山巖屋壁之内。晋、唐以來，莫有發揮。迨乎宋德隆盛，五星聚奎，文運光啟，治教休明，而應生於濂、洛、關、閩之群哲，於是諸經皆有傳義之説，如日麗中天，聖道丕顯，而頓回魯、鄒、洙、泗之風教。粤若夾漈鄭先生名樵，字漁仲，莆陽人，亦出於宋隆平之世，典教之際，述作是書而爲《六經》館轄之論，啟其關鍵，闡發幽秘，俾學者直睹升堂之精藴，是則有功於聖門，誠不小矣。温自往年游於旴郡，常請益於灣溪子由危先生。講論之暇，特出家藏厥祖訓導邦輔所録是書，啟誨於温。既而舊冬,遂請是藁,敬攜入於書林。一旦訪謁日新劉氏克常,細閱其義,欣然珍留,擊節嘆曰:"滄海誠有遺珠矣。"而請余之校正。余竊謂是書一出,則《六經》之奧昭然,不惟天下學者之有幸,抑亦斯文千載之有幸也。時成化紀元四年戊子孟秋既望吉旦,後學臨川恕軒黎温序。

2. 丁元昇序録文如下:

《題六經奧論後序》

圖書秘發而《六經》之道始見於治,杏鐸響宣而《六經》之道始著於文,故堯舜禹湯文武以行其道,至於吾夫子不得其位以明其道,是則繼往開來,所以爲天地立心,爲生民立極,爲萬世開太平者,厥功賢於堯舜遠矣。昔者周衰教弛,繼以暴秦坑焚之慘,由是《六經》掃蕩無遺。漢興,諸儒尚幸出於口傳屋壁之間,然訓詁亦未詳[闕]①。及有宋,賢哲迭興,傳註之義既備,而《六經》之道粲然復明於世。若夾漈鄭先生始作是書而爲《六經》之奧論,是則有資於聖門之學者,功莫大焉。適因臨川恕軒黎温攜藁游吾書林,請謁日新劉克常翁,一見欣然,留之敬梓,甚盛心矣。於戲!是書之藏,歷世久矣,非恕軒神交心契,則莫能發其藏以顯於盛世,非克常翁珍愛梓行,亦豈能遂其功而傳於世哉!故曰:君子莫大乎與人爲善,其惟日新劉氏之賢也。故余樂道人之善而書于卷末以誌云。甞成化四年戊子夷則月下弦,書林仁齋門人松澗丁元昇敬序。

【批校題跋】書眉及書內有朱、墨筆批校。卷末有潘道根墨筆手題:"道光辛卯正月多雨,閒窗無事,爲點校一過,惜乎家少藏書而舊學荒落也,中多未定,俟諸異日。確潛潘道根識。"

【鈐印】卷前序首葉鈐有"季/重"朱文方印、"徐印/開任"白文方印、"道根"朱文長方印、"好古/齋"白文方印,框外鈐"北京師範大學/圖書館珍藏"朱文長方印。卷末鈐"孫進/私印""江山/真透"白文方印。

【書目著録】

1.《北京師範大學圖書館古籍善本書目》經部群經總義類著録②。

2.《中國古籍善本書目》經部群經總義類著録,編號 3597。

---

①原文殘損,疑爲"闕"字。
②《北京師範大學圖書館古籍善本書目》,北京圖書館出版社 2002 年版,第 25 頁。

【遞藏】

1. 徐開任(1610 或 1611—1694),字季重,號介石,又號愚谷,南直隸崑山人。明諸生。喜藏書,明亡後隱居太倉,著有《明名臣言行録》《六經通論》《愚谷詩文集》《逸民傳》等。

2. 孫進(生卒年不詳),據潘道根批注云字地初,崑山人。生平無考。

3. 潘道根(1788—1858),字確潛,號晚香,江蘇崑山人。擅醫術。喜研習文史,著有《讀傷寒論》《醫學正脈》《娱拙齋醫案》等。

【其他】是書一函四册。

【按語】是書爲探究《六經》旨意和原委之作。關於此書作者,向有争議。據卷前黎温《序》"夾漈鄭先生名樵,字漁仲,莆陽人,亦出於宋隆平之世,典教之際,述作是書而爲《六經》館轄之論"及《凡例》第一條"夾漈先生所著是書,目之爲《六經奧論》",此書作者爲鄭樵。明人唐順之輯《稗編》著此書時,署名"鄭樵"。清朱彝尊、全祖望等因此書所載内容與鄭樵思想、言論等不符,疑非樵所作①。《四庫全書總目·六經奧論提要》基本沿襲了朱彝尊的觀點,云:"《六經奧論》爲危邦輔所作,托之鄭樵。"此外,清人陸心源等認爲此書係改編自署名"莆陽二鄭先生"的《六經雅言圖辨》而成,故作者當爲鄭樵及其從兄鄭厚②。余嘉錫《四庫提要辨證》大抵沿襲此説而略異③。《[同治]臨川縣志·藝文志》《[光緒]撫州縣志·藝文志》則徑著録爲"黎温撰"④。

此書不見於宋元時期的書目記載,如《郡齋讀書志》《直齋書録解題》《宋史·藝文志》《文獻通考·經籍考》等,明代始見著録。近人傅增湘《雙鑑樓善本書目》著録此書有影元刊本,如若著録不誤,此書當在元代已有刊本存在,惜今不傳。《中國古籍總目》著録此書現有明成化四年書林劉氏日新堂刻本、清《通志堂經解》本、清乾隆刻《經學五種》本、清嘉慶十二年金溪蔡熙曾魯齋校刻

---

① 詳見朱彝尊《曝書亭集》卷四十二《六經奧論跋》,清嘉慶間刻本。全祖望《鮚埼亭集外編》卷三十四《跋六經奧論》條,清同治十一年刻本。

② 詳見陸心源《儀顧堂題跋》卷一《六經雅言圖辨跋》條,清光緒十六年刻本。

③ 詳見余嘉錫《四庫提要辨證》卷二"《六經奧論》六卷"條,中華書局 2007 年版,第 2126—2127 頁。

④《[同治]臨川縣志》,清同治九年刻本。《[光緒]撫州府志》,清光緒二年刻本。

本等,另有中山大學圖書館藏清乾隆十八年董潮抄本及北京大學圖書館、浙江圖書館藏清抄本等。明成化四年日新堂刊本爲此書現存最早的版本,《中國古籍善本書目》著録僅北京師範大學圖書館收藏。

　　與通行《通志堂經解》本比對,明成化本較《通志堂經解》本多黎温、丁元昇二序。二本的《凡例》内容基本相同,只是成化本較《通志堂經解》本在《凡例》最後多"聖朝尊儒重道,褒崇先聖暨諸賢哲之從祀,故敬拜首謹書"二十三字。二本正文篇目亦合。明成化本爲是書現存最早的刊本,亦是後來各刊本、抄本的祖本。

史　部

歷代紀年

中國國家圖書館　趙　嘉

中國國家圖書館 06595

國家珍貴古籍名録 00459

　　《歷代紀年》十卷。（宋）晁公邁撰。宋紹熙三年（1192）盱江郡齋刻本。四册。綫裝。存九卷：卷二至十。（清）黄丕烈跋。

　　【題著説明】第二卷卷端題“歷代紀年第二”，下題“正統二”，再下題“晁氏”。

　　【著者簡介】晁公邁（生卒年不詳），字伯咎，又作伯皋，號傳秘居士，鉅野（今山東巨野縣）人。晁詠之季子。以蔭補將仕郎。北宋欽宗靖康初爲開封府户曹參軍。高宗建炎中通判撫州。晚以朝散郎提舉廣東常平。著有《歷代紀年》《百談集》，今僅存《歷代紀年》。

　　【内容】《歷代紀年》十卷，第一卷亡佚，存九卷（卷二至十）。據各卷卷端題名，可知該書當分爲如下幾部分：正統、古封建、僭據（附藩鎮）、盗賊（附夷狄、道書、最歷代年號），書末又附“最國朝典禮”。“正統”所記爲唐虞三代（第一卷亡佚，第二卷自曹魏始）起至北宋欽宗朝被認爲是正統者的歷代封建王朝，兼及五行德運、君主生平、年號、皇后、帝子、要職權臣姓名；“古封建”所記爲夏、西周、東周時期所封諸侯建國滅國時間,以及對夏之越國、周之同姓諸侯王、周之異姓諸侯王之簡介;"僭據"所記爲自王莽新朝末至南宋高宗朝被視爲非正統的歷代割據政權年號及歷時,末附藩鎮;"盜賊"所記爲自西晉末至南宋高宗朝時間非常短暫的地方割據勢力所用年號;"夷狄"所記爲自北魏起至南宋高宗朝見於史書記載的周邊民族建立的政權及年號;"道書"所記爲道教典籍所造的年號;"最歷代年號"即歷代年號的匯集,是將之前各類中的年號按照時間順序,以年號首字排序,起於漢之"建元",訖於金之"收國",相當於歷代年號的檢索。書末附録"最國朝典禮",爲北宋太祖、太宗、真宗、仁宗、英宗、神宗、哲宗、徽宗、淵聖(即欽宗)幾朝與典禮有關的簡録,最末"祖宗神御在京師者"爲北宋時供奉歷代祖先神像的宗廟簡録。

【刊印者】包履常(1154—1217),字適可,樂清人,包拯七世孫。南宋淳熙八年(1181)進士,曾任盱江教授[1]。

【行款版式】半葉十行,行十九字[2],小字雙行二十九至三十字不等。白口,左右雙邊,雙魚尾。版心中鐫"己幾"或"紀年幾",上鐫字數,下鐫葉數及刻工名。版框 19.1 厘米×12.8 厘米,開本 22.0 厘米×15.0 厘米。

【題名頁牌記】無。

【刊寫題記】無。

【刻(寫)工】版心所見刻工有時、坦、周時,其餘版印模糊,不可辨識。

【避諱】全書在行款和字體上前後有差異,或許有經修版的可能。

書中"桓""朗""惇(敦)""玄""胤""勗(頊)""弘""貞""慎(瑗)""楨(禎)""構""恒""殷""讓""敬""耿"缺末筆,其中"弘""敬""朗""殷"亦有不缺筆者,"廓"字不缺筆,當止於光宗(第二卷第二葉下半葉第二行"夏侯惇","惇"字缺筆)。

又,"贊""纘""貢""享"缺末筆,非宋諱,不知所避者爲誰。

【序跋附録】卷十末有晁子綺記、包履常記,後附《最國朝典禮》。

---

[1]按,真德秀撰有《朝請郎通判平江府事包君墓誌銘》。見《真西山文集》。
[2]卷五之後行款不同,多出現行十八字、二十字、二十一二字,甚至有行二十六字者(如卷七第十五葉上半葉第五行)。

1. 晁子綺記如下：

昭德族父《紀年》既成，先君首得其藁，及言編纂之瘧，累歲而後就，猶恨居宜黃山間，國史諸書不盡見，故勘覆未詳，尚多闕略，當有待於後日。未幾族父下世，惜哉！後二十有四載，當紹興之辛巳，子綺復求本於八兄叔我而鈔之。又十有五年，再謄是本，且與外弟范信伯校定繕寫，異時可鋟木以傳，庶無負述作之意於九原也。淳熙乙未秋七月既望，晁子綺謹記。

2. 包履常記如下：

余分教盱江郡，或謂余元莊之故家有寓盱者。未幾，晁仲皓子綺過余，數往返，見其議論多前輩言行，余喜聞之。一日至其塾，出《歷代紀年》示余，曰：“先伯父提舉公所爲書也，纂緝之工垂五十載，未有傳者。”余受而閱之，自唐虞三代以至于今，建國之始末，傳緒之久近，治亂興衰，進退用捨，凡節目之大而關於體統者可以槩見，殆不止於世系年譜而已。余既歎晁公之博而專，且愛此書之有補於學者，爲之鋟木，以成其志。晁公諱公邁，字伯咎，元莊之裔孫，景迂之猶子，崇福之冢嗣。建炎南渡，繇天府掾，貳郡持節，問學能世其家，蓋載之訓詞云。紹熙壬子季春望後五日，樂清包履常書。

【批校題跋】全書中有少量佚名批校，爲朱筆，在卷六、卷七、卷九。卷六第十四葉下半葉葉眉改“趙”爲“周”。卷七有朱筆批點。卷十後所附《最國朝典禮》第一葉上半葉第四行在“隆”“殿”二字間補一“龍”字。

書後有黃丕烈題跋一則：

此《歷代紀年》，述古堂舊物也。初書友以是書求售，亦知其爲宋刻，需直二十金。余曰：“此書誠哉宋刻，且係錢遵王所藏，然殘缺損污，究爲瑜不掩瑕，以青蚨四金易之可乎？”書友亦以余言爲不謬，遂交易而退。按，是書傳布絕少，故知者頗希。余素檢《讀書敏求記》，留心述古舊物，故裝潢式樣，一見即識。然遵王所記不甚了了，即如此書首缺弟一卷，並未標明，其云始之以《正統》，而後以《最歷代年號》終焉，似首尾完善矣。然十卷外，又有《最國朝典禮》五葉，此附錄於本書者，而《記》未之及，何其疏略如是耶？又按，《書錄解題》云：“《歷代紀年》十卷，其自爲序，當紹興七年。”或者此缺弟一卷，故自序不傳爾。余友陶蘊輝爲余言：“向在京師見一鈔本，是完好者。”未知尚在否也，俟其人都，當屬訪

之。大清嘉慶元年二月清明前三日，棘人黄丕烈書於故居之養恬軒。（末鈐"平江/黄氏/圖書"朱文方印）

【鈐印】卷二前空白葉鈐"平江/黄氏/圖書"朱文方印、"瞿氏/秘笈"朱文長方印。卷二卷端由下至上鈐"平江/黄氏/圖書"朱文方印、"瞿氏/秘笈"朱文長方印、"北京/圖書/館藏"朱文方印、"綏珊/經眼"白文方印、"紹基/秘笈"白文方印（側印），框外鈐一白文印不可辨識，書眉上鈐"士禮/居"朱文方印、"紹基/秘笈"白文方印。卷三卷端鈐"平江/黄氏/圖書"朱文方印、"瞿氏/秘笈"朱文長方印、"綏珊/經眼"白文方印、"士禮/居"朱文方印。卷四、卷七卷末鈐"平江/黄氏/圖書"朱文方印、"瞿氏/秘笈"朱文長方印。卷五、卷八卷端由下至上鈐"平江/黄氏/圖書"朱文方印、"綏珊/經眼"白文方印、"瞿氏/秘笈"朱文長方印、"士禮/居"朱文方印。卷十附葉葉末由下至上鈐"平江/黄氏/圖書"朱文方印、"瞿氏/秘笈"朱文長方印、"北京/圖書/館藏"朱文方印。書後黄丕烈題跋末鈐"平江/黄氏/圖書"朱文方印，又鈐"鐵琴銅/劍樓"白文長方印、"綏珊/經眼"白文方印。

【書目著録】

1. 錢曾《述古堂宋板書目》編年類著録"《歷代紀年》二十卷四本"[1]。

2. 錢曾《讀書敏求記》卷二史部著録"《歷代紀年》十卷"，記曰："晁氏《歷代紀年》，始之以正統，次之以封建、僭據，再次之以盜賊、四裔、道書，而後歷代年號終焉。晁公諱公邁，字伯咎。纂輯此書，凡節目之大而關於體統者，可以概見。紹熙壬子，樂清包履常爲之鋟木以傳。"[2]

3. 黄丕烈《百宋一廛書録》史部著録"《歷代紀年》"[3]，其解題大致同於此本跋語。

4. 張金吾《愛日精廬藏書志》史部著録"《歷代紀年》十卷宋紹興刊本述古

---

[1]《述古堂宋板書目》，見《叢書集成初編》，商務印書館 1935 年版，第 51 頁。按，據錢氏《讀書敏求記》及其他書目著録，此處"二十卷"當作"十卷"，"二"爲衍文。

[2] 錢曾著，管庭芬、章鈺校證，傅增湘批注，馮惠民整理《藏園批注讀書敏求記校證》，中華書局 2012 年版，第 144 頁。按，《讀書敏求記》各家版本關於此書解題内容有異同，此處所用爲章鈺《讀書敏求記校證》本。

[3] 黄丕烈《百宋一廛書録》，見《續修四庫全書》，上海古籍出版社 2002 年版，第 680 頁。

堂藏書”，記曰：“宋晁氏公邁撰。卷一闕。首正統，次古封建，次僭據附唐藩鎮，又次盜賊夷狄及道書所載年號，而以最歷代年號終焉。末附最國朝典禮，載太祖至淵聖樂舞、宮殿、南郊、太廟、封泰山、祀汾陰、拜陵、幸學、大赦、德音等事，而終之以祖宗神御在京師者。原注云‘元稿無此目，止附見逐朝册葉界行外，今存卷末’云云。是書上起唐虞，據包履常跋。此本缺首卷，起三國魏。下迄北宋建國，傳緒、用人、行政，凡節目之大而關於體統者，靡不臚載，蓋不止於考據世裔、年號而已。即就年號而論，夏諒祚有廣禧、嘉祐六年辛丑。清平治平三年丙午。兩號而《宋史》不載。案《玉海·歷代年號》有廣禧、清平，俱注‘夏國’，蓋本諸此，可補《宋史》之闕。遼太宗立，改元天顯，而《遼史·太祖紀》云，天顯元年二月改元，天顯七月上崩。案《資治通鑑》云，契丹改元天顯，葬其主阿保機於木葉山。《五代史》云，德光立三年，改元天顯。《東都事略》云，德光立二年，改元天顯。《契丹國志·太宗紀》云，帝即位，猶稱天贊六年。次年，乃以天顯紀元。雖微有異同，而天顯爲太宗年號則斷然無疑者。《遼史拾遺》亦以天顯爲太祖年號，蓋仍《遼史》之誤。遼道宗改元‘壽昌’，而《遼史》作‘壽隆’。案聖宗諱隆緒，道宗爲聖宗之孫，何至紀年而犯祖諱？且遼人謹於避諱，避太宗諱而‘光禄’改爲‘崇禄’矣，避興宗諱而‘女真’改爲‘女直’矣，避天祚名而且追改‘重熙’爲‘重和’矣，嫌名猶迴避如此，而乃以祖諱紀元，此理所必無者。又案《東都事略》、《十朝綱要》、《文獻通考》、《玉海》、洪遵《泉志》及安德州《創建靈巖寺碑》壽昌元年、易州興國寺《太子延聖邑碑》壽昌四年、憫忠寺《故慈智大德佛頂遵勝大悲陀羅尼幢》壽昌五年、三座塔《玉石觀音像倡和詩》壽昌五年，俱作‘壽昌’，均與此合，可訂《遼史》之誤，有裨史學豈淺鮮哉。是書自《玉海》《直齋書録解題》外，近惟《讀書敏求記》著録，此本即係述古舊藏，雖稍有殘缺，終不失爲希世珍也。”[1]（後輯録書中諸跋及《直齋書録解題》，已見於本書志中，不再抄録。）此本雖未有張氏藏印，但據此可知此本曾經張金吾愛日精廬收藏。

　　5. 瞿氏《鐵琴銅劍樓藏書目録》卷九史部二編年類著録“《歷代紀年》十卷，宋刊本”，記曰：“宋晁公邁撰。案：陳氏《書録》云：‘公邁，字伯咎（臯），詠之之子，嘗官提舉司者。’所紀歷代年號，首‘正統’，自唐虞迄北宋爲七卷，次‘封建

①張金吾《愛日精廬藏書志》，上海古籍出版社2020年版，第149—150頁。

國號’一卷,次‘僭據、附藩鎮’一卷,次‘盜賊外夷及見道家書者’,又總録年號以終焉。末附‘國朝典禮’數葉,載宋祖至淵聖樂舞、宮殿名及郊會、拜陵、幸學、大赦、德音若而,次終以祖宗神御在京者。原注云:‘元稿附見逐朝册葉界行外,今存卷末。’①其正統,每帝紀年下,并載皇后、帝子、在朝職官若而人。後李季永《十朝綱要》,即仿其例也。其紀年號夏諒祚有廣禧、清平二號,與《玉海》合,可補《宋史》之闕。天顯屬遼太宗不屬太祖,遼道宗有壽昌,無‘壽隆’,與《東都事略》《玉海》《通考》等合,可訂《遼史》之訛。是書刊於紹熙壬子,後有淳熙乙未晁子綺記及包履常跋。《書録》外惟見錢遵王《讀書記》,此即述古堂藏本,當時首卷已亡,無從鈔補矣。卷首有‘平江黄氏藏書’朱記。”②

6.《北京圖書館古籍善本書目》史部編年類著録。

7.《中國古籍善本書目》史部編年類著録,編號 1405。

【遞藏】

1. 錢曾(1629—1701),字遵王,號也是翁、貫花道人,江蘇常熟人。錢謙益族孫。明末貢生,入清不仕。自小隨父錢裔肅讀書和收藏圖書,後又得到錢謙益絳雲樓焚餘之書,徵求、校勘數十年不渝。其藏書室名“述古堂”“也是園”,一生收集圖書四千多種,成爲繼錢謙益絳雲樓、毛晉汲古閣之後的又一江南藏書大家。編有《述古堂藏書目》《也是園書目》及《讀書敏求記》。

2. 黄丕烈(1763—1825),字紹武,一字承之,號蕘圃,又號復翁、佞宋主人、秋清居士、知非子、抱守主人、求古居士等,江蘇長洲(今屬江蘇蘇州)人。清乾隆五十三年(1788 年)舉人。所藏古今善本、秘本、珍本極爲豐富,收宋版書達百餘種,專辟一室爲“百宋一廛”藏之。藏書室有“讀未見書齋”“陶陶室”“學海山居”“紅椒山館”“學耕堂”等。晚年於玄妙觀前開設“滂喜園書鋪”,以流通書籍。博學通經,精於校勘,素有盛譽,其手所校之書即被目爲善本。藏書多爲汪士鐘、楊以增所得。著有《百宋一廛書録》《百宋一廛賦注》,藏書題跋匯爲《士禮居藏書題跋記》。

①按,核對原書影印本,此處記録有誤,當作“元稿無此□(目),止附見逐朝册葉行界　□(外),今存卷末”。
②《鐵琴銅劍樓藏書目録》,上海古籍出版社 2000 年版,第 228 頁。

3. 張金吾（1787—1829），字慎旃，號月霄，江蘇昭文（今屬江蘇常熟）人。清嘉慶十四年（1809）補博士弟子員。父母早逝，由叔父張海鵬撫養成人。張氏家族爲藏書和刻書世家，其祖父張仁濟創立藏書樓“照曠閣”，號稱藏書萬卷；其叔父張海鵬藏書處名爲“借月山房”，收入諸多常熟藏書故家如錢曾、毛晉等舊藏，又以“傳望樓”爲號刻印書籍，《學津討源》和《借月山房匯鈔》皆爲其所刻名著。張金吾受家族影響，精於經學和目錄學，藏書處號爲“愛日精廬”，編有《愛日精廬藏書志》，著有《兩漢五經博士考》《十七史引經考》《廣釋名》等，輯有《金文最》等。

4. 瞿紹基（1772—1836），字厚培，號蔭棠，江蘇常熟人。清乾隆五十八年（1793）補廩生，援例爲陽湖縣學訓導。建“恬裕齋”藏書，後更名爲“鐵琴銅劍樓”。廣購宋元善本，爲鐵琴銅劍樓第一代藏書家。編有《恬裕齋書目》。

5. 王體仁（1873—1938），字綏珊，浙江紹興人。清末秀才。曾館於杭州丁氏八千卷樓中，受其熏陶，遂有藏書之志。後經商致富，聚資百萬，築“九峰舊廬”藏書，其間收有丁日昌持靜齋、瞿氏鐵琴銅劍樓、鄧邦述群碧樓、傅增湘雙鑒樓等處藏書。有宋刻本百餘種，明刻本千餘種，皆爲精品，以方志爲最多，去世後藏書多歸清華大學圖書館和國家圖書館。

【其他】無。

【按語】

1. 陳振孫《直齋書録解題》編年類著録“《歷代紀年》十卷”，“濟北晁公邁伯咎撰。詠之之子也，嘗爲提舉常平使者。其自爲序，當紹興七年”[1]。可知宋代有十卷本《歷代紀年》，第一卷有作者晁公邁序。因今存《歷代紀年》缺少卷一，不知是否即《直齋書録解題》所著録之本。

2. 書後兩篇序所署時間分别爲淳熙、紹熙，對應爲孝宗、光宗，然書中卷七有“今上皇帝”“今上嗣位上尊號曰孝慈淵聖”語，“今上”均指高宗，可知此書當成於南宋高宗時期，雖經後人刊行，但未改動書中原文。

3. 章鈺《讀書敏求記校證》此條未見原書，依據的是錢曾在《讀書敏求記》中對該書的著録：“晁氏《歷代紀年》，始之以正統，次之以封建、僭據，再次之以

---

[1]陳振孫《直齋書録解題》卷四，上海古籍出版社 2019 年版，第 116 頁。

盜賊、四裔、道書，而後以歷代年號終焉。晁公諱公邁，字伯咎。纂輯此書，凡節目之大而關乎體統者，可以概見。紹熙壬子，樂清包履常爲之鋟木以傳。”而據國家圖書館所藏宋本，可知“四裔”當作“夷狄”，“歷代年號”當作“最歷代年號”。

4.《愛日精廬藏書志》著録此本，可知此本曾經張金吾愛日精廬收藏，但書中並無張氏鈐印、題跋。又，中國科學院國家科學圖書館藏有清何夢華影鈔宋紹熙三年（1192）盱江郡齋刻本《歷代紀年》，存九卷（卷二至十），三册，十行十九字，邵恩多校，黃丕烈道光癸未年（1823）跋，黃丕烈題跋亦提及將所藏宋本《歷代紀年》售予張金吾，抄録跋文如下：“是書之得，猶在昭明老屋□□□□□□懸橋蒼，蓋相隨余轉徙者二十餘年矣。□□□□□□去，録一副，余未有傳本在外也。去秋錢塘何夢華介歸常熟張月霄，未暇録副。既而夢華録此與余易他書。適余年家子邵郎仙與月霄居同邑，遂屬其就近借校。原本雖不存，聊備檢閱，猶勝於無也。道光癸未端陽後二日，蕘夫記於百宋一廛。”①道光癸未是1823 年，可知張金吾購得此宋本書的時間在1822 年。

蜀漢本末

中國國家圖書館　趙　嘉

中國國家圖書館 06594

國家珍貴古籍名録 00460

《蜀漢本末》三卷。（元）趙居信集録②。元至正十一年（1351）建寧路建安書院刻本。三册。綫裝。

【題著説明】首卷卷端題“蜀漢本末卷上”，次行題“趙居信集録”。

【著者簡介】趙居信（生卒年不詳），字季明，號東溪先生，許州（今河南許昌）人。元至元二十九年（1292），與胡祇遹、程鉅夫、姚燧、王惲等十人被召赴闕

---

① 此黃跋據李開升《黃丕烈題跋補遺》，《文津學志》，2013 年第 6 輯。
② 按《蜀漢本末》卷末趙居信自跋“集諸儒精義於柏林書院，欲綴鄙論於紙尾”，可知是書爲其集録諸家之説爲主，間附己説。

賜對。至治三年(1323),授翰林學士承旨①。追封梁國公,諡文簡。著有《追遠錄》《四道辯》《經説》《理學正宗》《禮經葬制》《蜀漢本末》等書②。

【内容】全書採用編年體記録蜀漢劉備、劉禪二帝事跡,始於東漢延熹四年(161)劉備出生,終於晋泰始七年(271)劉禪去世。認可《資治通鑑綱目》尊蜀漢爲正統的做法,以蜀漢爲正統,曹魏、孫吴爲逆。是書對劉備建立的蜀漢政權及君臣予以肯定,同時認爲蜀漢政權的滅亡乃是天意,也對劉禪的無能喪國予以譴責。内容上大部分參考了胡寅《讀史管見》、朱熹《資治通鑑綱目》、尹起莘《資治通鑑綱目發明》諸書,因此四庫館臣評價"是書所取議論不出胡寅、尹起莘諸人之内,所取事跡則載於《三國志》者尚不及五,特於《資治通鑑綱目》中斷取數卷,略爲點竄字句耳。不足當著書之目也"③。認爲該書價值不大,故將其列入别史類存目。

【刊印者】是書卷下有建寧路建安書院山長黄君復跋,稱"因請壽諸梓以廣其傳";卷下末刻有"建安詹璟刊"。建安書院在建寧府治所之北(今福建建甌),南宋嘉熙二年(1238),由建寧知府王埜承宋理宗之命而創建。黄君復,龍溪(今福建漳州)人,以明經薦,天曆三年(1330)授漳州路教授④。詹璟無考。

【行款版式】半葉十行,行十九字。黑口,左右雙邊,雙魚尾。版心中鐫"蜀漢本末"及卷數、葉數。版框 24.5 厘米×17.4 厘米,開本 28.4 厘米×19.8 厘米。

【題名頁牌記】無。

【刊寫題記】卷下末有"建安詹璟刊"。

【刻(寫)工】無。

【避諱】書中有個别字缺筆,不知是否爲避諱。如卷上第七葉乙面"屯難盤

---

①《元史》卷一七二程鉅夫傳。

②按,關於趙居信的介紹來自明嘉靖間(1522—1566)刻本《許州志》卷六及明萬曆三十年(1602)刻本《開封府志》卷三四。對於趙氏的生平及著述,《許州志》所記載與之後方志不同,如《許州志》記録趙居信諡立簡,所作爲《追達録》;此後方志皆作諡文簡,所作爲《追遠録》。

③《四庫全書總目》卷五十,中華書局 1965 年版,第 454 頁。

④按黄君復資料來自明嘉靖間(1522—1566)刻本《龍溪縣志》卷七及光緒三年(1877)刻本《漳州府志》卷九。檢諸方志,未言其曾任建安書院山長。

桓”之“桓”缺末筆。

【序跋附録】書前有《漢帝世次》,條列自漢高祖至劉禪的歷代帝王,包括即位時間及在位時間,共二十九人,文末有“右漢有天下,自高帝元年乙未至帝禪四十一年癸未,凡四百五十九年”。

書前又有《漢帝世系之圖》,將《漢帝世次》中各帝王順序關係用圖譜排列。

卷下末有趙居信《總論》一篇,以爲劉備所建之蜀漢乃是繼承漢代正統,君臣勠力同心,後繼之君劉禪未能奮發有爲,前朝老臣陸續去世,人亡政息,乃是天命。晋代史臣不以順逆而以强弱作爲判斷正統與否的依據,進曹魏而降蜀漢,這種做法是錯誤的。直至《資治通鑑綱目》一書的出現,將蜀漢尊爲正統才是符合天理的。

《總論》後刻有趙居信題識,後有至正辛卯二月黄君復跋。

1. 趙居信題識如下:

至元戊子之秋,亡友嵩東何從政彦達始示以子朱子《通鑑綱目》,且謂大義數十,炳如日星,如漢繼昭烈,唐黜武后,書揚雄爲“莽大夫”,謂陶潛曰“晋處士”。居信從而讀之,不勝歎服,遂述《蜀漢本末論》以見欽贊之意。歲辛卯,集諸儒精義於柏林書院,欲綴鄙論於紙尾,竟以元藁不存而止。延祐甲寅,鄉丈人竹軒先生曹彦謙子和之子琛出是篇於厥家,乃其父手書者。蓋求之弗獲,兩紀於斯矣。今再序編摩之,始復得合而成之,似非偶然,因記其曲折於卷末云。上元日信都趙居信謹識。

2. 黄君復題跋如下:

漢始於高帝,中興於光武,終於靈、獻,炎祚熄矣。昭烈以中山後,起西蜀而得諸葛武侯爲之佐,雖崎嶇一隅而天下思漢之心猶有望於斯也。傳及帝禪,將星墜營,大業弗克,復庸非天乎?《晋史》帝魏寇蜀,悖已甚矣。紫陽朱夫子《通鑑綱目》之作而大義始正,東溪趙先生《蜀漢本末》之編而公論愈明,是則《本末》當與《綱目》並行於世。歲己丑,先生之嗣子總管趙公來守建郡,出是書以示學者,可謂善繼志矣。君復伏讀敬歎,因請壽諸梓以廣其傳,使後之覽者知正統之有在,其於世道豈小補哉!旹至正辛卯二月,建寧路建安書院山長晚學黄君復載拜謹書。

【批校題跋】無。

【鈐印】《漢帝世次》首葉鈐“汪士鐘/讀書”朱文方印、“三十五/峰/園主人”朱文方印、“汪厚齋/藏書”朱文長方印、“鐵琴銅/劍樓”白文長方印、“北京/圖書/館藏”朱文方印，左鈐“開卷/一樂”朱文方印、“藝芸書舍”朱文長方印，葉眉處鈐“元本”朱文橢圓印。卷上卷端鈐“良士/眼福”白文方印、“瞿印/秉沂”白文方印、“鐵琴銅/劍樓”白文長方印、“恬裕齋/鏡之氏/珍藏”朱文方印、“菰里/瞿鏞”右朱左白方印、“虞山瞿/紹基藏/書之印”朱文方印。卷上末葉鈐“平陽/汪氏”朱文方印。卷中、卷下卷端鈐“李夢弼/氏圖書”朱文長方印、“汪士鐘/讀書”朱文方印、“三十五/峰/園主人”朱文方印、“汪厚齋/藏書”朱文長方印，書眉處鈐“元本”朱文橢圓印。卷中末葉鈐“平陽/汪氏”朱文方印。卷下末葉鈐“平陽/汪氏”朱文方印、“鐵琴銅/劍樓”白文長方印、“北京/圖書/館藏”朱文方印。

【書目著録】

1. 汪士鐘《藝芸書舍宋元本書目》元板部分著録“《蜀漢本末》三卷”，當即此書①。

2. 瞿氏《鐵琴銅劍樓藏書目録》卷九別史類著録“《蜀漢本末》三卷，元刊本”，記曰：“題‘趙居信集録’。居信，號東溪，信都人。此書作於至元戊子，首列漢帝世次：始高帝，終帝禪，又《世系圖》亦然，意以蜀繼漢爲正統。紀事之體，亦依《綱目》，而叙述較詳。每條後附諸儒胡氏、真氏、尹氏、蕭氏之論，末自爲《總論》一篇，美昭烈復漢之功，而以史臣進曹魏、抑昭烈爲厚誣曲諱。論後又有自跋。至正己丑嗣子某守建寧，出其書示建安書院山長黃君復刻之。君復有跋。卷末有‘建安詹璟刊’一行，元刻致佳本也。”②

3.《北京圖書館古籍善本書目》史部編年類著録。

4.《中國古籍善本書目》史部編年類著録，編號1485。

【遞藏】

1. 李廷相（1485—1544），字夢弼，河南濮州（今河南濮陽）人。明弘治十五年（1502）康海榜進士第三人。授翰林院編修。正德年間，宦官劉瑾專權，改兵

---

①《江氏聚珍版叢書》版《藝芸書舍書目》，1899 年文學山房，第 4 葉。
②《鐵琴銅劍樓藏書目録》，上海古籍出版社 2000 年版，第 241 頁。

部主事,劉瑾被誅後官復原職,升任春坊中允,充經筵講官,官南京吏部侍郎。著有《南銓稿》。藏書樓有"雙檜堂",編撰有《李蒲汀家藏書目》,藏書印有"李廷相藏書印""濮陽李廷相書畫印""濮陽李廷相雙檜堂書畫私印""濮陽李廷相家圖籍印"等。

2. 汪氏父子。汪文琛(生卒年不詳),字厚齋,江蘇長洲(今屬江蘇蘇州)人。在蘇州經營"益美布號",廣收圖書,爲吳中藏書巨擘,除黃丕烈之外,還有周錫瓚、袁廷檮、顧之逵等家的古籍,悉數先後被他和其子汪士鐘收藏。

汪士鐘(1786—?),字春霆,號閬源,又作朗園,別號三十五峰園主人、藝芸主人,江蘇長洲(今屬江蘇蘇州)人。世爲布商,好藏書。有"民部尚書郎"印,潘祖蔭《藝芸書舍宋元本書目跋》又稱其爲觀察。書齋名"藝芸書舍"。好刻書,多摹刻宋本。有《藝芸書舍宋元本書目》。汪氏藏書極盛一時,但後代不擅藏書,商號經營不善,又值戰亂,藏書逐漸散去。精品多爲瞿氏鐵琴銅劍樓、楊氏海源閣、郁氏宜稼堂、趙氏舊山樓等家所得。

3. 鐵琴銅劍樓瞿氏。瞿紹基(1772—1836),常熟瞿氏藏書第一代主人,見前《國家珍貴古籍名録》00459。

瞿鏞(1794—1846),字子雝,江蘇常熟人。瞿紹基子。清道光十八年(1838)歲貢生,署寶山縣學訓導。有《鐵琴銅劍樓藏書目録》《鐵琴銅劍樓藏宋元本書目》《鐵琴銅劍樓詞草》《鐵琴銅劍樓集古印譜》《恬裕齋碑目》《恬裕齋藏書記》《續海虞文苑詩苑稿》《續金石萃編稿》《古里瞿氏邑人著述目》等。爲常熟瞿氏藏書第二代主人。

瞿秉沂(生卒年不詳),字理涵,江蘇常熟人。瞿鏞第三子。

瞿秉清(1828—1877),字浚之,江蘇常熟人。瞿鏞第五子。縣諸生。喜金石篆刻。爲常熟瞿氏藏書第三代主人。

瞿啟甲(1873—1940),字良士,號鐵琴道人,江蘇常熟人。瞿秉清幼子,常熟鐵琴銅劍樓第四代主人[1]。創立常熟縣立圖書館(今常熟圖書館),任館長並捐獻家藏典籍。1924年軍閥內戰,爲免兵燹,將家藏珍本運往上海加以保護。

[1]關於鐵琴銅劍樓瞿氏世系資料,參考自《鐵琴銅劍樓研究文獻集》中瞿鳳起先生所撰《罟里瞿氏世系》,上海古籍出版社1997年版,第13頁。

抗日戰爭爆發後,拒任僞職,避居蘇州。後病逝於上海寓所,遺命"書勿分散,不能守,則歸之公"。編有《鐵琴銅劍樓書影》《鐵琴銅劍樓藏書續目》《鐵琴銅劍樓藏書題跋集録》《鐵琴銅劍樓叢書》等,印行《鐵琴銅劍樓藏書目録》。

【其他】書中有缺字、缺葉處,當爲修版時磨損之處無以校對,故作缺字、缺葉處理。如卷上第七葉、卷中第四十四葉、卷下第七葉有多處缺字;卷中第五十四葉、卷下第三十葉整葉内容缺失。

【按語】

1. 此書元刻本僅國家圖書館藏有一部,爲海内孤本,然書中多有文字缺失之處,甚至有整葉缺失者。《原國立北平圖書館甲庫善本叢書》影印收入明藍格鈔本《蜀漢本末》一部(第 121 册),卷内有"翰林院印"滿漢大方印。傅增湘《藏園群書經眼録》、王重民《中國善本書補編》均著録該本,二書皆言該本書衣有戳記:"乾隆三十八年十一月浙江巡撫三寶送到范懋柱家藏《蜀漢本末》壹部,計書壹本。"(影印本未影印書衣)《四庫全書總目》著録者亦爲范懋柱家藏本,當爲四庫底本。該本行款爲半葉十行,行二十五至二十八字不等,雖與元刻本行款不同,但卷末亦有"建安詹璟刊",可知亦從元本出。該本雖亦有缺,但其字句完備處多可補元刻本之缺訛。具體校補如下表:

卷　上

位置	元刻本	明鈔本
第七葉第一行	又以金銀□□以助軍資	□□作"貨幣"
第十一葉第一行	身還□□	□□作"小沛"
第十一葉第二行	以叛操爲備□…□遣	多去操歸昭烈,衆數萬人。操遣
第十一葉第三行	□…□操自	擊之,昭烈謂曰:"使汝百人來,無如我何。"曹操自
第十一葉第四行	□…□字公	來未可知耳。昭烈遣從事孫乾使袁紹。乾字公
第十一葉第五行	□…□昭烈□…□辟爲從事	祐北海人,昭烈領徐州時鄭玄薦之,辟爲從事

卷　中

位置	元刻本	明鈔本
第四十四葉第八行	與□…□亮常稱	與之盟約中分天下,亮常稱
第四十四葉第九行	老而益篤,□…□之行	老而益篤,爲亮所敬如此,故用之行。
第四十四葉第十一行	丞相□…□於沔陽	丞相亮徙府營於南山下原上,築漢城於沔陽。
第四十四葉第十二行	□城□…□	樂城於成固
第四十四葉第十三行	八年□…□次	八年。魏太和四年,吳黃龍三年秋七月,魏寇漢中,丞相亮出次
第四十四葉第十五行	□…□成	九月,魏師退。魏大將軍曹真、司馬懿入寇。丞相亮聞之,次於成
第四十四葉第十六行	□…□表	固赤坂以待。召李嚴,使將兵二萬人赴漢中。
第四十四葉第十七行	□…□餘	嚴子豐爲江州都督典嚴後。會大雨三十餘
第四十四葉第十八行	□…□	日,棧道斷絕。魏叡詔班師。
第四十四葉第十九行	□…□	尹氏曰:凡諸侯之於王室,夷狄之於中國
第四十四葉第二十行	□…□	僭偽之於正統,或加兵犯境,則書曰"入寇"。
第五十四葉	□…□	延常謂亮爲怯,嘆恨己才用之不盡。楊儀爲人幹敏,亮出軍,儀常區畫分部,等度糧穀,不稽思慮,斯湏即了。軍戎節度取辦於儀。延惟矜高,當時皆避下之,惟儀不假借延,延以爲至忿,有如水火。亮深惜三人之才,不忍有所偏廢也。費禕使吳,吳主權問曰:"楊儀、魏延牧豎小人也,雖嘗有鳴吠之益於時務,然既已任之,勢不得輕,若一朝無諸葛孔明,必爲禍患矣。諸君憒憒不知防慮於此,豈所謂貽厥孫謀乎?"禕對曰:"儀、延之不協起於私忿耳,而無黥、韓難御之心也。今方掃除疆賊,混一函夏,功以才成,業由才廣。若捨此不任,防其後患,是猶備有風波而逆廢舟楫,非長

續表

位置	元刻本	明鈔本
		計也。"亮病困,與儀及司馬費禕、護軍姜維等作身没之後退軍節度,令延斷後,姜維次之,若延或不從命,軍便自發。亮卒,儀秘不發喪,令禕往揣延意指。延曰:"丞相雖亡,吾自見在,府親官屬便可將喪還葬,吾自當率諸軍擊賊。云何以一人死廢天下之事耶? 且魏延何人,當爲楊儀所部勒作斷後將乎?"自與禕共作行留部分,令禕手書,與己連名,告下諸將。禕紿延曰:"當爲

卷　下

位置	元刻本	明鈔本
第七葉第一行	戚,斯□…□	戚,斯乃禕性之寬簡,不
第七葉第二行	所害□…□	所害,豈非兆見於此而
第七葉第七行	大將軍禕進兵據三□…□	大將軍進兵據嶺以截爽,爽
第七葉第八行	甚衆,関□…□	甚衆,関中爲之虛耗。
第七葉第九行	以禕兼□…□	以禕兼益州刺史。
第三十葉	□…□	軍向白水,與鍾會合。會欲專軍勢,密白緒畏懦不進。檻車徵還。軍悉屬會。大將軍維列營守險,會攻之不能克,糧道險遠,軍食乏,欲引還,鄧艾止之。艾乃自陰平行無人之地七百餘里,鑿山通道,造作橋閣,山高谷深,至爲艱險。又糧運將匱,頻於危殆。艾以氈自裹,推轉而下,將士皆攀木緣崖,魚貫而進。先登至江油,守將馬邈降。諸葛瞻督諸軍拒艾,至涪停住不進。尚書郎黃崇屢勸瞻宜速行據險,無令敵得入平地。瞻猶豫未納。崇再三言之,至於流涕,瞻不能從。艾遂長驅而前,擊破瞻前鋒。退住綿竹①。艾以書誘瞻曰:"若降者,必表爲琅邪王。"瞻怒,斬艾使,列陣以待艾。艾遣兵攻破之。瞻及黃崇、尚書張遵、羽林右部督李球皆戰死。瞻時年三十七。其子尚嘆曰:"父子荷國恩,不早斬黃皓,使敗國

①據《資治通鑑·魏紀十》,當作"瞻退往綿竹"。

續表

位置	元刻本	明鈔本
		珍民①,用生何爲?"策馬冒陣而死。遵,飛之孫。崇,權之子也。球,恢之弟子也。干寶曰:諸葛瞻雖智不足以扶危,勇不足以拒敵,而能外不負國,内不改父之志,忠孝存焉。是亦可尚也。

2.《四庫全書總目》稱:"前序一篇,不知誰作,稱朱子出而筆削《綱目》,尤以合乎天道而當乎人心。信都趙氏復因之,廣其未備之文,参其至當之論。"②但核之甲庫善本、四庫本,均無館臣所謂"前序",今此元刻本亦無。

玉華堂日記

杜倫大學考古系　黄　曄

上海博物館 802.74/40

國家珍貴古籍名録 03983

《玉華堂日記》不分卷。(明)潘允端撰。稿本。八册。綫裝。姚光跋。

【題著説明】第一册封面題簽"方伯公玉華堂日記"③。著者據姚光跋所考。

【著者簡介】潘允端,字仲履,號充庵,南直隸松江(今屬上海市)人。明嘉靖四十一年(1562)進士,任刑部主事、四川右布政使等職。萬曆五年(1577)因與上司交惡,遂解職回鄉,築豫園以娱老親。生平擅詩文,通園藝,好戲曲,喜古玩。著作多不傳,僅存《豫園記》及《玉華堂日記》。

【内容】記載明代上海豫園主人潘允端十六年生活,上起萬曆十四年(1586),迄於萬曆二十九年(1601)。記述的時間之長、卷帙之多,爲研究明代中後期上海地區社會生活提供了豐富詳實的文獻資料。

【刊印者】無。

---

①據《資治通鑑·魏紀十》,當作"使敗國殄民"。
②檢《四庫總目》浙本、殿本,均作此言。
③第二、第六册原封面散佚不存,不知原作何名。其餘五册題"方伯公玉華堂興居記"。

【行款版式】半葉八直格，每葉十六直格。白口，四周單邊，單白魚尾①。版心中鎸"日記"，下鎸"玉華堂"。版框 21.4 厘米×14.7 厘米，開本 24.5 厘米×17.7 厘米。

【題名頁牌記】無。

【刻（寫）工】蓋出於記室之手，具體寫工信息不詳。

【避諱】無。

【序跋附録】無。

【批校題跋】

1. 第八册末姚光跋：

《玉華堂日記跋》

歲在己卯，避地在滬，於市肆覯有流轉之明人日記，蠹蝕不易揭讀。旋由余友同邑陳君端志購藏，重加裝治，焕然如新，因假取瀏覽一過。是書版匡刻定二葉，適供一月之用。每葉十六直格，前葉弟一格稍低，刻一"月"字，預備填寫某月。其餘每格之首刻定日期，自初一日以至十五日，後葉自十六日以至三十日，弟十六格空白。每日記一格，如逢小建，則三十日下空去。中縫魚尾下刻"日記"二字，平線下刻"玉華堂"三字，所記達十有六年。據另筆所標記者，爲萬曆十四年丙戌，至萬曆二十九年辛丑也。丙戌正月前半月祇留空格一葉，十六日記起。戊戌殘去正月及二月前半月。辛丑記至五月十一日止，下留空格一葉，其餘皆完備可閱。乃全書未出記者姓名，每册間存題簽，有署"方伯公玉華堂日記"者，有署"方伯公玉華堂興居記"者。卷末有題識，署"孫男焕宜"，而又皆不出其姓。傳者謂係上海豫園舊物，豫園者，潘氏之園也。細檢書中，蓋有"潘印焕宜"四字白文一印（在壬辰卷首）。考潘恭定公恩次子名允端，四川右布政使。娶顧氏，累封宜人。投綬歸後，築樂壽堂。又潘恩生於弘治丙辰三月二十六日，卒於萬曆壬午十月十六日。今觀書中，確家在上海城内，每於三月二十六日記"先公生忌作享"，十月十六日記"先公諱日行奠"，又常稱及"樂壽堂"、稱及"先室顧宜人"，則記者爲上海潘允端氏，可無疑矣。卷首正月初一日空格下注曰：

_____

① 間有作黑魚尾者。

“萬曆十四年丙戌,方伯公年六十一歲。”卷末五月十二日空格下注曰:“十一日絕筆,不十六日即捐館矣,可勝痛哉!孫男焕宜百拜書,三月廿九日也。”後於二十七日空格下又注曰:“是日,王父捐館,家門已摧,何日再振,得繼先人之志也。”是此記又允端晚年家居之作,而至絕筆也。此十六年中,逐日著筆,無一闕者,顧簡略殊甚,所記多應酬、送禮、請仙、串戲等事,交遊亦鮮知名之士,於治家之道,未見有可述者。卷末其孫又注曰:“王父之壽,亦不可謂促矣。但致病之原,實因親信賊奴官布事,直至棄產賠償,尚藉後人完事。賊奴之罪滔天矣,而王父不慎於始,豈亦天命與?”官布未明何事,記中亦不詳載。要之明季一帶仕宦之家,惡奴之禍迭作,潘氏已肇其端矣。卷首粘有其外元孫曹樹真識語曰:“極豪華,極精細,真人傑也。大臣去位,一無牢騷不平之意,尤見學問深純。”則不無親故溢美之辭。惟允端係嘉靖四十一年進士,授刑部主事,改調南工部,榷龍江關稅,轉駕部,以憲副分巡青登,晋參政,總理漕儲。後遷四川右轄,不滿於督府,遂厄之,使投紱歸。志乘載其歷官頗著政績。又稱其歸構樂壽堂,鑿泉累石,奉恭定居其中,天倫樂事,海上以爲世濟其美云。今晚年之興居如是,豈毫有所荒,抑記有所未盡邪?然明人日記卷帙之多而獲存於今者,其手稿既未前見,即刻印者,亦僅見《味水軒日記》秀水李日華,吳興劉氏嘉業堂據傳鈔本刻及《祁忠敏公日記》山陰祁彪佳,民國二十六年紹興縣修志會據祁氏家藏鈔稿本印,其中原稿祇存二年而已。是書傳世,已逾三百餘年,今則又得出於兵火而入陳君之手。君曾佐上海市博物館事,國難之前,上海文獻展覽會之舉,君贊劃尤力。此記也,固於吾郡文獻有關,而欲考見明代之風俗人情者,又不能不取資焉。余於恭定公之詩文集,往嘗彙鈔存之,加以題記。茲又獲遇其子姓之日記而考校之,亦不可不謂有因緣在耳。中華民國二十九年三月十日檗右,金山姚光記於滬西之景華邨。

2. 第一册外封題“方伯公玉華堂日記第一金册”,第一册内葉有題簽,上有曹樹真題識,識語見上姚光跋所録(末鈐“仰/山”朱文方印)。

【鈐印】第一册外封題簽鈐“采/昭”“漢/成”朱文小方印。内葉題簽末鈐“仰/山”朱文方印。首葉亦鈐“采/昭”“漢/成”兩印。第五册首葉鈐“潘印/焕宜”白文方印及“采/昭”“漢/成”朱文小方印。正文末有“載/芳”印。跋末有“姚/光”“石/子”二朱文印。

【書目著録】《中國古籍善本書目》史部傳記類日記部分著録，編號 5794。

【遞藏】陳端志（生卒年不詳），又名陳光輝，上海金山人。日本慶應大學畢業，南社成員。曾任國民政府社會部秘書、中國青年工讀團團長、中國青年工讀團建村農學院院長、上海新亞中學校長，又曾就職於上海市博物館。主要著作有《五四運動之史的評價》《博物館學通論》《抗戰與社會問題》《教育改制與工讀教育》《現代社會科學講話》等。據資料記載，這部日記是在 1989 年 1 月正式入藏上海博物館圖書館，而之前則存放於上海文管會。根據上海文管會、上海市博物館與上海博物館的傳承關係，這部日記很有可能由陳氏本人捐入其所在單位，自此流傳至今。

【其他】無。

【按語】據 1939 年日記仍在上海書肆出現這一現象來看，該日記很可能一直在上海流傳。據姚光跋可知，這部日記大概在 1939 年左右爲其同邑友人陳端志所收，並重加裝治。而因記述時間跨度長，明人日記又確不多見，其中所記録的細節爲研究明中後期上海地區的經濟、社會、文化等各方面提供了豐富詳實的資料。

［嘉靖］遼東志

中國國家圖書館　劉　暢

天津圖書館 Z135

國家珍貴古籍名録 04135

《［嘉靖］遼東志》九卷。（明）任洛等纂修。明嘉靖十六年（1537）刻本。六册。包背裝。

【題著説明】書名著者據書首末序文。

【著者簡介】任洛（1484—?），字仲伊，號西溪，河南鈞州（今河南禹州）人。明正德六年（1511）進士。初授浙江桐鄉知縣，後爲山西道監察御史，累升陝西按察使、山西左右布政使，擢左僉都御史。嘉靖十四年（1535），遼東軍叛，受命鎮撫，以平遼東之功，擢爲陝西巡撫、副都御史、户部左侍郎等。後因被劾，引退致仕。

【内容】本書爲明嘉靖時期遼東都指揮史司編修刊印的本地方志,由左僉都御史任洛領銜纂修,是目前可見的明代最早的遼寧全域志。全書共九卷,六册。第一册依次收録明人龔用卿、董越、畢恭等人序文、全書目録及卷一,第二册含卷二,第三册含卷三,第四册含卷四、卷五,第五册含卷六,第六册含卷七至卷九,以及明人陳寬、吳希孟、薛廷寵、史褒善等人後序。嘉靖十六年(1537)本《遼東志》全面記録了明代中期遼東地區的各方面情況,具有很高史料價值,對早期女真部落和明代中朝邊境關係的記録尤屬珍貴。此本作爲嘉靖十六年(1537)本《遼東志》的稀見傳本之一,保存了它的原始面貌,同時也具有較高版本價值。

【刊印者】明遼東都指揮使司。

【行款版式】半葉九行,行十八字,小字雙行同。黑口,四周雙邊,單魚尾。版心中鎸“遼東志書序/目録/卷之幾/後序”等及葉數,部分葉面下書口處以白文鎸有刻工姓名。版框20.3厘米×15.9厘米,開本28.1厘米×17.8厘米。

【題名頁牌記】無。

【刊寫題記】書末刻有職事者:

分校生員畢鶴、魯宗儒、宜寬、朱貢、李遜、邵文爵、舒鎰、趙繼儒、李永玆、曹福、張文羽、屈守貞、戢儒、王瀾、傅良弼、孫荆玉、余尚貢、劉百之。

督謄録指揮佟學,鄉試武舉毛旺。

督刊梓千户鄒傑。

遼東志終。

【刻(寫)工】刻工名以白文鎸於書口下端。大致可識“杜”“青”“惠”等①。

---

① 按,本書刻工姓名以白文鎸於部分葉面下方書口,字跡多模糊不清。臺灣漢學研究中心據其所藏本(索書號210.2 03759)僅辨識出“杜”“青”“惠”等三字,而此本略可識讀處大致有:卷一第十三葉、四十九葉,卷二第十二葉,卷七又十八葉,卷九第十一葉,《遼東志後序》第六葉下方書口刻有“惠”字;卷一第四十七葉,《遼東志後序》第四葉下方書口刻有“青”字;卷二第十四葉、十五葉、二十葉、二十五葉,卷三第六十九葉、七十葉、七十一葉,卷五第四十六葉,卷六七十八葉下方書口刻有“杜”字;卷三第三十六葉、五十七葉下方書口似刻有“士”字;卷三第六十八葉(該葉版心誤刻卷次爲卷二)下方書口似刻有“李”字;卷五第七葉似刻有“丰”字;其餘如卷一第二葉,卷五第十三葉,卷五第二葉,卷七第九葉、二十二葉,《遼東志後序》第一葉等下方書口亦似有刊工姓名,但字跡模糊,難以辨識。

【避諱】無。

【序跋附録】書首有序四篇,依次爲龔用卿《重刊遼東志書序》、董越《重刊遼東志書序》、畢恭《遼東志書序》、佚名《遼志目録序》。序後爲目録、凡例及遼東各城堡衛所地圖十七幅。書末有陳寬《重修遼東志後序》、王祥《遼東志序》、吳希孟《遼東志後序》、薛廷寵《讀遼志序》、史褒善《遼志跋語》及參與刻印本書的職事人員名單。録文如下:

1.《重刊遼東志書序》

志,紀也,紀其事以爲鑑,史之流也。天下之有志,猶國之有史。國有史,而褒貶勸懲之法明;天下有志,而得失鑒戒之義彰,其信今而傳後一也。雖謂志,爲史可矣。邑有邑志,衛有衛志,郡有郡志,省有省志。合邑爲郡,合郡爲省,合省爲天下,而衛附焉,缺其一則天下無全文矣。遼地爲京師左臂,西拱神州,南瀕瀚海,北連胡寇,東鄰朝鮮,統衛二十有五,二州介焉。甲兵之所聚也,夷夏之所交也,實畿輔之要防、山海之雄服也。唐宋以來,爲遼金之窟穴。我皇明撫而有之,列軍衛,置防守,屹然爲巨鎮矣。夫夷虜雜處,則漫漶不可稽矣。軍衛分布,則涣散不可一矣。非稽之於志,則孰徵而信之? 況夫山川異制,風土異宜,民性不同,政因俗革,天下皆然,莫之槩也。故於疆域形勝之分,險要阨塞之處,民情風土之宜,學校人才之辨,政賦物産之差,兵革士馬之用,將欲究其始終,察其盛衰,驗其淳漓,審其登耗,觀其强弱,以知其成敗得失之故,孰從而考之? 又孰信而傳之哉! 故非志焉,莫之可稽也。遼地舊有志,壞而不修者有年矣。巡撫都御史西溪任公謀於巡按御史駞村史君曰:“遼志之不傳久矣。以皇朝一統,輿圖之盛,顧使文獻不存,典故不彰,而考證無據,得非政之闕者乎? 盍圖以志之。”論既合,以告鎮守少監王樂山、總兵馬恒齋,議亦僉同。維時東巖徐君、北郭劉君、初亭程君旅寓於遼,乃禮而請之,得成稿若干卷。屬苑馬馮子、太僕李子、吕子、分守參議高子、分巡僉憲張子參校之,踰月而志成,以委副總兵李子,俾都司劉大章、陳善、徐府刻而傳之。鄉時有朝鮮之役,適睹其事,諸君以序見屬。予閲之,喟然曰:“嗟夫! 諸君子之於政,可謂能識其大者矣!”予嘗過山海,閲邊城,登醫閭,至襄平,抵於鴨綠,縱觀千山之勝,乃竊歎曰:“美哉! 山河之固,襟帶險阻,真四塞之區也。非躬歷目睹之,何以見一統之盛乎? 謂不出户庭而知天下事者,非誠然也。"將訪其故實而考之,皆曰:"鮮有存者。"夫以密邇京師之地,而乃使文獻不全、無所稱述而可乎? 今使閭巷都邑之中,聚里師鄉校而群之,質以數十里之所傳聞者,已不能得其要,況於遠者乎! 其近者且如此,苟質以數十年之所傳聞,己不能得其要,況於久者乎! 至求之童孺小民之所流布、學士故老之所誦説,十已遺其二三,日復一日,人復一人,承謬襲訛,轉相傳播,而欲其不誣乎? 古不戾於今,亦已難矣,非志焉,其何以託諸久遠,以永其傳哉! 斯志既成,是故觀夫山川,其形勝可知也;觀夫備守,其險要可知也;觀夫人物,其盛衰可知也;觀夫風俗,其淳漓可知也;觀夫户口,其登耗可知也;觀夫兵甲,其强弱可知也;觀夫政蹟,其是非成敗可知也,其備諸得失鑒戒之義乎? 得失鑒戒之義,固褒貶勸懲之法也,雖謂之史焉可也。諸君當政平人和之時,而克舉斯典,其誠能識其大者矣。是皆可書而可傳也。永其傳者,其尚有賴於後之人乎? 蒞兹土者,尚鑑兹哉! 尚鑑兹哉!

賜進士及第翰林院修撰校録累朝御製文集諸書同修《會典》《宋史》經筵官晋安龔用卿書。

2.《重刊遼東志書序》

遼在今爲東北重鎮,凡歷代沿革、山川、封守、貢賦、土産、風俗、人物,載於前志者甚詳。蓋國朝永樂中,遣使搜輯遺稿,前掌都司事左府都督僉事汝南王祥、繼都指揮畢恭,未成版刻也。第當時成此,非出一手,損益不能無望後人。分守遼陽副總戎廣陽韓公斌久有志,未果。會監察御史新河陳公寬奉命出按兹土,議既克協,乃命屬草於遼産致政大尹邵君奎,校詳於吏屬自在州守陳君壋,準今《一統志》凡例,重加鸋括編次,繁者删之,缺者補之,譌者正之。如風俗、形勢舊合爲一,今析爲二。人物流寓不著所自,今録加詳。以公署冠分司、監苑、衛所,而關梁、遞驛在所不遺。比科目、節義於武弁人材,以皆出自軍衛。外徼如朝鮮、女直,今雖不内屬,以昔多遼地,亦仍舊附録以傳。編既成,適予以使事道遼,二公請序重刊所自。惟遼地負山枕海,自帝舜以屬營州,迄今已三千七百餘年。其間或爲郡縣,或爲藩鎮,因革不同,大率多歸僭據,淪夷狄。間能資以控馭,而皆不若我朝經制爲詳。蓋其地雖北鄰朔漠,而遼海、三萬、瀋陽、鐵嶺四衛之統於開原者,足遏其衝;南枕滄溟,而金、復、海、蓋、旅順諸軍聯屬海濱者,足嚴守望;東西倚鴨綠、長城爲固,而廣寧、遼陽各屯重兵以鎮壓之;復以錦、義、寧遠、前屯五衛,西翼廣寧,增遼陽、東山諸堡,以扼東建。慮事無統理,則臨以重臣,鎮以中貴,監以御史,分以藩、臬。畜牧供億,各有司存,罰當罪而賞當功,皆前古所未悉者。今烽堠星聯,首發尾應,使西北諸胡不敢縱牧,東方琛贄聯絡道塗,民得安稼穡飲食,以樂生送死。其大者,風俗以教化移易,人材資學校作成。《易》所謂"設險守國",《書》所謂"有備無患",《詩》所謂"遐不作人",在遼皆有之。顧紀載之書,乃因循簡略而莫之改作,豈足以昭我國家疆理化成,度越千古,而傳信天下後世哉!宜二公於此有不能自已也。夫事有實則書,史職也。庸序以嘉二公之志有成,且用以告來者。

弘治元年戊申冬十月既望,賜進士及第奉議大夫右春坊右庶子兼翰林院侍講經筵官同修國史寧都董越序。

3.《遼東志書序》

聖朝肇造區宇,撫御萬方,武以戡禍亂,文以興太平。車書一統,薄海内外,罔不臣服,重譯來朝者萬國。粵自開闢以來,未有盛於今日也。竊嘗稽諸方冊,遼東之地,故漢襄平郡也。當元季時,有元平章劉益、高家奴分據是方。洪武初,上遣使諭以天時人事,益等於是奉表來歸。上復遣使詔諭益等,授職有差,設衛治於蓋州。洪武四年,以都指揮使馬雲、葉旺率兵渡海,自金州而抵遼陽,設定遼都衛。既而分設定遼左等五衛,並東寧衛、金、復、蓋、海四衛於沿邊。已而改設都指揮使司而統屬之,招降納附,開拓疆宇。復於遼北分設瀋陽、鐵嶺、三萬、遼海四衛於開原等處,西抵山海分設廣寧及左右中衛、義州、寧遠、廣寧左右中前後五屯衛於沿邊,星分綦布,塞衝據險,且守且耕。東踰鴨綠而控朝鮮,西接山海而拱京畿,南跨溟渤而連青冀,北越遼河而亘沙漠。又東北至奴兒干,涉海有吉列迷諸種部落,東鄰建州、海西、野人女直,並兀良哈三衛,永樂初,相率來歸,入覲。太宗文皇帝嘉其向化之誠,乃因其地分設衛所若干,以其酋長統率之,聽其種牧、飛放、畋獵,俾各安其生,咸屬統内。是遼東乃東北之雄藩,寔國家之重鎮。爰自永樂中,上遣使諭本司纂修圖志,迺即欽承上命,以國朝削平叛亂之由、創治之制、建置沿革、分野疆域、城池里至、山川形勝、坊郭、屯堡、烽堠、土產、貢賦、戶口、學校、軍衛、廟宇、鋪舍、壇場、寺觀、橋道、驛程、宦蹟、人物、雜志、詩文，謹集進呈，惟藁是存。斯集乃國朝之盛典，藩維之偉勣，可秘乎哉！用壽諸梓，以永其傳，使凡來者皆知皇明普天率土之廣大，而因有所採摭云。

正統八年龍集癸亥仲夏五月既望，昭勇將軍遼東都指揮僉事東魯畢恭書。

4.《遼志目録序》

序曰：夫古今沿革不同，疆域名稱或異，法得備書。王公設險以守其國，故形勝次之。廣谷大川異勢，人居其中異俗，故山川風俗次之。職方氏辨九州之國，使同貫利，故物產次之。廢興之跡，殷鑒或存，故以宫室、陵墓、古跡終焉。志地理。

辨方正位，是乃建置，城池以安之，公署以治之，學校以教之，王政所爲次也。監苑列乎其中，詳軍政也，關梁以濟，坊以表，驛傳以通，壇壝、祠廟以祀，幽明之義備矣。志建置。

建置式備，君子攸芋，於是飭武備，則士馬有籍，簡練有法，防守有方；於是謹邊略，其法峻，其情通，雜用經權，威德覃被；於是理財賦，則徵斂有藝，出納有司；於是平徭役，則勞逸有節，貧富有則，安養備矣。志兵食。

兵食既足，教化式崇，敬天而重時，隆德而上齒，始於尊君，終於邦好，生人之教明矣。志典禮。

出政令，樹聲教，其必由人乎？爵命以馭其貴，使命以馭其專，職官以馭其分。名宦也者，紀德政揚，名實也。志官師。

德政行，人士淑矣。以儒術顯，以將材録，以方譯用，至如濟美象賢，立功立言，殉名殉節，又各以其彙表之，旁及寓賢，細及方伎、仙釋，無遺人矣。志人物。

文獻不足，夏商無徵，故諸睿製鴻篇，各附見所指。其餘有係於兹土者，别爲類以該之，示有徵也。志藝文。

夫本志備矣，又爲雜志、外志何？雜志者，三志之雜述也。遼之先淪於諸胡，據於草竊，攻擊戰守，或得或失，疆域之限，代有不同，故不能統述之也。雜而述之，其有足徵乎？祥異天道，亦以雜言者，隨其時代而雜見焉爾。外志者，諸夷之邊遼者也。在夷狄而志之，何也？安攘之計，不可廢也。志其古今沿革，知其險夷也；志其衛所居處，知其强弱也；志其驛傳，知其向道也；志其貢物，知其咸賓之誠也，王者無外也。遼志終矣。

5.《重修遼東志後序》

遼舊志厄于兵燹。永樂初，官兹者因纂修圖籍，始有是書。于時地方始寧，學校初刱，全書無存，所得者皆掇拾於殘編斷簡暨耆舊聞見。是以大綱雖舉，而衆目未張。事蹟雖具，而採録未備，兼以板久磨滅，觀者病焉。成化丁未秋，余奉命出按是方。適分守遼陽副總戎韓公斌欲圖完書，特命所司禮延文儒，博采史傳，立義類，定凡例，因其舊而增其新，正其訛而補其闕。凡有關於治道者，悉皆收録，俾一方山川形勝、人物名宦、古今事蹟，不出户可知。若公者，可謂知所先務，有裨於風化大矣。越明年戊申秋，書成，公復捐俸，鳩工刻梓以傳。既徵内翰董先生尚矩文於前，復屬余叙其後。余惟人事氣運相爲流通。氣運盛，則事由之以興；氣運衰，則事因之以廢。然其所以興廢者，則有數存焉耳。欽惟我高皇帝以丁未誕膺天命，而正朔頒在戊申之歲。今皇上繼統亦以丁未，而改元又同戊申。夫以百二十年聖祖神孫受命改元，率皆符合，豈偶然哉！寔由上天眷佑，隆國祚相傳於不替故也。而是書亦肇於丁未，成於戊申，謂非關乎氣運之盛，而事因之以興耶？矧遼孤縣東北一隅，延亙千五百里，山川清淑之氣，蜿蟺磅礴，鍾靈育秀，以故環奇卓犖之士多生其間。百餘年來，柱廟堂，鎮邊陲，折衝禦侮，開拓疆里者，先後相望，又豈無自而然哉？古語云：地靈則人傑。《詩》曰：“周王壽考，遐不作人。”此之謂也。用是次第所自，俾附簡末，以紀歲月云。時弘治紀元八月中秋日，賜進士第文林郎巡按山東監察御史新河陳寬書。

6.《遼東志序》

郡國有志，其來遠矣。兆於上古《九丘》，昉於《禹貢》，及周之《職方》，其制未備。至《漢·地理志》始爲詳悉。唐圖十道，宋編九域，則紀載愈密矣。我皇明撫有天下，郡邑之廣，生齒之繁，山川形勝，制度沿革之由，在在有書可考。惟遼爲極東邊境，元季肆爲戰區，圖籍漫無存者。永樂間，詔天下郡邑咸爲圖志以進。時遣使東來纂述，前守於是者，始延儒雅，詢故老，據其聞見考彼事蹟，參互捃摭，乃克就編。既冠以圖，模其山川地里之勝，復分析事類，詳其制度沿革之實。人物、文辭有關政教者，雖微不遺。貢賦、學校、軍衛、城堡切於制度者，無一不備。于以昭我國家輿圖之廣、氣化之盛，誠千百載間所未聞之勝事也。猗歟盛哉！書既上，遺稿具存。越二十年，余自燕山奉命來守此邦，懼是編葳久散逸，乃託同寅畢侯董工鋟梓以永其傳。惜乎書未行，侯竟不禄。廼者典守乏人，因循數年而板刻凋落。余慨斯志之泯滅不難也，練閱之餘，悉取舊刻而鮮之，易其損朽，補其遺缺。凡五閱月，工始告成。於戲！莫爲於前則傳者無所本，莫述於後則作者無所託。余與畢侯本前輩之成書，而副其所託焉者。使後人相繼弗替，則余輩又有所託也。余安得不序其顛末，以啟方來者於無窮乎？遂書以俟。時景泰元年歲在庚午春三月朔旦，驃騎將軍左軍都督府都督僉事掌遼東都司事汝南王祥書。

　　7.《遼東志後序》

　　《遼東志》何？志遼東也。遼東者，《禹貢》幽燕故地。唐宋以來，遼金所居也。我《大明一統志》《山東通志》遼附焉，而又何志乎？蓋詳之也。自古列國皆有史官，掌時事也，考山川也，紀人物也，記興廢也。天文昭焉，地理察焉，人道存焉，而王政備矣。是故觀風氏之所以重，而太史氏之所資以取焉者也。夫遼，邊陲重地，國家之左輔也。朝鮮國及毛鄰、建州、朵顏諸夷入貢所由。曰廣寧，曰遼陽，鎮之總也；曰開原，曰寧遠，曰靉陽，曰金、復、海、蓋諸衛，鎮之分也。文提其綱，武治其目，職守之則，而鎮之管也。曰自在，曰安樂，柔來之義也。阻山濱海，環外夷，拱中夏，兵甲戎馬百萬，藩莫大焉。近者，邊鄙愚卒，弗順于長。聖天子恐玉石俱焚也，乃用神武，殲厥渠魁，簡諸廷臣才望素著、老成謀國者以往。于時巡撫都憲鈞陽任公、巡按侍御開郡史君，協心力安輯勞定，人皆翕然思治，沙漠無烽火焉。文教之餘，憫志久缺，急欲編摩以志之，必成爲期。而鎮守王君、總戎馬君亦合謀焉。廼請旅寓初亭程君輩纂輯。稿初成，而諸君歸。復託寺苑守巡諸寮重加增訂。予始奉命使朝鮮，及歸，而志成矣。適以序屬予，何能爲役？然東皇生詔朝鮮，雲岡泊①予始；遼之有志，任公、史君始，故不敢重違也。是故讀疆理志而建置、形勝之必甄也；讀文獻志而人物、文藝之足徵也；讀兵食志而戎馬、食貨之可考也；讀外志而諸夷貢道、一統之盛攸彰也；讀雜志而常變、邪正、災祥之可稽也。其文鬱而典，其事該而覈，其義邃而直，不華不俚，確如也，可述也，亦可鑒也。彬彬乎有古史風。真一方之史，而萬代之典也。然

---

①“泊”，《遼海叢書》本作“泊”。

非任公、史君作興于上，而諸子效勞于間，何能有成哉！嗚呼！當邊方多事之餘，用武之地而修文獻，以開先詔後，其蓋重德業、紀綱之義。志有所事，達治本，而非徒瑣瑣於末務者，遼之撫按諸君子其賢矣哉！其賢矣哉！

賜進士第徵仕郎户科給事中武進龍津吳希孟書。

8.《讀遼志叙》

叙曰：我皇明迓天撫圖，混一華貉。雖稟教受治，咸麗於極，而辨方陳軌，則規制在在。殊士不出户庭，知四方，習國體，維志攸賴。顧履之而後真，及之而後熟。昔司馬子長南登廬山，觀禹疏九河，遂至於會稽、大湟，上姑蘇，望五湖，東窺洛汭、大邳，逆河行淮、泗、濟、漯洛渠，西瞻蜀之岷山及離堆，北自龍門，至於朔方，然後歸而《史記》成。後之作者罕得附，夫有以也。余寡昧，遭時明聖，幸通朝籍，道吳楚，涉江淮，走齊魯，以抵于京師。已而以天子行人使韓、趙，周遊乎澤、潞、代、朔之間，越雁門，北入雲中，觀風考制，吊古眺幽。私以爲視都知野，視國知天下，其餘不能遍睹，可類推爾。今年奉天子命，下薊門，遵榆關，放於山海，與向所經諸輔不同矣。乃東入遼，登醫閭之峰，俯鍾秀之城，涉三河之會，覽千山之勝，訪箕子之遺，吊唐宗之躅。三韓、五國之餘烈，王綱、官制，人士、里俗，靡不討究，與向所經雲中又迥不同矣。蓋信夫天下必履而及之，而後周知徹照也已。遼舊有志，義例未精，述作冗略。中丞西溪任公、柱史駝村史君，因群哲所彙次，編輯而定之，以成今志。余取而讀之，則見其覈而當、晰而備、殊而統、倫而有要，其於余所睹識，無幾微爽。夫余固履而及之者，無子長作史之才，猶幸其評志之定也。故用以告四方，且以明斯志之妙。借筯談兵，聚米畫谷，將必有賴焉者爾。

賜同進士出身徵仕郎工科左給事中閩人薛廷寵書于襄平行署。

9.《遼志跋語》

遼陽舊有志，何爲而修？曰：爲其敝也，爲其僭而散也。夫敝而弗理，則廢；僭而弗正、散而弗統，則贅矣。而何俟於今日？曰：先年都憲婺源潘公倡之於始也。若東巖之徐公、北郭之劉公、初亭之程公，迓潘公之雅，而肆之成也。秘閟也久矣，今始出焉。中丞西溪任公稽而振之也。率若屬而訂裁焉，考前意也，萃軒薛君括而潤色之，讀遼志有文焉可驗也。覈而信，嚴而辨，博而有要。有是哉,體之嫻也! 復得内翰龔雲岡引序于端,黃門吳龍津繹精於後。噫! 衆美具,三長萃矣以成,則其志也豈易視哉! 故張平子《西京賦》作之三十年,豈不爲益信矣乎! 今志更於累歲,成於數手,而萃軒終之,迹若庚而艱倍之。其紀實昭後,以備小史之遺,爲國家鳴盛,則過之矣。余也濫竽按事,聿觀厥成,頂涉末見,安得不歷厥載而詳述乎? 後之覽者興焉,亦將有徵於吾言。

嘉靖丁酉歲十二月朔日,賜同進士出身文林郎巡按山東監察御史古澶史褒善謹跋。

【批校題跋】全書各卷皆有朱筆校勘符號。第九卷第六葉乙面"靈帝"條,有佚名朱筆連綫,旁貼浮簽,上以朱筆題云:"靈帝不必大字抬頭,竟分行順寫下去。"

【鈐印】書首《重刊遼東志書序》首葉鈐"静宜/所有"朱文方印、"汪魚/亭藏/閲書"朱文方印、"孚氏藏/書畫印"朱文長方印、"寶静簃/主王静/宜所得/秘笈記"朱文方印、"研理樓/劉氏藏"白文長方印、"天津市人/民圖書館/珍藏圖書"朱文方印。

《遼東志目録》首葉鈐有"静宜/所有"朱文方印、"天津市人/民圖書館/珍藏圖書"朱文方印、"劉明陽王/静宜夫婦/讀書之印"白文方印、"寶静簃/主王静/宜所得/秘笈記"朱文方印。

卷二卷端鈐"静宜/所有"朱文方印、"寶静簃/主王静/宜所得/秘笈記"朱文方印、"劉明陽王/静宜夫婦/讀書之印"白文方印、"天津市人/民圖書館/珍藏圖書"朱文方印。卷三、四、六、七卷端均鈐"静宜/所有"朱文方印、"劉明陽王/静宜夫婦/讀書之印"白文方印、"寶静簃/主王静/宜所得/秘笈記"朱文方印、"天津市人/民圖書館/珍藏圖書"朱文方印。

書末鈐"白堤萃/古齋/藏書"白文方印、"有書自/富貴無/病即神仙"白文方印、"研理樓劉氏/倭劫餘藏"白文長方印、"劉/天授"朱文方印。

【遞藏】

1. 劉天授(1502—?),字可全,號沙溪,江西萬安人。明嘉靖十一年(1532)進士。初授龍溪縣知縣,升刑部山東司主事,又擢南京吏部主事,繼任湖廣、山東按察使司副使,任内大敗倭寇,升任廣西右布政使,後以年老致仕。著有《疏竹亭稿》。

2. 汪憲(1721—1771),字千陂,號魚亭,浙江錢塘(今浙江杭州)人。清乾隆十年(1745)進士,初授刑部主事,官至刑部陝西司遷員外郎,以親老乞歸。汪憲雅好藏書,以"振綺堂""存悔齋"及其家"静寄東軒"等名其藏書處,貯藏古今書籍數萬卷,又常與朱文藻、嚴可均等校讎所藏。汪憲素長於經學,因藏有影宋抄本《説文繫傳》,積十餘年功力著成《説文繫傳考異》四卷,爲清代《説文》學的重要著作。又著有《振綺堂稿》《苔譜》《易説存悔》等。其子汪汝瑮、其孫汪誠及重孫汪遠孫等均能繼承家業,使汪氏振綺堂藏書規模更爲壯觀,並編有《振綺堂書目》。

3. 錢時霽(生卒年不詳),字景開,號聽默,浙江湖州人,主要活動於蘇州。清乾隆、嘉慶間著名書商和藏書家,其所營書店名爲"萃古齋"。錢時霽精於古籍的鑒定,和江南地區諸多著名藏書家都有來往,與黄丕烈交誼尤爲密切。

4. 劉明陽(1892—1959),字静遠,天津人。早年畢業於天津政法大學,後從事出版和律師等職業。劉明陽與其夫人王静宜均喜好藏書,其藏書處號爲"雙静樓"。因修習法律專業,劉明陽尤爲注重歷代法律制度文獻的收藏、整理和研究,所藏明嘉靖本《讞獄稿》《大明律例》、萬曆本《明開天玉律》、清殿本《康熙大清匯典》等,皆爲明清時代重要刑名律法文獻的珍稀版本。其藏書題跋經後人整理,輯爲《研理樓群書題記鈔》。

【書目著録】

1.《振綺堂書目》史部地理二郡志類著録:"《遼東志》六册。"振綺堂藏書始於汪憲,所著録者當爲此本[1]。

2.《藏園群書經眼録》卷五史部三地理類地方志著録:"明嘉靖刊本,九行十八字,大黑口,四周雙闌。晋安龔用卿序,又寧都董越序,東魯畢恭序。次目録。後有新河陳寬序弘治紀元,汝南王祥序景泰元年,武進吴希孟序,閩人薛廷寵序,古澶史褒善跋。鈐有'孚氏藏書畫印''汪魚門藏閱印'[2]。"當爲此本[3]。

3.《藏園訂補邵亭知見傳本書目》第一册史部地理類著録有:"明嘉靖刊本,

①汪遠孫編《振綺堂書目》,國家圖書館藏清抄本,索書號16878。
②按,所謂"魚門"實爲"魚亭"之誤。
③傅增湘《藏園群書經眼録》卷五,中華書局2009年版,第二册,第332頁。

九行十八字,低一格,實十七字,大黑口,四周雙闌。前龔用卿、董越、畢恭序,後有陳寬、王祥舊序及吳希聖、薛廷寵序,史褒善跋。有汪魚門藏印。"①

4.《天津圖書館古籍善本書目》史部地理類著録②。

5.《中國古籍善本書目》卷十史部上地理類一著録,編號8425。

【其他】

1. 書中有朱筆圓點和朱勾組成的校勘符號,以卷二最爲集中。如卷二第九葉甲面"鎮東堂"條,"鎮"字右上有朱筆圓點,而該條小字注釋末句"巡撫王翱建"後,有朱筆方勾。

2. 卷七缺第二十三、二十四葉;又有部分葉面編號重複,第七葉之次葉標記爲"又七",第十七葉次葉標記爲"又十七",第十八葉次葉標記爲"又十八"。

3. 書首龔用卿序第四葉甲面第八行最末之"強"字,似爲藍筆補描。

【按語】

1. 明代遼東全域志的編修歷時漫長而傳承有序。最早始於正統八年(1443),畢恭、王祥等人領銜編修,至弘治元年(1488)成於陳寬、韓斌等人之手。嘉靖八年(1529)潘珍等有意重修前志,而未能畢其功。直至嘉靖十六年(1537),在任洛極力主張和史褒善、薛廷寵等的協助下,終於修成是志。此後李輔於嘉靖四十四年(1565)對嘉靖十六年《遼東志》又加重修,並改題爲《全遼志》,形成明代遼東方志的最終版本③。

在此過程中,嘉靖十六年本《遼東志》雖屬承上啟下的中間環節,但弘治本《遼東志》修成後久經歲月,又遭兵燹④,至嘉靖初已經殘缺不全,因此任洛等修志雖云"一以前志爲準"⑤,但實際上屬於開創新篇。而此後出現的嘉靖四十四年《全遼志》對任洛等所修《遼東志》又進行了大規模的改動。因此嘉靖十六年《遼

①莫友芝撰、傅增湘訂補《藏園訂補郘亭知見傳本書目》,中華書局2009年版,第372頁。按,據所録藏印可知,此條與《藏園群書經眼録》著録者應皆爲此本。汪憲藏印同誤爲"魚門",而吳希聖則爲"吳希孟"之誤。

②《天津圖書館古籍善本書目》,國家圖書館出版社2008年版,第161頁。

③參見國家圖書館藏嘉靖四十四年《全遼志》(索書號11488)卷一所列歷代編纂人員名録。

④參見前文所録陳寬序文"遼舊志厄於兵燹"。

⑤參見本書卷前"凡例"部分。

東志》較之前後出現的遼東全域方志在內容、體例和修纂原則上，都有顯著不同。

任洛等所修《遼東志》最突出的特點，首先在於因地制宜的原則。遼東自古以來都爲邊疆地區，各民族雜居，當時遼東都司正處在漠南蒙古、各部女真和東鄰朝鮮的環繞中，歷代疆域範圍、建制沿革及當時的地緣形勢都非常複雜，實有傳統方志體例所難容納之處。因此任洛、史褒善等在保留傳統方志體例的基礎上，適當裁撤了"分野"等實用價值較小的類目，而增添了"雜志""外志"等名目，以專門記叙周邊"外夷"和"外國"政權與遼東地區有關的各方面情況，可謂是傳統方志的一種"變體"。

嘉靖十六年本《遼東志》的編寫者雖參考諸多前代史書和殘缺舊志，但編修時並未完全照抄前代史料，而是多方考文徵獻以求真實。其記錄嘉靖當時狀況尤其注重客觀實錄，保存了當時建州等各部女真和朝鮮王朝對華邊境交涉的情況。當時很多因出使朝鮮而親歷遼東各地的文臣都根據自身見聞，證實《遼東志》對道里、形勝、物產等記錄的精確。後來爲此書校勘題序的日本學者稻葉岩吉，也通過比對前代文獻，肯定了《遼東志》的這一特點①。這樣的編纂精神使嘉靖十六年本《遼東志》具有很高的史料價值②。

嘉靖十六年本《遼東志》的又一特殊之處，在於任洛等此次修志正值遼東地區"內外交困"的特殊時期。此時漠南蒙古威脅仍在，而建州女真勢力漸强，使明廷與朝鮮不斷產生種種矛盾；而嘉靖朝的嚴重倭亂雖然主要集中於南方沿海一帶，卻也不時波及遼東域內的渤海海疆；與此同時，遼東軍的内部叛亂儘管被較快平定，但仍削弱了遼東都司的軍備力量。如此情勢下，任洛等人重新纂修遼東方志，實際上體現了明廷對遼東史地和現實問題的高度關切。此書將"兵食志"列於重要位置，僅次於"地理""建置"等基本條目之後，屬於傳統方志中不太常見的情況，並爲下一重修本所繼承。這反映了當時遼東地區的緊張態勢和守官積極備戰的憂患意識，也昭示了遼東地區從此進入晚明戰亂頻繁的歷史

---

① 參見（日）稻葉岩吉《〈遼東志〉解題》，國家圖書館藏《遼海叢書》本《遼東志》，遼海書社1934 年鉛印本，索書號：地 410/275。

② 然而嘉靖四十四年在本書基礎上重修的《全遼志》卻未能保持任洛所制定的編纂原則，從其類目和徵引文獻目錄等可知，《全遼志》又回到了以引用抄撮前代史書爲主的傳統編輯方式上，使高度的客觀實錄成爲嘉靖十六年本《遼東志》所獨有的特色。

階段。而散見於各類條目的對所謂"胡"、"夷"、倭和朝鮮的廣泛記錄,及其在"華夷""内外"等問題上的表述,則又顯示出明帝國在複雜的邊疆秩序和國際關係下,對這些傳統政治命題的思考。

正因《遼東志》跟東北邊疆史地和東亞國際關係密切相關,歷代研究或處理這些問題的官員學者,都非常關注它的編刊和傳播。爲此書題序的龔用卿、董越、吳希孟和薛廷寵等人,皆有出使朝鮮的經歷。可見明代了解中朝關係的士人群體同時也都相當關切遼東地區的歷史淵源和現實狀況。

《遼東志》跟日本的關係也是如此。遼東地區雖不與日本接壤,但因嘉靖間倭患危害爲明代歷朝之最,《遼東志》也記錄了不少此前波及遼東地區的倭亂情況,比如永樂望海堝對日戰役等。這些記錄可爲後來的抗倭活動提供參考。嘉靖間指揮抗倭戰鬥的官員劉天授本不以藏書名家,他對此書的收藏或可說明當時人認爲《遼東志》所載的倭寇資料較有參考價值。而嘉靖十六年本《遼東志》後來流入日本,被尊經閣、紅葉山文庫及大正時代出版機構多次傳抄、校勘和翻刻,說明日本對此書也非常重視。

總之,嘉靖十六年本《遼東志》是一部客觀記錄嘉靖時期遼東情況,並與中國東北少數民族和東北亞各鄰國關涉頗深的珍貴史料。

2. 因弘治元年修成的《遼東志》今已失傳,嘉靖十六年本《遼東志》已是目前可見的最早的明代遼東全域方志①。雖然這部志書體裁合理,内容翔實,但編成後流傳並不廣泛。明清各類史志、書目僅《天一閣書目》等極少數曾有著錄,

----

① 如僅從版本年代而言,嘉靖十六年本《遼東志》還可謂是全部現存遼東地區方志中,年代最早的一種。編輯時代早於嘉靖十六年《遼東志》的宋王寂《遼東行部志》和元戚輔之《遼東志略》,其現存傳本均應不早於嘉靖十六年。前者現存傳本大多爲清抄本,尚未見有明代版本存世;後者通行本爲清順治三年(1646)李際期宛委山堂刻元陶宗儀《說郛》本,國内外多家圖書館均有收藏;而據《中國古籍總目》,國家圖書館、臺灣漢學研究中心均藏有《遼東志略》抄本一部,均屬《說郛》叢書本,國圖藏者爲"明鈕氏世學樓抄本",臺灣漢學研究中心藏者爲藍格抄本。今考國圖藏目,未見有此抄本,且鈕緯爲嘉靖二十年(1541)進士,在辭官歸鄉後方建成"世學樓"以藏書。因此即使確有"世學樓抄本"《遼東志略》存在,其問世也不應早於嘉靖十六年。臺灣漢學研究中心則確實藏有 210.8 15223—0544 號藍格抄本《遼東志略》,版本年代不詳。參見《中國古籍總目·叢部》上冊,中華書局、上海古籍出版社 2009 年版,第 29、40 頁。

入清後更絶少見於記載。學者金毓黻認爲主要原因在於本書記載了諸多滿清統治者的祖先——建州女真的早期歷史，以及當時女真諸部和明朝與朝鮮複雜的多邊關係，因此觸犯清廷忌諱，不但未將其編入《四庫全書》以廣傳播，甚至還在官方修志暗中採納此書的同時，又極力諱言其所據出處，故意抹殺此書的存在①。金毓黻於 1934 年刊印《遼海叢書》時，在國内遍尋傳本而不得，不得不以兩種日本相關版本爲底本整理刊印，而所據底本文字多有缺漏，爲《遼海叢書》留下缺憾②。僅有少數藏書家如劉明陽、傅增湘等有幸收藏或經眼此書。

根據我們的調查，日本尊經閣文庫上世紀三十年代藏有一部嘉靖十六年本《遼東志》③，而目前見藏於海内外圖書館的此版《遼東志》傳本有兩種，分別爲臺灣漢學研究中心（索書號 210. 2 03759）和天津圖書館所藏。此本作爲其中之一，其版本價值自不待言。

3. 此本爲嘉靖間遼東都司所刊行。首末序文記述了《遼東志》歷次編修的動機、背景、主導官員和修纂過程等，也詳細記載了參與本次刊印工作的職事人員，如分校生員、督謄録、督刊梓千户等名録，並保存刻工姓名，或可藉此研究明代邊疆地區官府刻書的具體情况。

［紹定］吳郡志

中國國家圖書館　梁瀟文

中國國家圖書館 04213

國家珍貴古籍名録 00561

《［紹定］吳郡志》五十卷。（宋）范成大纂修；（宋）汪泰亨等續修。宋紹定

---

①參見金毓黻《校印〈遼東志〉序》，國家圖書館藏《遼海叢書》本《遼東志》，遼海書社 1934 年鉛印本，索書號：地 410/275。

②金毓黻所據本一爲前田利爲尊經閣藏以嘉靖十六年本爲底本的抄本，一爲日本大正間尊經閣鉛活字排印本。兩本文字均有諸多錯誤，缺葉，前後序跋文也有殘缺不全處，但因無嘉靖十六年原刻本可供校勘，僅能校以二十一史和嘉靖四十四年《全遼志》，因此《遼海叢書》本《遼東志》仍存在不少紕漏謬誤之處。參見金毓黻《校印〈遼東志〉序》。

③參見《尊經閣漢籍分類目録》，日本尊經閣 1935 年版，第 207 頁。

刻元修本。二十册。綫裝。卷八、九、十一、十四、十八、二十三至二十五、二十九、四十一、四十二、四十七抄配。

【題著説明】卷端上題“吳郡志卷第一”，次行下題“吳郡范成大撰”。

【著者簡介】

1. 范成大（1126—1193），字致能，一作至能，早號此山居士，後號石湖居士，吳縣（今屬江蘇蘇州）人。南宋紹興二十四年（1154）進士，調徽州司户參軍，遷樞密院編修官。淳熙間官至吏部尚書，拜參知政事。卒謚文穆。范氏尤以詩著名，著有《桂海虞衡志》《石湖集》等。《宋史》有傳。

2. 汪泰亨（生卒年不詳），宣城人。南宋嘉定七年（1214）進士，紹定時任平江府府學教授，亦曾任湖州府郡丞，其他事跡不詳。

【内容】吳郡在古揚州之域。周太王之子泰伯、仲雍避少弟季歷，奔荆蠻，自號句吳。春秋時吳國都於此。其後吳地先後歸越、楚。秦始皇統一六國，吳故地屬會稽郡。漢高祖五年（前202）以會稽郡封楚王韓信，六年立從兄賈爲荆王，會稽郡遂稱荆國。後封兄子濞爲吳王，會稽郡又屬吳國。武帝元封五年（前106）郡屬揚州刺史。後漢順帝永建四年（129）始析會稽西置吳郡，以東爲會稽。三國時吳郡地屬孫吳。晋太康元年（280）又析吳郡置毗陵郡。南朝宋置浙江西屬司隸校尉，以吳郡地隸之。南朝陳時改吳郡爲吳州。隋開皇九年（589）平陳，改吳州置蘇州，以境内有姑蘇山爲名。大業六年（610）復曰吳州，尋復爲吳郡。唐武德四年（621）復置蘇州，六年（623）其地陷輔公祐，七年（624）公祐平，置都督，督蘇、湖、杭、暨四州。唐開元二十一年（733）以後，爲江南東道治所。天寶元年（742）改蘇州爲吳郡。乾元以後復稱蘇州。北宋政和三年（1113）升蘇州爲平江府，南宋因之。

書共五十卷。卷一沿革、分野、户口税租、土貢。卷二風俗。卷三城郭。卷四學校。卷五營寨。卷六官宇、倉庫場務附、坊市。卷七官宇。卷八、卷九古跡。卷十封爵、牧守。卷十一牧守、題名。卷十二官吏、祠廟。卷十三祠廟。卷十四園亭。卷十五山。卷十六虎丘。卷十七橋梁。卷十八川。卷十九水利。卷二十至二十七人物烈女附。卷二十八進士題名武舉附。卷二十九、卷三十土物。卷三十一宫觀、府郭寺。卷三十二至三十六郭外寺。卷三十七、三十八縣記。卷三十九冢墓。卷四十、四十一仙事。卷四十二浮屠。卷四十三方技。卷四十四奇事。卷四十五至卷四十七異聞。卷四十八考證。卷四十九雜詠。卷五十雜志。

是志范成大寫成於紹熙三年(1192),但並未刊刻。紹定元年(1228)李壽朋出守吴地,求得范氏遺稿,"於是會校官汪泰亨與文學士雜議,用褚少孫例,增所缺遺,訂其脱訛",汪氏所補内容皆標有"補注"二字,補至紹定二年,多記郡守李壽朋之事。趙汝談於紹定二年(1229)作序,即是志初刊之時。但書中所記牧守題名有紹定二年以後者,當有後人增補。

該書是繼朱長文《吴郡圖經續記》之後的又一部宋代蘇州方志,其内容與前者相比,更爲完備,《四庫全書總目提要》言其"徵引浩博,而叙述簡核,爲地志中之善本"[1],是蘇州地區珍貴的地方文獻。一方面,書中引文甚多,皆詳細注明書名、篇名及作者姓名,且引文中又有夾注,很多原著已散佚或失傳的文獻都賴以留存,是後來修志的重要參考,如明正德間《重修姑蘇志》的纂修即"與范、盧二志相校對"[2];另一方面,明代盧熊的《蘇州府志》在體例上明顯取法於《吴郡志》,明成化十年(1474)知府丘霽修志,有序亦云"法范文穆公成大所撰志"[3],可見《吴郡志》在體例上對後世方志的影響頗深[4]。

第一册序、目録、卷一、二。第二册卷三、四。第三册卷六。第四册卷七至九。第五册卷十、十一。第六册卷十二、十三。第七册卷十四、十五。第八册卷十六至十八。第九册卷十九、二十。第十册卷二十一、二十二。第十一册卷二十三至二十五。第十二册卷二十六、二十七。第十三册卷二十八、二十九。第十四册卷三十、三十一。第十五册卷三十二至三十四。第十六册卷三十五至三十七。第十七册卷三十八至四十。第十八册卷四十一至四十五。第十九册卷四十六至四十八。第二十册卷四十九、五十。

---

① 紀昀等纂修《四庫全書總目提要》卷六十八《史部》二十四,清乾隆武英殿刻本,國家圖書館藏,索書號 A02573。
② 林世遠、王鏊等纂修《[正德]姑蘇志·姑蘇志後序》,明正德刻本,國家圖書館藏,索書號 10609。
③ 林世遠、王鏊等纂修《[正德]姑蘇志·姑蘇郡邑志序》,明正德刻本。
④ 參見戈春源《蘇州通史·五代宋元史卷》,蘇州大學出版社 2019 年版,第 252 頁。

【刊印者】李壽朋（生卒年不詳），字儔老，廣德人。南宋嘉定八年（1215）任鄞縣縣令，其後知池州、提舉浙東常平鹽公事，紹定元年（1228）知平江府，二年除荆湖北路轉運司判官。嘉熙元年（1237）授黄州知州、淮西安撫使，以不即赴任奪三官，旋居建昌軍。

【行款版式】半葉九行，行十八字，小字雙行同。白口，左右雙邊，單魚尾。版心中鎸卷數（序作“吳志序”，《吳郡志門類總目》作“吳郡志總目”，目錄作“目錄”）、葉數，下鎸刻工姓名。版框 22.9 厘米×16.9 厘米，開本 26.0 厘米×19.2 厘米。

【題名頁牌記】無。

【刊寫題記】《吳郡志目錄》末葉低四格，小字刻校勘官銜名：校勘進士何漳，府學學諭劉九思。校勘迪功郎新廣德軍軍學教授李起。校勘從事郎充平江府府學教授汪泰亨。校勘國學免解進士李宏。

【刻（寫）工】馬良臣（良臣）、馬良、金榮①、金忠、徐琪、蔡仁、朱梓、馬松、余政、吳椿、陳彬、楊潤、王震、徐珣、史俊、蔣祖、蔣榮祖、蔣宗。單字刻工史、宗、榮②。

【避諱】本書避諱較嚴，避諱至宋寧宗趙擴。遇玄（懸眩絃）、朗、弘、殷、匡、胤、恒、貞（偵徵）、讓、曙、煦、桓（丸完瑗）、構（遘）、慎、惇（敦）、擴（廓）諸字不寫，小字注“某某廟諱”或“從某從某”，或者缺筆。

如卷十“羊玄保”注“從𡈼從厶”、卷三十葉十六“飄若懸旌”注“從縣從心”、卷二十“天資聰朗”注“從良從月”、卷三十三葉六“少匡王國”注“從匚從王”、卷十五葉十二“向曙霏煙霽”的“曙”寫作“從日從署”、卷二十一“陸煦”寫作“從昫從灬”、卷十二葉七“盤桓”小字注“從木從亘”、卷二十葉四“挾彈飛丸而集其背”注“從九從、”、卷四葉五“高平范公經構之”注“從木從冓”、卷六葉十九“通判白彦惇”注“從享從忄”、卷二十八葉四“張敦”注“從享從攵”、卷四葉七“一旦廓廓”注“從广從郭”、卷四葉八“藩首能擴”注“從扌從廣”。

又如卷三十二葉十一“腹背眩金碧”、卷二十二葉一“顧琛字弘瑋”、卷一葉

---

①“榮”，原書作“荣”。
②擇是居影宋刻本尚有刻工宋文、金震。

五“流殷淮海之間”、卷五十葉十“王恒”、卷三葉六“由正北廉貞”、卷十二葉十一“死士常偵”、卷十葉五“徵入爲主”、卷二葉二“禮讓”、卷十二葉五“蓬瑗”、卷二十八葉八“凌遽”、卷十二葉九“慎柬牧守”皆缺末筆。

此外，卷二十二葉八“何嗣胤”，“胤”不寫，小字注“本名犯太祖廟諱”，卷四葉三“命之卒完”，“完”不寫，小字注“欽廟嫌諱”。而懸（眩絃）、朗、弘、殷、敬、讓、丸亦有不諱者，如卷十六葉七“仰之目睛眩”、卷三十一葉十二“朗才”、卷二十一葉六“汝南周弘”、卷十六葉十五“殷勤”、卷二十二葉十五“李景讓”皆不避諱。

【序跋附録】書前有紹定二年（1229）趙汝談《吳郡志序》，次爲《吳郡志門類總目》，次爲《吳郡志目録》。序録文如下：

《吳郡志序》

初，石湖范公爲《吳郡志》成，守具木欲刻矣。時有求附某事於籍而弗得者，因譖曰“是書非石湖筆也”，守憚莫敢辨，亦弗敢刻，遂以書藏學官①。愚按風土必志，尚矣。吳郡自闔廬以霸，□□②數百年，號稱雖數易，常爲東南大都會③。中興，其地視漢扶、馮，人物魁偉，井賦蓄溢，談者至與杭等，蓋益盛矣。而舊圖經蕪漫失考，朱公長文雖重作亦略，是豈非大缺者？何幸此筆屬公，條章粲然，成一郡鉅典，辭與事稱矣。而流俗乃復捭阨，使不得行，豈不使人甚太息哉！紹

---

① 上海圖書館藏宋刻元修本（索書號 789732—55），國家圖書館藏明毛氏汲古閣刊本（索書號 18364）及以其爲底本校刻的清張海鵬《墨海金壺叢書》本（索書號 A02857）、清錢熙祚《守山閣叢書》本（索書號 7940:31—34），民國時期張鈞衡擇是居影宋刻本（索書號 40460: 33—54），以及清文淵閣《四庫全書》本（臺北商務印書館 1982 年影印版）皆作“宮”。其中文淵閣《四庫全書》底本即上海圖書館藏宋刻元修本。汲古閣刊本據宋刻殘本入刻，守山閣本則又以《墨海金壺》本爲底本校刻。擇是居本據張鈞衡家藏宋本刊刻，此本今藏臺灣漢學研究中心。

② 原書此處有缺字，據汲古閣本、擇是居本等補爲“更千”。

③ 上海圖書館藏本“會”字後多一“當”字，汲古閣本同。但其他一些舊本亦與此本相同，如宋賓王於雍正七年（1729）以宋刻本、舊鈔本校其所藏毛氏汲古閣刊本，此句上方批注“宋刻無‘當’字”。見《吳郡志》汲古閣刊宋賓王校本，《原國立北平圖書館甲庫善本叢書》275 册，國家圖書館出版社 2013 年版，第 189 頁。張鈞衡影宋刻本《校勘記》云“‘中興’上汲古本有‘當’字，可見其所藏宋刻亦無‘當’”。見張鈞衡撰《〈吳郡志〉校勘記》，民國間張鈞衡擇是居影宋刻本。

定初元冬，廣德李侯壽朋以尚書郎出守，其先度支公嘉言，石湖客也，是以侯習知之。及謁學問故，驚曰："是書猶未刊邪？"他日，拜石湖祠，退從其家求遺書，得數種，而斯志與焉，校學本少異①。侯曰："噫！信是已，吾何敢不力？"而書止紹熙三年，其後大建置，如百萬倉、嘉定新邑、許浦水軍、顧逕移屯等類皆未載，法當補。於是會校官汪泰亨與文學士雜議，用褚少孫例，增所缺遺，訂其悅譌，書用大備，而不自別爲續焉。侯喜曰："是不没公美矣，亦吾先人志也。"書來，屬汝談序，余病謝弗果。侯重請曰："吾以是石湖書也，故敢愍子，而子亦辭乎？"余不得已勉諾。客有問余曰："或疑是書不盡出石湖筆，子亦信乎？"余笑曰："是固前譁者云也。昔八公徒著道術數萬言，書標《淮南》。《通典》亦出衆力，而特表杜佑。自古如《吕氏春秋》，大小戴《禮》，曷嘗盡出一手哉？顧提綱何人耳。余聞石湖在時，與郡士龔頤、滕歲、周南厚三人者，博雅善道古，皆州之雋民也，故公數咨焉。而龔薦所聞於公尤多，異論由是作。子盍亦觀益公碑公墓乎？載所爲書，篇目可攷。子不信碑而信誕乎？且公蓋以文名四方，位二府，余鄙何所繫重。余特嘉夫侯之不忘其先，能畢力是書，以卒公志，而不自表顯焉。是其賢，非子言莫明也。抑余所感，則又有大此者焉。方公書始出也，疑謗横□②，士至莫敢伸啄以白，曾未四十年，而向之風波息滅漸盡，至是無一存者，書乃竟賴侯以傳，是不有時數哉！然則世論是非，曷嘗不待久而後定乎？此予所以重感也。余誠不足序公，姑以是寄意焉，其亦可乎否也？"疑者唯服。侯父子世儒有聞，其治吳未朞，百墜交舉。既上此職方氏，將復刊《石湖集》與《白氏長慶》並行，而改命漕湖北矣。余故併志以申後覿焉。紹定二年十二③月朔，汴人趙汝談序。

　　【批校題跋】書中偶有朱筆改字，如卷九葉八"又以此爲耶此洞庭山爾"，"耶"字紅筆改爲"即"。

　　【鈐印】書前副葉鈐"瞿氏鑒/藏金石記"白文長方印。趙汝談序首葉鈐"北京/圖書/館藏"朱文方印、"簡莊/藝文"朱文長方印。

---

①其他諸本皆作"校學本無少異"。
②原書此處有缺字，據擇是居影宋刻本補作"集"。
③他本皆作"十一"。然張劍霞《范成大研究》記張鈞衡藏宋刻本"首載紹定二年十一月朔汴人趙汝談序"，以"十一"乃"十二"之誤，見張劍霞《范成大研究》，臺灣學生書局1985年版，第79頁。

　　卷一、三卷端鈐“鐵琴銅/劍樓”白文長方印及“良士/眼福”“瞿印/秉清”“瞿印/秉淵”三白文方印。卷一卷端又鈐“陳仲魚/讀書記”白文長方印（倒鈐）及“虞山瞿/紹基藏/書之印”朱文方印。卷三卷端又鈐“瞿印/啟科”“子雝/金石”及“紹基/秘籍”三白文方印。

　　卷七、十六、四十三卷端鈐“徐印/乾學”白文方印。

　　卷九、二十五、四十二卷末鈐“健/菴”朱文方印。

　　卷五十卷末鈐“北京/圖書/館藏”朱文方印。

　　【書目著録】

　　1. 瞿鏞《鐵琴銅劍樓藏書目録》卷十一著録①。云：“《吳郡志》五十卷，宋刊本。題‘吳郡范成大撰’。前有紹定二年汴人趙汝談序，目録後有校勘者何漳、劉九思、李起、汪泰亨、李宏結銜四行。汲古毛氏刻本有脱佚處，如第十一卷末二葉《牧守題名》‘吳淵’下脱去鄭霖、余晦、余天任、趙與訔、趙汝歷、趙與籌②六人。與籌雖復出，其叙受官年月不同。書刻於紹定初，乃牧守題名又列淳祐、寶祐到任諸人，當是後人遞有增加，非原本矣。”

　　2.《中國地方志聯合目録》江蘇省部分著録③。

　　3.《北京圖書館古籍善本書目》史部地理類著録。

　　4.《中國古籍善本書目》史部地理類一方志部分著録，編號 8495。

　　【遞藏】

　　1. 徐乾學（1631—1694），見前國家圖書館藏《臝齋考工記解》（索書號 00007）。

　　2. 陳鱣（1753—1817），字仲魚，號簡莊，別號河莊，浙江海寧人。清嘉慶三年（1798）舉人。陳鱣長於校勘輯佚，喜購藏宋元刻本，藏書甚富，有藏書樓“向山閣”“士鄉堂”。著有《論語古訓》《説文解字正義》《簡莊文鈔》等。

　　3. 瞿氏鐵琴銅劍樓，見前《國家珍貴古籍名録》00460。

　　【其他】

　　1. 書前副葉墨筆題“《吳郡志》，宋刊，二十本”，並鈐“瞿氏鑒/藏金石記”白

---

①《鐵琴銅劍樓藏書目録》卷十一，中華書局 1990 年版，第 166—167 頁。
②此字原書作“簹”。
③《中國地方志聯合目録》，中華書局 1985 年版，第 316 頁。

文長方印。

2. 除去全卷抄配外，其他卷内亦有數量不等抄補之葉，如卷七首葉、葉十三至二十一；卷十二葉十三至十五；卷十三葉一、二及葉八；卷十五葉一至十一及葉十四；卷十六葉八至十一；卷二十八葉十四至十六、十九；卷三十葉一至二、葉四至十八；卷三十一葉一至十七；卷四十葉九、葉十三；卷四十三葉一、十；卷四十四葉一；卷四十六葉一、四、六；卷四十八葉二；卷五十葉五至八、末葉。抄補之處甚多，兹不一一列舉。

3. 書中偶有朱點斷句，或用朱筆劃出人物、地名等，如卷十九整卷、卷二十葉十一、卷二十一葉十三等。

【按語】

1.《鐵琴銅劍樓藏書目録》載：“汲古毛氏刻本有脱佚處，如卷十一卷末二葉牧守題名‘吴淵’下脱去鄭霖、余晦、余天任、趙與訔、趙汝歷、趙與籌六人……書刻於紹定初，乃牧守題名又列淳祐、寶祐到任諸人，當是後人遞有增加，非原本矣。”此瞿氏藏本，卷十一整卷爲抄配，牧守記至淳祐七年（1247）到任的吴淵，其下小字記“兼管内勸農使節制許浦都統司水軍宣城縣開”，以下有缺。查宋賓王所校汲古閣刻本，“吴淵”條所缺與瞿氏藏本相同，吴淵以後諸人則係抄補。黄丕烈著録宋賓王校本曰：“及得是書，知賓王所校亦據舊鈔本……惟十一卷‘吴淵’名下小注及‘鄭霖’等云云，刻本缺者，舊鈔本皆有之，不獨如賓王所補也。今照舊鈔本足之，亦一快事。”①知乃據舊鈔本補全。

張鈞衡以其藏宋刻《吴郡志》②影刊，並撰《校勘記》一卷附於書末，是爲擇是居影宋刻本。擇是居本卷十一牧守題名完整，而查張氏《校勘記》：“第二十三葉陰九行缺，汲古本作‘吴淵……宣城縣開’以下此本俱全”③，“汲古本復闕以

————————

① 黄丕烈撰、繆荃孫輯《蕘圃藏書題識》卷三，江陰繆荃孫 1919 年刻本。

② 張鈞衡《適園藏書志》著録：“《吴郡志》五十卷，宋刻本……此猶紹定槧本，每半葉九行，行十八字……白口單邊，内第十五、第二十一、第二十二、第三十之前九葉原缺，皆前人據舊本鈔配。”從版式看，與國家圖書館、上海圖書館藏本是不同宋本。見張鈞衡撰《適園藏書志》卷四，南林張鈞衡家塾 1916 年刻本。

③ 所缺内容，據擇是居影宋刻本補爲“國子食邑六百户。淳祐七年八月初一日交發運司職事，十一日到任交割府事。八年正月初五日奉聖旨依舊龍圖閣學士知太平州兼提領茶鹽所”。

下鄭霖、余晦、余天任、趙與訔、趙汝歷、趙與籌六人及任履,而此本亦係補鈔,是
從他本補入。"知張氏所見之宋刻,吳淵以下題名雖記至趙與籌,但亦爲抄補。
書中其牧守在李壽朋後者,從紹定二年(1229)十一月到任的朱在至寶祐四年
(1256)奉旨兼浙西提刑的趙與籌,共二十一人①。國家圖書館藏瞿氏藏宋刻
本,紹定二年以後之事,除了卷二載淳祐九年(1249)郡守鄭霖"會三學同舍,序
拜於天慶齋堂"②,其他皆只見於卷十一《牧守題名》,按此本卷二是刻版而非抄
配,由此可知:其一,此書初刊成於紹定二年,但此本有增刻,非紹定原刻;其二,
此本在鄭霖任知府時很可能增修過一次,但《牧守題名》鄭霖以後諸人,是如何
補入仍有待考證。

　　2. 瞿氏藏本的來源,有學者認爲是張金吾的舊藏。按此本無張氏藏印,
《愛日精盧藏書志》記:"《吳郡志》五十卷宋刊配舊抄本。[宋]吳郡范成大撰。
闕序目、卷八、卷九、卷十一、卷十四、十五、十八、卷二十三至二十五、卷二十九
至三十一、卷四十一、四十二、四十六、四十七,凡十六卷,以舊抄本補。"③因張金
吾著録所缺之卷,與瞿本相差無幾,張、瞿二人又都是常熟藏書名家,故有學者
推斷瞿本來自張金吾處④。今對比張、瞿藏本所缺之卷,張本缺十六卷,瞿本缺
十二卷,張氏以舊抄本補所缺的卷十五、卷三十、卷三十一、卷四十六,這幾卷瞿本
雖然有部分缺葉抄補,但仍能反映出宋刊原貌,故二者是否爲一本,尚須討論。

［至正］金陵新志

中國國家圖書館　梁瀟文

中國國家圖書館 10602

---

①補入者爲:"鄭霖,朝奉大夫……淳祐八年正月二十五日暫權平江府發運司職事。當年七
　月六日奉聖旨除直寶章閣知平江府軍事……余晦……淳祐十一年到任……余天任……淳
　祐十二年六月初二日到任,至寶祐元年四月……趙與籌……寶祐三年八月二十五日到任,
　至寶祐四年三月十三日奉旨兼浙西提刑。"
②《吳郡志》卷二,宋紹定刻元修本,國家圖書館藏,索書號04213。
③張金吾《愛日精盧藏書志》卷六,清光緒十三年(1887)吳縣靈芬閣集字版校印本。
④鄭利峰《〈吳郡志〉版本流傳考》,《史學史研究》,2016年第2期。

國家珍貴古籍名録 00560

《［至正］金陵新志》十五卷。（元）張鉉纂修。元至正四年（1344）集慶路儒學溧陽州學溧水州學刻明正德十五年（1520）南京國子監重修本。三十二册。綫裝。

【題著説明】卷端題"金陵新志卷之一"。著者據索元岱序補。

【著者簡介】張鉉（生卒年不詳），字用鼎，浮光（今河南潢川）人。曾任陝西奉元路學古書院山長。其他事跡不詳。

【内容】金陵地屬古揚州。戰國楚威王七年（前333）滅越後始置金陵邑。秦始皇以楚金陵之地爲鄣郡，改金陵邑曰秣陵縣。西漢元封二年（前109）改鄣郡爲丹陽郡，秣陵爲其屬縣。東漢建安十七年（212），孫權據有江東，徙治於此，改名建鄴，後又移治今江蘇南京。西晉武帝太康元年（280）滅吳，復名秣陵，又析爲建鄴、秣陵二縣，後因避晉愍帝司馬鄴諱，改稱建康，東晉、南朝皆都於此。隋開皇九年（589）平陳，省二縣並入江寧縣。唐至德二年（757）置江寧郡，以江寧縣爲郡治，乾元元年（758）改郡爲昇州。五代吳武義二年（920）升爲金陵府，治所在上元縣（今屬江蘇南京），南唐昇元元年（937）建都於此，改爲江寧府。北宋開寶八年（975）復爲昇州，天禧二年（1018）升爲江寧府，南宋建炎三年（1129）改建康府。元至元十四年（1277）改爲建康路，屬浙江省。天歷二年（1329）改爲集慶路。至正十六年（1356），朱元璋攻占集慶路，改名應天府，定爲南京①。

書共十五卷。卷一地理圖②，每圖後有圖考，包括《金陵山川封域總圖》《南臺按治三省十道圖》《行臺察院公署圖》《舊建康府城形勢圖》《集慶路治圖》《益都路萬户府鎮守地界圖》《江寧縣圖》《上元縣圖》《句容縣圖》《溧水州圖》《溧陽州圖》《路學新圖》《臺城古蹟圖》《冶城圖》《蔣山圖》《茅山圖》《大龍翔集慶

---

①史爲樂主編《中國歷史地名大辭典》，"昇州"條、"金陵"條、"江寧府"條、"建康府"條、"集慶路"條，中國社會科學院出版社2005年版，第418、1610、1079、1716、2575頁。

②此本《集慶路治圖》《路學新圖》《臺城古跡圖》《冶城圖》《蔣山圖》《大龍翔集慶寺圖》《曹南王祠堂圖》皆已脱佚不存，此外，卷一正文在《行臺察院公署圖考》和《舊建康府城形勢圖》之間有一《集慶□城之圖》，《溧陽州圖》後還有《重建貢院之圖》，此二圖並不在此書目録之中。

寺圖》《曹南王祠堂圖》，共十八圖。卷二金陵通紀。卷三分上中下，爲金陵世年表，叙事上自周元王四年（前 472），下至元至正三年（1343）。卷四疆域志，記歷代沿革、地爲都、地爲治所、地所屬國名、地所屬州名、地所屬郡名、地所置僑郡名、地所置府號、地所統縣名州名、歷代廢縣名、地所接四境、鎮市、街巷、坊里、鋪驛、道路、橋梁、津渡、堰埭、圩岸。卷五山川志，記山阜、岡嶺、江湖、溪澗、河港、溝瀆、池塘、井泉、諸水、巖洞、洲浦。卷六官守志，記歷代官制、本朝統屬官制、題名。卷七田賦志，記歷代沿革、本朝田土、貢賦、物産。卷八民俗志，記古今户口、風俗。卷九學校志，記歷代學制沿革、置經籍、增學計、立義莊、設官、建書院、置縣學、祀先賢、歷代貢士、貢額、貢院、本朝學校、建設書院、州縣學、科第進士、儒籍。卷十兵防志，記歷代形勢、攻守、江防、營寨教場、尺籍、軍器、戰艦、本朝兵戍。卷十一祠祀志，記古郊廟、社稷、祠廟、宫觀、寺院。卷十二古蹟志，記城闕、官署、第宅、陵墓、碑碣。卷十三分上下，人物志，記世譜：郡姓、遊宦、封爵，列傳：孝悌、節義、忠勳、治行、儒林、隱逸、耆舊、僊釋、方伎、列女。卷十四撫遺。卷十五論辨，記諸國論、奏議、辨攷。

　　是書延續《景定建康志》所作，在編纂體例上頗得《景定志》的精髓，《四庫全書總目提要》云其“薈萃損益，本末燦然”[1]，作爲南京地區流傳下來的唯一元代志書，是書使《景定志》采用的史志體得以延續，並影響到明代萬曆《應天府志》的纂修。是書所載内容比《景定志》更加細緻，爲後來當地修志積累了持續性的地方史料，清康熙時陳開虞修《江寧府志》即“仍宋《景定》、元《金陵》等志”[2]，可以説，《金陵新志》是研究元代南京歷史地理不可或缺的重要文獻[3]。

　　第一册、第二册卷一、二。第三至六册卷三上。第七至九册卷三中。第十册、十一册卷三下、卷四。第十二、十三册卷五。卷十四至十六册卷六。第十七册卷七。第十八册卷八、卷九。第十九至二十一册卷十、十一。第二十二至二十四册卷十二。第二十五至二十七册卷十三上。第二十八至三十册卷十三下。

①紀昀等纂修《四庫全書總目提要》卷六十八《史部》二十四，清乾隆武英殿刻本，國家圖書館藏，索書號 A02573。
②吕燕昭修《新修江寧府志·自序》，清嘉慶十六年（1811）刻本，國家圖書館藏，索書號爲地 220.13/135。
③參考王會豪等點校《至正金陵新志·前言》，第4—5頁。

第三十一、三十二册卷十四、十五。

【刊印者】至正四年集慶路儒學、溧陽州學、溧水州學以及明道書院分別刊刻，明代南京國子監繼承元集慶路儒學舊藏書版①，於正德十五年重修。

【行款版式】半葉九行，行十八字，小字雙行同。白口，左右雙邊，雙魚尾。部分版心上鎸字數（或鎸"正德十五年刊""國子監正德十五年刊""正德十五年南京國子監刊"），中鎸"金陵新志"、卷數（序作"金陵新志序文"，目録作"金陵新志總目"）及葉數，下鎸刻工姓名。版框 24.2 厘米×17.7 厘米，開本 29.9 厘米×21.2 厘米。

【題名頁牌記】無。

【刊寫題記】

1. 卷一葉二十刻"正德十五年國子監刊"。

2. 書末抄補刊寫題記：右《金陵新志》，首圖考，終論辯，共壹拾伍卷②。

【刻工】版心下鎸刻工名。刻工有朱俊甫、吳君祥（君祥）、周震鄉、朱成、陳君佑、仲玉、中玉。單字刻工有吳、陳（陈）、涉、成、正、子、尤、方、仁、人、王、仲、中、張、之、焦、施（施刊）、劉（刘）、俊、河、新、鄭③、具、后。

【避諱】無。

【序跋附録】書前有索元岱作《金陵新志序》，次爲《抄録脩志文移》，次爲張鉉自輯《脩志本末》，次爲《新舊志引用古今書目》，次爲《金陵新志總目》。

1.《金陵新志序》

郡志之見於世者多矣，其間名是而實非、語此遺彼者比此④皆是。求其紀載有法、序事詳密、使人如身履其地而目擊其事者，則百不一二見焉。豈以其陵谷之變遷、事文之繁縟，故紀述有難詳與？不然，何其可觀者鮮若是哉！甲申春，浮光士張君鉉以其所撰《金陵新志》首藁見示，其《修志本末》略曰："首爲圖攷，

---

① 《南廱志》記："《金陵新志》十五卷，存者一千一百六十四面，壞板九十二面。"該書是明嘉靖二十三年（1544）時任國子監祭酒黃佐撰寫的南京國子監掌故之書。見黃佐《南廱志》卷十八，明嘉靖刻隆慶增修本，南京圖書館藏，索書號 GJ/EB/117607。

② 此後缺一葉，爲刻書銜名，北京大學藏本保存完好，見下篇。

③ "鄭"，原書作"郑"。

④ "比此"疑誤，或當作"比比"。

以著山川、郡邑形勢所存;次述通紀,以見歷代因革、古今大要;中爲表、志、譜、傳,所以極天人之際、究典章文物之歸;終以摭遺、論辨,所以綜言行得失之微,俻一書之旨。"至其終,又曰"文摭其實,事從其綱",亦詳矣哉。是年夏,集慶路將以是編鋟諸梓,上之臺,僉曰善,且以序見屬。辭不獲命,應之曰:"是編首藁固嘗見之,而有以知其叙事之詳也。使其中皆然,豈不能使覽者如身履其地而目擊其事哉!予聞張君博物洽聞,而作事不苟,於是編也,容有始詳而終略者乎?"是夏四月初吉,奉直大夫江南諸道行御史臺都事索元岱序。

2.《抄錄修志文移》

集慶路總管府承奉

江南諸道行御史臺劄付:據監察御史索奉直呈:"嘗謂陵谷之在霄壤,猶有變遷,州郡之閱古今,豈無沿革?倘遺文之或泯,奚往跡之能明?切觀《景定建康志》者,地理有圖,人物有傳,溪山之勝靡不載,風土之宜罔或遺,可以知羣賢出處之機,可以見六朝興亡之跡。爰稽故實,殊廣見聞。惜故板之不存,幸殘編之僅在。今不印證,久必陸沉。如蒙將見在全書責付集慶路,令儒學從新繡梓,以廣其傳,不特可備觀覽於邦人,亦足以垂監戒於天下,其於風化,不爲無補。"呈乞,照詳施行。得此,施行間,又據集慶路申:"據儒學申准本學周教授關:'嘗謂郡有志書,所以考古今之沿革;政具方筴,所以驗風俗之盛衰。此季札過魯,得以考歷代之禮樂爲喜;夫子言夏殷之禮,亦以文獻不足爲恨。切見集慶一路,舊稱三吳都會,實爲名勝之邦。古今紀載、山川景物、英雄忠義之士,不一而足。至於志書,歷宋景定年至馬裕齋方行修輯完備。惜其舊板已經燒毀不存,而日近郡士戚光妄更舊志,率意塗竄,遂使名跡埋没無聞,志士莫不惋惜。今次莫若因舊志之已成,增本朝之新創,重新繡梓印行,亦爲一代盛典,豈不韙與?'然此未敢擅便,申乞照詳。"得此申乞,照驗施行。憲臺依准所言,合下仰照驗,委官提調,於本路儒學錢糧內支撥刊板。先具委定職名,依准申臺。奉此。又准本路判官周奉訓牒呈。該准來牒,備奉憲臺劄付,委自當職提調,重刊建康志書等事。除依准外,切謂:"古者諸侯置史以紀國政,采詩以觀民風,此國有史記、詩有《國風》之所由也。後世州郡各爲志書,亦此之遺意。如欲述方册之舊聞,所合著朝廷之盛治。照得集慶爲江南要郡,自我朝混一,迨今六十八年,中間恩命之所加，風化之所被，臺察之設置，州郡之沿革，名宦之政績，人才之賢否，山川之變遷，風俗之移易，與夫忠臣、孝子、義夫、節婦，俱有關於政教甚大，苟不廣其見聞，攷之事實，裒集成編，以續前志，歲月既久，漸致湮沉。如蒙以禮敦請名儒赴學討論編輯，以成其書，庶見國家政化之隆，臺察紀綱之重然。此牒請施行。”准此。行據本路儒學申准本學周教授、明道書院房山長關：“照得景定舊志已行刊雕在手，所有續纂新志非仗大手筆未易成就。近聞陝西儒官張用鼎，名鉉，學問老成，詞章典雅，必得其人，事能就緒。然非致禮幣詣門敦請，豈肯俯臨修纂？關請詳酌，合用禮物，以憑敦請施行。”准此。議備禮幣，移委本路判官周奉訓、周教授、房山長等，親詣寓所敦請。於至正三年五月初十日到局修纂，十月望成書，計壹拾伍卷，重行點校繕寫，當年十二月十二日，本路帥府判劉知事、王教授同於本局關領呈臺。至正四年三月內，本路照得近奉憲臺劄付爲刊修郡志事，行下各州司縣儒學院，務會集耆舊儒職人等講論搜集，申到置立衙門，經理田土，各各事蹟。移委判官周垚親賫禮幣，禮請到奉元路學古書院山長張鉉，纂成《金陵新志》壹拾伍卷，計壹拾叁冊，發下本路儒學校正。去後回據狀申：“本學王教授與學正方自謙、訓導陳顯曾等校正相同，如將前項新志刊板，緣實在學糧銷用不敷，宜從總府從長規畫，分派刊造便益。”申乞照詳。得此，行下本路儒學，與録判王淵重行計料板物工價參詳。張山長纂撰《金陵新志》壹拾叁冊，儒學會集儒職校正相同，誠爲有補於將來，擬合刊板印行，以廣其傳。分派溧陽州學刊雕五卷，溧水州學、明道書院各刊三卷，本路儒學刊造二卷及序文、圖本[1]，照依元料工物合用價錢，於各學院錢糧內除破。移委判官師琮、知事劉伯貞、司吏朱謙監督，併工刊雕，申覆憲臺照驗。當年五月內承奉江南諸道行御史臺令史孔淮承行劄付，該來申爲刊雕《金陵新志》板物價錢，共中統鈔壹伯肆拾叁定貳拾玖兩捌錢玖分九厘。送據照磨，所呈照算相同。憲臺合下仰照驗，依上施行。承此。

---

[1]按溧陽州學刊雕五卷，溧水州學、明道書院各刊三卷，本路儒學刊造二卷，總共才十三卷，《中華再造善本總目提要》“金陵新志”條記“各刊三卷”，“三”疑是“四”之誤，見《中華再造善本總目提要（金元編）》，國家圖書館出版社2013年版，第1009頁。又張鉉纂《金陵新志》共計正十三冊，各處分派或依冊數而非卷數。

臺府提調官銜職名：

江南諸道行御史臺：御史中丞董守簡資善；都事樊執敬朝散、索元岱奉直、石思讓奉議；令史艾宗勉、蔡茂正、劉孟琛、孔淮；督工校勘典吏陳以咸。

集慶路總管府：府判周垚奉訓、師琮承直；知事劉伯貞。

臺府官銜職名：

江南諸道行御史臺：御史大夫脫歡；御史中丞卜顏、董守簡，任擇善；侍御史沙班、馮思溫、王紳；治書侍御史順昌、秦從德；經歷島剌沙、納速而丁；都事樊執敬、索元岱、石思讓；照磨趙儼、默好古；管勾郭汝能、蓋繼祖；監察御史阿思蘭不花、撒八兒禿、脫歡、僧奴、答失蠻、木八剌、太平、完者帖木兒、美里吉歹、買閭、完澤帖木兒、張思誠、王武、楊秩、張珪、王朵羅歹、李貞一、石思讓、王時可、哈海赤、壽昌、趙翔、常有恒、王永澄、丁好禮、楊惠；令史蔡茂正、費詵、房圭、趙瑄、任性善、蘇德信、劉孟琛、薩德彌實、孔淮、王鵬、也先帖木兒、李忠、梅友賢、艾宗勉、趙範、完者不花；通事伯顏；譯史阿沙、喜山、安住；知印寶柱、伯顏；宣使段汝舟、德壽、和尚、吳謙、普顏帖木兒、僧三不花、大悲奴、月忽難；典吏張梓、吳允恭、許鎬、欒敬直；庫子劉允、郝元良、薩都剌；察院書吏順僧、陳仲信、呂嗣祖、邵處義、周宗魯、慕完、楊旭、朱明實、劉偉、闍術、張弘、武瑛、高守中、耿權道、石允中、野仙忽都魯、邵忠、程伯榮、許瑞、呂謙、苑天常。

集慶路總管府：達魯花赤帖兒；總管張塔海帖木兒；同知羅里；治中廉青山；府判周垚、師琮；推官高仲榮、劉忠；經歷牛明善；知事劉伯貞。

3.《修志本末》

前奉元路學古書院山長張鉉輯

一古者九州有志尚矣，《書》存《禹貢》，《周》紀《職方》，春秋諸侯有國史，漢以來郡國有圖志，圖志兼記事、記言之體，自山川物產、民俗政教、沿革廢置、是非善惡、灾祥禍福，無不當載。載而上之王朝，修爲通史，著爲經典，則褒貶之義見焉。金陵在《禹貢》爲揚州，歷代爲都、爲國、爲州、爲府，典章文物宜可攷徵，而陵谷變遷，事文散逸，自宋以來病之。今志略依景定辛酉周應合所修凡例，首爲圖攷，以著山川郡邑形勢所存；次述通紀，以見歷代因革、古今大要；中爲表、志、譜、傳，所以極天人之際，究典章文物之歸；終以摭遺、論辨，所以綜言行得失之微，備一書之旨。文摭其實，事從其綱，總爲一十五卷，卷各有類，類例繁者析爲上中下卷，具如後録。如其筆削，以俟君子。

一金陵得名，自楚威王築城石頭，因山立號，始見史傳，而山川形勢，表然爲東南重鎮，則其來遠矣。上古帝王有建國朝會於斯，若雲陽氏之居雲陽建康、丹徒接界有雲陽嶺，詳見通紀，夏禹之會群神茅山詳見後山川志，周初太伯之國勾吴茅山，古名勾曲，形如勾己，勾轉爲句，句容以是得名，地近延陵、瀨渚，皆吴境也，春秋楚靈王之築城瀨渚見後古跡固城下，皆見史傳，而年世悠邈，事難詳究。今依《景定志》，以周元王四年己巳，越相范蠡築城長干爲金陵城邑之始，斷自是年，表其行事，迄今至正癸未，凡一千八百一十五年，損益舊聞，附著時事，首尾該涉，粗爲詳備，而春秋以前事蹟散見諸篇。文有錯互，覽者詳焉。

一金陵圖志存者惟唐許嵩《建康實録》、宋史正志《乾道志》、吴琚《慶元志》、周應合《景定志》，而刻板已亡，所見卷帙，類多訛缺，惟《景定志》五十卷用史例編纂，事類粲然，今志用爲準式，參以諸志異同之論，間附所聞，折衷其後。至於事文重泛，非關義例者，本志既已刊行，不復詳載。

一古之學者，左圖右書，況郡國輿地之書，非圖何以審訂。至順初，元郡士戚光纂修續志，屏卻舊例，并去其圖，覽者病焉。今志一依舊例，以山川、城邑、官署、古跡次第爲圖，冠於卷首，而攷其沿革大要，各附圖左，以便觀覽。

一晋之《乘》、楚之《檮杌》、魯之《春秋》，皆諸侯史也。《乘》《檮杌》缺亡，不可復知，以《春秋經傳》攷之，諸所記載，或承赴告，或述見聞，其事有關天下之故者，雖與魯無預，皆書於册若蔡鄭會鄧、齊鄭如紀、鷁退石隕、沙麓崩、郭亡之類，於魯無預，或非赴告，亦書，其非義之所存，及聞見所不逮者，雖本國事，亦或棄而不録若隱公元年傳舉不書之例，及隱、桓、莊、閔之《春秋》，其詞畧，傳稱定哀之世多微辭之類，疑此皆非聖人筆削新意，史策舊章，固存斯義。修《景定志》者，用《春秋》《史記》法，述世、年二表，經以帝代，緯以時、地、人事，開卷瞭然，與《建康實録》相爲表裏，可謂良史。而戚氏譏其年世徒繁，封畫鮮述，所作《續志》悉芟去之，以論他郡邑可也，而非所以言建康。豈惟前代事蹟漫無統紀，亦將使昭代之典，闇而不彰，今不敢從，述世、年表悉依前例。

一建康自至元丙子歸附，至今至正癸未，六十八年，典章沿革、民俗得失，視他郡宜多可紀，而官府文案兩經焚燬，故老晨星無從詢訪，古云“堂上遠於百里，堂下遠於千里”，言相去益遠，則見聞乖謬，情志益難遽通，況士民殊習，朝野異趨，偏辭隅論，故難據依。今自丙子前，雜稽史傳，歸附後用戚氏《續志》及路州司縣報至事跡，附以見聞可徵者，輯爲斯志。信以傳信，疑以傳疑，所謂埤毫芒於泰山，存十一於千百。篇帙既繁，不無缺謬，與我同志者，攷訂而附益之，深所願焉。

一除圖攷、通紀外，表、志諸篇各有叙，叙所以爲作之意。人物志析爲世譜、列傳，皆據前史，纂其名實，鉅細兼該，善惡畢著。傳末例有論贊，不敢晉越，惟《范蠡傳》前志用《吳越春秋》及《史記》傳，文辭頗蕪纇，今略加潤色，明李綱所以說高宗之意。蠡非王者之佐也，然金陵城邑，經始於蠡，六代建都，因其遺跡，故論者謂江左形勝，古今一也。范蠡用之佐勾踐，稱伯江淮，由微弱以致富强，孫皓、陳叔寶用之，則由强大而致覆亡，易於反掌，所謂無競維人，在德不在險者著矣。李綱說見末卷奏議。

一歷代以來，碑銘、記頌、詩賦、論辨、樂府、叙贊諸作，已具周氏、戚氏二志，不復詳載，今輯其篇第，志於古跡卷中。其關涉攷證者，隨事附見。自餘文記郡、州、司、縣采録未完，郡庠續爲編輯，附於志末。

一溪園先生周應合，宋末名儒，其修郡志，以馬制置光祖供給搜訪之勤，帥憲、運漕諸府幙官論辨攷訂之助，數月成書，猶多訛謬。鉉也曩因授徒來往是邦十五餘年，雖嘗從諸縉紳先生遊覽商略得其大槩，而憂患之餘，學荒辭陋，誤膺郡聘，無能爲役。始自夏五入局編纂，疲罄心思，凡六閱月，以仲冬朔旦繕寫成編，不敢上之大史，列於掌故，施之承學，或可資披證之萬一云。

【批校題跋】原書卷三中葉百零八，卷四葉二十六、五十八，卷五葉七十七、八十三，卷八葉十六、十七，卷十一葉二十四、五十四、六十，卷十二葉十七、二十四、二十八至三十、三十四、三十五、三十八、四十一、四十三、四十五，卷十三上葉十二、二十四，卷十三下葉三十五、八十四、八十九，卷十四葉四十九、六十一有佚名墨筆批注，皆爲補注音義。如卷四葉二十六“其寶貨則瑤琨琅玕”，其上注“‘玕’音‘師’，玉名”。卷十一葉二十四“其子俒書曰”，其上注“‘俒’音‘侃’”。卷十三上葉二十四“諓者”，其上注“‘諓’音‘賤’，巧言也”。

【鈐印】

第一册《金陵新志序》首葉鈐“兩朝實/録纂修/官張玉書”“北京/圖書/館

藏""内翰金/壇蔣超/藏書印""吴興劉氏/嘉業堂/藏書印"及"愛日/精廬/藏書"朱文方印。《金陵新志總目》首葉鈐"曾藏張/月霄處"朱文長方印及"稽瑞樓"白文長方印。卷一葉二十鈐"人間/孤本"白文方印。

其他册每册首卷首葉鈐"吴興劉氏/嘉業堂/藏書印"朱文方印。第二至四、九、十、十二至十五、十七至二十六、三十一册首卷首葉又鈐"劉承幹/字貞一/號翰怡"白文方印。第七、十二、十四、十八、二十五、三十一册首葉又鈐"兩朝實/録纂修/官張玉書"朱文方印。

此外,第十册内卷四卷端、第十九册内卷十一卷端鈐"兩朝實/録纂修/官張玉書"朱文方印,第三十二册内卷十五末葉自下而上鈐"恬裕/齋藏"朱文方印、"瞿氏鑒/藏金石記"白文長方印、"伯郊所藏/善本方志"朱文長方印、"吴興/徐氏"白文方印及"北京/圖書/館藏"朱文方印。

【書目著録】

1. 陳揆《稽瑞樓書目》著録:"《金陵新志》十五卷,元刻,二十册。"[1]

2. 瞿鏞《鐵琴銅劍樓藏書目録》卷十一著録。記:"《金陵新志》十五卷。元刊本。題'前奉元路學古書院山長張鉉輯',有索元岱序。書成於至正三年,明年本路儒學刊板。首列《修志文移》《修志本末》及《引用書目》。此猶原本也,舊藏金壇蔣氏,卷首有'内翰金壇蔣超藏書'朱記。"[2]

3.《嘉業堂藏書志》卷二著録。記:"《金陵新志》十五卷。元刻本……是志輯於至正三年,六閱月成書。四年,由溧陽州學、溧水州學、明道書院暨集慶路儒學合刊而成……明正德十五年,國子監補刊若干。嘉靖修《南雍志》時,其版尚存。卷中補刊,有字體類嘉靖以下者,必其後復經修補也……每半葉九行,行十八字。板心上記字數,下列刻工朱俊甫、吴君祥等姓名,或僅刻一字。末有'金陵新志首圖考終辨論共壹拾伍'一行,惜其後脱佚……有'稽瑞樓''内翰金壇蔣超藏書印''兩朝實録纂修官張玉書''愛日精廬藏書''曾藏張月霄處'諸記。按《愛日精廬藏書志》,此書爲陳眉公舊藏,卷首有眉公印。遍檢無之,蓋鈐

①陳揆《稽瑞樓書目》,中華書局 1985 年版,第 121 頁。
②瞿鏞《鐵琴銅劍樓藏書目録》卷十一,中華書局 1990 年版,第 171 頁。

於副葉，已脱佚矣。（董稿）"①

4.《中國地方志聯合目録》江蘇省部分著録②。

5.《北京圖書館古籍善本書目》史部地理類著録。

6.《中國古籍善本書目》史部地理類—方志部分著録，編號 8445。

【遞藏】

1. 蔣超（1625—1673），字虎臣，號綏庵，又號華陽山人，江蘇金壇（今屬江蘇常州）人。清順治四年（1647）進士，歷官翰林院修撰、順天府提督學政，以病辭官歸鄉。著有《綏庵詩稿》。

2. 張玉書（1642—1711），字素存，號潤甫，江蘇丹徒（今屬江蘇鎮江）人。清順治十八年（1661）進士。康熙三年（1664）授翰林院編修，十五年授翰林院侍講，二十年遷内閣學士，二十三年遷刑部尚書。官至文華殿大學士，加太子太保，卒謚文貞。曾參與纂修《平定朔漠方略》《康熙字典》等。著有《張文貞公集》。

2. 陳揆（1789—1825），字子準，江蘇常熟人。清代諸生。藏書處稱"稽瑞樓"，著有《稽瑞樓書目》《虞邑遺文録》等。

3. 張金吾（1787—1829），見前《國家珍貴古籍名録》00459。

4. 瞿紹基（1772—1836），見前《國家珍貴古籍名録》00459。

5. 劉承幹（1881—1963），字貞一，號翰怡，別署求恕居士，晚年自稱嘉業老人，浙江吴興（今屬浙江湖州）人。清代諸生。1920 年建藏書樓，1924 年落成，因溥儀賜"欽若嘉業"匾而名"嘉業藏書樓"。精校刻印《嘉業堂叢書》《吴興叢書》等。著有《嘉業堂藏書日記鈔》。

---

① 繆荃孫等撰、吴格點校《嘉業堂藏書志》卷二，復旦大學出版社 1997 年版，第 309 頁。按此書吴格所撰前言，《藏書志》初由繆荃孫主其事，1919 年秋稿具雛形。20 年代初，劉承幹取繆氏未竟之稿，延吴昌綬續撰，新撰者五十一篇，多録各序跋。其後，董康在繆、吴二人的基礎上再次續撰，加入劉氏後來所收之書。《藏書志》經繆、吴、董三人先後編撰，並非定稿，劉承幹本人又略加修改，增入自撰解題十餘則，稿本今藏復旦大學圖書館。爲方便比較研究，此整理本在各條下注明"繆稿""吴稿""董稿"字樣。另外，上海圖書館藏有一董稿底本，其中有諸稿所無者，又輯爲《藏書志補》一卷。

② 《中國地方志聯合目録》，中華書局 1985 年版，第 310 頁。

6. 徐文堈(1913—2002)，字伯郊，浙江吴興(今屬浙江湖州)人，文物鑒定大家、收藏家徐森玉長子。1951年受中央委託，加入"香港秘密小組"，進行海外文物的收購、搶救工作。

【其他】

1. 卷内有少量抄配：卷一葉六十一、六十二，卷三上葉八十一，卷三中葉三十四、葉一百、一百零一，卷三下葉八，卷四葉七十一、七十二，卷五葉六、葉十六至十八、葉六十一、六十二，卷七葉三十一至三十五，卷九葉二十九、三十，卷十一葉三十五、三十六、葉六十五、六十六、葉七十七、七十八，卷十二葉一至五、葉一百零五，卷十三上《世譜》葉二十九、《列傳》葉二十一、二十二、葉五十九、六十、葉七十六至八十二，卷十三下葉一至五、葉五十一、五十二，卷十四葉九、十、葉六十七、六十八。

2. 卷四缺第七十三葉。

【按語】

1. 此本卷一葉二十刻"正德十五年國子監刊"，且部分版心上刻"正德十五年刊""國子監正德十五年刊""正德十五年南京國子監刊"。又按本書《修志文移》載"分派溧陽州學刊雕五卷，溧水州學、明道書院各刊三卷，本路儒學刊造二卷及序文、圖本"，知明道書院亦參與此書刊刻。《中國古籍善本書目》《北京圖書館古籍善本書目》均著録爲"元至正四年(1344)集慶路儒學溧陽州學溧水州學刻明正德十五年南京國子監重修本"，並不及明道書院。按本書《修志文移》所記，此書或應著録爲"元至正四年(1344)集慶路儒學溧陽州學溧水州學明道書院刻明正德十五年南京國子監重修本"。

2. 國家圖書館另藏有元至正四年刻殘本(索書號A00109)，前三卷脱佚不存，半葉九行，行十八字，白口，左右雙邊，雙魚尾。版心上鎸字數，中鎸書名、卷數及葉數，下鎸刊工名。據《中華再造善本總目提要》："此書未鈐藏章，裝幀古舊，當是清内閣大庫書。"[1]

將正德重修本與至正殘本相比對，二者行款版式基本一致，惟前者部分版心上刻"正德十五年刊""正德十五年南京國子監刊"等字樣，後者同葉則版心

────────────

[1]《中華再造善本總目提要(金元編)》，國家圖書館出版社2013年版，第1009頁。

上刻字數，下刻刊工姓名，也有不刻字者。如卷五葉四十九正德重修本版心上鎸"正德十五年南京國子監刊"，而至正本該葉版心上鎸字數，版心下有刻工姓名"仲玉"；卷十三上《列傳》葉九、葉十正德重修本版心上刻"正德十五年刊"，而至正本該葉版心上刻字數、下鎸刻工"方"。

3.《嘉業堂藏書志》記："卷中補刊，有字體類嘉靖以下者，必其後復經修補也。"又據潘景鄭《著硯樓書跋》"元刻金陵新志"條云："斯志刊成於至正四年……明初，板入南雍，至嘉靖時，《南雍志》載存板千一百六十四面，蓋所失不及什一焉。此本亦明代所印，間有正德十五年補刊之葉，元刻亦多漫漶，審爲嘉靖時印本無疑。"[1]今核此元刻正德重修本，確有部分版面字體迥異，所缺字以墨釘代替，且版框多四周單邊（如卷三中葉四），或即所謂"類嘉靖以下者"，或許該本傳至嘉靖時版面有損壞，又經修補。

3. 此本有張金吾鈐印，《愛日精廬藏書志》卷十六記："《金陵新志》十五卷元至正刊本，陳眉公[2]藏書。元前奉元路學古書院山長張鉉輯。卷首有麋公印記。"[3]《嘉業堂藏書志》言眉公印記"遍檢無之，蓋鈐於副葉，已脱佚矣"，今核此本，確無陳繼儒鈐印，不知張氏著録是否即此本。又《嘉業堂藏書日記抄》"1913年十月初一日"條記："錢長美來，與購精刻《香草堂詩略》……元槧明修《金陵新志》元張鉉著。"[4]知劉承幹於 1913 年得到此本。

［至正］金陵新志

中國國家圖書館　梁瀟文

北京大學圖書館 SB/4675

國家珍貴古籍名録 07111

　　《［至正］金陵新志》十五卷。（元）張鉉纂修。元至正四年（1344）集慶路儒

---

①潘景鄭《著硯樓書跋》，上海古籍出版社 2006 年版，第 100 頁。
②陳繼儒（1158—1639），字仲醇，號眉公，一作麋公，華亭（今上海松江）人。博涉經史諸子，又善書畫，隱居不仕。著有《陳眉公全集》。
③張金吾《愛日精廬藏書志》卷十六，清光緒十三年（1887）吳縣靈芬閣集字版校印本。
④劉承幹《嘉業堂藏書日記抄》，鳳凰出版社 2016 年版，第 120 頁。

學溧陽州學溧水州學刻明正德十五年（1520）南京國子監重修本。四十册。
綫裝。

【題著説明】卷端題“金陵新志卷之一”。著者據索元岱序補。

【著者簡介】見前書。

【内容】見前書。與國家圖書館藏本比，此本卷一《地理圖》保存更爲完整，
僅缺《金陵山川封域總圖》和《曹南王祠堂圖》。但國家圖書館藏本中多出的
《集慶□城之圖》和《重建貢院之圖》，此本則無。

【刊印者】見前書。

【行款版式】半葉九行，行十八字，小字雙行同。白口，左右雙邊，雙魚尾。
版心上鎸字數，或鎸“正德十五年刊”“正德十五年國子監刊”“正德十五年南京
國子監刊”；中鎸“金陵新志”、卷數（序作“金陵新志序文”，目録作“金陵新志總
目”）、葉數，下鎸刻工姓名。版框 24.4 厘米×18.1 厘米，開本 31.4 厘米×20.5
厘米。

【題名頁牌記】無。

【刊寫題記】

1. 卷一《臺城古跡圖》刻“正德十五年刊”，葉二十刻“正德十五年國子監
刊”。

2. 書末有校刻官員衔名：右《金陵新志》，首圖考，終論辯，共壹拾伍①卷。
本路提調司吏江子澄。本路儒學教授王元孫，學正方自謙，學録陳觀，訓導丁
復、婁章、林燾、胡曷、朱遂、吴溢。督刊司書掌版鄭懋，知書陳祥、曹志仁，編寫
生員劉溟、吕益、徐震、翟庸、鄭瑛、趙天禄、李夒、趙天壽。

【刻（寫）工】朱俊甫、吴君祥、朱成、陳君佑、仲玉、中玉。單字刻工陳（陈）、
涉、成、吴、正、子、尤、方、仁、人、仲、中、張、之、焦（焦刊）、施、劉（刘）、后、河、
新、鄭、具。

【避諱】無。

【序跋附録】書前有索元岱所作《金陵新志序》，次爲《抄録修志文移》，次爲
張鉉自輯《修志本末》，次爲《新舊志引用古今書目》，次爲《金陵新志總目》。序

---

①從“右《金陵新志》”至“共壹拾伍”爲手書抄補。

文見前書。

【批校題跋】無。

【鈐印】《金陵新志序》首葉鈐一印（字跡模糊不可辨），又鈐“北京大/學藏”朱文方印、“漢唐齋”朱文長方印。《抄録修志文移》、卷四、五卷端鈐馬玉堂“笏/齋”朱文方印及“馬印/玉堂”白文方印。卷三、四卷末鈐“北京大/學藏”朱文方印。

此外，卷三上葉三十五、葉六十六，卷四葉四十、卷六葉三十四、六十六，卷十一葉六十二，卷十二葉四十一、卷十三下葉二十八、葉七十八鈐有“笏/齋”朱文方印、“馬印/玉堂”白文方印及“北京大/學藏”朱文方印。

【書目著録】

1. 北京大學圖書館編《北京大學圖書館藏李氏書目》史部地理類著録曰：“至正《金陵新志》……元至正集慶路儒學刻，明正德十五年（1520）修補本（有闕葉及抄配）。”①

2. 傅增湘《藏園群書經眼録》卷五著録曰：“至正《金陵新志》，元至正刊本……鈐有馬玉堂藏印。李木齋藏書。”②

3.《中國地方志聯合目録》江蘇省部分著録③。

4.《中國古籍善本書目》史部地理類一方志部分著録，編號 8445。

【遞藏】

1. 馬玉堂（1880—1908），字笏齋，號秋藥，浙江海鹽人。清道光元年（1821）貢生，收有漢唐舊書，故其藏書處曰“漢唐齋”，著有《十國春秋補傳》《論書目絶句》等。

2. 李盛鐸（1859—1937），字椒微，號木齋，江西德化（今屬江西九江）人。清光緒十五年（1889）進士，授翰林院編修，二十四年任江南道監察御史、二十六年補授内閣侍讀學士，旋授順天府丞，光緒三十年署理太常寺卿，宣統時任山西布政使、山西巡撫等。藏書甚富，藏書處稱“木犀軒”。編有《木犀軒收藏舊本書

①《北京大學圖書館藏李氏書目》，北京大學圖書館 1956 年版，第 61 頁。
②《藏園群書經眼録》卷五，中華書局 1983 年版，第 391 頁。
③《中國地方志聯合目録》，中華書局 1985 年版，第 310 頁。

目》《木犀軒宋本書目》。李盛鐸去世後,其子於 1939 年將藏書售予僞北京大學文學院,後歸北京大學圖書館保存。

【其他】

1. 書中偶有墨筆補字,如卷四葉六十"□□橋,在城東南九十三里",缺字上方墨筆書"烏刹"。

2. 書中有抄配,如卷三上葉七十五,卷三中葉一、二、六十六,卷三中葉一、二、六十六、百二十,卷四葉三十二、四十四、七十三,卷五葉十八、八十一、八十二,卷六葉九、十二,卷十一葉七、八、葉三十五、三十六、葉八十三、八十四、葉八十七,卷十二葉四十九、五十,卷十三上《世譜》葉二十八、二十九,卷十三上《列傳》葉二十八、二十九、葉五十九、六十、葉六十四、葉七十,卷十三下葉四十七,卷十四葉九、十、葉六十七、六十八,卷十五葉九至二十三。

3. 書中版框外上方偶有墨筆書"春三""春四",不知出自何人之手。

4. 缺卷六葉九十五。

【按語】國圖藏本缺《集慶路治圖》《路學新圖》,北大本仍留存,只是《路學新圖》在正文的圖名稱"集慶路學圖",而國圖本多出的《集慶□城之圖》(有刻工周震鄉,其人不可考)和《重建貢院之圖》,北大藏本却無,亦不見於二書目録。清開四庫館時,浙江總督嘗以元刻本《金陵新志》進呈①,文淵閣四庫本《金陵新志》即以此爲底本,其中並無此二圖,或元刊本亦無。至於其是北大本有脱佚,還是國圖本有增入,有待進一步考證。

宣和奉使高麗圖經

中國國家圖書館　劉　暢

中國國家圖書館 04215

國家珍貴古籍名録 04226

---

① 沈初等撰,杜澤遜、何燦點校《浙江採集遺書總録》戊集《地理類二·各直省》,上海古籍出版社 2010 年版,第 264 頁。記:"金陵新志十五卷,元刊本。右元奉元路學古書院山長陝州張鉉撰。"

《宣和奉使高麗圖經》四十卷。(宋)徐兢撰。明末抄本。一册。綫裝。
(明)毛扆校。

【題著説明】書首序題"宣和奉使高麗圖經序",次行、三行低三格題"奉議
郎充奉使高麗國信所提轄人船禮物賜緋魚袋徐兢撰"。首卷卷端題"宣和奉使
高麗圖經卷第一"。

【著者簡介】徐兢(1091—1153),字明叔,號自信居士,曆陽(今安徽和縣)
人。北宋政和四年(1114),以父蔭補將仕郎,授通州(今江蘇南通)司刑曹事。
宣和五年(1123),徐兢因擅長書畫,以國信使及提轄官身份隨給事中路允迪、中
書舍人傅墨卿等出使高麗,次年將使行見聞著成《宣和奉使高麗圖經》進獻朝
廷,深得宋徽宗賞識。徐兢因此受賜同進士出身,知大宗正丞事兼掌書學,未幾
又遷刑部員外郎。此後仕途屢經起伏,又遭靖康之變,晚年奉祠於台州崇道觀,
自號自信居士。南宋紹興二十三年(1153)卒於吳縣(今屬江蘇蘇州)。

【內容】《宣和奉使高麗圖經》是徐兢記録其出使高麗見聞的一部珍貴史
料。徐兢在使行中非常注意考察高麗的歷史沿革、世系承遞、典章制度、山川形
勝和風俗習慣等,對宋代航海路綫和航海技術問題亦多有關注,並以圖文並茂
的方式,將一路見聞巨細無遺地記録下來。全書共四十卷,分建國、世次、城邑、
門闕、宮殿、冠服、人物、海道等二十八門,全面講述了高麗王朝的各方面情況。
書末附有張孝伯撰《宋故尚書刑部員外郎徐公行狀》。宋乾道三年(1167)澂江
郡齋本爲此書最早刻本,此本是目前可知的唯一以宋乾道本校勘過的抄本,且
出於名家毛扆之手,深受明清近代諸多藏書家的重視①。

【刊印者】待考。

【行款版式】半葉十行,行二十字。無格。開本 24.3 厘米×17.0 厘米。

【題名頁牌記】無。

【刊寫題記】無。

【刻(寫)工】無。

【避諱】保存部分宋代避諱習慣。如"貞"作"正","構字書太上御名,愼字

---

① 參見祁慶富《〈宣和奉使高麗圖經〉版本源流考》,《社會科學戰綫》,1996 年第 3 期。

書今上御名”等①,但亦有不諱者,如“絃”“弦”等。

【序跋附録】

1. 書首有徐兢《宣和奉使高麗圖經》序,録文如下:

《宣和奉使高麗圖經序》

奉議郎充奉使高麗國信所提轄人船禮物賜緋魚袋徐兢撰

聞天子元正大朝會,畢列四海圖籍於庭,而王公侯伯方②國輻湊,此皆有以揆之。故有司所載③嚴毖特甚,而使者之職尤以是爲急。在昔成周,職方氏掌天下之圖,以掌天下之地,辨其邦國都鄙、四夷八蠻、七閩九貉、五戎六狄之人民,周知其利害。而行人之官,駱驛道路,若賀慶犒④襘之類,凡五物之故,莫不有殆⑤。若康樂厄貧之類,凡五物之辨,莫不有書,用以復命于王,俾得以周知天下之故。外史書之以爲四方之志,司徒集之以爲土地之圖,誦訓道之以詔觀事,土訓道之以詔地事。此所以一人之尊,深居高拱於九重,而察四方万⑥里之遠如指諸掌。當沛公初入關,蕭何獨收秦圖書。及天下已定,而漢盡得知其阨⑦塞、户口者,繫何之功。隋長孫晟之至突厥,每遊獵輒記其國土委曲。歸,表聞於文帝,口陳形勢⑧,手畫山川,卒以展異日之効⑨。然則乘軺軒而使邦國者,其於圖籍固所先務。矧惟高麗在遼東,非若侯甸近服可以朝下令而夕來上。故圖籍之作,尤爲難也。皇帝天德地業,畢朝萬國,乃眷高麗,被遇神考,益加懷徠,遴選⑩

---

①傅增湘已研究過宋乾道三年本的避諱情況:“書中構字書太上御名,慎字書今上御名,自餘各帝諱皆不見於書中。緣進呈之書,屬文時已謹避矣。”確如傅增湘所言,本書不時以生僻字代替常用字以避“帝諱”,如以“筐”代“筐”等,但也並未使用全部宋代避諱字,如“鉉”“弦”等字並不避諱。見傅增湘《藏園群書經眼録》卷五史部地理類,中華書局 2009 年版,第二册,第 386 頁。

②“方”,毛扆據宋乾道本以朱筆校爲“萬”。以下校記均屬此類。

③“載”,校爲“藏”。

④“犒”,校爲“禞”。

⑤“殆”,校爲“治”。

⑥“万”,校爲“萬”。

⑦“阨”,校爲“陀”。

⑧“勢”,校爲“執”。

⑨“効”,校爲“效”。

⑩“選”,校爲“擇”。

在廷，將命撫賜，恩隆禮厚，前未之有。時給事中允迪以通經之才，超世之文，取甲科，着①宿望；中書舍人墨卿學問高明，見於踐履，恪守忠孝，臨事不回，並命而行，非獨其執節專對，不減古人之膚使，而風采聞望自足以壯朝廷之威靈，聳外夷之觀聽。拜命未行，會王俁薨，遂以奠慰之禮兼往。愚猥承人乏，獲聯使屬之末，事之大者，固從其長，而區區得以專達者，又不足以補報朝廷器使之万②一。而自訟曰：周爰諮③詢，歌於“皇華”之詩，則徧問以事，正使者之職。謹因耳目所及，博采衆説，簡法④其同於中國者，而取其異焉。凡三百餘條，釐爲四十卷。物圖其形，事爲之説，名曰《宣和奉使高麗圖經》。臣嘗觀崇寧中王雲所撰《雞林志》，始疏其説⑤，未圖其形。比者使行，取以稽考，爲補已多，今所著圖經，手披目覽，而遐陬異域，舉萃于⑥前，蓋倣⑦聚米之遺制也。雖然，昔漢張騫出使月氏，十有三年而後歸，僅能言其所歷之國地形、物産而已。愚雖才不逮前人，然在高麗纔及月餘，授館之後，則守以兵衛，凡出館不過五六，而驅馳車馬之間，獻酬尊俎之上，耳目所及，非若十三年⑧之久，亦粗能得其建國立政之體，風俗事物之宜，使不逃乎繪畫、絶⑨次之列。非敢矜博洽，飾浮剽，以塵冕旒之聽，蓋摭其事實以復于朝，庶少逭將命之責也。有詔上之御府，謹掇其大槩，爲之序云。宣和六年八月日，奉議郎充奉使高麗國信所提轄人船禮物賜緋魚袋臣徐兢謹序。

　　2. 其後抄有宋乾道三年澂江郡齋本徐藏題記一則，録文如下：

　　仲父既以書上御府，其副藏家。靖康丁未春，里人徐周賓⑩觀未歸而寇至，

----

①“着”，校爲“著”。
②“万”，校爲“萬”。
③“諮”，校爲“咨”。
④“法”字校者删之。
⑤“説”下校添“而”字。
⑥“于”，校爲“於”。
⑦“倣”下校添“古”字。
⑧“年”，校爲“歳”。
⑨“絶”，校爲“紀”。
⑩“賓”下校添“乞”字。

失書所在。後十年,家居①漕江西,弭節于洪,仲父來省,或謂郡有北醫上宜②生,實獲此書。亟訪之,其無恙者,特"海道"二卷耳。仲父嘗爲藏言:"世傳余書往往圖亡而經存。余追畫之,無難也。"然不果就。嘻!蓋棺事乃已矣。姑刻是留澄江郡齋,來者尚有考焉。乾道三年夏至日,左朝奉郎權發遣江陰軍主管學事徐蕆書。

3. 題記後有《宣和奉使高麗圖經目錄》。書末附有張孝伯《宋故尚書刑部員外郎徐公行狀》。不錄。

【批校題跋】書中有大量朱筆校改及校記。據"虞山毛扆手校"印及校記所云"乾道""宋本"等,可知爲毛扆據宋乾道本所校。毛扆對此本校勘可分爲兩部分,其一據乾道本改正此本漏字、誤字、俗字和異體字等,其二是用各種符號、標識等,記錄乾道本在版面格式上的諸多特徵,可見毛扆力求在最大程度上記錄和還原宋乾道本的面貌。

【鈐印】書前護葉次葉甲面鈐有"松韻/齋藏"朱文方印。

書首序文首葉甲面鈐有"虞山毛扆手校"朱文長方印、"三十五/峰/園主人"朱文方印、"汪士/鐘印"白文方印、"北京/圖書/館藏"朱文方印、"鐵琴銅/劍樓"白文長方印。

全書每卷卷首、卷末、徐蕆題記末、目錄末及書末所附徐兢行狀末尾等處都鈐有"虞山毛扆手校"朱文長方印。

全書末葉乙面末端鈐有"鐵琴銅/劍樓"白文長方印、"北京/圖書/館藏"朱文方印。

【書目著錄】

1. 毛扆《汲古閣珍藏秘本書目》有"高麗圖經四本,綿紙舊抄",或爲此書③。

2. 張金吾《愛日精廬藏書志》卷十七地理類著錄有"宣和奉使高麗圖經四

---

①"居",校爲"君"。
②"宜",校爲"官"。
③見毛扆《汲古閣珍藏秘本書目》,國家圖書館藏嘉慶五年(1800)黃氏士禮居刻本,索書號05134。

十卷,舊抄本。毛斧季照宋刊本手校"①。

3. 瞿鏞《鐵琴銅劍樓藏書目》卷十一有"《宣和奉使高麗圖經》四十卷,校宋本",應爲此書②。

4.《北京圖書館古籍善本書目》史部地理外紀類著録。

5.《中國古籍善本書目》卷十一地理類二外紀部分著録,編號 12178。

【遞藏】

1. 松韻齋,明代陸化淳書齋名。陸化淳(1551—?),字君復,號湛源,南直隸常熟(今江蘇常熟)人。明萬曆二十年(1592 年)進士。初授工部主事,後升爲郎中,又曾任金華知府等職。陸化淳與其祖陸龍、其父陸南英分別著有《松韻齋前集》《後集》和《松韻齋續集》等③。

2. 毛扆(1640—1713),字斧季,號省庵,南直隸常熟(今江蘇常熟)人。著名藏書家毛晋之子。毛扆繼承了汲古閣藏書,且與其父同樣精於版本、校勘之學,使汲古閣所藏質量更精,數量更富,編有《汲古閣珍藏秘本書目》等。

3. 張金吾(1787—1829),見前《國家珍貴古籍名録》00459。

4. 汪士鐘(1786—?),見前《國家珍貴古籍名録》00460。

5. 瞿鏞(1794—1846),見前《國家珍貴古籍名録》00460。

【其他】

1. 此本書末應有毛扆跋語一則,疑已脱去。清代藏書家張金吾曾藏有此本並轉録該跋文:"此本抄手最劣,且多錯簡,久置不觀。甲申五月,從宋中丞借得宋槧本,自六月十五日校起。時方校訂《詩詞雜俎》,鳩工修板,因多間斷。至七月二十三日方畢。他日從此録出,可稱善本矣。惜宋本亦缺三葉,無從是正爾。二卷四,八卷五、六。虞山毛扆識。"④

2. 書前護葉甲面貼有標籤,上以隸書題書名"宣和奉使高麗圖經",下端貼

---

①《宋元明清書目題跋叢刊》第 11 册,清代卷第 5 册,中華書局 2006 年版,第 423 頁。

②見《清代書目題跋叢刊》第 3 册,中華書局 1990 年版,第 176 頁。

③一說陸南英詩集名爲《松韻齋詩稿》。見《[康熙]常熟縣志》《[萬曆]常熟縣私志》等。
　按,明代常熟之陸氏與毛氏俱爲當地望族,長期互通往來,作爲著名藏書家的陸貽典與毛晋兩人更有聯姻關係。毛扆此書從陸氏得來當有一定可能性。

④張金吾《愛日精廬藏書志》卷十七,上海古籍出版社 2014 年版,上册,第 288 頁。

有浮籤,上題"高麗/圖經/舊抄/毛校/本/一册"。

【按語】

1.《宣和奉使高麗圖經》是中國對外交流史上的一部重要典籍,因資料翔實,記録嚴謹,又附有諸多生動圖像,成書後立即被争相傳抄。它詳細記載了北宋時期中國士人所知所見的高麗王朝全貌,也保存了非常豐富的宋代航海資料,是研究宋代與朝鮮半島交流史和海上交通史的必備資料。

2.《宣和奉使高麗圖經》行世不久便"圖亡而經存",但它在中國中古史地文獻中,仍是"圖經"體裁的典型代表,而且也是目前幾乎僅存的記録外國情况的"圖經"文獻,可以豐富研究者對宋元時期"圖經"這一體裁的認識。而如將此書與後代方志和筆記體裁的涉外史料進行比較,或許還能了解到中國歷代對外紀行文獻在體裁特徵上的發展變遷。

3. 宋乾道三年澂江郡齋刻本是《宣和奉使高麗圖經》的最初版本,從保留文本的原始面貌來看,自然價值最高,又因其年代久遠,在此書的傳播史上一直極受藏書家重視。不過乾道本一直流傳甚稀,錢謙益和宋犖有幸收藏後,乾道本便歸於内府,民間藏書家極難獲睹宋本原貌。明清時期見於書目著録且注明版本的《宣和奉使高麗圖經》,多爲各種底本不明的舊抄本;同時,明清藏書家還刻印了至少兩種新版本①,而尤以鮑廷博《知不足齋叢書》本校勘最爲精審,傳播也最廣泛②。此本作爲《宣和奉使高麗圖經》諸多明清時代的抄本之一,自身文字質量並不算上乘,不但多用俗字,改易宋本原貌,而且錯字、漏字也較常見,這一點已爲毛扆所指出。然而此本幾乎是目前可知的唯一用宋乾道本對校的版本,經毛扆校勘後,其文字水平已不輸《知不足齋叢書》本,更高於現存絶大多數抄本。毛扆的校勘記間接保存了宋本的文字和版式特徵,這是此本獨特的版本價值所在。

---

①兩種刻本指明姚士粦、鄭弘刻本與清鮑廷博《知不足齋叢書》刻本。前者稀見,似僅見藏於山東圖書館(索書號:CN 魯圖 20080114)和日本内閣文庫(請求番號:史 197—0006);後者國内外大型古籍收藏機構幾乎都有收藏。

②目前海内外各圖書館,包括韓國圖書館所藏的《宣和奉使高麗圖經》,大部分都是《知不足齋叢書》本或以其爲底本産生的版本。

朝鮮賦

上海博物館圖書館　金菊園

上海博物館 806.33/73

國家珍貴古籍名録 10328

《朝鮮賦》一卷。(明)董越撰。明弘治三年(1490)吴必顯、王政刻本。一册。綫裝。

【題著説明】卷端題"朝鮮賦",次行題"奉議大夫右春坊右庶子兼翰林侍講寧都董越撰"①。

【著者簡介】董越(1430—1551),字尚矩,江西寧都人。明成化五年(1469)進士,授翰林院編修。九載考最,進侍讀。二十年(1484),選侍東宫講讀,充經筵講官,尋進右春坊右庶子。弘治元年(1488),朝廷頒朔於朝鮮,特命奉使。還朝後撰《使東日録》以記出使行程,作《朝鮮賦》以記其國俗。四年(1491),擢太常寺少卿兼侍講學士。六年(1493),升南京禮部右侍郎。九年(1496),拜南京工部尚書,卒於任,謚文僖。平生善爲文章歌詩,典雅優裕,無煩雕琢,有《圭峰稿》若干卷,今不傳。

【内容】董越於弘治元年(1488)奉使朝鮮,因作此賦,以述所見聞。又用謝靈運《山居賦》例,自爲之注。凡朝鮮土地之沿革、風俗之變易,以及山川亭館、人物畜産無不詳録。自序謂得之傳聞周覽及彼國所具風俗帖,皆與史傳相合,信而有徵。

【刊印者】

1. 吴必顯(生卒年不詳),字德純,安徽石埭人。明成化二十三年(1487)進士,歷任泰和知縣、澤州知州、九江同知等職。生平以勤莅官,案無留牘。

2. 王政(生卒年不詳),字本仁,廣西桂林人。舉人。明弘治間任江西泰和縣儒學訓導。

---

①三四行題:"賜進士文林郎知泰和縣事石埭吴必顯刊行/吉安府泰和縣儒學訓導桂林王政校刊。"

【行款版式】半葉十行,行二十字,小字雙行同。大黑口,四周雙邊,雙魚尾。版心中鎸"朝鮮賦"及葉數。版框 18.9 厘米×12.7 厘米,開本 24.6 厘米×16.6 厘米。

【題名頁牌記】無。

【刊寫題記】無。

【刻(寫)工】無。

【避諱】無。

【序跋附録】書首刻有明弘治三年十二月歐陽鵬《朝鮮賦引》,書末有弘治三年九月王政《朝鮮賦後序》。

1.《朝鮮賦引》録文如下:

弘治元年春,先生圭峯董公以右庶子兼翰林侍講奉詔使朝鮮國。秋八月,歸復使命,首尾留國中者不旬日。於凡宣布王命,延見其君臣之暇,詢事察言,模寫山河,誦太平之句。蓋深冀先生必有以大鳴國家之盛。比先生還朝,而鵬守制未獲與聞述作。兹幸得覩是賦於邑司訓王君本仁所,捧讀數四,揄揚莫既。本仁敬與余同年吳大尹德純爲壽梓以傳,屬引其端,此正門墻效勤時也,遂不敢以僭陋辭。時弘治三年臘月八日,賜進士翰林院庶吉士門人泰和歐陽鵬拜書。

2.《朝鮮賦後序》録文如下:

聖天子紀元之二年,歲在己酉,適天下賓興之期,余忝膺南京應天府聘,較藝場屋。于時右春坊右庶子兼翰林院侍講圭峯董先生、太子贊善東白張先生寔奉命總其事。公餘嘗請益左右,而圭峯先生一旦出示此帙,曰:"此去年春奉使朝鮮之餘功也。"余受之,莊誦累日。竊惟朝鮮乃古箕子之後,今兹帙之載衣冠文物之制,親疎貴賤之體,燁然有諸夏之風,而尊崇王室之典,視古丕變,千載遺風一舉目而可想也。且三代無詞章,而賦學萌於屈宋,成於賈馬,而賈多悲憤之詞,馬之《長楊》《羽獵》諸作亦多矜誇張大之態,求如此帙之溫厚典則,可以駕《豳風》而箋《爾雅》則無之。蓋子真子之言與涉無公之論不同,信今而傳後,其文當如是也。請歸壽梓以傳,俾海內之士亦以知我國家混一區宇,百餘年來,華夷一道,而文明之化,無遠弗届,先生之盡心王室,敷張輿圖之盛,因是而不朽云。弘治庚戌菊月九日,吉安府泰和縣儒學訓導舉人桂林王政書。

【批校題跋】無。

【鈐印】《朝鮮賦引》首葉甲面鈐"雲海樓/藏書記"朱文長方印，《朝鮮賦後序》末葉乙面鈐"隋盦/觀"白文方印。

【書目著録】《中國古籍善本書目》史部地理類外紀部分著録，編號 12202。

【遞藏】閔爾昌（1872—1948），字葆之，號黃山，晚號復翁，江蘇甘泉（今屬江蘇揚州）人。年少隨父客居江淮，幼而孤，留揚州。清光緒十八年（1892）補諸生。因屢次秋闈不中，遂客游大江南北，爲人司筆札。三十年（1904）北上，任職《北洋官報》編輯，以此結識袁克定。次年進入袁世凱幕府，與袁氏父子交好。辛亥革命後，長期擔任北京總統府秘書，至 1927 年辭職，幾與北洋政府相始終。1928 年起投身教育界，擔任稅務專門學校教師、輔仁大學中文系講師。1948 年卒於北平。平生著作有《雲海樓詩存》《雷塘詞》《碑傳集補》《疑年録校補》等。

【其他】金鑲玉裝，略有蟲蛀。

【按語】董越是明初出訪朝鮮的使臣中地位較高者，其出訪帶動了明朝與朝鮮文化交流的新高度。《朝鮮賦》也是明初臺閣文學的代表作之一。《朝鮮賦》尚有國圖藏《國朝典故》抄本、北大藏朱琦抄本、天一閣本、《四庫全書》本等版本，版本系統較爲複雜。上海博物館所藏明弘治三年刻本爲現存最早的版本，頗爲珍貴。

禦倭軍事條款

中國國家圖書館　劉　暢

中國國家圖書館 05486

國家珍貴古籍名録 12599

《禦倭軍事條款》一卷。佚名撰。明嘉靖刻藍印本。一册。綫裝。羅振常跋。

【題著説明】題名著者據《北京圖書館古籍善本書目》①。

---

① 是書卷端無題款。據書首羅振常題跋，原無題名，亦不具撰人姓名。爲天一閣藏書。羅振常定其作者爲明代李遂，並改書名爲《明禦倭軍制》。《邃園叢書》本《明禦倭軍制》即據此本影印。國家圖書館改題爲"禦倭軍事條款"。

【著者簡介】此本不具撰人姓名，卷首題"欽差提督軍務兼巡撫鳳陽等處地方督察院右僉都御史李"①。

【內容】書共一卷。全書首先詳細介紹明代軍隊行伍編制的形式，附有表格和圖例。其後主要記錄軍隊各項獎懲條例和法紀規範等，分爲"軍門節制""行軍號令"和"符牌號令"等幾個部分。其中多次提到"賊"和"倭奴"等，說明此條例應爲備戰抗倭時實行的軍隊管理制度。

【刊印者】待考。

【行款版式】除圖示和表格外，半葉十行，行十九字。白口，四周單邊。版心鐫有葉數。版框 20.1 厘米×14.0 厘米，開本 26.9 厘米×17.1 厘米。

【題名頁牌記】無。

【刊寫題記】無。

【刻（寫）工】無。

【避諱】無。

【序跋附錄】無。

【批校題跋】書前護葉有羅振常題記，錄文如下：

此爲天一閣藏書。嘉靖刊本。《阮目》政書類有《防禦條款》一卷，當即此書。《薛目》則未載。蓋因原無書題，其名不易定也。案此雖述防禦事宜，然非平日之軍政條款，乃有軍役時所制定。其指敵方多渾言曰賊，然《軍門節制》中凡三見"倭奴"，知專爲禦倭而設。宜定名"禦倭行軍條例"，泛言"防禦條款"未當也。此書無刊刻年月，據《明史·百官志》，嘉靖三十六年，以倭警添設提督軍務巡撫鳳陽都御史一員，至四十年廢之。則此條例必設於三十六年初設此職時。《軍門節制》中且有"即今春防之際"②語，可知爲是年春季刊布也。公牘例有姓無名，所謂李者，殆李襄敏公遂，字邦良，豐城人，從歐陽德學，嘉靖五年進士，官至南京參贊尚書。其爲巡撫破倭事，具見《明史》本傳。《明史》卷二百四。

———————

①羅振常認爲此人即明代李遂。李遂（1504—1566），字邦良，號克齋，又號羅山，江西豐城人。嘉靖五年（1526）進士，以右僉都御史提督操江，後提督淮揚軍務，整肅軍紀，征討倭寇，屢立戰功，官至南京參贊尚書。卒贈太子太保，諡襄敏。著有《督撫奏議書》《李襄敏公奏議》等。

②按，原文爲"防春之際"，見本書《軍門節制》部分。

當時禦倭名將首推戚少保繼光，惟所禦乃浙、閩之倭，江北倭患實襄敏所撲滅也。羅振常誌。

【鈐印】書前護葉羅振常跋首鈐“修俟齋”朱文長方印，末鈐“羅/振常”白文方印。卷端書眉上鈐“‘國立中/央’圖書/館收藏”朱文方印，框外鈐“北京/圖書/館藏”朱文方印。書末葉甲面鈐“上虞羅/氏終不忍/齋藏書”朱文方印，乙面鈐“北京/圖書/館藏”朱文方印。

【書目著録】

1. 羅振常《善本書所見録·再補》著録①。

2.《北京圖書館古籍善本書目》史部政書類著録。

3.《中國古籍善本書目》史部卷十三政書類軍政部分著録，編號 13246。

【遞藏】

1. 天一閣，明代浙江鄞縣（今屬浙江寧波）著名藏書家范欽（1506—1585）創立的藏書處。范欽畢生嗜好收集圖書，在天一閣積書達數萬卷之多。跟同時代諸多藏書家不同的是，天一閣藏書不僅注重稀見善本的收藏，同時也重視當代刻印書籍的保存，收藏有大量明代方志、政書和登科録等。天一閣自建成後，一直是明清時期江南地區最大藏書中心之一。雖然史上屢經各種變故，但大量藏書仍流傳至今。明清時期諸多藏書家都曾爲天一閣編制或修訂書目。其中較爲重要的有阮元和范欽後裔范邦甸共同編制的《天一閣書目·碑目》，著録藏品四千餘種。此目録後來又有劉喜海、薛福成等人的校訂和重編本。

2. 羅振常（1875—1942），字子經，又字子敬，號心井、邈園等，浙江上虞人。近代著名學者羅振玉之弟。藏書處稱“蟫隱廬”，所藏多宋元善本、各種稀見珍本及名家抄校本等。羅振常長於版本、目録和校勘之學，對諸多珍稀古籍均曾詳考其版本源流，校勘各本之文字異同，並擇其尤爲珍貴者，輯爲《邈園叢書》，影印出版，對珍稀古籍的保存和流傳頗有貢獻。此外還著有《洹洛訪古記》《徵聲集》《暹羅載記》《〈新唐書〉斠義》《古凋堂詩文集》等。

【其他】

1. 封面題“明禦倭軍制”，下題“天一閣藏本”。

---

①羅振常《善本書所見録》，上海古籍出版社 2014 年版，第 250 頁。

2. 個別葉面上有部分字跡墨色較他處更爲濃厚,或爲後來添補,如第一葉、第四葉甲面右下端、第五葉乙面左下端等處。

【按語】

1. 本書是一部記述明代江淮地區抗倭時期軍隊訓練和管理的政書。它與戚繼光《練兵實紀》《紀效新書》等類似,詳述了明代抗倭部隊的訓練方法,此外還記録了軍隊的法紀規範和管理制度。書内含有大量表格和圖示,直觀呈現了明代軍隊真實的布陣和作戰方式,是本書跟其他同類史料相比所獨具的特色。嘉靖藍印本是《禦倭軍事條款》目前可知的最早版本,完整保存了這部史料的原始面貌,又爲相對少見的藍印本,内容和版本均具有很高價值。

2. 據羅振常題跋,此書原無題名,亦不具撰人姓名,爲天一閣藏本。《天一閣書目》著録有《軍門節制》及《防禦條款》各一卷①,均不著撰人姓名及版本信息。羅振常認爲《防禦條款》即此本,但二者與此本的關係其實很難考察。因題名和著者的不確定,在明代以來的書目中,目前尚未發現有可以肯定爲此書的記録。羅振常考證作者爲明人李遂。結合李遂長於用兵,曾在江淮地區長期訓練軍隊,領導抗倭戰役的經歷,這一推測是較爲合理的。

---

① 見范邦甸撰,江曦、李婧點校《天一閣書目·天一閣碑目》卷二史部二,上海古籍出版社2010年版,第203、213頁。

子　部

管　子

中國國家圖書館　馮　坤

中國國家圖書館 09601

國家珍貴古籍名録 00620

《管子》二十四卷。題(唐)房玄齡注。宋刻本。十二册。綫裝。(清)黄丕烈、戴望跋。

【題著説明】首卷卷端題"管子卷第一",下題"唐司空房玄齡註"。

【著者簡介】

1. 題名著者管仲(?—公元前 645),名夷吾,字仲,潁上(今安徽潁水下游)人。春秋時人,爲齊桓公相四十餘年,事見《史記·管晏列傳》。《管子》一書爲春秋戰國時齊國政治思想彙編,多稱引管仲之事。

2.《管子》有舊注,題唐司空房玄齡注。房玄齡(579—648),名喬,字玄齡,臨淄(今山東淄博東北)人。唐初著名政治家。今學者則多以爲此注出自唐代尹知章。尹知章(?—718),翼城(今山西翼城縣)人。唐神龍初官太常博士,睿宗即位,拜禮部員外郎,轉國子博士,就秘書省與學者刊定經史,注《孝經》《老子》《莊子》《韓子》《管子》《鬼谷子》,除《管子注》外皆不存。新舊《唐書》有傳。

【内容】書共八十六篇,分二十四卷。卷一《牧民》《形勢》《權修》《立政》

《乘馬》，卷二《七法》《版法》，卷三《幼官》《幼官圖》《五輔》，卷四《宙合》《樞言》，卷五《八觀》《法禁》《重令》，卷六《法法》《兵法》，卷七《大匡》，卷八《中匡》《小匡》（亡《王言》），卷九《霸形》《霸言》《問》（亡《謀失》），卷十《戒》《地圖》《參患》《制分》《君臣》上，卷十一《君臣》下、《小稱》《四稱》（亡《正言》），卷十二《侈靡》，卷十三《心術》上下、《白心》，卷十四《水地》《四時》《五行》，卷十五《勢》《正》《九變》《任法》《明法》《正世》《治國》，卷十六《內業》（亡《封禪》，補以《史記·封禪書》所載管子言）《小問》，卷十七《七臣七主》《禁藏》，卷十八《入國》《九守》《桓公問》《度地》，卷十九《地員》《弟①子職》（亡《言昭》《修身》《問霸》《牧民解》），卷二十《形勢解》，卷二十一《立政九敗解》《版法解》《明法解》《臣②乘馬》《乘馬數》（亡《問乘馬》），卷二十二《事語》《海王》《國蓄》《山國軌》《山權數》《山至數》，卷二十三《地數》《揆度》《國准》《輕重》甲，卷二十四《輕重》乙丁戊己（亡《輕重》丙庚）。

　　《牧民》至《幼官圖》爲“經言”，《五輔》至《兵法》爲“外言”，《大匡》至《戒》爲“內言”，《地圖》至《九變》爲“短語”，《任法》至《內業》爲“區言”，《封禪》至《弟子職》爲“雜篇”，《牧民解》至《明法解》爲“管子解”，《臣乘馬》至書末爲“輕重”。

　　劉向書録稱《管子》“定著八十六篇”。此本列有八十六篇之目，內亡十一篇，其中《封禪》補以《史記·封禪書》所載管子述“古者封泰山、禪梁父者”之言。隋唐之時，古書結構由分篇向分卷轉化。《隋書·經籍志》著録“管子十九卷”，《舊唐書·經籍志》作十八卷③。《新唐書·藝文志》作十九卷，又有“尹知章注管子三十卷”。《崇文總目》則分別著録“十八卷，劉向校”，及“十九卷，唐國子博士尹知章注”。宋時已有亡篇。《郡齋讀書志》袁本前志卷三上著録“管子十八卷”，“劉向校八十一篇，今亡一篇，五十八篇有注解”；衢本卷十一則作

---

① 書前目録作“第”。本文所録篇名據卷端目録。
② 正文篇題作“巨乘馬”。
③ 十八卷與十九卷的區別，或許在於“序目”是否獨立成卷。見鞏曰國《〈管子〉版本研究》，齊魯書社 2016 年版，第 20—21 頁。

"管子二十四卷,劉向所定凡九十六篇,今亡十篇"①。蓋二本篇數俱有訛誤,卷數則已可見二十四卷本。《直齋書録解題》卷十亦著録"管子二十四卷"。嚴可均《書管子後》總結爲:"其書八十六篇,至梁隋時亡《謀失》《正言》《封禪》《言昭》《修身》《問霸》《牧民解》《問乘馬》《輕重丙》《輕重庚》十篇,宋時又亡《王言》篇。《文選》陸機《猛虎行》注引江遂《文釋》云:'管子曰:夫士懷耿介之心,不蔭惡木之枝。惡木尚能恥之,況與惡人同處。'是江遂在劉宋時尚見亡篇。"②

此本有舊注,題唐房玄齡撰。按房玄齡注《管子》,不見於《舊唐書·經籍志》《新唐書·藝文志》,其説始自杜佑,《郡齋讀書志》云"按杜佑《指略》序云房玄齡所注,或云唐尹知章注,未詳"。此本書末所附南宋張嵲《讀管子》亦疑其注"繆於訓故","世傳房玄齡所注,恐非是"。尹知章注《管子》,可見其兩《唐書》本傳。《四庫全書總目》進一步認爲"後人以知章人微、玄齡名重,改題之以炫俗耳。"

前八册每册二卷。第九册卷十七至十九,第十册卷二十、二十一,第十一册卷二十二,第十二册卷二十三、二十四。

【刊印者】待考。

【行款版式】半葉十二行,行二十二至二十五字,小字雙行二十九字。白口,左右雙邊,單魚尾。版心中鐫"管幾"(楊忱序作"序"、《管子目録》作"目録")及葉數,下鐫刻工姓名。版框 22.4 厘米×15.5 厘米,開本 30.4 厘米×20.0 厘米。

【題名頁牌記】無。

【刊寫題記】無。

【刻(寫)工】版心所見刻工有楊謹、金昇、李恂、張通、乙成、昌旼、牛實、沈端、王彬、王先文、嚴志、李戀、林轉、史祥、章旼,及李、戀、劉(劉)、王、昌、朱、志、蔡、毛、余、于、屠、吳、史、恂、牛、金、森、章、蔣等單字。

【避諱】書中"玄"(卷一卷端"唐司空房玄齡註")、"朗"(卷十二葉四《侈

① 晁公武撰、孫猛校證《郡齋讀書志校證》,上海古籍出版社 2011 年版,第 491—492 頁。下引版本皆同。
② 嚴可均《鐵橋漫稿》卷八,清道光十八年嚴氏四録堂刻本。

靡》“好緣”注“子朗反”）、“弘”（卷一葉五《形勢》“小謹者不大立”注“人無弘量”）、“殷”（卷一葉五《形勢》“殷民化之”）、“敬竟驚傲”（卷一葉二《牧民》“敬宗廟”、卷十葉七《參患》“兵出於竟”“二器成驚”、卷十葉八《制分》“兵不呼傲”）、“匡”（目録“大匡”篇名）、“貞徵”（卷三葉十四《五輔》“勸勉以貞”、卷十六葉四《内業》“不見其徵”）均缺末筆。

　　書中不諱之字甚多。“光義”（卷八葉十四《小匡》“度義光德”等）、“讓”（卷一葉十一《立政》“見賢不能讓”）、“曙樹”（卷一葉六《形勢》“曙戒勿怠”及注、卷三葉十三《五輔》“修樹藝”等）、“頊煦”（卷十六葉五《封禪》“顓頊封泰山”，卷四葉七《樞言》“道之在天者日也”注“以煦萬象”）、“桓完”（卷一葉十四《立政》“上完利”、卷二葉四《七法》“天下懷之矣”注“桓公救邢”等）、“慎”（卷一葉十一《立政》“君之所慎者四”等）、“敦”（卷三葉十三《五輔》“敦懞純固”等）、“機”（卷三葉六《幼官》“四機不明”等）均不缺筆。“構溝”字則有卷一葉十二《立政》“溝瀆不遂於隘”、卷二十三葉六《揆度》“刀幣者溝瀆也”兩處右上部中多一豎，卷二十二葉九《山權數》“無入於溝壑”右上部兩豎不到底。不知是否爲避諱。其餘“構溝”（如卷一葉十三《立政》“通溝瀆”、卷七葉二《大匡》“構二國之怨”等）字形均未改變。

　　又，卷二十三葉四《揆度》“雙武之皮”，注云“雙虎之皮以爲裘”，正文作“武”，是唐諱回改未盡。

　　【序跋附録】書首有甲申秋九月楊忱序。後有《管子目録》。後有劉向書録。書末有張嶸《讀管子》。録文如下：

1.《管子序》

楊忱撰

序曰：《春秋》尊王不尊霸，與中國不與夷狄，始於平王避夷難也。是王室遷而微也，見於《周書·文侯之命》。微王也，是王者失賞也。《費誓》善其備夷，是諸侯之正也。《秦誓》專征伐，是諸侯之失禮也。《書》《春秋》合體而異世也。《書》以文侯之命終其治也，《春秋》以平王東遷始其微也。自東遷六十五年，《春秋》無晋，以其亡護亂也。及其滅中國之國，而後見其行事，譏失賞也。周之微也，幸不夷其宗稷，齊桓之功也。其中國無與加其盛也，其夷狄無與抗其力也。見於《衛詩》，美其存中國也。《春秋》無與辭，何異也？存一國之《風》，無其人則衛夷矣。全王道之正，與之霸，是諸侯可專征伐也。夫晋之爲霸也，異齊遠矣。桓正文譎。夫桓之爲正，抑夷狄存中國；文之爲譎，陵中國微王室。晋之《風》也，無美其美，無功其功，外無他爲，雖國人不與也。然而桓之正，非王道之正也，以文譎而桓正也；桓之功，非王道之功也，以攘狄而存周也。無桓周滅，有周桓賊，桓卒齊衰，楚人滅周。周之不幸，桓之早死也，故曰：周之存，桓之功也；桓之不幸，管仲之早死也，故曰：桓之功，管仲之力也。自是楚滅諸國而熾矣。今得其著書，然後知攘狄之功皆遠略也。儒譏霸信刑賞，豈王者詆民哉？霸嚴政令，豈王者怠忽哉？霸鄉方略，豈王者不先謀哉？霸審勞佚，豈王者暴師哉？霸謹蓄積，豈王者使民不足哉？亦時夷狄内聘，大者畏威，小者懷仁，功亦至矣。不幸名之不正，然奈衰世何？孔子曰"微管仲，吾其被髮左衽"，此其據也。時大宋甲申秋九月二十三日序。

　　2. 劉向書録：

　　護左都水使者光禄大夫臣向言：所校讎中管子書三百八十九篇，大中大夫卜圭書二十七篇，臣富參書四十一篇，射聲校尉立書十一篇，太史書九十六篇，凡中外書五百六十四，以校除復重四百八十四篇，定著八十六篇，殺青而書，可繕寫也。管子者，潁上人也，名夷吾，號仲父，少時嘗與鮑叔牙游。鮑叔知其賢。管子貧困，常欺叔牙，叔牙終善之。鮑叔事齊公子小白，管子事公子糾。及小白立爲桓公，子糾死，管仲囚。鮑叔薦管仲，管仲既任政於齊，齊桓公以霸，九合諸侯，一匡天下，管仲之謀也。故管仲曰："吾始困時，與鮑叔分財，多自予。鮑叔不以我爲貪，知吾貧也。嘗爲鮑叔謀事而更窮困，鮑叔不以我爲愚，知吾有利有不利也。公子糾敗，召忽死之，吾幽囚受辱，鮑叔不以我爲無恥，知吾不羞小節而恥功名不顯於天下也。生我者父母，知我者鮑叔。"鮑叔既進管仲，而已下之子孫世禄於齊，有封邑者十餘世，常爲名大夫。管子既相，以區區之齊在海濱通貨積財、富國彊兵，與俗同好醜。故其書稱曰："倉廩實而知禮節，衣食足而知榮辱，上服度則六親固。四維不張，國乃滅亡。""下令猶流水之原，令順人心。"故論卑而易行。俗所欲因予之，俗所否因去之。其爲政也，善因禍爲福、轉敗爲功，貴輕重，慎權衡。桓公怒少姬，南襲蔡，管仲因伐楚，責包茅不入貢於周室。

桓公北征山戎，管仲因而令燕修召公之政。柯之會，桓公背曹沫之盟，管仲因而信之，諸侯歸之。管仲聘於周，不敢受上卿之命，以讓高國。是時諸侯爲管仲城穀，以爲之乘邑，《春秋》書之，褒賢也。管仲富擬公室，有三歸、反坫，齊人不以爲侈。管子卒，齊國遵其政，常彊於諸侯。孔子曰：“微管仲，吾其被髮左衽矣！”太史公曰：“余讀管氏《牧民》《山高》《乘馬》《輕重》《九府》，詳哉言之也。”又曰：“將順其美，匡救其惡，故上下能相親愛，豈管仲之謂乎？”《九府》書民間無有，《山高》一名《形勢》。凡管子書，務富國安民，道約言要，可以曉合經義。向謹第録上。

3.《讀管子》

張嶠巨山

余讀《管子》，然後知莊生、鼂錯、董生之語時出於《管子》也。不獨此耳，凡《漢書》語之雅馴者，率多本《管子》。《管子》，天下之奇文也，所以著見於天下後世者，豈徒其功烈哉！及讀《心術》《白心》上下①、《内業》諸篇，則未嘗不廢書而歎，益知其功業之所本，然後知世之知管子者殊淺也。《管子》書多古字，如“專”作“搏”、“弒”作“貣”、“宥”作“侑”、“況”作“兄”、“釋”作“澤”，此類甚衆。《大匡》載召忽語曰“百歲之後，吾君下世，犯吾命而廢吾所立，奪吾糾也，雖得天下，吾不生也，兄與我齊國之政也”，而注乃謂：召忽呼管仲爲兄。曰“澤命不渝”，而注乃以爲“澤恩之命”。甚陋不可徧舉。書既雅奧難句，而爲之注者復繆於訓故，益使後人疑惑不能究知。世傳房玄齡所注，恐非是。予求管子書久矣，紹興己未，乃從人借得之，**後**②而讀者累月，始頗窺其義訓，然舛脱甚衆，其所未解尚十二三，用上下文義及參以經史刑政，頗爲改正其訛謬，疑者表而發之，其所未解者置之，不敢以意穿鑿也。既又取其閒奧於理、切於務者，抄而藏於家，將得善本而卒業焉。

【批校題跋】書中有少量浮簽，上書校字。書末護葉有黄丕烈、戴望跋各一則，録文如下：

1.《管子》世鮮善本，往時曾見陸勅先校宋本在小讀書堆，後於任蔣橋顧氏

①按《心術》分上下，《白心》不分。此處疑誤。
②圖像引自《子藏·管子卷》第3、4冊，國家圖書館出版社2016年版。下引皆同。

借得小字宋本，其卷一後有長方印記，其文云“瞿源蔡潛道宅墨寶堂新雕印”，驗其款式，當在南宋末年。中缺十三至十九卷，即其存者，取與陸校本對，亦多不同，蓋非最善之本也。甲子歲，余友陶蘊輝鬻書於都門，得大宋甲申秋楊忱序本，板寬而行密，亦小字者，因以寄余，索直一百二十金，毫釐不可減。余亦重其代購之意，如數許之，遂得有其全本。案大宋甲申不言何朝，核其板刻，當在南宋初，以卷末附張巨山《讀管子》一篇也。內有鈔補并僞刻之葉，在第六卷中，遍訪諸藏書家，無可借鈔。時錢唐友人謂余曰：嘉興某家有影宋鈔本，與此正同。余聞之欣然，久而無以應我之求。適陶君往嘉興，於小肆中獲其半，檢所缺葉，一一完好，字迹與刻本纖毫不爽，方信影鈔者即從余所得本出，而下半部偶失之耳。命工用宋㮚從影鈔本重摹，輟鈔補僞刻之葉而重裝之。《管子》至今日，宋刻始完好無闕，豈非快事？取對顧氏小字本，高出一籌，當是勑先所據以校劉績之本者也。後錢唐友人來詢之，知嘉興所見者即此鈔本，其不肯明言在書肆者，恐余捷足先得，孰知已有代購之人爲之，始之終之，俾作兩美之合哉？嘉慶丙寅立冬後一日，士禮居重裝并記。蕘翁黃丕烈。（首鈐“士禮／居”、末鈐“黃印／丕烈”印）

2. 戊辰正月，從瞿氏叚得此本，與海寧唐尙甫、常熟張純卿同校一過於趙刻本之上，并記此。戴望志於冶城山書局。（末鈐“子／高”印）

【鈐印】書前護葉鈐“黃印／丕烈”白文、“蕘／圃”朱文、“陳印／清華”朱文、“澄／中”朱文四方印。

楊忱序葉鈐“季滄葦／圖書記”朱文長方印、“季印／振宜”朱文方印、“○○／○○”朱文長方印、“瞿印／秉沖”白文方印、“古吳／王氏”朱文方印、“辛夷／館印”朱文方印、“瞿印／秉淵”白文方印、“五峰／樵客”白文方印、“梅谿／精舍”白文方印、“玉蘭／堂”白文方印、“江左”朱文長方印、“菰里／瞿鏞”右朱左白方印，框外鈐“良士／眼福”白文方印、“閬源／眞賞”朱文方印、“汪印／士鐘”白文方印、“竹塢”朱文長方印、“鐵琴銅／劍樓”白文長方印、“瞿／潤印”白文方印、“綏珊／經眼”白文方印、“陳印／清華”白文方印，書眉上鈐“士禮／居藏”白文方印、“虞山瞿／紹基藏／書之印”朱文方印、“郇齋”朱文長方印。

目錄首葉鈐“季以祈／珍藏”白文方印、“季大／升印”朱文方印、“徐／嘯菴”

白文方印、"乾/學"朱文方印、"祁陽陳澄中藏書記"朱文長方印、"復/翁"白文方印、"黃印/丕烈"白文方印、"陳印/清華"白文方印,框外鈐"鐵琴銅/劍樓"白文長方印、"百宋一廛"朱文長方印、"郇齋"朱文長方印。

卷一卷端鈐"季滄葦/圖書記"朱文長方印、"鐵琴銅/劍樓"白文長方印。卷二、四卷端鈐"季滄葦/圖書記"朱文長方印、"祁陽陳澄中藏書記"朱文長方印,書眉上鈐"郇齋"朱文長方印,卷末鈐"虞山瞿/紹基藏/書之印"朱文方印。卷三卷端鈐"良士/眼福"白文方印、"祁陽陳澄中藏書記"朱文長方印、"鐵琴銅/劍樓"白文長方印、"陳印/清華"白文方印、"季滄葦/圖書記"朱文長方印、"菰里/瞿鏞"右朱左白方印,框外鈐"閬源/真賞"朱文方印、"汪印/士鐘"白文方印、"綏珊/經眼"白文方印,書眉上鈐"虞山瞿/紹基藏/書之印"朱文方印。卷五卷端所鈐同卷三,書眉上又鈐"郇齋"朱文長方印。卷六卷端所鈐同卷二,卷末鈐"百宋一廛"白文長方印、"郇齋"朱文長方印、"虞山瞿/紹基藏/書之印"朱文方印。卷七卷端鈐"良士/眼福"白文方印、"季滄葦/圖書記"朱文長方印、"祁陽陳澄中藏書記"朱文長方印、"菰里/瞿鏞"右朱左白方印、"陳印/清華"白文方印、"鐵琴銅/劍樓"白文長方印,框外鈐"綏珊/經眼"白文方印,書眉上鈐"虞山瞿/紹基藏/書之印"朱文方印、"郇齋"朱文長方印,卷末鈐"季印/振宜""滄/葦"二朱文方印。卷八卷端鈐"季滄葦/圖書記"朱文長方印、"祁陽陳澄中藏書記"朱文長方印、"振宜/之印"墨色朱文方印、"閬源/真賞"朱文方印、"汪印/士鐘"白文方印、"玉蘭/堂"白文方印,書眉上鈐"郇齋"朱文長方印,卷末鈐"虞山瞿/紹基藏/書之印"朱文方印。卷九、卷十一卷端所鈐同卷七,卷末無鈐印。卷十卷端、卷末所鈐同卷二,卷端多"閬源/真賞"朱文方印、"汪印/士鐘"白文方印。卷十二卷端鈐"季滄葦/圖書記"朱文長方印、"祁陽陳澄中藏書記"朱文長方印、"陳印/清華"白文方印、"閬源/真賞"朱文方印、"汪印/士鐘"白文方印,書眉上鈐"郇齋"朱文長方印,卷末鈐"季印/振宜""滄/葦"二朱文方印、"虞山瞿/紹基藏/書之印"朱文方印、"鐵琴銅/劍樓"白文長方印。卷十三卷端鈐"季滄葦/圖書記"朱文長方印、"振宜/之印"墨色朱文方印、"祁陽陳澄中藏書記"朱文長方印、"良士/眼福"白文方印、"綏珊/經眼"白文方印、"鐵琴銅/劍樓"白文長方印、"菰里/瞿鏞"右朱左白方印,書眉上鈐"虞山瞿/紹基藏/書之印”朱文方印、“郇齋”朱文長方印。卷十四卷端所鈐同卷二，卷末所鈐多“祁陽陳澄中藏書記”朱文長方印。卷十五卷端所鈐同卷五，少“陳印/清華”白文方印。卷十六、十九卷端、卷末所鈐同卷二。卷十七卷端所鈐同卷七，少“陳印/清華”白文方印，卷末無鈐印。卷十八卷端所鈐同卷十，卷末無鈐印。卷二十卷端、卷末所鈐同卷七，少“陳印/清華”白文方印。卷二十一卷端、卷末所鈐同卷八。卷二十二卷端所鈐同卷十三，少“振宜/之印”墨色朱文方印，卷末鈐“虞山瞿/紹基藏/書之印”朱文方印。卷二十三卷端所鈐同卷三，少“陳印/清華”白文方印，書眉上多“郇齋”朱文長方印。卷二十四卷端所鈐同卷二，卷末無鈐印。

《讀管子》末鈐“滄/葦”“季印/振宜”二朱文方印、“讀未見書/齋收藏”朱文長方印、“蕘圃/卅年精/力所聚”“士禮/居”二白文方印、“虞山瞿/紹基藏/書之印”朱文方印、“良士/眼福”“瞿印/秉沂”“瞿印/秉沖”“瞿印/秉淵”“瞿/潤印”五白文方印、“菰里/瞿鏞”右朱左白方印、“祁陽陳澄中藏書記”朱文長方印，框外鈐“鐵琴銅/劍樓”白文長方印、“瞿印/啟科”“瞿印/秉清”二白文方印。

書末黄丕烈跋首鈐“士禮/居”朱文方印，末鈐“黄印/丕烈”白文方印。戴望跋末鈐“子/高”朱文方印。此葉又鈐“虞山瞿/紹基藏/書之印”朱文方印、“澄/中”朱文方印、“清/華”白文方印、“綏珊/經眼”白文方印。

【書目著録】

1.《季滄葦藏書目》著録“管子二十四卷四本”①，或即此書。

2.《傳是樓宋元板書目》宇字格有“管子四本，宋板”②，或即此書。

3.《求古居宋本書目》著録“管子十冊”③，或即此書。

4.《藝芸書舍宋元本書目》己字號、壬字號各著録“管子十本”④，此書或在其中。

---

①季振宜《季滄葦藏書目》，清嘉慶十年《士禮居黄氏叢書》本，見《海王邨古籍書目題跋叢刊》，中國書店 2008 年版。

②徐乾學《傳是樓宋元板書目》，清光緒十一年《傳硯齋叢書》本，見《海王邨古籍書目題跋叢刊》，中國書店 2008 年版。

③黄丕烈《求古居宋本書目》，清抄本，國家圖書館藏，索書號 05493。

④汪士鐘《藝芸書舍宋元本書目》，《中國著名藏書家書目匯刊》明清卷 29，商務印書館 2005 年版。

5.《鐵琴銅劍樓藏書目録》子部二法家類著録[1]，其提要以此本校趙用賢《管韓合刻》本，並引宋翔鳳、高郵王氏父子、惠棟、顧廣圻、孫星衍、洪頤煊諸家之説。

6.《藏園群書經眼録》卷七子部一法家類著録，注云"常熟瞿氏鐵琴銅劍樓藏，乙卯歲觀於邑里瞿宅"[2]。

7.《北京圖書館古籍善本書目》子部法家類著録。

8.《中國古籍善本書目》卷十五子部上法家類著録，編號1391。

【遞藏】

1. 季振宜（1630—?），字詵兮，號滄葦，江蘇泰興季家市（今屬江蘇靖江）人。清順治四年（1647）進士，授蘭溪知縣，行取刑部主事，遷户部郎中，官至御史。喜藏書，多收毛氏汲古閣、錢氏述古堂之藏。藏書室名"静思堂"。有《静思堂詩稿》，其書編爲《季滄葦藏書目》《延令宋版書目》。

2. 徐乾學（1631—1694），見前國家圖書館藏《廎齋考工記解》（索書號00007）。

3. 黄丕烈（1763—1825），見前《國家珍貴古籍名録》00459。

4. 汪士鐘（1786—?），見前《國家珍貴古籍名録》00460。

5. 鐵琴銅劍樓，清代四大私家藏書樓之一。始創於瞿紹基，五代世守藏書。20世紀50年代，藏書樓主人瞿鳳起兄弟將家藏善本捐贈北京圖書館（今中國國家圖書館）及常熟圖書館。此本藏書印所見瞿氏族人如下：

瞿紹基（1772—1836）、瞿鏞（1794—1846）、瞿秉沂（生卒年不詳）、瞿秉清（1828—1877）、瞿啟甲（1873—1940），併見前《國家珍貴古籍名録》00460。

瞿潤（生卒年不詳），又名秉澈，字實夫，江蘇常熟人。瞿鏞長子。

瞿秉淵（1820—1886），字鏡之，江蘇常熟人。瞿鏞次子，鐵琴銅劍樓第三代主人。爲縣諸生。其父瞿鏞去世後，與弟瞿秉清聘請季錫疇、王振聲等繼續編校《鐵琴銅劍樓藏書目録》。

瞿秉沖（生卒年不詳），字融之，江蘇常熟人。瞿鏞第七子。

---

[1] 瞿鏞《鐵琴銅劍樓藏書目録》，上海古籍出版社2000年版，第345—352頁。
[2] 傅增湘《藏園群書經眼録》，中華書局2009年版，第483—484頁。

瞿啟科(生卒年不詳),字棣卿,江蘇常熟人。瞿秉清子。

6. 陳清華(1894—1978),字澄中,湖南祁陽(今屬湖南永州)人。從事銀行業,喜收藏古籍善本,尤嗜宋元舊槧、明清精抄、名人校跋之本,多藏毛抄、黃跋本。藏書室以南宋初唐仲友台州刻本《荀子》命名爲"郇齋"。1949 年移居香港。1956 年、1965 年及 2004 年,國家先後三次購回所藏古籍。其藏書編爲《祁陽陳澄中舊藏善本古籍圖録》。

【其他】黃丕烈跋稱"内有抄補並僞刻之葉,在第六卷中","命工用宋㫶從影抄本重摹,輒抄補僞刻之葉而重裝之"。按此本卷六葉七至卷末字體與他葉不同,當爲黃氏所云重摹者。

【按語】

1. 季振宜、徐乾學家藏書目均著録有《管子》四册,黃丕烈、汪士鐘録爲十册。按上述著録均指此本,今訂爲十二册。此本每卷前均有季振宜藏印若干,其中一方"振宜之印"爲墨色,僅出現在卷八、十三、二十一卷端,因其顏色特殊,或可推測,這三次鈐印與其他朱色印並非同一次鈐蓋,所鈐的位置也應有特殊意義。按照今天的分册,這三卷訂在各册之中,在册中鈐印,並不符合藏書家的習慣。鈐印一般選擇書首末,其次各册首末。而這三枚印的位置將書分爲四部分:卷一至七、八至十二、十三至二十、二十一至二十四。各部分内容體量大致相當,如果將其推測爲鈐印時各册册首所在,也合於季氏書目所載的四册之數。徐、黃二氏僅鈐印於書首末,不能推測分册。汪士鐘之印則鈐於書首及卷三、五、八、十、十二、十五、十八、二十一、二十三卷端,亦可知其在汪氏處分册爲:第一册卷一、二,第二册卷三、四,第三册卷五至七,第四册卷八、九,第五册卷十、十一,第六册卷十二至十四,第七册卷十五至十七,第八册卷十八至二十,第九册卷二十一、二十二,第十册卷二十三、二十四。

又,徐乾學《傳是樓書目》子部補法家類又著録"管子二十四卷,十本"[1],未言版本,不知是否與此本有關。

《管子》另一存世宋本——南宋墨寶堂刻本亦曾入藏汪士鐘藝芸書舍,汪氏

---

[1] 徐乾學《傳是樓書目》,1915 年仁和王存善鉛印《二徐書目》本,《海王邨古籍書目題跋叢刊》,中國書店 2008 年版。

書目重複著録"管子十本",當分別指此二本。

2. 核書中印鑒,季以祈、季大升或爲季氏族人,其事不可考;戴望借書過録,王體仁經眼;"古吴王氏""辛夷館印""五峰樵客""梅谿精舍""玉蘭堂""江左""竹塢"系列藏印存在疑問,故均不入遞藏。

"古吴王氏"等印來自明人王寵、文徵明及其侄文伯仁。陳先行《古籍善本》以上海圖書館藏宋刻本《東觀餘論》爲例,對書中文、王鈐印提出懷疑。該書"總目"首葉,版框内右下角鈐"項氏萬卷堂圖籍印",上方鈐"墨林秘玩""項元汴印",再上鈐"江左""竹塢"二印,左方鈐"辛夷館印""翠竹齋""梅谿精舍""玉蘭堂"。陳先行先生認爲"這些印章的鈐蓋雜亂無序,大名家如此不講鈐印章法不免令人生疑。尤顯突兀的是,晚於文徵明、王寵之後項篤壽、項元汴昆仲的印章,赫然鈐在版匡内右下方、表明率先獲得該本的位置,如果該本曾經文徵明、王寵收藏,那麼同樣不合明清藏書家鈐蓋藏印的習氣。根據卷末項元汴的題跋,此本乃其兄項篤壽於隆慶二年所贈予(時文徵明、王寵皆已去世),在此之前收藏該本者爲華夏,有豐坊嘉靖二十八年己酉觀於華氏真賞齋之題跋,而豐、項二氏之題跋一字未提該本曾經文徵明、王寵收藏。進而細審文、王二氏及文伯仁之印章,印色完全相同,當同時鈐蓋,其字形刀法亦出一手;檢上海博物館所編《中國書畫家印鑒》,載有文徵明之'玉蘭堂'印,王寵之'王履吉印''辛夷館印',但與此本所鈐者並不相符,尤其是白文'玉蘭堂'印、朱文'辛夷館印',此本所鈐者明顯有仿刻痕跡",並由此出發,"兹就案頭所備參考之書粗事檢覽,鈐有類此文、王僞印者尚有:中國國家圖書館藏宋刻本《廣韻》、宋紹興二至三年兩浙東路茶鹽司公使庫刻本《資治通鑑》、宋刻本《管子》(常熟瞿氏舊藏)、宋劉通判宅仰高堂刻本《纂圖分門類題五臣注揚子法言》……",《管子》此本正在其列①。

此本書首楊忱序首葉、卷八及卷二十一卷端,版框内右下角均鈐季振宜藏印,上方鈐文、王諸印。與上海圖書館藏《東觀餘論》情況相似,一般版框内右下角的鈐印時間較早,其後遞藏者則鈐印於其上方或左方。右下角鈐清人季振宜之印而非明人王寵、文徵明,不免令人疑惑。即使此本鈐印不按慣例,另有其他

---

①陳先行《古籍善本(修訂版)》,上海人民出版社2020年版,第150—154頁。

一些古籍鈐蓋的文、王藏印同樣難以解釋——如遼寧省圖書館藏宋紹定六年臨江軍學刻本《朱文公校昌黎先生集》，卷一卷端版框內鈐王世懋“敬美甫”印，理論上時間更早的“辛夷館印”“梅谿精舍”鈐在框外；而臺灣漢學研究中心藏季振宜《唐詩》稿本，也鈐有“玉蘭堂”印。《古籍善本》給出一種推測：“這些僞印究竟鈐蓋於何時呢？在我看來，應當是在清初大藏書家季振宜的生前或身後售書之時——因爲上述所有版本都曾經季振宜收藏。至於鈐蓋僞印是季氏本人抑或其後人或書估所爲，以我的直覺，不太可能是季氏，因爲他畢竟是内行，怎麼會不講法度將這些印章亂蓋一氣？而這些印章並非出現在所有季振宜收藏的宋元本之上，於是想到有無這樣一種可能：凡無僞印者，散出於季氏生前；鈐僞印者，售出於季氏身後……”①

　　僅就《管子》此本而言，“玉蘭堂”印出現在書首及卷八、卷二十一卷端，位置分佈並不合理。如果它在訂爲四册時所鈐，正鈐於其中三册之首，只漏過以卷十三爲首的一册。但如果它鈐於改裝十册之後，或許更能解釋錯過卷十三的原因：分十册時，卷八、卷二十一仍在册首，並有墨色特殊的“振宜之印”同時出現；而卷十三被訂入第六册中間，極易忽略。此本的裝幀或許可爲認識這批印鑒提供新的綫索，但它可能經過數次改裝，書首書末也經過抄補。改裝發生在何時，尤其徐乾學所見是何裝幀，仍需要更多資料再加考證。

　　3. 此本黄丕烈跋稱“核其板刻，當在南宋初”。書中刻工楊謹、牛實、張通、金昇、乙成、李恂、王先文、王彬、沈端等多人可見於南宋初杭州刻本②，其刊刻時間應與刻工活動一致。書末張嶸《讀〈管子〉》又云“紹興己未從人借得，改正訛謬，抄藏於家”，亦可知其刊刻在紹興九年己未（1139）之後。但此本“貞”以下宋代諱字並不缺筆，或許以北宋本爲底本。

　　此本書首有楊忱序。王安石《大理寺丞楊君墓志銘》記北宋時大理寺丞楊忱，稱其“治《春秋》，不守先儒傳注，資他經以佐其説”，“以嘉祐七年四月辛巳卒於河南，享年三十九”。此本楊忱序“《春秋》尊王不尊霸，與中國不與夷狄”云云，亦引《春秋》以證《管子》，可見作者對《春秋》頗有心得。如即其人，則序

①陳先行《古籍善本（修訂版）》，第 154—158 頁。
②見王欣夫《郭沫若先生“管子集校叙録”之商榷》，《學術月刊》，1957 年第 6 期。

末所署"時大宋甲申秋九月二十三日",當爲北宋慶曆四年(1044)①。此本或據北宋時楊忱所序之本刊刻而成。

無獨有偶,國家圖書館藏宋刻宋元遞修本《沖虛至德真經注》(索書號09617),缺筆避諱亦至"貞"字,無南宋諱。汪駿昌跋於書末,以其爲北宋本:"此本如殷、敬、恒、貞等字皆缺末筆内有數字爲妄人所填,而頊字、桓字俱不缺,則應爲英宗朝槧本矣。"書中刻工亦可見乙成、楊謹、嚴志,與《管子》此本重合。由此推測,或許南宋初杭州存在集中覆刻北宋本的現象。

4. 此本中多描畫抄補。黃丕烈跋稱"内有鈔補并僞刻之葉,在第六卷中","命工用宋栬從影鈔本重摹,輟鈔補僞刻之葉而重裝之"。嘉慶丁丑(1817),黃氏又在南宋墨寶堂刻本書末跋云"後京師某坊緘寄一宋刻,宋刻已糊塗,經俗人剜其糊塗處,以時本填之,多未可信,故卒未據以校藏本",所指即此本。黃氏從影抄本重摹之葉,爲卷六葉七至卷末。但在此之外,此本中仍有多處描畫或抄補的痕跡。如書首楊忱序,其中"**以**""**辭**"等字可以看出運筆的毛刺與暈染。書末張嵲《讀管子》中也有相似的痕跡,如"**然**""**以**""**義**"數字筆畫有勾連,且粗細不一。書前目録亦是如此。但在這些瑕疵之外,此本作爲《管子》僅存的宋刻全帙,且可以其他宋刻校本相補益,文物價值與文獻價值依然不容忽視。

5. 黃丕烈校《管子》,始於嘉慶二年丁巳(1797),其從顧氏小讀書堆借得陸貽典校宋本,又向任蔣橋顧氏借得南宋墨寶堂刊殘本,二者相校,多有不同②。至嘉慶九年甲子(1804),陶蘊輝在京中得到此本,又在嘉興得其半部影抄本,均歸黃氏。黃氏以影抄補此本,相對墨寶堂本,認爲此本"高出一籌",並以其爲陸貽典據校之宋本,於嘉慶十一年丙寅(1806)跋於書末。嘉慶二十二年丁丑(1817),黃氏從任蔣橋顧氏後人得墨寶堂本,再借陸校本抄補墨寶堂本,評價墨寶堂本"其佳處實多,因中有缺,心甚有歉,未爲全美",而此本則"經俗人剜其糊塗處,以時本填之,多未可信",三本相校,知陸校多同此本,"且陸校出毛斧季所藏宋刻,則尤可信。唯是校書如掃落葉,他卷之陸校,證以余藏之宋刻,有脱至一句者,安知余所據之卷不有類是者耶? 不過以校宋補宋刻,稍勝時本耳。藏

①見鞏曰國《〈管子〉版本研究》總結朱理惺、黃明、王欣夫等學者觀點所得,第64—69頁。
②見陸貽典、黃丕烈校跋《管子補注》,今藏國家圖書館(索書號00896),後文有詳細介紹。

書之道，如是而已。暇日當再取陸校，以校余所補本，並以參余所藏本，或可盡得其異同”①。但三本異同，黃氏並未得出最終結論。

陸貽典所據校勘的宋刻，爲毛扆所購的錫山華氏舊藏。其所錄宋刻異文，大多與此本相合；但陸氏於書前未云宋刻有楊忱序及目錄，書後則抄錄張嵲《讀管子》，與此本有小異。此本《讀管子》“釋作澤”，陸氏錄作“釋作擇”；此本“**俊**而讀者”，錄作“伏而讀者”；此本“參以經史刑政，頗爲改正其訛謬”，錄作“參以經史訓故，頗爲是正其訛謬”。由於其他傳世重要版本，如墨寶堂本及號稱以宋刻校勘的明趙用賢刻本，均作“伏而讀者”“參以經史訓故，頗爲是正其訛謬”，而張嵲《紫微集》卷三十二所收《讀管子》亦作“伏而讀者”“參以經史訓詁，頗爲是正其訛謬”，因此有學者相信此本的《讀管子》亦應與其他版本保持一致。如鞏曰國認爲：“浙刻本《管子》②張嵲《讀管子》，係出自後人的抄補。浙刻本《讀管子》後有多家藏書印，最早的爲季振宜之‘季振宜印’‘滄葦’，則其抄補不會晚於清初。《讀管子》一文在書之末頁，容易破損。後人重作抄補，部分文字殘缺漫漶，不易辨認，只能約略爲之，因此導致了諸多訛誤。”③他同時認爲，不僅此本書末的《讀管子》原本應與陸貽典所錄相同，此本甚至很可能與陸氏使用的參校本是同一部書：“卷五《重令》篇‘則是教民邪途也’行上書眉有陸貽典朱筆楷書校語：‘也下宋板脱。’今宋浙刻本‘則是教民邪途也’下亦脱一頁。特別需要指出的是，今宋浙刻本卷六自《法法》篇‘上好勇則民輕’以下至卷末 5 頁（包括《法法》篇的一部分及《兵法》全篇）原缺，黃丕烈據影抄本補齊。陸貽典於‘上好勇則民輕死’處書眉有校語：‘自此至卷末宋板脱。’則陸貽典所用校本（錫山華氏家藏宋本）極有可能與今天國家圖書館收藏的南宋浙刻本爲同一部書。”④

按陸校本以劉績《管子補注》爲底本，核以此本，此本與劉績本相異之處，陸貽典未必盡數出校，如黃丕烈所言，“他卷之陸校，證以余藏之宋刻，有脱至一句者”。陸氏出校之處，卻基本上與此本相合，二本出自同一系統，甚至同一版本，

---

① 見《楹書隅錄》錄墨寶堂本黃丕烈跋，《周叔弢批校〈楹書隅錄〉》第 2 册，國家圖書館出版社 2009 年版。

② 即此本。本文後文亦采用此種説法。

③ 見鞏曰國《〈管子〉版本研究》，第 118 頁。

④ 同上書，第 269 頁。

可謂不言而明。但如果説二者爲同一書，還是存在一些零星的反證：如劉績本卷三葉二十五甲面《五輔》"悦在文繡"注"女工傷天下寒"，"傷"下之字模糊，此本作"成"，而陸貽典校作"故"。劉績本卷五葉六乙面《八觀》"金玉貨財"注"能使在爵禄"，此本作"使之在爵禄"，陸貽典删"能"，未補"之"字。劉績本卷十九卷端，陸貽典校補卷前目録"地員第五十八"及"弟子職第五十九"，書眉上題"目有'言昭'等，不著亡字"。按該卷内有佚篇《言昭》《修身》《問霸》《牧民解》，此本卷前目録不列該四篇，卷末列出四篇篇題，下刻"亡"字，與陸氏所記不合。劉績本卷二十三葉十一乙面《揆度》末段"法則中内"，書眉上陸貽典書"以下宋版脱葉"，至下一篇《國準》末書眉又書"脱"。此本《揆度》末段及《國準》篇確實占一整葉，但該葉（葉八）不缺，葉内乙面"**家**"字有斷紋，亦不類抄補。至於此本卷六黄丕烈所撤的抄補之葉，與陸貽典所注宋本缺葉相合，實際上存在另一種可能，即黄丕烈受陸貽典校本影響，僅撤出了葉七至卷末的書葉。卷六殘餘的其他書葉中，仍可見到多處抄補痕跡，如首葉卷端題"唐司空房玄齡注"，"**唐**"字筆鋒毛刺便清晰可見。黄丕烈的補抄與重裝，不排除是爲了與陸貽典校本保持一致。

那麽，此本書末的《讀管子》，其本來面目該如何呢？鞏曰國將"**㑞**"字釋作"俊"，認爲"文義不通"，與其他異文均"當據上圖抄本校正"[1]。但此字與**伝**字同構，後者爲"低"之異體[2]，與"伏"意義相似，未必爲誤字。綜合來看，此本難以直接與陸貽典所據宋本視爲一書，這些異文不如仍兩存之。

管子補注

中國國家圖書館　馮　坤

中國國家圖書館 00896

《管子補注》二十四卷。題（唐）房玄齡注；（明）劉績補注。明刻本。六册。綫裝。（清）陸貽典、黄丕烈校並跋。

①指上海圖書館藏陳奂家抄本（索書號 797790—93），據墨寶堂本影抄。
②見張涌泉《漢語俗字叢考（修訂本）》，中華書局 2020 年版，第 31 頁。

【題著説明】首卷卷端題“管子卷第一”,次行下題“唐司空房玄齡注”,三行題“蘆泉劉績補注”。

【著者簡介】

1. 管子及舊題唐房玄齡注,見前書。

2. 補注舊題“蘆泉劉績”著。劉績時代及地域存在多種説法,詳見後文考辨。傳統上以爲劉績字用熙,號蘆泉,湖北江夏(今屬湖北武漢)人。明弘治三年(1490)進士,知鎮江府。與李東陽有交。著《禮記正訓》《蘆泉詩文集》等。

【内容】篇章分合同前書。書中有題唐房玄齡注及題劉績補注。卷一至四爲第一册,卷五至八爲第二册,卷九至十二爲第三册,卷十三至十六爲第四册,卷十七至二十一爲第五册,卷二十二至二十四爲第六册。

【刊印者】待考。

【行款版式】半葉九行,行二十字,小字雙行同。白口,四周雙邊,單魚尾。版心中鎸“管子”及卷數、葉數。版框 24.2 厘米×16.1 厘米,開本 27.7 厘米×17.6 厘米。

【題名頁牌記】無。

【刊寫題記】無。

【刻(寫)工】無。

【避諱】書中“匡”“恒”“俒”“屬”“桓”缺末筆,“構溝”(卷一葉四《牧民》“城郭溝渠”之“溝”、卷七葉四《大匡》“構二國之怨”等)缺右下豎筆。

上述字或不缺筆,如《大匡》篇名之“匡”及篇中多處“桓公”不缺筆。

【序跋附録】無。

【批校題跋】書中有陸貽典、黃丕烈批校。書末有陸貽典兩跋,並抄録宋張嵲《讀管子》。擇要録文如下:

1. 陸貽典據毛扆所購錫山華氏家藏宋本,校於此本之上,以朱筆録宋本行款及卷末音釋。宋本卷首題“管子卷第幾”,下題“唐司空房玄齡注”,後列卷中篇目,卷末或有音義。校分兩次,各有題記,朱墨筆相雜。如卷一末朱筆題“四月十六日校起”,墨筆題“廿七日又校一過”;書末朱筆題“廿六日燈下勘畢”及“五月七日重校畢,敕先”。參考書末陸氏二跋,可知其在康熙五年(1666)四月十六日至二十六日校勘,其後四月二十七日至五月七日又加重校。

2. 黄丕烈據南宋墨寶堂刊殘本校此本,卷一出校最多,墨筆書於地脚。卷一末摹其牌記"瞿源蔡潛道宅/墨寶堂新雕印",後題"嘉慶二年夏五月用殘宋本覆校一過,書中注於下方者皆覆校語也。此卷《形勢》'沈王','王'即'玉'字,敕先尚未校入,是其失也。丕烈"。

3. 書末陸貽典跋之一:

毛斧季以善價購得錫山華氏家藏宋刻《管子》,錢遵王貽余此本,竭十日之力校勘一過,頗多是正,時賦役倥傯,愁悶填臆,當研朱點筆時,大似聽秋誨奕,一心以爲鴻鵠之將至,撫己爲之一笑也。康熙五年四月二十有六日,常熟陸貽典識。(末鈐"陸貽/典印""敕先"印)

4. 陸貽典跋之二:

古今書籍宋板不必盡是,時板不必盡非,然較是非以爲常,宋刻之非者居二三,時刻之是者無六七,則寧從其舊也。余校此書一遵宋本,再勘一過,復多改正,後之覽者其毋以刻舟目之。康熙五年歲次丙午五月七日,敕先典再識。(末鈐"敕先""陸印/貽典"印)

5. 陸貽典二跋之間抄録張嶲《讀管子》,與前書(下稱宋浙刻本,國家圖書館藏,索書號09601)有小異,詳見前書考辨。

【鈐印】書前護葉鈐"芥舟"白文橢圓印、"紹和/築岩"朱白相間方印(右上左下朱文,右下左上白文)、"東郡楊氏/宋存書/室珍藏"白文方印。卷一卷端鈐"席鑒/之印"右白左朱方印、"安定/弟八子"白文長方印、"國立北/平圖書/館收藏"朱文方印、"汪士鐘藏"白文長方印、"楊紹和/審定"右白左朱方印、"宋存/書室"朱文方印。卷一末、卷十七卷端、卷十八末、卷十九卷端、卷二十末及其他各卷首末均鈐"宋本"朱文圓印。卷四末又鈐"菣山/珍本"朱文方印、"席玉照/讀書記"白文長方印,陸貽典校記鈐"陸貽/典又名/貽芳"白文方印。卷五卷端又鈐"陸印/貽典"白文方印、"席鑒/之印"右白左朱方印、"安定/弟八子"白文方印、"汪士鐘藏"白文長方印、"彦合/珍玩"朱文方印、"東郡/楊二"白文方印。卷八末、卷十二末又鈐"菣山/珍本"朱文方印、"席玉照/讀書記"白文長方印,陸貽典校記鈐"陸貽/典又名/貽芳"白文方印。卷九卷端又鈐"席鑒/之印"右白左朱方印、"彦合/珍玩"朱文方印、"東郡/楊二"白文方印、"汪士鐘藏"白文長方印,書眉上鈐"陸印/貽典"白文方印。卷十三卷端又鈐"陸印/貽典"白文方印、"席鑒/之印"右白左朱方印、"汪士鐘藏"白文長方印、"彦合/珍玩"朱文方印、"東郡/楊二"白文方印。卷十六末又鈐"陸貽/典又名/貽芳"白文方印、"黄山/珍本"朱文方印、"席玉照/讀書記"白文長方印。卷十七首又鈐"席鑒/之印"右白左朱方印、"安定/弟八子"白文方印、"汪士鐘藏"白文長方印、"彦合/珍玩"朱文方印、"東郡/楊二"白文方印、"陸印/貽典"白文方印。卷二十一末又鈐"席玉照/讀書記"白文長方印,陸貽典題記鈐"陸貽/典又名/貽芳"白文方印。卷二十二首又鈐"席鑒/之印"右白左朱方印、"陸印/貽典"白文方印、"汪士鐘藏"白文長方印、"彦合/珍玩"朱文方印、"東郡/楊二"白文方印。卷二十四末又鈐"席/鑒"朱文方印、"别字/黄山"朱文方印、"楊紹和/讀過"白文方印、"國立北/平圖書/館收藏"朱文方印。陸貽典題記末鈐"敕先"朱文長方印,首跋末鈐"陸貽/典印""敕/先"二白文方印。後葉抄録《讀管子》,鈐"宋本"朱文圓印。後葉鈐"宋存/書室"朱文方印、"東郡楊/紹和字彦合/鑑藏金石/書畫之印"白文方印,陸貽典第二跋末鈐"敕先"朱文長方印、"陸印/貽典"白文方印。

【書目著録】

1.《楹書隅録》卷三子部著録"校宋本管子二十四卷,六册",並録陸貽典兩跋①。

2.《藏園群書經眼録》子部一法家類著録,作明弘治本②。

3.《北京圖書館古籍善本書目》子部法家類著録。

4.《中國古籍善本書目》卷十五子部上法家類著録,編號1408。

【遞藏】

1. 陸貽典(1617—1686),一名典,早年名行,又名芳原,據其藏書印又名貽芳,字敕先,自號覿庵,江蘇常熟人。明諸生,入錢謙益門下,爲遺民詩人,與毛晉爲兒女親家。好藏書,書室名"玄要齋""頤志堂"。刻書甚衆,常熟士人詩文

---

① 《周叔弢批校〈楹書隅録〉》第2册,國家圖書館出版社2009年版,第401—402頁。

② 傅增湘《藏園群書經眼録》子部道家類,中華書局2009年版,第484頁。

如馮班《鈍吟集》等多賴其存。著有《玄要齋集》《觀庵詩抄》。

2. 席鑒(生卒年不詳)，字玉照，號茱萸山人，江蘇常熟人。清乾隆間爲國子監生。書室名"釀華草堂"，多收汲古閣舊藏。家族以"掃葉山房"爲名刻書，流傳甚廣①。

3. 顧之逵(1754—1797)，字抱沖，又作裦盅、抱盅，江蘇元和(今屬江蘇蘇州)人。顧廣圻從兄。清乾隆四十一年(1776)科試，入元和縣學。書齋名"小讀書堆"。與黄丕烈、袁廷檮、周錫瓚並稱"藏書四友"。

4. 汪士鐘(1786—?)，見前《國家珍貴古籍名録》00460。

5. 楊紹和(1830—1875)，字彦合，又字念微，號協卿，山東聊城人。楊以增次子，世好藏書。清同治四年(1865)進士，授翰林院編修，擢詹事府右春坊、右贊善、右中允，同經局洗馬；遷翰林院侍讀，賞三品銜，升侍講學士，充日講起居注，官文淵閣校理；終官通議大夫。編有《海源閣書目》《宋存書室目録》《宋存書室宋元秘本書目》《楹書隅録》。

6. 傅增湘(1872—1949)，見前國家圖書館藏《廲齋考工記解》(索書號00007)。

【其他】

1. 此本卷一葉十二乙面、卷十二葉二十五乙面、卷二十三葉六乙面均有墨釘。卷四葉二、五，卷十六葉九、卷十八葉十二、卷二十一葉二十一書口爲黑口，與他葉不同。

2. 此本有大段文字互乙而誤。如卷九葉十至十二《霸言》，"之時視先後……自古以"一段，誤在"而不止……知動靜"之前。

3. 卷九末葉爲抄配。

2. 書中有校勘符號：有移行、互乙，有字旁加三角出校，有方、圓圍及豎綫删字，有勾畫上下角删字，有墨鈎，有加字。

【按語】

1. 書中補注著者"蘆泉劉績"，傳統説法以其爲明人，字用熙，號蘆泉，江夏

---

① 席鑒是否參與"掃葉山房"商業刻書，仍是可以討論的問題，見劉敏《席氏家族與掃葉山房》，《圖書館學刊》，2011 年第 4 期。

人。李東陽《蘆泉銘》云:"蘆泉者,武昌劉用熙所居。"《千頃堂書目》則著録江夏劉績有《管子補注》二十四卷及《淮南子補注》二十八卷。也有一些舊刻稱劉績爲宋人,《四庫全書總目提要》有辨析:"明有兩劉績。一爲山陰人,字孟熙。《千頃堂書目》載此書於績名下,注'江夏人',則爲字用熙者無疑。坊刻或題曰'宋劉績',誤也。"郭沫若以劉績爲遼人①,並認爲此本中有遼、金諱②。這種説法,已有不少學者提出反對意見,其所舉諱字亦被認爲屬於唐宋以來的俗字③。按此本固多俗字、異體字。如郭沫若舉《牧民》"倉廩"之"廩"字"靣"形作"面"避金熙宗完顔亶諱,"是謂賢王"補注"充滿室堂"之"充"字"厶"形作"口"避金顯宗完顔允恭諱,但同篇中不規範字形其實很多,如"則可留處"之"留"上半部作"夗"形,在衆多不規範字形中,僅摘出符合遼、金帝名之字爲諱字,或許難以令人信服,對此我們恐當存疑,以待後人。

遼、金諱也許難以確定,但此本中確有宋諱。郭沫若亦指出,《弟子職》篇劉績補注與朱熹注《弟子職》多合④,此書仍或與宋刻有關。但明人亦可承襲朱熹宋注,書中宋諱亦可能爲書賈所僞⑤。實際上明人刻書存有宋諱的情況亦不少見。鞏曰國比較過題爲"後學劉績補注,後學王溥校刊"的《淮南子補注》,認爲與此本刊刻風格十分接近,王欣夫懷疑二者刻於一時,"愚嘗疑《管子補注》之第一刻本,可能與《淮南子補注》同刻於弘治辛酉,如趙用賢《管韓合刻》之例","彼本既有弘治辛酉識語,不必此本有序記而始知其刊刻年代也"⑥。

2. 郭沫若稱此書"陸校朱書,黄校墨書,唯黄校未竣事,僅畢第五卷而止"⑦。按黄丕烈稱"書中注於下方者皆覆校語",核此本卷一至四地腳均有墨筆校字,旁書"宋本"。第五至七卷不同,字間墨筆出校,陸貽典題記亦有墨筆書

①見郭沫若等《管子集校·叙録》,科學出版社1956年版,第2—4頁。
②見《管子集校》附録,任林圃輯《劉績"管子補注"本所見遼金宋諱考》,附録第1—9頁。
③可參見王欣夫《郭沫若先生〈管子集校叙録〉之商榷》,《學術月刊》,1957年第6期。
④見《管子集校》上册,科學出版社1956年版,第3頁。
⑤可參見羅繼祖《"管子補注"作者劉績的時代問題》,《史學集刊》,1956年第2期。
⑥見王欣夫《郭沫若先生〈管子集校叙録〉之商榷》。
⑦見《管子集校》上册,第3頁。

者,不能確定校字爲誰。卷八葉十九"甲不解纍"字間陸貽典朱筆校作"壘",地腳則出校"纍,宋本",又當爲黄丕烈所書。

3. 黄丕烈跋寶堂本《管子》,有"余故友小讀書堆藏陸敕先校宋本,亦向伊後人借歸據補"之語①,可知此本曾在顧之逵小讀書堆處。

4. 此本與宋浙刻本之間存在相當多的文字差異,二者所附的《管子》注亦有不同。鞏曰國《〈管子〉版本研究》以《小匡》《侈靡》②兩篇爲例,列舉二者異文,並得出結論,"劉績本與浙刻本文字差異非常之大,二者應屬於不同的版本系統。劉績本的來源今不可考,但其底本肯定不是浙刻本,否則不會同一篇之中有如此多的異文存在","國圖藏浙刻本中,有些字下有反切音釋……這些反切音釋,劉績本均没有。浙刻本各卷卷末也音釋……這些音釋,劉績本也没有","劉績本中,間有校勘按語,其校語有些與國圖藏浙刻本相合……這更説明劉績本的底本來源不是國圖藏浙刻本。正因爲不以浙刻本爲底本,才會出現校語與浙刻本相合的情況"③。按劉績在《管子》注本的基礎上作出補注,已經可謂新版本,但劉績本與浙刻本之間,或許存在更多的聯繫。以鞏曰國列舉的異文,相當多的例子是劉績本有誤,與浙刻本相比,致誤方式可能是形近而訛,或是涉上下文而誤,或是以意校改。如《小匡》前五葉,即可摘出如下異文:浙刻本"在狄則狄得意於天下",劉績本"則"作"在";浙刻本"願以顯其功",劉績本"願"作"顧";浙刻本"公辭斧三然後退之",劉績本缺"後"字;浙刻本"管仲再拜稽首曰",劉績本缺"首"字;浙刻本"治國以爲二十一鄉",劉績本"爲"作"國";浙刻本"商工之鄉六,士農之鄉五",劉績本缺"六"字;浙刻本"處工必就官府",劉績本"工"作"士"。劉績本的上述異文,完全可以視作浙刻本的變形。因此,我們尚不能排除這樣一種可能,即劉績本參考了浙刻本的某個抄本,或是漫漶殘破的刊本。此本卷九、卷十四有大段文字互乙而誤,其底本質量可見一斑。在多有殘缺脱誤的情況下,劉績作注多方參考其他版本,校語與浙刻本相

---

① 黄丕烈著、潘祖蔭輯、周少川點校《士禮居藏書題跋記》,書目文獻出版社 1989 年版,第 230—231 頁。
② 鞏曰國《〈管子〉版本研究》,第 75—79、138—143 頁。
③ 同上書,第 143—144 頁。

合,也存在一定可能。

　　大量脱誤並不能否定劉績本的價值。如陸貽典所云,"宋刻之非者居二三,時刻之是者無六七",此本保留可校正宋刻的異文,雖然可能不足十之六七,但仍然可資校勘。劉績補注中也保存有其所見到的他本異文,可能出自宋元舊刻,加之劉績個人的校勘見解,同樣頗具價值①。

管子補注

中國國家圖書館　馮　坤

中國國家圖書館 06611

　　《管子補注》二十四卷。題(唐)房玄齡注;(明)劉績補注。明刻本。六册。綫裝。(清)顧廣圻校並抄補,又録(清)陸貽典校跋。

　　【題著説明】同前書。

　　【著者簡介】同前書。

　　【内容】同前書。卷一至四爲一册,卷五至八爲一册,卷九至十二一册,卷十三至十六爲一册,卷十七至卷二十一爲一册,卷二十二至二十四爲一册。

　　【刊印者】待考。

　　【行款版式】同前書。版框 24.0 厘米×16.0 厘米,開本 31.8 厘米×17.9厘米。

　　【題名頁牌記】無。

　　【刊寫題記】無。

　　【刻(寫)工】無。

　　【避諱】同前書。

　　【序跋附録】無。

　　【批校題跋】書中有顧廣圻校及其所録陸貽典校跋。顧廣圻自校稱"廣圻按"。卷二末顧廣圻題"丙辰五月十六日臨校",卷三末題"八月十二日燈下續校",卷四末題"庚申正月初四日續校",卷八末葉題"初九日燈下臨",卷十一末

---

① 鞏曰國《〈管子〉版本研究》,第 144—150 頁。

題"元夕燈下臨",卷十二末題"十六日炙硯臨",卷十三末題"十七日臨",卷十五末題"十八日",卷十六末題"十九日燈下"。書末抄録陸貽典二跋及張嶔《讀管子》,自題"嘉慶五年庚申,元和顧廣圻臨校"。可見其校勘始自嘉慶元年丙辰(1796),嘉慶五年庚申(1800)校畢。陸貽典跋及張嶔《讀管子》同前書。

【鈐印】卷一卷端鈐"顧印/千里"右白左朱方印、"偉/人"朱文方印、"馮偉/之印"白文方印、"北京/圖書/館藏"朱文方印。卷二十四末鈐"静補/齋"朱文方印、"北京/圖書/館藏"朱文方印。書末顧廣圻題識末鈐朱文印,作"一雲/□□"①。

【書目著録】

1.《北京圖書館古籍善本書目》子部法家類著録。

2.《中國古籍善本書目》卷十五子部上法家類著録,編號1409。

【遞藏】

1. 顧廣圻(1766—1835)②,字千里,號澗薲,別號無悶子、思適居士、一雲散人,江蘇元和(今屬江蘇蘇州)人。清嘉慶諸生,以校書爲事,爲孫星衍、胡克家、秦恩復、黃丕烈、吳鼒、張敦仁等校刻多部典籍,足堪精贍。有《思適齋集》及《思適齋書跋》傳世。

2. 李芝綬(1813—1893),原名蔚宗,字升蘭,後更名芝綬,字緘盦,江蘇昭文(今屬江蘇常熟)人。清道光十九年(1839)舉人,誥封中憲大夫、禮部郎中,晚年主邑中游文書院。好校書,所居鄉與罟里瞿氏善,多所往還。著有《静補齋集》。有墓志存世,今藏國家圖書館。

3. 馮偉(生卒年不詳),字偉人,號仲廉,江蘇太倉人。清代舉人。著有《仲廉文集》。

4. 鐵琴銅劍樓,見前《國家珍貴古籍名録》00620。

【其他】

1. 卷一葉二十七、卷二葉四、卷四葉六、卷六葉九、卷七葉十五、卷八葉七、

---

①此印訂入縫綫,疑作"一雲/散人"。

②顧廣圻生卒年多有異説,本文從李慶《顧千里研究(增補本)》,臺灣學生書局2013年版,第184頁。

卷九葉十六、卷十葉十六、卷十葉二十二、卷十二葉三、卷十二葉二十三、卷十二葉二十四、卷十六葉十九、卷二十四葉九、卷二十四葉二十七、卷二十四葉二十八爲抄配。卷三葉二十三上部破損，有抄補。

2. 卷一葉十二乙面、卷十二葉二十五乙面、卷二十三葉六乙面均有墨釘。卷四葉二、五，卷十八葉十二、卷二十一葉二十一書口爲黑口。

3. 卷三葉三字體與他葉不同，顧廣圻於版心上題“此葉補刻，與元版不同”。此類風格尚有多葉，如卷一葉十三、卷三葉五。顧氏所臨之陸貽典校本（即前書，國家圖書館00896）無此現象，字體與他葉均同。

4. 書中有校勘符號：有圈改，有字旁加竪綫、加圈或三角出校，有勾畫字上下角，有互乙，有移行，有墨鈎。

【按語】冒廣生嘗爲此本作跋，因其借觀，不入“遞藏”之列。録其跋語如下：

右陸敕先以宋本校劉績本《管子》，顧千里手臨。嘉道諸老王懷祖、孫淵如、洪筠軒、宋于庭，皆以影鈔蔡潛道本①校趙用賢本。惟顧千里、陳碩甫則真見蔡刻原本，所校亦用趙用賢本。碩甫又以蔡刻原本校劉績本，而以所校趙本歸諸閩陳蘭鄰。惟陸氏此校所用宋本，爲非蔡本，其校書在康熙五年，比較嘉道諸老爲早。其原校本，據黄蕘圃跋，舊藏小讀書堆。今聊城楊氏《楹書隅録》、歸安陸氏《皕宋樓藏書志》、錢塘丁氏《善本書室藏書志》皆云有其書。蓋一爲原本，其二皆臨本耳。蕘圃又嘗以陸校迻寫於蔡刻原本上，其書今亦歸聊城楊氏。千里館蕘圃家，得見小讀書堆陸校原本，因手臨此本，今與蕘圃所稱宋本板寬行密亦小字者，並藏常熟瞿氏鐵琴銅劍樓。余從瞿氏借歸，取與余據光緒初張鍈覆刻宋本所校劉本，則陸氏失校者百之一二。余失校亦百之一二，得籍陸校補定。顧余校此書朝夕未輟幾三年，陸自跋才竭十日之力。而余尚有失校，深嘆精力遠遜前人。蓋陸以一本校一本，其用力專。余合諸本以校一本，往往甲本校畢，因乙本校出異字，又須重檢甲本推之。校至丙本丁本，亦復如是。所借友人家

①蔡潛道本即墨寶堂本，以其卷一末有牌記“瞿源蔡潛道宅/墨寶堂新雕印”，今藏俄羅斯國立圖書館。

藏書常經歲不還,有既還復再三借者,故其遷緩乃若此也①。

古今註

天津圖書館　宋文娟

天津圖書館 Z25

國家珍貴古籍名録 04762

《古今註》三卷。題(晉)崔豹撰。明芝秀堂刻本。一册。綫裝。

【題著説明】卷端題"古今註上",次行低四格題"晋太傅丞崔豹字正熊"②。

【著者簡介】崔豹(生卒年不詳),字正熊,一作正雄,漁陽郡(郡治在今北京市密雲區)人。西晉惠帝時,官尚書左兵中郎、太子太傅丞。作《古今註》三卷,另有《論語集義》,《隋書・經籍志》著録八卷,《經典釋文・序録》載《論語崔豹注》十卷。

【内容】全書三卷八篇:卷上《輿服》第一、《都邑》第二,卷中《音樂》第三、《鳥獸》第四、《魚蟲》第五,卷下《草木》第六、《雜註》第七、《問答釋義》第八。

對於此書的篇目,書後眉山李燾跋曰:"《古今註》三卷,晋太傅丞崔豹正熊撰。其書七篇,雜取古今名物,各爲考釋。"嘉定庚辰東徐丁黼亦跋云:"左史李公守銅梁日,刻崔豹《古今註》,是正已備。予在上饒得郡學本,再三參訂,於第四篇以下頗多增改,故又刻之夔門云。"余嘉錫認爲:"李燾跋明言三卷七篇,而今本乃有八篇,蓋丁黼用上饒本增入,所謂於第四篇以下頗多增改者也。"③

對於《古今註》之題名,余嘉錫曰:"後漢伏無忌著書,名爲《古今注》,崔豹書名蓋取諸此。《廣雅釋詁》云:'注,識也。'《毛詩註疏》卷一鄭氏箋下孔疏云:'注者,著也,言爲之解説,使其義著名也。'《儀禮註疏》卷一鄭氏注下賈疏云

---

①冒廣生著、冒懷辛整理《〈管子〉跋十七則》,《管子學刊》,1987 年創刊號。
②《晉書・職官》太子太傅、少傅條下云:"惠帝元康元年……置丞一人,秩千石。"《宋書・百官》亦云:"太子太傅一人,丞一人。"又云:"二漢並無丞,魏世無東宫,然則晉氏置丞也。"崔豹以惠帝時爲太傅丞,當是太子太傅丞,其只稱太傅丞者,省文也。
③余嘉錫《四庫提要辨證》卷十五,中華書局 2007 年版,第 866 頁。

'言注者,注義於經下,若水之注物。'然則古人著書名之曰注者,其義如此,不必雙行小字,夾注於正文之下,始得名注也。崔豹書之體,首句舉其事物,以爲之題目,如云:'大駕,指南車。'次句以下,解説其名義,如云'起於黄帝與蚩尤戰於涿鹿之野'云云。即所謂注也。"①由此可見,此書是對古代各類事物進行解釋考證的著作,對研究古代自然科學、典章制度和習俗有一定的參考幫助。

【刊印者】芝秀堂,待考。

【行款版式】半葉十行,行十五字,小字雙行同。細黑口,左右雙邊,單魚尾。版心上鐫"註上""註中""註下""註跋"及葉數,下間鐫"芝秀堂"三字。版框17.3厘米×14.6厘米,開本22.5厘米×16.1厘米。

【題名頁牌記】無。

【刊寫題記】無。

【刻(寫)工】卷中第十葉版心下鐫"李森"二字。

【避諱】無。

【序跋附録】書後有眉山李燾及嘉定庚辰(1220)四月望日東徐丁黼兩跋,録文如下:

1.《題崔豹古今註後》

《古今註》三卷,晋太傅丞崔豹正熊撰。其書七篇,雜取古今名物,各爲考釋,頗爲該極,又多異聞。孔子曰"多識於鳥獸草木之名",兹固學者之事,有志於博物者於是書宜有取焉。豹雖晋文②,史不著其名氏行事,然以族系考之,知其爲瑗、寔之後也。曩時文昌錫山尤公守當塗,刻唐武功蘇鶚《衍義》十卷,後四卷乃誤剿入豹今書。然予在册府得本書四卷,與豹今所著絶不類。嘗以遺同年本郡學錢子敬,俾改而正之,庶兩書並行,不相殽亂。予尋歸蜀,不知子敬能從予言否。竭灌寧居,多暇日,因爲檢校牴牾,頗爲精善。夫昔人著書雖則小道,亦無爲無意,豈可遽使因循泯滅?命工鋟木,庶以永其傳云。眉山李燾題。

2. 左史李公守銅梁日,刻崔豹《古今註》,是正已備。予在上饒得郡學本,再三參訂,於第四篇以下頗多增改,故又刻之夔門云。嘉定庚辰四月望日,東徐

①余嘉錫《四庫提要辨證》卷十五,第858頁。
②傅增湘編《宋代蜀文輯存》卷五三作"人"。

丁黼謹書。

【批校題跋】無。

【鈐印】目録首葉由下至上鈐"霈/堂"朱文方印、"駿/文"朱文方印、"德啟/借觀"白文方印、"方印/祖蔭"白文方印、"寒/雲主人"朱文方印、"克文/之璽"白文方印、"仿宋"朱文長方印。卷端由下至上鈐"清曠居/圖書記"白文長方印、"秖/弢"朱文方印、"寒雲盧"白文長方印、"天津市人/民圖書館/珍藏圖書"朱文方印。卷下末鈐"秖/弢"朱文方印。書末鈐"三琴趣齋"朱文長方印、"雙南/華館"白文方印。

【書目著録】

1.《周叔弢先生捐獻藏書目録》子部雜家類雜考之屬著録①。

2.《天津圖書館古籍善本書目》子部雜家類著録②。

3.《中國古籍善本書目》子部雜家類著録，編號6974。

4.《天津圖書館古籍普查登記目録》著録③。

【遞藏】

1. 方祖蔭（生卒年不詳），字立齋，號駿文，江蘇如皋人。清乾隆間爲廣東德慶州吏目。卒年七十五④。

2. 袁克文（1890—1931），字豹岑，又字抱存，號寒雲，又署龜庵，河南項城人。袁世凱次子，民國間與張學良、張伯駒、溥侗一起被稱爲"四大公子"。袁克文不喜政治，長於詩文，工書法，愛好收藏書畫、古玩，精於鑒賞。曾與傅增湘、徐森玉、周叔弢等交往，研究版本、文物。袁世凱去世後，長期客居上海，以變賣字畫爲生。撰有《寒雲手寫所藏宋本提要廿九種》《古錢隨筆》《寒雲詞集》《寒雲詩集》《圭塘唱和詩》。所寫掌故、筆記，如《辛丙祕苑》《洹上私乘》等，頗多獨特之資料。所作詞未正式付梓，逝世後由張伯駒等爲其油印《洹上詞》一册行世。

---

①《周叔弢先生捐獻藏書目録》，天津圖書館1973年編，第36頁。
②《天津圖書館古籍善本書目》，國家圖書館出版社2008年版，第356頁。
③《天津圖書館古籍普查登記目録》，國家圖書館出版社2014年版，第2頁。
④楊受廷、左元鎮修；馮汝舟、江大鍵纂《［嘉慶］如皋縣志》卷十七列傳，清嘉慶十三年刻本。

3. 周叔弢(1891—1984),名暹,字叔弢,以字行,晚號弢翁,安徽建德(今屬安徽東至)人,生於江蘇揚州。周馥之孫,周學海三子。1919 年起隨叔父周學熙在青島、天津創辦華新紗廠,任專務董事。後歷任唐山華新紗廠、天津華新紗廠、啟新洋灰公司經理、總經理,灤州礦務局、耀華玻璃公司、江南水泥廠等企業董事。1949 年 9 月,出席中國人民政治協商會議第一屆全體會議。1950 年當選爲天津副市長。1954 年率先實行公私合營,任公私合營啟新洋灰公司董事長。歷任第一屆全國政協委員,第二屆全國政協常委,第六屆全國政協副主席,第一、二、三屆全國人大常委,全國工商聯副主席,天津市工商聯主任委員等。愛好古籍收藏,先後將所藏圖書四萬餘册、文物一千二百六十多件無償捐獻給國家,分別被北京圖書館、南開大學圖書館、天津圖書館所收藏。其藏書被編爲《自莊嚴堪善本書目》《天津市人民圖書館藏活字本書目》《弢翁藏書題識》等。

【其他】

1. 此書一匣一册,上下夾板保護,藏於樟木匣中。封面墨筆題簽"古今註三卷　芝秀堂刊　寒雲藏"。

2. 書中第一葉乙面,第三行第七、八二字爲墨釘。

3. 卷上第三、四、七葉及卷下第三葉係抄配。

4. 除上述抄配外,卷中第一至七葉、九、十葉,卷下第一、二、九葉版心下均未鎸"芝秀堂"三字。

【按語】

1. 書中"霱堂"及"清曠居圖書記"印,未知所屬,有待考證。

2. 芝秀堂本《古今註》在流傳過程中,其版本被斷爲宋刻本、明代影刻本、宋刻明補刻本、明刻本等不一,相關討論如下:

(1)認爲是宋刻本。近代著名版本學家張元濟、陶湘皆斷爲宋刻本。張氏涵芬樓《四部叢刊》三編子部影印該書時,即題爲據"宋刊本"影印,並將此本與其他明刻本作了比較,寫下了詳細的校勘記附於後。陶湘《百川書屋叢書》第一種即收錄此本,亦標明據"宋嘉定本"影印。此外,袁克文亦將此書定爲宋刻本,如《寒雲日記》載:"(1916 年)九月初二日,博古堂主人柳蓉村攜書來訪……宋刊《古今注》三卷,半葉十行,行十五字,版心有'芝秀堂'三字,有一葉有刻工姓名曰李森。尾有眉山李燾及嘉定庚辰東徐丁黼①兩跋。首頁目錄有‘方祖蔭印’‘駿文’‘霤堂’三印，次葉有‘清曠居圖書印’②。”

（2）認爲是明代影刻本或覆刻本。袁慶述《版本目錄學研究》載：“明正德嘉靖間，芝秀堂影刻宋嘉定年間刻印的《古今註》，惟妙惟肖，書賈竟將其版心下‘芝秀堂’三字挖去冒充宋版書出售，民國時涵芬樓編纂刊行《四部叢刊》收入此書，書牌上説據宋影刻，實際上是明代的影刻本，並非真正的宋本。”③雷夢水《古書經眼録》亦載：“明正德嘉靖間芝秀堂覆宋嘉定本。涵芬樓影印之《四部叢刊》、陶氏《百川書屋叢書》，皆據此影印。均誤定爲宋本。”④

（3）認爲是宋刻明補刻本。孔慶茂《芝秀堂〈古今註〉版本考》一文通過對比，認爲芝秀堂原刻部分與後補刻的部分，版框不同，字體不同，墨色濃淡不同，書版磨損程度有很大差異，兩者不是同一時代的書版，由此斷定芝秀堂本《古今註》當是宋刻明補印的本子。

芝秀堂本《古今註》版面疏朗，字體刻寫古雅蒼勁，書後保留宋李燾、丁黼兩跋，難怪一出現就被定爲宋刻本。現在學界傾向於以此書爲明刻本。如近代藏書家周叔弢《弢翁日記》載：“（1963 年 9 月）九日，王子霖同到古籍經理部，看明芝秀堂本《古今註》，精美不亞宋刻。”現天津圖書館即著録爲明芝秀堂刻本。

3. 此書在遞藏流傳過程中，最早有確切資料記載的是《寒雲日記》，從其中記録可知，《古今註》於 1916 年被袁克文收藏。

袁克文收藏此書期間，高世異曾借觀，並留下印章爲記。高世異（生卒年不詳），字尚同，一字德啟，號念陶，室名蒼茫齋，清末民初華陽（今屬四川成都）人。家藏書，抄書甚富，藏書印有“華陽高氏藏書”“八經閣”“蒼茫齋高氏藏書記”“蒼茫齋精鑒章”“世經堂印”“德啟藏書”“枕經閣印”等。高氏與袁克文關係甚密切，所抄書多借自袁氏，袁氏曾於 1917 年將明嘉靖二十九年刻《唐儲光羲詩集》贈與高氏，其慷慨可謂書林佳話。

---

① 王雨著、王書燕編《王子霖古籍版本學文集》（上海古籍出版社 2006 年版）脱“東”字，現據原書補。
② 王雨著、王書燕編《王子霖古籍版本學文集》第二冊，第 164 頁。
③ 袁慶述《版本目錄學研究》，湖南師範大學出版社 2003 年版，第 53 頁。
④ 雷夢水《古書經眼録》，齊魯書社 1984 年版，第 101 頁。

　　袁克文藏書散失殆盡,此書亦不知流落何處。當時大藏書家周叔弢就非常關心此書的下落,天津圖書館藏有張庚樓影印明芝秀堂本《古今註》一部,乃周叔弢舊藏,封面有弢翁題識:“明刻芝秀堂本《古今註》,以字體審之,當是正德、嘉靖之間仿宋影刻。原書藏袁寒雲處,張庚樓借而傳印之。今寒雲之書散失殆盡,宋本且不能保,此書更不知落誰氏手矣。”李國慶《弢翁藏書年譜》對此影印本亦有記載:“《古今註》三卷,晋崔豹撰,民國間張允亮影印明刻本。此則題識無落款,以字跡審之,當是弢翁親筆無疑。此爲張允亮影印本。寒雲舊藏明芝秀堂本《古今註》後歸弢翁,今藏天津圖書館。”①張允亮(1889—1952),字庚樓,別號無咎,河北豐潤人。出身於官宦世家,1911 年得舉人出身。曾任財政部僉事,後任故宫博物院專門委員。先後在故宫博物院、北平圖書館、北京大學圖書館任編纂員、善本部主任、研究員、圖書館主任。編有《故宫善本書目》《故宫善本書影初編》《故宫善本書志》《北京大學善本書目》等。

　　幸運的是,《古今註》自袁氏散出,被中國書店的採購員發現。雷夢水《古書經眼録》中載:“此書係一九六三年冬,中國書店採購員同志由廢品收購站搶救出者,棉質一册,鈐有‘寒雲廬’‘清曠居藏書記’篆文印二方,口下刊‘芝秀堂’三字。”②此書被中國書店收得後,周叔弢前往目驗原書,即前文《弢翁日記》所載 1963 年 9 月 9 日事。同年 11 月 16 日,周叔弢“時住北京。書友王子霖送來芝秀堂本《古今註》,擬用明正德本《三謝詩》相易。《三謝詩》已交王子霖”。就這樣,周叔弢以《三謝詩》相易《古今註》,最後收藏於天津圖書館,歸於公家,乃幸事也。

---

①李國慶編《弢翁藏書年譜》,紫禁城出版社 2007 年版,第 281 頁。
②雷夢水《古書經眼録》,第 101 頁。

集　部

歐陽文粹

杜倫大學考古系　黃　曄

上海博物館 707. 122/99

國家珍貴古籍名録 12750

《歐陽文粹》二十卷。（宋）歐陽修撰；（宋）陳亮輯。清乾隆内府寫南三閣《四庫全書》本。六册。包背裝。

【題著説明】卷端題"欽定四庫全書"，次行題"歐陽文粹卷一"，三行下題"宋陳亮編"。

【著者簡介】

1. 歐陽修（1007—1072），字永叔，號醉翁、六一居士，廬陵（今江西吉安）人。北宋天聖八年（1030）進士，累官至樞密副史、參知政事。早期政治上主張改革，晚年趨向保守，反對王安石新法。歐陽修主張文章應明道致用，提倡樸素實用的文風，爲北宋中期詩文革新運動的首領。在史學方面，曾主修《新唐書》，並獨撰《新五代史》。

2. 陳亮（1143—1194），原名汝能，字同父，號龍川，人稱龍川先生，永康（今浙江永康）人。才氣超邁，喜談兵。南宋紹熙四年（1193）進士，授建康軍節度判官廳公事，赴任途中病故。此前曾多次上書，倡議中興復國，反對理學，筆力縱横。其詞自抒胸臆，充滿愛國憤世之情。有《龍川文集》《龍川詞》。《宋史》卷四百三十六有傳。

【内容】陳亮編選歐陽修古文作品，共二十卷。書前抄有《四庫全書總目提要》一篇，後有陳亮後序一篇。第一至第三卷爲“論”，第四至八卷爲“書”，第九和第十卷分別爲“劄子”和“奏狀”，第十一至十三卷爲“序”，第十四至十五卷爲“記”，第十六卷爲“雜著”，第十七至十八卷爲“碑銘”，第十九卷爲“墓銘”，第二十卷爲“墓銘”及“墓表”。

【刊印者】清内府。

【行款版式】朱絲欄鈔本。半葉八行，行二十一字，小字雙行同。白口，四周雙邊，單魚尾。版心上書“欽定四庫全書”，魚尾下記書名及卷數，下書葉碼。版框 20.8 厘米×13.9 厘米，開本 27.7 厘米×17.2 厘米。

【題名頁牌記】無。

【刊寫題記】六册前襯葉均粘貼黄簽“詳校官主事臣焦和生”；第一册後葉“總校官檢討臣彭元瑞 編修臣胡榮 校對生員臣何天衢”；第二至六册後葉“總校官編修臣吴裕德 編修臣胡榮 校對生員臣何天衢”。提要末注“總纂官臣紀昀 臣陸錫熊 臣孫士毅 總校官臣陸費墀”。

【刻（寫）工】待考。

【避諱】“曆”字皆改爲“歷”，避清高宗諱。

【序跋附録】書末有陳亮後序：

右《歐陽文忠公文粹》一百三十篇。公之文根乎仁義而達之政理，蓋所以翼六經而載之萬世者也。雖片言半簡，猶宜存而弗削。顧猶有所去取於其間，毋乃誦公之文而不知其旨，敢於犯是不韙而不疑也。初天聖、明道之間，太祖、太宗、真宗以深仁厚澤，涵養天下，蓋七十年。百姓能自衣食，以樂生送死，而戴白之老安坐以嬉，童兒幼稚什伯爲群，相與鼓舞於里巷之間。仁宗恭己無爲於其上，太母制政房闥，而執政大臣實得以參可否，晏然無以異於漢文景之平時。民生及識五代之亂離者，蓋於是與世相忘久矣。而學士大夫其文猶襲五代之卑陋，中經一二大儒起而麾之，而學者未知所向，是以斯文獨有愧於古。天子慨然下詔書，以古道飭天下之學者，而公之文遂爲一代師法。未幾，而科舉禄利之文，非兩漢不道，於是本朝之盛極矣。公於是時，獨以先王之法度未盡施於今，以爲大鈌。其策學者之辭，殷勤切至，問以古今繁簡淺深之宜，與夫周禮之可行與不可行。而一時習見百年之治，若無所事乎此者。使公之志弗克遂伸，而荆國王文公得乘其間而執之。神宗皇帝方鋭意於三代之治，荆公以霸者功利之説飾以三代之文，正百官，定職業，修兵民，制國用，興學校，以養天下之才。是皆神宗皇帝聖慮之所及者，嘗試行之，尋察其有管、晏之所不道，改作之意，蓋見於末命，而天下已紛然趨於功利而不可禁。學者又習於當時之所謂經義者，剥裂牽綴，氣日以卑。公之文雖在，而天下不復道矣。此子瞻之所爲深悲而屢歎也。元祐間始以末命從事，學者復知誦公之文，未及十年，浸復荆公之舊。迄於宣政之末，而五季之文靡然遂行於世，然其間可勝道哉！

二聖相承又四十餘年，天下之治大略舉矣，而科舉之文猶未還嘉祐之盛。蓋非獨學者不能上承聖意，而科制已非祖宗之舊，而況上論三代。是以公之文，學者雖私誦習之而未以爲急也。故予姑掇其通於時文者，以與朋友共之。由是而不止，則不獨盡究公之文，而三代、兩漢之書，蓋將自求之而不可禦矣。先王之法度，猶將望之，而況於文乎？則其犯是不韙，得罪於世之君子而不辭也。雖然，公之文雍容典雅，紆餘寬平，反復以達其意，無復毫髮之遺。而其味常深長於言意之外，使人讀之藹然，足以得祖宗致治之盛，其關世教，豈不大哉！

初，吕文靖公、范文正公以議論不合，黨與遂分，而公實與焉。其後西師既興，吕公首薦范、富、韓三公以靖天下之難。文正以書自咎，歡然與吕公戮力，而富公獨念之不置。夫左右相仇，非國家之福，而內外相關而不相沮，蓋治道之基也。公與范公之意蓋如此。當是時雖范忠宣猶有疑於其間，則其用心於聖賢之學、而成祖宗致治之美者，所從來遠矣。退之有言：仁義之人其言藹如也。故予論其文，推其心，存至公而學本乎先王。庶乎讀是編者，其知所趨矣。乾道癸巳九月朔，陳亮書。

【批校題跋】無。

【鈐印】書首鈐“古稀/天子/之寶”白文方印，書末鈐“乾隆/御覽/之寶”朱文方印。

【書目著録】《四庫全書總目提要》著録：“亮有《三國紀年》，已著録。是編有亮乾道癸巳後序,謂録公文凡一百三十篇。案:修著作浩繁,亮所選不及十之一二,似不足盡其所長。然考周必大序謂《居士集》經公決擇,篇目素定,而參校衆本迥然不同,如《正統論》《吉州學記》《瀧岡阡表》皆是也。今以此本校之,與必大之言正合。是書卷首有《原正統論》《明正統論》《正統論上》《正統論下》四篇。《居士集》則但存《正統論》上下二篇,其《正統論上》乃以《原正統論》'學者疑焉'以上十餘行竄入,而論内'其可疑之際有四,其不同之説有三'以下半篇多删易之。其《正統論下》復取《明正統論》'斯立正統矣'以上數行竄入,而論内'昔周厲王之亂'以下亦大半删易之。其他字句異同,不可枚舉,皆可以資參考,固不妨與原集並存也。"

【遞藏】待考。

【其他】

1. 封面以灰色絹裝潢。

2. 每卷卷首"欽定四庫全書"頂格書寫,卷次處首末皆上空一格,篇名處上空兩格,提要每行上空四格,正文處頂格書寫。

3. 書中對違禁詞多作塗改。

【按語】《四庫全書》收《歐陽先生文粹》,在編排上與其他版本存較大不同,宋刊巾箱本和郭雲鵬刻本卷首所收内容,《四庫》本中全部删除,只留卷末陳亮後序;另,郭刻本和《四庫》本《歐陽先生文粹》僅保留二十卷計歐文一百二十篇,二種《拾遺》部分皆删去,不同之處在於郭刻本後還另附《歐陽先生遺粹》十卷,體現各自不同編選思路。此種並非陳亮選本的全貌,頗有《四庫》特色。

晦庵集

上海博物館圖書館　陳　才

上海博物館 707. 122/111

國家珍貴古籍名録 12765

《晦庵集》一百卷;《續集》五卷;《别集》七卷。(宋)朱熹撰。清乾隆内府寫南三閣《四庫全書》本。一册。包背裝。存一卷:卷七十三。

【題著說明】卷七十三卷端首行頂格題"欽定四庫全書",次行低一格題"晦庵集卷七十三",再次行下題"宋朱子撰"。

【著者簡介】朱熹(1130—1200),字元晦,又字仲晦,號晦庵,晚稱晦翁,又稱紫陽先生、考亭先生、滄州病叟、雲谷老人、遯翁,諡曰文,婺源(今江西婺源)人,出生於尤溪(今福建尤溪)。南宋高宗紹興十八年(1148)進士,歷任同安主簿、樞密院編修官、知州、提舉浙東茶鹽公事、秘閣修撰、焕章閣待制等。《宋史》有傳。朱熹得二程之傳,又吸收周敦頤、邵雍、張載之長,集理學之大成,自覺以接續孔孟道統自任,成爲近八百年來學術史、文化史、思想史上最有影響力的學者,對孔子學說及儒家思想的傳承起到了十分重要的作用。著有《周易本義》《易學啟蒙》《詩集傳》《儀禮經傳通解》《四書章句集注》《四書或問》《論孟精義》《資治通鑑綱目》《八朝名臣言行録》《伊洛淵源録》《小學》《周易參同契考異》《楚辭集注》等,其門人輯其言論爲《朱子語類》《朱子語録》《朱子語略》等。

【内容】本册爲南三閣《四庫全書》零本。卷七十三爲"雜著",計八十葉。内容包括《讀余隱之尊孟辨》和《胡子知言疑義》兩部分,是朱熹對余允文《尊孟辨》、胡宏《知言》的評論或辨析。

【刊印者】清内府寫本。

【行款版式】朱絲欄鈔本。半葉八行,行約二十一字,小字雙行同。白口,四周雙邊,單魚尾。版心上記"欽定四庫全書",魚尾下小字雙行記書名"晦庵集"、卷數"卷七十三",再下記葉碼。版框20.8厘米×13.9厘米,開本27.7厘米×17.2厘米。

【題名頁牌記】無。

【刊寫題記】册末護葉有"總校官編修臣吳裕德/編修臣胡榮/校對監生臣劉淇"。册前護葉黃簽不存。

【刻(寫)工】無。

【避諱】"弘"字缺筆,"曆"字作"歷"。避清高宗諱。

【序跋附録】無。

【批校題跋】無。

【鈐印】卷端甲面右上鈐"古稀/天子/之寶"白文方印,卷末乙面右上鈐"乾隆/御覽/之寶"朱文方印。

【書目著録】《四庫全書總目提要》著録:"《晦庵集》一百卷《續集》五卷《別集》七卷,宋朱子撰。《書録解題》載《晦庵集》一百卷、《紫陽年譜》三卷,不云其集誰所編,亦不載《續集》。明成化癸卯,莆田黃仲昭跋稱,《晦庵朱先生文集》一百卷,閩、浙舊皆有刻本。浙本洪武初取置南雍,不知輯於何人。今閩藩所存本則先生季子在所編也。又有《續集》若干卷、《別集》若干卷,亦併刻之云云。是正集百卷,編於在手。然朱玉《朱子文集大全類編》稱在所編實八十八卷,合《續集》《別集》,乃成百卷,是正集百卷又不出在手矣。《別集》之首有咸淳元年建安書院黃鏞序,曰:'先生之文《正集》《續集》,潛齋、實齋二公已鏤版書院。建通守余君師魯好古博雅,搜訪先生遺文,又得十卷,以爲《別集》,其標目則一仿乎前,而每篇之下必書其所從得。'是《別集》之編出余師魯手,惟《續集》不得主名,朱玉亦云無考。觀鏞所序在度宗之初,則其成集亦在理宗之世也。此本爲康熙戊辰蔡方炳、臧眉錫所刊,眉錫序之,而方炳書後題曰'朱子大全集',不知其名之所始。考黃仲昭跋及嘉靖壬辰潘潢跋,尚皆稱'晦庵先生集',而方炳跋乃稱朱子故有大全文集,歲月浸久,版已磨滅,則其名殆起明中葉以後乎? 惟是潢跋稱《文集》百卷《續集》五卷《別集》七卷,與今本合,而與潢共事之。蘇信所作前序乃稱百有二十卷,已自相矛盾。方炳手校此書,其跋又稱《原集》百卷《續集》十卷《別集》十一卷,其數尤不相符,莫明其故,疑信序本作百有十二卷,重刻者偶倒其文,而方炳跋則繕寫筆誤,失於校正也。方炳跋又稱校是書時,不敢妄有更定,悉依原本,即續、別二集亦未依類附入,頗得古人刊書謹嚴詳慎之意。今通編爲一百一十二卷,仍分標《晦庵集》《續集》《別集》之目,不相淆亂,以存其舊焉。"

【遞藏】此本當自南三閣而流落民間,再至上海博物館,惟其間具體遞藏信息不詳。

【其他】此本略有水漬和殘損,舊有修復。原書絹面不存,亦有改裝。正文有六十七處白灰塗改,其中六處爲替換違礙文字,六十一處爲改正書寫錯誤。

【按語】

1. 此本或爲文瀾閣本,詳情可參見陳才《上海博物館藏四庫全書本〈晦庵集〉殘本述略》①。

　　浙江圖書館藏文瀾閣本《晦庵集》缺原抄本卷七十三。《浙江圖書館古籍善本書目》載文瀾閣本《晦庵集》一百卷《續集》五卷《別集》七卷的版況爲："原抄卷一至十三、十五、三十至四十五、四十七至五十七、六十五至七十一、九十、九十二、九十五下，續集卷一、四、五，補丁抄。"②

　　2.《四庫全書》收錄諸書的作者中，除先秦諸子和道家方外之人外，被尊稱爲"子"者，漢代以後唯朱熹一人。乾隆修《四庫全書》，雖明確主張調和漢宋，然仍十分尊崇朱熹。

　　3. 除《四庫全書》本外，《晦庵集》重要版本還有：宋刻元明遞修浙刻本《晦庵先生文集》（國家圖書館藏）、宋刻元明遞修閩刻本《晦庵先生朱文公文集》（上海圖書館藏）、明天順四年（1460）刻本《晦庵先生朱文公文集》（北京大學圖書館藏）、明嘉靖十一年（1532）刻本《晦庵先生朱文公文集》等。

　　4.《晦庵集》現代整理本有：朱幼文、劉永翔等整理本《晦庵先生朱文公文集》，收入《朱子全書》③，經重新修訂後收入《新訂朱子全書（附外編）》④；又有郭齊、尹波點校本《朱熹集》⑤。

翠屏集

中國國家圖書館　劉　暢

中國國家圖書館 11217

國家珍貴古籍名録 09032

　　《翠屏集》四卷。（明）張以寧撰。明成化十六年（1480）張淮刻本。《張氏

①陳才《上海博物館藏四庫全書本〈晦庵集〉殘本述略》，《上海博物館集刊》第 13 期，上海書畫出版社 2022 年版，第 420—431 頁。
②浙江圖書館編《浙江圖書館古籍善本書目》，浙江古籍出版社 2002 年版，第 951 頁。
③朱傑人、嚴佐之、劉永翔主編《朱子全書》，上海古籍出版社、安徽教育出版社，2002 年版、2010 年修訂版。
④朱傑人、嚴佐之、劉永翔主編《新訂朱子全書（附外編）》，上海古籍出版社 2022 年版。
⑤朱熹著，郭齊、尹波點校《朱熹集》，四川教育出版社 1996 年版。

至寶集挽詩》一卷。(明)張瑄輯。明弘治元年(1488)刻本。四册。綫裝。

【題著説明】《翠屏集》卷端未題著者①。書名據卷一前總目録,著者據書首宋濂序。《張氏至寶集挽詩》卷端題"張氏至寶集挽詩卷之一",次行下題"古田縣儒學訓導餘干張瑄編次,古田縣知縣曲江侯泉②校正"。

【著者簡介】

1. 張以寧(1301—1370),字志道,號翠屏山人,古田(今屬福建寧德)人。元泰定四年(1327)登進士第。初授台州路黄岩州判官,升真州路六合縣尹,後坐事免官,流連江淮十餘年,以授館爲生。至正中,復起爲國子助教,累官至翰林侍講學士、知制誥。元朝覆亡後,張以寧與部分元朝舊臣同赴明都南京,因奏對稱旨,深受明太祖寵遇,授翰林院侍讀學士,成爲明初主要詞臣之一。洪武二年(1369)奉命出使安南,次年卒於返程途中。張以寧爲元明之際著名經學家,早年師從元末名儒韓信同,專精於《春秋》經學研究,著有《春秋胡傳辯疑》《春秋春王正月考》等。此外更以文才優異著稱於世,有詩文集《翠屏集》,曾獲"兩朝翰苑"③之美譽,其詩文以"高雅俊逸""神鋒隽利"④的風格深得時人推崇,被認爲是明初詩壇開宗立派的重要人物。張以寧詩文著述還曾遠播安南、日本和朝鮮等東亞各國,是當時頗有影響力的文人和學者。

2. 張瑄(生卒年不詳),字大璧,明江西餘干(今屬江西上饒)人。明成化二十二年(1486)歲貢,弘治間任古田縣儒學訓導。

【内容】本書由《翠屏集》和《張氏至寶集挽詩》集合而成。

《翠屏集》共四卷,三册。第一册第一卷,第二册第二卷,第三册第三、四卷。全書選録張以寧詩三百八十餘首,詞二首,文九十餘篇,依照詩文體裁編排内容。卷一、卷二名爲《翠屏詩集》,卷一收録四言古詩、五言古詩、七言古詩,卷二

---

①首卷卷端題"翠屏詩集卷之一",下題"前國子博士門人淮南石光霽編次,德慶州儒學訓導嗣孫張淮續編,德慶州儒學學正後學莆田黄紀訂定,德慶州判官後學閩泉莊楷校正"。其他各卷題署均同。

②《張氏至寶集》校正者侯泉(生卒年不詳),字允高,廣東曲江人。明弘治間任古田縣知縣。

③藍智《藍澗集》卷五《聞張志道學士旅櫬自安南回》,《景印文淵閣四庫全書》第1229册,臺北商務印書館1986年版,第874頁。

④見《四庫全書總目》上册,中華書局2003年版,第1466頁。

收録五言律詩、五言長律、七言律詩①、七言長律、五言絶句、七言絶句和詞;卷三、卷四名爲《翠屏文集》,卷三收録"序",卷四收録"説""贊""銘""跋""記"和"墓志銘"等各體文章。這些内容涵蓋了張以寧平生各個階段的創作,可以展示其詩詞文章的整體風貌。

張以寧詩文自元末以來多次結集出版,《翠屏集》屬於其中較晚問世者,但内容比早出者更完備。其初刻於明宣德三年(1428),再版於成化十六年(1480),此本即屬於這一版次。在《翠屏集》前刊行的各種張以寧别集幾乎均已失傳,宣德三年(1428)本《翠屏集》亦僅存殘卷一種②,此本及其他成化《翠屏集》傳本可謂是現存刻印最早、内容也最完整的張以寧别集。

《張氏至寶集挽詩》,也稱《張氏至寶集》一卷,一册。依次收録明福建按察司僉事楊澤序文一篇、明太祖賜張以寧使安南誥命及序文各一篇、御製詩十首、楊澤題詩二首,以及張以寧歿後,近百名明廷官員如使安南副使牛諒、尚書陳山等給張以寧題寫的挽詩百首左右。此書由時任古田縣儒學訓導的張瑄編輯,古田縣官府於弘治元年(1488)刊行。此本爲該書的最早版本。《張氏至寶集》一直單獨流傳,而此本附於《翠屏集》後,可使讀者詳細了解張以寧生平,尤其是出使安南事件的背景和影響。

【刊印者】張淮(生卒年不詳),張以寧曾孫。約活動於明弘治、正德年間。曾任廣東肇慶府德慶州儒學訓導。

【行款版式】

《翠屏集》半葉十一行,行二十二字。黑口,四周雙邊,三魚尾。上中兩魚尾間鐫"翠屏集卷某"(序作"翠屏文集序",目録作"翠屏集目録"),中下兩魚尾間鐫有葉數。每卷葉數獨立排列。版框19.9厘米×14.3厘米,開本27.3厘米×15.9厘米。

《張氏至寶集》半葉九行,行十六至二十字不等。黑口,四周雙邊,三魚尾(第十五葉及第二十一葉至書末爲單魚尾)。版心下鐫葉數。版框17.8厘米×

---

① 按,本書目録中"七言律詩"部分的最後數首,在該卷正文中被獨立列爲"七言律詩拗體"類。
② 宣德本殘卷現藏於南京圖書館,索書號 GJ/KB1394。該本目録及卷一、三、四均爲清抄本配補,僅卷二仍爲宣德刊本。

12. 8 厘米，開本 27. 3 厘米×16. 0 厘米。

【題名頁牌記】第一册陳南賓序末葉乙面有刊印牌記："詩文一依監本愽士石仲/濂先生批點中間漏板不/復刊行今將家本增于後/成化十六年庚子歲孟冬/吉旦嗣孫張淮捐俸重刊"。

【刊寫題記】無。

【刻（寫）工】無。

【避諱】無。

【序跋附録】《翠屏集》書首依次有明宋濂、劉三吾、陳南賓、陳璉序文，卷二、四後均有張以寧弟子石光霽①後序。《張氏至寶集》書首有明楊澤②《題張氏至寶集》，朱元璋御賜詩後有楊澤題記。以上序跋録文如下③：

1.《張先生翠屏集序》

嗚呼！濂尚忍序先生之文耶？先生長濂凡九歲，濂初濡毫學文，先生已擢進士第，列官州邑。及其教成均、入詞垣，先生之文益散落四方。濂得觀之，未嘗不斂袵，而以未能識面爲慊。去年春，始獲與先生會于京師，各出所爲舊藁，相與劇論，至夜分弗之倦，且曰："吾生平甚不服人，觀子之文，殆將心醉也。"濂竊以謂先生素長者，特假夫褒美之辭以相激昂爾，非誠然也。曾未幾何，先生使安南，道次大江之西，特造序文一首相寄，其稱獎則尤甚於前日者。濂讀而疑之，酸鹹之嗜，偶與先生同，故先生云然，非濂之文果有過於他人也。方將與先生細論，而九原不可作矣。嗚呼！濂尚忍序先生之文耶？文之難言久矣。周秦以前固無庸議，下此唯漢爲近古。至於東都，則漸趨於綺靡，而晉宋齊梁之間，俳諧訛骫，歲益月增，其弊也爲滋甚。至唐韓愈氏，始斥而返之。韓氏之文非唐之文也，周秦西漢之文也。韓氏之文固佳，獨不能行於當時。逮宋歐陽脩氏始效之。歐陽氏之文非宋之文也，周秦西漢之文也。歐陽氏同時而作者有曾鞏

---

① 石光霽（生卒年不詳），字仲濂，元末明初江淮省泰州人（今江蘇泰州）。張以寧弟子。洪武十三年（1380）以明經授國子學正，十七年進博士。著有《春秋鉤玄》。

② 楊澤（1438—？），字商霖，浙江天台人，明成化八年（1472）進士。初授南刑部主事，後升福建屯田僉事，繼而擢升河南按察使，未到任而卒。

③ 按成化十六年本《翠屏集》於書末實應有明人趙瑶跋文，現存該版各《翠屏集》傳本均有此跋，獨此本未見，疑此本脱落該跋，其内容請參見"其他"部分第三條。

氏，有王安石氏，皆以古文辭倡明斯道，蓋不下歐陽氏者也。歐氏之文，如澄湖萬頃，波濤不興，魚龍潛伏而不動，淵然之色，自不可犯。曾氏之文，如姬孔之徒復生於今世，信口所談，無非三代禮樂。王氏之文，如海外奇香，風水齧蝕已千餘祀，樹質將盡，獨真液凝結，嶄然而猶存。是三家者，天下咸宗之。有元號稱多士，或出入其範圍而檃括其規模者，輒取文名以去。故章甫逢掖之徒，每驕人曰："我之文，學歐陽氏也，學曾、王氏也。"殊不知三君子者，上取法于周、于秦、于漢也。所以學歐陽氏而不至者，其失也纖以弱。學曾氏而不至者，其失也緩而弛。學王氏而不至者，其失也枯以瘠。此非三君子之過也，不善學之，其流弊遂至於斯也。文之信難言者，一至如是乎！濂與先生劇論時，未嘗不撫卷而三嘆。奈何狂瀾既倒，滔滔從之，而無有如先生之所慮者也。不亦悲夫！今觀先生之文，非漢、非秦、周之書不讀，用力之久，超然有所悟入。豐腴而不流於叢冗，雄峭而不失於粗厲，清圓而不涉於浮巧，委蛇而不病於細碎，誠可謂一代之奇作矣！先生雖亡，其絢爛若星斗，流峙如河嶽者，固未始亡也。信諸今而垂於後者，豈不有在乎！如濂不敏，童而習之，顛毛種種，猶不得其門而入。凡先生之稱奬者，皆濂之所甚愧者也。先生之子孟晦乃持《翠屏藁》來，徵爲之序。嗚呼！濂尚忍序先生之文耶？舉先生相與論文者，書之於篇端。庶幾流俗知所自警，而讀先生之文者，亦將知其用意之所在也。夫詩若干卷，文若干卷，《春秋經說》若干卷，不在集中。先生諱㠯寧，字志道，姓張氏，福之古田人，泰定丁卯進士，仕至翰林侍講學士云。洪武三年秋七月一日，友弟翰林學士金華宋濂謹序。

2.《翠屏張先生文集序》

自予習舉子業，則聞古田張志道翠屏先生有古文聲，未之見也。後乃于其令六合時所贈吾里彭彥貞文，讀之，金石鏘鳴，作而嘆曰："時文舉子顧有此作也耶！"又三十餘年，再得其文二三通于先輩胡古愚之子季誠所。其時所地在禁林，文名埒潞公，筆力則霜餘水涸，涯涘洞見矣。然每恨不得其文集之完而觀之。文集之完，治世之音之完，以不所繇見也。今年春，其子炬以歲貢上庠，攜其詩若文全集過乃翁高第弟子春秋博士石仲濂所。仲濂一見，悲喜交集。先生生光嶽渾全之時，文得大音完全之體，雖製作當瓜分幅裂之際，而其正氣渾涵，有不與時俱礫裂，而節制以柳，宏放以韓與蘇，醺經飫史，吞吐百氏，治世之音完然也。仲濂以予知先生之素，俾其子獻請序其首，而壽諸棗。予嘉仲濂之能不私其所有，昳世之秘不以示人者，其爲人賢不肖何如也。元至治辛酉進士蜀楊舟梓人，寓鼎宋本誠夫相頡頏，以古文鳴未科第之先。宋有《至治集》盛行前代，而梓人孫宣靳其傳，人無得見之者。宣既死，其祖之文亦因以泯没無傳。予嘗忽遽中一借觀，楊之文古而該博，先生之文古而精粹，皆能脱去時文窠臼，而自成一家者。然則仲濂以其徒而情之親不讓李漢，炬以其子而不靳其父之文，賢於楊宣遠矣，咸可書也。因不辭而爲之序。

洪武甲戌六月戊寅，翰林學士劉三吾書。

3.《翠屏張先生文集序》

閩中近代諸儒多以文章知名，惟國子監丞陳公衆仲、翰林直學士林公清源與國子祭酒張先生志道其尤著者。先生，福之古田人，少有志操，邃於經史。登泰定丁卯進士第。釋褐，列官郡邑，有循良風。後丁時多艱，留淮南者久之，復力學不倦，鋭志古文辭，自先秦兩漢唐宋以來諸大家文章，靡弗周覽詳究。剡所友皆一時鴻儒碩士，論辯淬礪者有年，積之既久，淵渟涌溢，沛乎其莫能禦。每操觚立言，引物連喻，貫穿經史、百氏，而一本於理。其氣深厚而雄渾，其辭嚴密而典雅，不務險怪艱深以求古，不爲綺靡繢麗以狥時。其五、七言古詩及近體諸詩沈鬱雄健者，可追漢魏；清婉俊逸者，足配盛唐。蓋可謂善學古人者也。在至正中，嘗傳經璧水，視草玉堂，尋拜太司成之命。所歷皆宜其官，聲名赫然，與陳、林二公相埒。不惟中朝重之，四方舉重之矣。聖朝初定天下，例徙南京，復爲學士，奉使安南以卒。實洪武三年庚戌也。先生平昔著述甚富，後多散佚，文則其子孟晦彙次，太史宋公景濂序之；詩則其門人國子博士石仲濂編次，學士劉公三吾、長史陳公南賓序之。今諸孫南雄教官隆復以使安南蕢繢板行世。先生著述至是始克全見，文采爛然，足以垂後著世，與陳之《安雅堂集》、林之《覺是集》並傳無疑矣。隆博學有文，克世其家，間微言爲序，顧余淺陋，奚足以知之？然不虛辱其意，因書此以致景仰之私云。

宣德三年戊申五月朔，掌國子監事嘉議大夫通政使司通政使羊城陳璉書。

4.《翠屏張先生詩集序》

福之張公學士，號翠屏。先生登丁卯進士第，以詩文鳴天下。予少年讀書時聞其名籍甚,心竊慕之。洪武己酉夏六月,蒙朝廷以賢士舉,赴京,獲一見先生面。先生許可之。七月,予有山東行,不得侍教左右,以償其夙願,未幾而先生逝矣。越十有六年,予助教太學,與同寅石仲濂交。仲濂舊從先生游,每論及此,未嘗不慨然也。今年春,仲濂遣其子詣維揚,購先生遺藁,得詩百餘篇,遂以示予。予伏而讀之,其長篇浩汗雄豪似李;其五七言律渾厚老成似杜;其五言選優柔和緩似韋,兼衆體而具之,信乎名下無虛士也。讀畢,仲濂謂予曰:"吾沐先生之教多矣。先生之詩文雖未獲其全,今姑以其存者鋟諸棗,而其未得者,續當求而傳之。吾兄嘗見知於吾先生,曷一言以弁其首。"予觀昌黎韓公詩有云:"李杜文章在,光燄萬丈長。流落人間者,泰山一毫[芒]。"①則昔人之詩遺逸者多矣。先生平日所爲詩,不知其若干首,兵燹以來,其全藁不可復見。而百篇之詩,讀者莫不擊節稱歎,況求而有得乎! 予也重先生之學,嘉仲濂之義,若掛名其文字間,以識其高山景行之意,豈非夙昔之所願哉? 於是執筆謹書,以序其顚末云。

洪武己巳二月望日,後學長沙陳南賓序。

5. 卷二末石光霽後序:

先師張先生,三山之古田人。幼而聰慧,長而博學,未壯,登李黼榜進士第,與其同年黃子肅、江學庭諸老俱有聲當代,而先生之名尤著。宦途中厄,留滯江淮。光霽獲從之遊,昕夕聆誨,爲益不少,素欲壽其遺藁,以報萬一。近惟多故,散逸罕存,僅得其雜詩百篇,姑鋟諸棗,餘俟求之,次弟刊行,非止是而已也。時洪武庚午二月初吉,國子監博士淮南石光霽再拜謹書。

6. 卷四末石光霽後序:

先生上世,汝寧之固始人。逮宋南渡,徙閩古田翠屏山下居之,因號翠屏山人。先生以穎悟之資,博洽之學,故其爲文超卓而雄渾,追古作者。人或推其豐腴而不流於叢冗,雄峭而不失於粗厲,清圓而不涉於浮巧,委蛇而不病於細碎,信非溢美者矣。先生蚤登科第,晚名翰苑,爲文日益工,而求文者日益衆。然篇什浩繁,不無錯簡,姑以校其無訛者,彙而成編,題曰《翠屏張先生文集》。校或未完,嗣爲之集焉。藁之遺者,又有望於後之君子也。洪武甲戌冬十月望日,門

①按"芒"字此本缺佚,據國家圖書館藏成化十六年本《翠屏集》(索書號09090)補。

人石光霽拜手謹書。原刊後序

7.《題張氏至寶集》

今聖天子嗣大曆服，改元弘治。夏五月甲申，余以菲才奉勅督屯，蒞福之古田。有張氏子訴其祖翠屏學士祭田爲人所奪者，敬詢其故而復之。越三日，詣學，其裔孫珏奉《翠屏集》二本以進。讀之，則先學士宋公濂、劉公三吾二大筆序之，心切敬慕。翌日，德慶州儒學分教曾孫淮，賫捧我太祖高皇帝賜其祖學士公奉使安南文一通，詩十首，中書省治喪咨文一道，與當時挽詩一卷。余拜稽焚香，伏讀再三，不勝雀躍。謹按，公諱目寧，字志道，號翠屏。以《春秋》登泰定丁卯進士，授黃巖州判官，後改六合尹。元曆告終，隱迹維揚。至我聖祖龍飛淮甸，蕩滌腥羶，混一區宇，癅瘵賢才，洪武初，詔起公爲翰林學士，親製詔命錫之，遣使安南。時國王先逝，國人請以詔印封其子，公守禮不可，實封奏聞。聖祖大悅，以其有用夏變夷之智，舍生取義之節，嘉其忠貞，遂降璽書褒之。一則曰我目寧，二則曰我目寧，其愛之之意可見矣。繼以十律勉之，一則曰卿，二則曰卿，其禮之之意可知矣。若夫山川之險，景物之殊，眷念之厚，勸誡之切，溢於言表，委曲詳□①，雖父母有不能過。及公卒於安南驛，易簀自挽，以見其斃之正。副使典簿牛諒以訃聞，上切嗟悼，命中書省差驛丞張祿賫文赴安南護柩至廣東省，轉送福建省，命有司擇地修墳以瘞。家小之在京者，禮送還鄉，仍賜俸祿，優給三年。一時名士咸惜其未獲大用而哀輓之，于以發明聖祖恩禮之隆，與公抱負之蘊，皆極精緻，如陳琬琰弘璧，參之以和弓垂矢，皆可觀而可愛者也。嗚呼！若公者可謂遭不世之遇，極始終之榮者矣。余乃進淮而語之曰："今世之故家大族，得李杜之詩、羲獻之書，通行於世者，片紙隻字尚以爲寶而珍藏之，況我聖祖德竝堯舜，功過湯武，視李杜輩相去霄壤，其文與典謨一體，其詩與雅頌同什，固非四子之詩與書可比，襃崇懿祖又非通世所傳者可倫，其爲寶也，豈不至重哉！子毋秘於一家，當以玉音在前，挽詩在後，裒成一集，名曰'至寶'，鋟梓以傳，使天下後世皆得以拜觀乃祖至寶之餘光也。顧不韙歟？"淮載拜曰："諾，謹受命，請志之。"竊惟以萬乘之尊，使匹夫之賤，粉身碎骨分所當爲，何聖祖之於我公寵愛之深，優禮之至？言之不足而歌咏之，哀之不足而榮堊

---

① 此字模糊不清，疑爲"盡"字。

之。其幸當何如哉！余知聖祖之心，非憂公之有二心與有所私而爲之也，以爲不如是則無以表忠貞，勵賢勞，爲天下勸耳。是編一出，將見天下後世之爲人臣者，莫不争先快覩，興起感發，而以聖祖之心爲心，以公之行爲行，事功未有不立，天下未有不治者也。豈非萬世臣民之至寶哉！張氏子孫亦有光於無窮矣！

弘治元年歲次戊申七月壬戌朔，賜進士出身福建按察司僉事前刑部員外郎天台楊澤拜書。（文末摹刻"商/霖"朱文方印、"壬辰/進士"白文方印、"□…□"①方印）

8. 朱元璋御賜詩後楊澤題記：

嗚呼休哉！此我太祖高皇帝賜先臣學士張旹寧奉使安南文一通、詩十首。懷念之情、戒勉之意溢於言表。雖父之於子，亦有所不能盡也。《皇華》《四牡》之什，是孰尚哉！臣伏讀再三，不覺肅然而敬，泫然而悲。竊見君臣之相遇，誠不偶然也。嗚呼休哉！君使臣以禮，臣事君以忠。三代而下，臣於是什見之。因載拜稽首，敬書二絶於後。詩曰：

安南一去世間希，義膽忠肝聖主知。玉振金聲真感激，孰云删後更無詩？

孰云删後更無詩？天地元音字字宜。聖主愛臣如愛子，拜觀寧不淚交頤？

弘治元年歲次戊申夏六月癸巳朔十有九日辛亥，賜進士出身福建按察司僉事臣楊澤稽首頓首謹識。（其下摹刻"商/霖"朱文方印）

【批校題跋】無。

【鈐印】宋濂《張先生翠屏集序》首葉鈐有"蘭/揮"白文方印、"宋/筠"朱文方印、"北京/圖書/館藏"朱文方印。陳璉《張翠屏先生文集序》首葉鈐"無悔齋藏"朱文長方印。目録首葉鈐有"趙氏/元方"朱文方印。卷二、卷三及《張氏至寶集》首葉鈐有"蘭/揮"白文方印、"宋/筠"朱文方印。書末鈐"曾在趙元方家"朱文長方印、"北京/圖書/館藏"朱文方印。

【書目著録】

1.《商丘宋氏西陂藏書目》集部著録"《張翠屏集》四本"。當爲此書②。

---

①印文殘缺難辨，實際字數待考。
②見《國家圖書館藏稀見書目書志叢刊》第2册，國家圖書館出版社2017年版，第172頁。

2.《北京圖書館古籍善本書目》集部明別集類著録。

3.《中國古籍善本書目》集部上卷二十六明別集類著録，編號 6378。

【遞藏】

1. 宋筠（1681—1760），字蘭揮，號晋齋，河南商丘人。清康熙四十八年（1709）進士，官翰林院檢討、奉天府尹等。著有《青綸館藏書目録》《緑波園詩集》《使黔録》等。宋犖之子。宋氏父子均爲清代前期著名藏書家，所藏多宋元舊槧及各種精抄本，其藏書處號爲“青綸館”“魚麥堂”“緑波園”“藏真精舍”等。

2. 趙鈁（1905—1984），字元方，蒙古正黄旗人。趙鈁畢生供職於金融和銀行界，業餘愛好收藏古籍，所藏頗多善本，尤其以活字本見長。

【其他】

1. 此本有若干葉版面模糊不清。如第一卷第十四葉、第二十五葉，第二卷第三十七葉、第五十三葉，第三卷第四十四葉，第四卷第五葉等，都在乙面下方大致相同的位置上存在不同程度的模糊或缺損。

2. 此本目録常省略人名、地名或職銜等以求簡略。正文則保持完整。如卷一目録《分題蕉煙雨》正文題作《分題蕉煙雨送吳原晢教諭》、卷二目録《題聽鶴亭》正文作《題江仲遲聽鶴亭》等。

3. 成化十六年刻本《翠屏集》除此本外，還有多個印本保存至今。它們在書末都刻有明人趙瑶①所作後序一篇。此本獨不見此序，疑已脱落。本文據國家圖書館藏另一成化十六年刻本（索書號 09090）轉録於此，以供參考②：

《序翠屏張先生文集後》

德慶州學訓導張淮氏以其高大父翠屏先生文集一袠，介州判官吾友莊世範

---

① 趙瑶（生卒年不詳），字德用，福建晋江人。明成化十二年（1476）進士，曾任廣東提學僉事。

② 按《皕宋樓藏書志》著録成化十六年本《翠屏集》，未云該書有趙瑶後序，但稱書末有“嗣孫張淮重刻跋”。而現在可見的各成化十六年本《翠屏集》都未見有張淮後序。不知該藏書志所云是否即爲趙瑶此序。見《皕宋樓藏書志》卷一一一別集類四五，《宋元明清書目題跋叢刊》九，清代卷第 3 册，第 1252 頁。另外，日本内閣文庫亦收藏有一部成化十六年本《翠屏集》（請求番號：集 016—0012），亦無趙瑶後序，且無書首宋濂序。疑因此兩序恰在成化本《翠屏集》首尾而較易脱去所致。

蘄序之。予閲其集,見學士景濂宋先生、三吾劉先生、侍郎琴軒陳先生皆序諸首簡矣,而其壙誌又撰於子欽劉先生之手,是皆以文章名世者,予小子何人,敢以秋蟬而鳴於韻鈞之側,以寸纈而炫於錦綺之前? 人誰不駭且笑哉! 莊曰:翠屏先生生吾邦,守吾郡,其英聲茂實固在,幸勿以孫淮隸也,而鄭重其言,請之再四,辭不容。固惟人以時顯,文以人重,匪其人,文雖工且麗,無益也。故立言不如立功,立功不如立德。德也者,功之本,文之實也。欲其言之文,行之遠,在立德始。予生也後,不及聞先生行實之詳。今觀壙誌所載,先生孝友著於閨門,惠愛著於郡邑,非立德歟? 禦災捍患,民賴安全,出使交南,化服夷人,非立功歟? 其作爲文章,清純奇古,若入周廟,而夏商之器畢陳,不可名狀,其言不亦文哉! 故曰:有德者必有言,先生以之。或曰先生既食元禄而改志我朝,於臣道微矣。奚其德? 予曰:噫! 是亦諒者之論也。自開闢以來,華夷之界限凜乎不可逾越。天下者,華夏之天下,夷狄焉得而有之。當宋之季,不幸宇宙大變,胡元入主中國,易衣裳之制爲氊裘之屬,腥羶我疆宇,淪斁我綱常,華風滅而禮教蕩矣。其禍甚於洪水猛獸之災。譬之天地晦冥,霧霧昏塞,蛟螭魍魎,互出迭没,不知孰爲天,孰爲地。人望曦娥之麗,蓋翕如也。當是時,中國有崛起而驅逐之者,遂得稱爲豪傑。其食厥禄而死厥事者,未爲不是;能舉國以授中華真主者,亦未可非之。此《春秋》之大義也,況先生生乎其時,已無心禄仕,逼於母夫人之命,不得已舉進士,然初官郡邑,迹踈且遠,召爲侍從,壅於邪佞,未爲遇也。逮事我高皇,寘之禁近之地,委以文章之司,朝夕論思,心膂是寄。既賜誥褒之,比善使事,復旌之以勅,勞之以詩,慰之教之,懇切諄至,君臣之際,恩意交乎,不爲顯且遇哉? 以若所論,則管仲不以仁稱於孔子,而豫讓不以忠書于史氏矣。翠屏之文,德以實之,功以翊之,其見重於天下後世也固宜。或曰:子之言然。遂書於卷末。

　　成化十六年庚子正月望日,賜進士奉政大夫奉勅提督學校廣東等處提刑按察司僉事清源趙瑶識。

　　4.此外,國家圖書館藏明悠然齋抄本《翠屏詩後集》①卷末還存有另一則石光霽後序,可補充説明《翠屏集》編刊情況,故一併列出,以供參考:

---

①索書號08552。該本詳情請參見"按語"部分第二條。

曩得先生之詩百篇,板行於世。其全集則求之四方,久而未獲。洪武辛未春,先生之孫坦寄至遺稿一編,但所書或失其真,不敢妄意填補。若俟校正具完,恐稽歲月。姑取較然無疑者,刊爲《翠屏後集》,餘圖以爲《別集》云。是年冬十月既望,門人石光霽再拜謹書。

【按語】

1. 本書爲元明之際著名文人學者張以寧的詩文集。張以寧素有才名,在元時便與危素等人同被視爲文壇領袖。入明後因受朱元璋恩寵,聲名更高,其詩文風格對宋濂、楊榮等明初臺閣文學的代表人物均有一定程度的影響,實爲元末明初文學領域承前啟後的關鍵人物。張以寧同時又是元明之際的著名經學家,早年曾"以《春秋》致高第"①,此後畢生研治《春秋》經學,著有《春秋春王正月考》等。此外,張以寧還曾在洪武二年(1369)作爲最早的册封使出使安南。這標誌著明朝與亞洲周邊各國宗藩秩序的正式建立,是當時東亞世界一件廣有影響的重大事件。張以寧亦因此成爲明代重要政治人物,其詩文著述也隨之遠播東亞各國②。本書作爲張以寧唯一存世的詩文集,具有很高的史料價值。

2. 張以寧才高名重,平生創作甚豐,所作詩文曾多次結集出版。這些別集的版本源流亦頗爲複雜。明代以來公私書目及相關史料著錄的張以寧別集至

①見《明史》卷二百八十五列傳第一百七十三文苑一,中華書局 1974 年版,第 24 册,第 7316 頁。
②張以寧通過出使安南的機會,將所作《春秋春王正月考》和若干詩文直接傳入安南;朝鮮王朝也曾有諸多研治經學者如成海應等,詳細研習過《春秋春王正月考》,而著名詩人黃胤錫、李學奎等,也都曾引用張以寧詩集句或次韻等,可見張以寧在文學上對朝鮮士人的影響。參見(朝鮮)成海應《研經齋全集·外集》卷十三《經解目》及卷二十一《春王正月解》、(朝鮮)李學奎《洛下生集》第 11 册《匏花屋集》《感事集句》,《韓國文集叢刊》第 275、276、290 册,首爾景仁出版社 1992 年版。而在日本,今靜嘉堂文庫和日本內閣文庫分別藏有一部明刊本《春秋春王正月考》和一部明成化本《翠屏集》,可謂是張以寧著作曾傳播至此的證明。此外日本、朝鮮對《通志堂經解》和《盛明百家詩》等的引入,則讓張以寧著作傳播更加廣泛。此本陳璉序云"(張以寧著述)不惟中朝重之,四方舉重之矣",說明張以寧著述的對外傳播在明初就已經廣爲人知了。

少有《南歸紀行集》①《淮南稿（集）》②《安南紀行集》③和《翠屏稿》《翠屏集》《翠屏詩集》《翠屏後集》《翠屏文集》等多種。前三種包含哪些内容，由何人於何時刊行，都已難詳考，而且自清代以來，這幾種别集便很少見於著録，今各大圖書館也未見收藏。

　　以“翠屏”爲名的各種張以寧詩文集，其編刊應始於洪武時期。張以寧詩文經元末喪亂，散失極多，根據前文所録成化本《翠屏集》序跋可知，其子張炬④和弟子石光霽皆有志於搜求其遺存者。洪武三年（1370），張炬輯成一部詩文合集，名爲《翠屏稿》⑤。這應是明代最早編成的張以寧别集。不過目前尚未發現國内外圖書館藏有此書。

　　石光霽所編的張以寧詩文今亦未見，但可通過國家圖書館收藏的一部明悠然齋藍格抄本“《翠屏詩集》一卷《詩後集》一卷《文集》三卷”（索書號08552）間接了解其大致情況。該書共五卷，全一册，半葉八行二十字，每葉魚尾上鐫有“悠然齋”字樣。《詩集》卷首有陳南賓洪武二十二年（1389）序，正文首葉題“門人石光霽編次”，卷末有石光霽洪武二十三年後序；《後集》首葉亦題有“門人石光霽編次”，卷末有石光霽洪武二十四年後序；《文集》卷首有劉三吾洪武二十七年序，每卷首葉題“門人國子博士淮南石光霽編次，國子學正鄱陽甘復校正”⑥，卷末有石光霽同年後序。全書其他文本也都不晚於洪武時期。除《後集》卷末後序外，各篇序跋也都見於成化本，内容與前文所録一致。

　　根據上述序跋，石光霽首先於洪武二十三年將多年來搜集的張以寧詩歌刊行爲《翠屏詩集》⑦，隨後又於次年春收到張以寧之孫張坦寄送的詩歌若干篇，

①明陳第《世善堂藏書目録》卷上著録，注云“張以寧使安南作”。《宋元明清書目題跋叢刊》四，明代卷第二册，中華書局2006年版，第25頁。

②《千頃堂書目》第十七卷别集類，清黄虞稷撰，瞿鳳起、潘景鄭整理《千頃堂書目》，上海古籍出版社2001年版，第449頁。

③明焦竑《玉堂叢語》卷一，中華書局《元明史料筆記叢刊》，中華書局1981年版，第16頁。

④張炬（生卒年不詳），字孟晦，明洪武二十七年歲貢，官至刑部員外郎。

⑤參見成化十六年本《翠屏集》卷前宋濂《張先生翠屏集序》。

⑥卷三首葉題爲“門人國子博士淮南石光霽編次，國子學正甘復校正”。

⑦參見明悠然齋抄本《翠屏詩集》卷前陳南賓序、卷末石光霽後序。

整理後刻印爲《翠屏詩後集》①。洪武二十七年，張炬攜帶一部“詩文全集”來訪②。石光霽遴選其中部分文章，經核對校勘後刊行爲《翠屏文集》③。石光霽所編三種翠屏詩文集在明清書目中未見有明確著録，國内外各大圖書館也未見收藏④，僅能從悠然齋抄本和繼承其内容的成化本《翠屏集》了解大概，但其篇目、次序和文本内容等仍難確考。

宣德三年（1428），張以寧族孫張隆對此前刊行的張以寧詩文集進行匯總和補充，刻印《翠屏集》。根據陳璉所題序文，該本《翠屏集》“文則其子孟晦彙次，太史宋公景濂序之⑤，詩則其門人國子博士石仲濂編次”，同時還收録有張隆家藏的一部“使安南稿”⑥。全書共四卷。是爲宣德三年本《翠屏集》。這應是明代出現的第一部各體詩文兼備的張以寧别集，具有重要價值。惜宣德本今僅餘殘卷，無法了解其全貌。

此後張以寧曾孫張淮又於成化十六年（1480）重新刻印《翠屏集》，亦有四卷。此本即屬於這一版本。依前文所録牌記可知成化本《翠屏集》同樣以石光霽編刊的三種張以寧别集爲基礎，又增加了張淮所藏的一部“家本”，删減了因原刻版缺漏而遺失的部分内容。不過，因洪武諸本已佚，宣德三年本已殘，張淮

---

① 參見明悠然齋抄本《翠屏詩後集》卷末石光霽後序。
② 張隆此次所攜的“詩文全集”跟洪武三年所輯本有何異同，目前無法確定。
③ 參見明悠然齋抄本《翠屏文集》卷前劉三吾序、卷末石光霽後序。
④ 目前國内外圖書館收藏的各種《翠屏詩集》或《翠屏張先生文集》等，據圖書館著録及其内容幾乎均可確定爲成化十六年本《翠屏集》。惟新加坡國立大學圖書館稱藏有一部“洪武間刻本《翠屏集》四卷”（索書號 AC149 Zcl 1702），但據該館附注，各卷卷端均題有“德慶州儒學訓導嗣孫張淮續編，德慶州儒學學正後學莆田黄紀訂定，德慶州判官後學閩泉莊楷校正”，可知也應爲成化十六年刻本，或源自該版本。另外，該本在宋濂等人序文之後、目録之前，還有“洪武三年太祖皇帝御賜詩序”“洪武三年御賜誥命”，此兩文本爲《張氏至寶集》内容。這是該本與其他現存成化十六年本《翠屏集》的顯著區别。
⑤ 按，陳璉此處所謂張孟晦彙次的文集，當即洪武二十七年石光霽從張炬所輯詩文集遴選部分文章而刊行的《翠屏文集》，但悠然齋抄本《翠屏文集》並無宋濂序文，與陳璉所言不合。因悠然齋抄本和宣德本《翠屏集》都已殘缺不全，暫時無法確定導致這一差異的具體原因。
⑥ 參見成化十六年本《翠屏集》所存宣德三年陳璉《翠屏張先生文集序》。

此次增删的具體内容已難知其詳①。成化十六年後，《翠屏集》未再出現重編本，從内容和文本而言，成化本可謂是《翠屏集》的定本。

明代文獻著録的《翠屏集》卷數每每參差不齊。如《國史經籍志》著録爲三卷、《世善堂藏書目録》著録爲“前後共十卷”、《内閣藏書目》著録《翠屏集》爲“兩册全”（卷數不詳）、《萬卷堂書目》則云有“《翠屏集》三卷”、《千頃堂書目》曰有“四卷”（且不包含《淮南集》和《南歸紀行》各一卷）等。至於文人筆記、方志等間接傳抄性質的記録，著録的卷數就更不一致，如陳鳴鶴《東越文苑》卷六稱《翠屏集》有“二十卷”、焦竑《玉堂叢語》卷五則曰此集有“數十卷”等②。説明當時曾有各種規模的《翠屏集》行世。它們的具體情況及其與洪武、宣德和成化間幾次刊行的《翠屏集》的關係都難以確定。而清代文獻著録的《翠屏集》則比較整齊，幾乎均爲四卷，如《八千卷樓書目》《傳是樓書目》《善本書室藏書志》《皕宋樓藏書志》等皆是。其中宣德本、成化本、明清抄本和版本不明者皆有之③。這或可説明宣德、成化本等四卷本《翠屏集》在清代成爲流通較廣的張以寧别集，此前規模不等的各種版本則逐漸失傳。目前宣德本也僅剩殘卷，成化

①成化十六年本《翠屏集》有部分詩文標題下以小字注有“新增”字樣，或即張淮此次補充的所謂“家本”。而删除的篇目則較難考察。因前述明悠然齋藍格抄本《翠屏詩集》跟洪武間石光霽所刊張以寧翠屏三集的密切關係，將該書與今存成化十六年本《翠屏集》相對照，可發現成化本確實缺少前者的部分篇目，但無法確定這是否即爲張淮因“漏板”而省去的内容。

②參見《國史經籍志》卷五，《宋元明清書目題跋叢刊》五，明代卷第二册，中華書局 2006 年版，第 902 頁；《内閣藏書目》卷三，《宋元明清書目題跋叢刊》四，明代卷第 1 册，中華書局 2006 年版，第 346 頁；《萬卷堂書目》卷四，《宋元明清書目題跋叢刊》四，明代卷第 1 册，第 607 頁；《世善堂書目》卷下，《宋元明清書目題跋叢刊》五，明代卷第二册，第 42 頁。弘治十二年刻本《東越文苑》，《元明史料筆記叢刊》本《玉堂叢語》，中華書局 1981 年版，第 164 頁。

③參見《八千卷樓書目》卷十六，明刊本；《傳是樓書目》，清道光八年味經書屋刊本；《皕宋樓藏書志》第一百一十一卷，别集類四五，《宋元明清書目題跋叢刊》八，清代卷第二册，中華書局 2006 年版，第 1251 頁；《善本書室藏書志》卷三十五别集類，《宋元明清書目題跋叢刊》九，清代卷第 3 册，中華書局 2006 年版，第 829 頁；《明史》卷九十七志七十五藝文四，中華書局 1974 年版，第 8 册，第 2461 頁。不過，亦有例外者如《明史·藝文志》云有五卷。其或據明代書目、史料等抄録而來，未實見其書，但五卷之説，卻也恰好符合今存明悠然齋抄本共有五卷的規模，則其説也可能確有根據。

十六年本《翠屏集》已是唯一完整流傳至今的張以寧別集。

不過,考慮到張以寧詩文集的編刊過程和版本種類相當複雜,如需利用《翠屏集》研究張以寧其人其文及相關歷史問題,應以成化本《翠屏集》跟宣德三年本殘卷互相對照,同時適當參考明悠然齋抄本。此外還應關注《雅頌正音》等較早刊行的明代詩歌總集所收錄的張以寧詩與成化本《翠屏集》的差異,探究文本變異的可能因素,如此方能對張以寧其人其文有更準確的認識。

3. 與其他成化十六年本《翠屏集》相比,此本的一個顯著特點是它附有《張氏至寶集挽詩》。《張氏至寶集挽詩》刊刻於弘治元年,一直單獨流傳。天一閣曾收藏該書①,今上海圖書館也有藏本(索書號802214)。《翠屏集》與《張氏至寶集挽詩》何時合爲一書無法確定,但據《翠屏集》和《張氏至寶集》均鈐有宋筠藏印來看,最晚在宋氏收藏時,它們已被合而爲一了。

成化十六年本《翠屏集》和弘治元年本《張氏至寶集》刊行後,兩書原刻木版一直保存在一起,基本完整地流傳到清代。乾隆三十九年(1774),時任古田知縣的萬友正②對這兩種刻版的缺漏破損處加以修補,重新刊印了一版《翠屏集》③,名之爲《翠屏全集》。該書包括成化本《翠屏集》和《張氏至寶集》的全部內容,又增加了萬友正《補刊翠屏張先生文序》和《明史·張以寧傳》,石光霽事跡也附於傳中,但删去了《張氏至寶集》書首的楊澤序文。萬友正補刊本《翠屏全集》是史上內容最全的一版《翠屏集》。該本的補刻葉面在魚尾下鐫有"補"字標記,數量不多,且行款、版式都跟原版極爲相似,因此《翠屏全集》亦可謂是成化十六年版的一種再印本。這一補刊本在國內外圖書館如天一閣博物院(索書號:善3655)和日本內閣文庫(請求番號:316—0069)等均有收藏。

---

① 參見孟永林《黄裳藏天一閣藏書題跋輯釋》,《古籍整理研究學刊》,2013年第3期。又,《天一閣書目》著録《張氏至寶集》爲三魚尾,而本書所附者從三魚尾到單魚尾不等。
② 萬友正(生卒年不詳),字端友,號虛舫,雲南大理府阿迷州(今雲南開遠)人。清雍正元年(1723)舉人,曾任福建古田知縣等官。有《汗漫集》《虛舫剩集》等。
③ 參見萬友正《補刊翠屏張先生文集序》,見《虛舫剩集》,1942年鉛印本,國家圖書館藏,索書號92861。

斗南老人詩集

天津圖書館　宋文娟

天津圖書館 Z44

國家珍貴古籍名録 09039

《斗南老人詩集》四卷。（明）胡奎撰。明姚綬抄本。四册。經折裝。（明）項元汴題識；（清）孫達題識；徐世章、徐沅、佚名題識。

【題著説明】卷端題"斗南老人詩集卷之一"，次行下題"教授臣胡奎虛白子撰"，三行下題"教授臣周冕奉教編次"。

【著者簡介】胡奎（1335—1409），字虛白，號斗南老人，浙江海寧人。元末遊於貢師泰之門。明初以儒學徵，官寧王府教授。後以年老返鄉，卒於海寧。有《斗南老人詩集》。生平事跡見《斗南老人集》卷前朱權序、清朱彝尊《静志居詩話》卷五《胡奎傳》。

【内容】此書四卷。第一卷五言古詩、古樂府。第二卷七言古詩。第三卷五言律詩、五言排律、五言絶句。第四卷七言近體、七言排律。胡奎其詩不事雕飾，往往有自然之致。尤長於古樂府及歌行體，受鐵崖體詩風浸染頗深。朱彝尊《静志居詩話》稱"其功力既深，格調未免太熟，誦之若古人集中所已有者"。《四庫全書總目》云：彝尊之言"誠不爲過"，然"春容和雅，其長處亦不可掩，視後來之捃拾摹擬者，固有間矣"。《明詩紀事·甲籤》卷二十二稱"虛白長於樂府，七言絶句，風藻翩翩，殊有標致"。

【刊印者】姚綬（1422—1495），字公綬，號穀庵，自號仙癯，晚號雲東逸史，浙江嘉興人。明天順八年（1464）進士，授監察御史。成化初爲江西永寧郡守，解官歸，築室曰丹丘，嘯詠其中，人稱丹丘先生。善詩畫、書法。畫喜臨摹趙松雪、王蒙二家，墨氣皴染皆妙。著有《大易天人合旨》，文集有《雲東集》《穀庵集》。

【行款版式】半葉十行，行二十二至二十三字不等。無欄格。開本 21.6 厘米×13.3 厘米。

【題名頁牌記】無。

【刊寫題記】無。

【刻(寫)工】無。

【避諱】無。

【序跋附録】無。

【批校題跋】卷二末有徐世章題識及佚名題識四葉;卷四末有項元汴及孫達、徐沅題識,録文如下:

1. 徐世章庚寅(1950)題識:

姚公綬先生名綬,號穀菴子,又號雲東逸史。天順進士,爲監察御史,成化初爲永寧郡守,罷官歸,築室曰丹丘,誦詠其中,人稱丹丘先生。工詩畫,有《雲東集》。庚寅仲秋,濠翁記於長春書屋。

2. 佚名題識四葉①:

一葉:《斗南老人集》六卷,明胡奎撰,明初寧府文英館刊本、傳是樓影抄本分六卷,凡詩一千九百餘首。

竹垞云:"吾鄉雲東逸史手録稿,舊藏項氏天籟閣,繼歸高氏稽古堂,後歸花山馬思贊,止四卷。"獨山莫友芝子偲《郘亭知見傳本書目》卷十五,集部六,別集類五,第四張。

二葉:姚公綬先生名綬,號穀菴子,又號雲東逸史。天順進士,爲監察御史,成化初爲永寧郡守,罷官歸,築室曰丹丘,嘯詠其中,稱丹丘先生。工詩畫,有《雲東集》。

三葉:《斗南老人集》六卷,明胡奎撰,明初寧府文英館刊。

四葉:《斗南老人集》六卷,明胡奎撰,明初寧府文英館刊本、傳是樓影抄分六卷,凡詩一千九百餘首。

竹垞云:"吾鄉雲東逸史手録稿,舊藏項氏天籟閣,繼歸高氏稽古堂,後歸花山馬思贊,止四卷。"

獨山莫友芝子偲《郘亭知見傳本書目》卷十五,集部六,別集類五,第四張。

姚綬字公綬,號穀菴子,又號雲東逸史。天順進士,爲監察御史,成化初爲

---

① 此組題識無落款、鈐印,其中第一葉箋紙與前徐世章題識所用箋紙相似,紙上均有同款印記;第二葉題識與徐世章所題内容及字跡均相近;疑此四葉亦爲世章所題。

永寧郡守,罷官歸,築室曰丹丘,誦詠其中,人稱丹丘先生。工詩畫,有《雲東集》。

3. 項元汴題識:

明嘉靖甲子秋日,友人盛草汀過吳,得先世所藏侍御姚穀菴先生手抄斗南老人所著詩四卷,持以相示。自知姚丹丘刻意翰墨,力學不倦,每於古人合作處,即自抄録成帙,所以名播海内,至今人稱誦不已。且其所書,駸駸欲度驊騮前,當與趙松雪、張外史並驅爭先。他日必遇賞識珍祕,妄論自信不必世人之同,草汀其亦自解此中真意,切弗與俗眼曲學輕毀而不加愛護,余於此敢直告焉。墨林後學謹題。(末鈐"墨""林"朱文連珠印、"項元/汴印"朱文方印)

4. 孫達題識:

姚丹邱清書斗南老人詩册四卷,廼有明項子京天籟閣舊物,詩格古雅,書法亦有逸致。册後墨林之跋語頗見稱許,足澂珍重之意。又經朱竹垞檢討、季蒼葦先生鑒藏,朱印燦然,流傳有緒,後在宜加意愛護也。光緒廿有四年,達以飽觀漫記數字以志墨緣云。雪齋居士北平孫達記。

5. 徐沅題識:

海昌胡虚白得詩法於貢玩齋,卓然爲明初作者,貝清江稱其"觸物而成,燦然善翹之擢穎,翕然天籟之投曲",今細讀之誠然。魏塘姚公綬同與爲浙西名輩,楊君謙稱其"書法鍾、王,勁婉咸妙",所録是集,洵爲鉅觀。遞經項芝房、馬寒中、季滄葦諸家藏玩,朱竹垞並推重之,著於《静志居詩話》。名迹流傳,藝林緜佳,今爲濠園道兄所得,稀有之笈其與穌、隨同珍矣。癸未深秋,珊邨徐沅題記。鉅觀下放"墨林藏弄於初"六字。

【鈐印】第一册書前護葉首葉鈐"季/振宜"朱文方印、"季氏家藏"白文長方印、"天津市/人民圖/書館藏/書之印"朱文方印、"善本/鑑定"朱文方印。次葉鈐"滄葦氏/鑒定印"白文長方印、"季氏/珍玩"朱文方印、"退密"葫蘆形朱文印、"平生/真賞"朱文方印、"道言/之印"白文方印、"草""汀"朱文連珠印。卷端自下而上鈐"項元/汴印"朱文方印、"墨林/之印"白文方印、"退密"葫蘆形朱文印、"彝""尊"朱白文連珠印、"神""品"朱文連珠印、"寒中/馬思/之印"白文方印、"映山/圖書"朱文方印、"依竹堂/書畫"朱文長方印。卷一末葉自下而上鈐"子孫/世昌"白文方印、"子京"朱文方印、"濠園/秘笈"朱文方印、"壽眉"朱文橢圓印。

第二册書前護葉鈐"天津市/人民圖/書館藏/書之印"朱文方印、"善本/鑑定"朱文方印。卷二卷端自下而上鈐"子孫/永保"白文方印、"墨林/硯癖"白文方印。卷二末葉自下而上鈐"項墨林/鑑賞章"白文方印、"平生/真賞"朱文方印、"寒/中"朱文方印、"最/嗜"白文方印、"竹南/藏玩"白文方印、"查瑩/審定"朱文方印、"濠園/秘笈"朱文方印、"壽眉"朱文橢圓印、"項子京/家珍藏"朱文方印。

第三册書前護葉自下而上鈐"季/振宜"朱文方印、"季氏家藏"白文長方印、"退密"葫蘆形朱文印、"平生/真賞"朱文方印、"道言/之印"白文方印、"草""汀"朱文連珠印、"天津市/人民圖/書館藏/書之印"朱文方印、"善本/鑑定"朱文方印。卷三卷端自下而上鈐"項元/汴印"朱文方印、"墨林/之印"白文方印、"退密"葫蘆形朱文印、"寒/中"朱文方印、"神""品"朱文連珠印。卷三末葉自下而上鈐"子孫/世昌"白文方印、"子京"朱文方印、"濠園/秘笈"朱文方印、"壽眉"橢圓朱文印。

第四册書前護葉鈐"天津市/人民圖/書館藏/書之印"朱文方印、"善本/鑑定"朱文方印。卷四首葉鈐"子孫/永保"白文方印、"墨林/硯癖"白文方印、"月斜樓上"白文長方印。卷四末葉鈐"子孫/世昌"白文方印、"子京"朱文方印、"仲/安"白文方印、"寒中/馬思/之印"白文方印、"竹垞/審定"白文方印。項元汴題識末鈐"墨""林"朱文連珠印、"項元/汴印"朱文方印及一器物印。該葉又鈐有"棱嚴/精舍"白文方印、"滄葦氏/鑑定印"白文長方印、"季氏/珍玩"朱文方印、"丁山足今"朱文橢圓印。後葉鈐"項墨林/鑑賞章"白文方印、"項墨林父/秘笈之印"朱文長方印、"暎山/鑑賞"白文方印、"竹南/珍玩"白文方印。後葉鈐"項子京/家珍藏"朱文方印、"滄葦氏/鑑定印"白文長方印、"季/振宜"朱文方印、"濠園/秘笈"朱文方印、"小天籟/閣主人"白文方印、"項芷防/審定"朱文方印、"壽眉"朱文橢圓印。第四册末徐沅題識後鈐"徐沅/之印"朱文方印。

【書目著録】

1.《天津圖書館古籍善本書目》集部別集類明別集著録①。

2.《中國古籍善本書目》集部別集類明別集部分著録，編號6699。

【遞藏】

1. 盛草汀(1532—1610)，名龍生，字德潛，號草汀，晚號杞菊老人，浙江嘉興人。精賞鑒，凡法書、名畫及古彝器，一經品題便不可移易。晚築室城中，編籬植杞菊，因更號爲杞菊老人。逃禪習静者二十餘年。著有《閱古録》。

2. 項元汴(1525—1590)，字子京，號墨林，別號香嚴居士、退密庵主人、惠泉山樵、鴛鴦湖長、漆園傲吏等，浙江秀水(今屬浙江嘉興)人。工繪事，兼擅書法。家雄於資，出其緒餘，購求法書名畫，一時三吴珍祕，多歸其“天籟閣”所有，極一時之盛。又精鑒賞，故所藏皆精妙絶倫。藏書印有“子京父印”“墨林生”“項墨林鑑賞章”“世濟美堂項氏圖籍”及“橋李項氏世家寶玩”等近四十方之多。後清兵至嘉興，累世所藏皆爲所掠。著有《蕉窗九録》等。

3. 馬思贊(1669—1722)，本姓朱，字寒中，又字仲安，號衍齋，別署南樓、漁村、素村、馬仲子、寒中子、天和居士、山村居士、迂鐵老人等，浙江海寧人。監生。工書法、詩詞，善畫蟲魚鳥獸、山川草木，亦精篆刻。與當時學者名流朱彝尊、查慎行等結交往來。藏書處名“道古樓”“皆山堂”“紅藥山房”“清源堂”等。藏書印有“馬思贊印”“仲安一號漁村”“馬寒中印”“古鹽官州馬素村書畫印”“華山仲子私印”等。管庭芬《海昌藝文志》云：“所居道古樓，插架悉宋元舊本，爲東南藏書之冠。”著有《道古樓藏書目》《道古樓歷代詩畫録》《衍齋印譜》《皆山堂詩》《寒中詩集》。

4. 季振宜(1630—1674)，見前《國家珍貴古籍名録》00620。

5. 項源(生卒年不詳)，字漢泉，一字芷防，又作芝房，安徽歙縣人。活動於清乾隆至道光年間。齋號“小天籟閣”。藏書印有“小天籟閣主人”“小天籟閣”“新安項源漢泉氏字曰芷房印記”“項芷房所藏書籍”等。

6. 查瑩(1743—1803)，見前《國家珍貴古籍名録》00258。

7. 徐世章(1889—1954)，字端甫，又字叔子，號濠園，又稱濠園主人，天津人。民國總統徐世昌之堂弟。早年就讀於京師大學堂譯學館，後留學比利時列

①《天津圖書館古籍善本書目》，國家圖書館出版社2008年版，第497頁。

日大學經濟管理系,獲學士學位。歷任津浦鐵路局局長、北洋政府交通部次長、交通銀行副總裁、中國國際運輸局局長等職。1922 年隨著徐世昌的下臺而去職,寓居天津,致力於實業、教育和收藏。徐世章一生博雅好古,致力於文物收藏,古硯、古玉、碑帖、璽印、書畫、善本圖書等均在其收藏之列。

【其他】

1. 此書經折裝,一卷一册,共四册一函,藍色函套上有書籤題"姚丹邱録胡斗南詩"。

2. 每册有黄褐色花紋織錦面,封面書籤題"姚丹邱手録胡斗南詩,項墨林跋",下鈐"壽眉"朱文橢圓印。

【按語】

1. 朱彝尊《静志居詩話》卷五"胡奎"條稱"吾鄉雲東逸史曾手書其稿,舊藏項氏天籟閣,繼歸高氏稽古堂,後爲華山馬思贊所藏。余借觀録其六首",指的正是此本。從朱氏記載,此書曾經"稽古堂"藏書樓主人高承埏收藏,但書中未發現高氏印記及相關書目記載,故不列入遞藏源流,而待進一步考證。書中有朱彝尊印記,既爲借觀,亦不列入遞藏源流。

2.《斗南老人詩集》目前所見爲六卷本和四卷本。

(1)六卷本最早爲明初寧王府文英館所刊,前有寧王朱權《序》,收詩凡一千九百餘首。現書目著録有:

《斗南先生詩集》六卷,明胡奎撰,明永樂寧藩刻本,上海圖書館藏[1]。

《斗南老人詩集》六卷,明胡奎撰,明抄本(卷三至六配清抄本),上海圖書館藏[2]。

《斗南先生詩集》六卷,明胡奎撰,清抄本,國家圖書館藏[3]。

《斗南老人集》六卷,明胡奎撰,清抄本,南京圖書館藏[4]。

《斗南先生詩集》六卷,明胡奎撰,清抄本(存卷四至五),臺灣漢學研究中

---

[1]《中國古籍善本書目》集部別集類明別集部分 6696 號著録。
[2] 同上,6697 號著録。
[3] 同上,6698 號著録。
[4]《中國古籍總目》集部別集類明別集,中華書局、上海古籍出版社 2012 年版,第 545 頁。

心藏①。按：此本《中國古籍總目》著録爲"斗南先生詩集□卷"，卷前有題記載"集凡六卷，今存二卷(四、五)"，實爲六卷本。

（2）四卷本，均爲抄本。除天圖所藏此本外，還有：

《斗南老人詩集》四卷，明胡奎撰，清抄本，中國科學院圖書館藏②。

《斗南老人詩集》四卷，明胡奎撰，抄本，日本静嘉堂文庫藏③。

《四庫全書總目》集部别集類收録兩淮鹽政采進本《斗南老人詩集》六卷，四庫館臣云："今世所傳奎集皆出天籟閣抄本，止有四卷。前有項元汴題識，而無寧王原《序》。此本爲明初寧王府文英館所刊，見於《寧藩書目》。昆山徐氏傳是樓又從原刻影抄，實分六卷，凡詩一千九百餘首。與項氏所藏互校，乃知彼多所脱佚，不爲足本。"四庫館臣對於此書四卷本與六卷本之區别、源流給予了明確記載。四卷本中，天津圖書館所藏明抄本與館臣所言相合，是爲祖本。中國科學院圖書館藏清抄本《斗南老人詩集》四卷，卷前亦有"墨林後學"題識，内容與天圖姚綬本"項元汴題識"相同，知其乃據明抄四卷本轉抄。

3. 此本乃明代書畫家姚綬之手抄本，書法古樸淡然，勁婉咸妙，又遞經項元汴、季振宜、徐世章等名家收藏，是一部兼具藝術價值、文物價值和文獻價值的珍貴古籍。

遜志齋集

天津圖書館　宋文娟

天津圖書館 S1067

國家珍貴古籍名録 09044

《遜志齋集》二十四卷。（明）方孝孺撰。《附録》一卷。明嘉靖四十年（1561）王可大刻本。二十八册。綫裝。

【題著説明】首卷卷端題"遜志齋集卷之一"，次行題"中順大夫浙江按察司

---

①《中國古籍總目》集部别集類明别集，第 545 頁。

②《中國古籍善本書目》集部别集類明别集部分 6700 號著録。

③《静嘉堂文庫漢籍分類目録》，静嘉堂文庫 1930 年版，第 714 頁。

副使奉勅提督學校雲間范惟一①編輯",三行題"奉政大夫浙江按察司僉事奉勅整飭兵備南昌唐堯臣②校訂",四行題"中順大夫浙江台州府知府事前刑部郎中東吳王可大校刊"。

【著者簡介】方孝孺(1357—1402),字希直,一字希古,號遜志,人稱正學先生,浙江寧海人。宋濂弟子,以"明王道,致太平"爲己任。洪武間任漢中府教授,建文時任翰林侍講學士。燕王入南京即帝位,命起草即位詔書,不從而被殺,宗族親友連坐死者凡十族,達八百多人。方孝孺學問淵博,著作甚富,有《孝經誠俗》《周易考次》《宋史要言》《帝王基命録》等。永樂中禁藏其書,犯者至死。後人輯其所遺成《遜志齋集》。謚文正。《明史》有傳。

【内容】卷一至卷八爲雜著,卷九表、箋、啓、書,卷十、十一爲書,卷十二至十四爲序,卷十五至十七爲記,卷十八爲題跋,卷十九爲贊,卷二十爲祭文、誄、哀辭,卷二十一爲行狀、傳,卷二十二爲碑、表、誌,卷二十三爲古詩,卷二十四律詩、絶句,《附録》收録蜀王及他人贈方氏之詩、文、書及方氏小傳、事狀、祭文、墓文及前人所刻諸方氏文集序跋等。方孝孺把聖賢作爲表率,以文章、理學著名。其書强調修身養性、齊家、治國、平天下,成爲明王朝的道德君子,如卷一《幼儀雜箴》二十首,就把理學關於修養心性的内容和具體方式納入日常生活的一言一行、一舉一動。

【刊印者】王可大(生卒年不詳),字元簡,南京錦衣衛鎮撫司籍。明嘉靖三十二年(1553)進士,三十九年任台州知府。工書善文,書法學趙孟頫。民國《台州府志》有載。輯刻有《國憲家猷》五十六卷。

【行款版式】半葉十行,行二十字。白口,左右雙邊,單魚尾。版心中鎸卷數,下鎸葉數。版框 19.9 厘米×14.5 厘米,開本 24.9 厘米×15.9 厘米。

【題名頁牌記】無。

---

① 范惟一(1510—1584),字於中、允中,號洛川、中方,世居支硎山。范仲淹第十六世孫。祖父范汝信徙家華亭(今屬上海松江)。明嘉靖二十年(1541)進士,歷任鈞州知州、濟南府同知、工部郎中、湖廣僉事等,官至南京太僕寺卿。"玉雪堂"爲其室名。

② 唐堯臣(生卒年不詳),字廷俊,明嘉靖間南昌人。刻印過《墨子》、方孝孺《遜志齋集》、李東陽《擬古樂府》、蘇祐輯《法家哀集》一卷。

【刊寫題記】無。

【刻（寫）工】無。

【避諱】無。

【序跋附録】書首有嘉靖辛酉范惟一《重刻遜志齋集序》、唐堯臣《叙刻遜志齋集》、嘉靖辛酉王可大《重刻正學方先生文集叙》、洪武三十年林右《遜志齋集序》、洪武三十年王紳《遜志齋集序》，後《正學先生小像》《蜀王賜方教授像贊》《重刊遜志齋集凡例》及《遜志齋集目録》二十三葉。録文如下：

1.《重刻遜志齋集序》

往予在京師，得遜志先生方公集讀之。既卒業，數手其書，不能釋去。夫先生道德士也，其所操志，皆三代聖賢軌業，豈暇韓、柳諸家學哉？或稱先生文似蘇長公，非知先生深者。先生嘗奏記太史潛溪公，自謂大者宏廓敷揚其所傳於世，其次整齊周公、孔子之成法爲來今準，下此猶當著一書，攄所蘊蓄，續斯道於無極。嗟乎，斯豈謾言哉！乃今考其時，去關、洛漸遠，學無所從受。先生獨奮然起身任之，以遜志名其齋，學者遂稱爲遜志先生云。今按集五卷以前，多微言篤論，誠有冥契神解於其間。而遠謨石畫，又時時於《深慮論》諸篇發之，以紓其憂患之思。至論正統、變統之辨，則自左史以來所未見道。乃先生又豈徒言者！以今究觀其行己立朝本末，所謂始終典學，死而後已者，非邪？論者謂先生行嚴言峻，激亢過烈，未達從容之域。予以爲先生在聖門，蓋孔子所願見之剛者，跡其所存立，已足暴於世而垂教無窮矣，奚過言之云？歲庚申，予行縣，由永嘉造赤城，見諸山遵海壁立，森聳峭厲，如端人介士，整襟正色，廩廩不可犯，而顥氣飛越雲霞之上，有終古常存者。乃知先生嶽降其地，寔靈異所獨鍾。慨然想見其人，爲之低徊不去久之。已復延問長老，考其俗，進諸生與之論德校藝，察眡其性術，大抵彊執陌直，砥厲繩檢，猶存先生之風焉。郡有《遜志齋集》，故刑書東橋顧公爲守時所刻。予取讀焉，見其編漸漫漶，因謀諸兵道唐君及新守王君重刻之，二君躍然敬諾。越數月，報訖工。予乃僭叙次所論，以識景行之私云。唐名堯臣，南昌人。顧名璘，王名可大，皆予同郡人。

嘉靖辛酉夏五月望日，賜進士出身中憲大夫浙江按察司提督學校副使吳郡范惟一撰。

2.《叙刻遜志齋集》

君子修辭立誠，可與居業。殆未睹其業，而人已試其誠矣。惟誠故達，達故利於用也。方先生之學，一本於誠，發而爲文，鑿鑿皆實理。是故其大者麗玄黄，而細不遺於蚊蚋之微。明與日月争光，而幽賛默成。若或授之乎造化之柄，近而家庭孝弟雍叙。所横被者，放之四海而皆準也。夫其爲志專，故詞無枝葉；其行直，故義存而不變；其弘毅，故膚邑凝厚。亦惟仁以爲己任者，能自得之。譬則水之爲物，緣理而行，不廢小間，動之而下，蹈深而不疑，障防則清，歷遠則致，卒成而不毀，以生群物，成天能。人桀有未睹，已而獨見其觸砥石，撼頹波，必決而之海，乃稱之曰“水哉水哉”云。是集今昔具有評，近又折衷於范、王二君子，隱有定衡，予焉用復贅其詞？第爲寶斯文者付囑之曰：請志之，須與宵壤俱敝焉可也。亦竊附志於二君子云。是歲閏月三日，後學南昌唐堯臣書。

3.《重刻正學方先生文集叙》

明賜進士出身中憲大夫賛治尹浙江台州府知府吳郡王可大撰。

文不足以語先生，而先生之蘊蓄底裹、操履經略寔因文以見。當元之季，紀綱禮教淪蕩漸盡，國朝受天明命，誠意、景濂諸君子起而倡率之。禮法聿興，文命肆布。先生歸依諸君子，以講明道學爲己任，以振作綱常爲己責，以繼往緒開來學爲己事，以輔君德起民瘼爲己業。養植既粹，文彩自沃，以故緒言餘論見重當時。而二百年來，不問賢不肖皆知有先生，皆知有先生之文。先生爲郡寧海人，舊有刻在郡，久而朽弊。督學中方范公謂兵憲貞山唐公曰：“予司文養士，而正學先生寔公分地也，曷相與以新之？”秋九月，中方公校士於台，則命可大校梓而叙之。夫寧海，自天姥迤逦而東，土根靈遠，扶輿清淑之氣，已萃於臥龍諸山，而桐柏蓋蒼又環其左右。滄溟之溪，瀚海之浩渺，三面入之。其産有異才也，固宜。且先生自童稚時，即歷齊魯之墟，登周孔之廟，慨然有意於顔閔之學，明粹毅直，豈襲取者哉？有伊尹、畢公之志，而尤不滿於伯夷、叔齊之死；有緹索①、孔褒之孝，而尤大其親濟寧公之學；有董仲舒、王仲淹起遺經於絶學之功，而尤不雜以賈誼、公孫弘之疵駁。然則先生之文，其有裨於世教名義，寧不重且偉歟！使其繼誠意、景濂諸公，立在朝廷，考故典，敷文教，薦宗廟，勒爲一代之言，以澤

————————

①“索”，疑誤，當作“縈”。

國家之盛,則豈使後之人悲先生之心,而益有感先生之文耶?先生之文,醇正如紫陽朱子,理學如濂溪周子、兩程子,叙事如司馬子長,論議如陸宣公,而精神縝密則與昌黎韓子相上下耳。讀其文,想見其人,後生末學不復見先生者,當於文而考之。

嘉靖辛酉夏五月至日。

4.《遜志齋集序》

流而不可止者,勢也。習而不可變者,俗也。與勢俱往,與俗同波者,衆人也。知勢俗之所趨,而能確然以聖賢自守,不浸淫於其中者,君子也。非惟不爲勢俗之所浸淫,而吾一言一行之所達,天下之勢皆隨以定,天下之俗皆隨以化。譬若烈風震雷,鼓撼上下,無大不催,無幽不入,雖有强梗自撓,亦妥焉委靡於其下,此非聖賢豪傑之士不能。當周之末,孔子之徒已没,楊墨之説盛行於天下。孟子慨然於布衣中修明仁義之道,而楊墨之説以廢。孟子以來,更歷秦漢,既遭坑焚之禍,天下學者不見全經,而老佛之徒唱爲私説,鼓舞天下。天下之人皆相與師而尊之,曰:此當今之聖人也。使三綱淪而九法斁,其害有甚於楊墨者。雖以韓文公之雄才,竟不能爲天下變。至宋程朱諸子者出,一掃陋習,頓回天下於大道之中。天下之人幡然而改曰:吾道固在是也。然後老佛之説爲無用。嗚呼!當其肆爲邪説,乘吾道之無人,戕賊其間,根蟠枝散,固植人心,漫不可拔。天不生程朱於天下,則天下之人終日昧昧,如瞽者之宵行,何由睹青天而見白日也哉!故曰:能定天下之勢,化天下之俗,非聖賢豪傑之士不能也。有如雲之舟,方能適無涯之海;有烏獲之力,方能負千鈞之重;有天下之才,方能剖天下之事。才不足於天下,而欲剖天下之事,猶乘小舟以適海,驅孱夫以負重,不待識者皆知其不可也。是故不患天下之勢不我定,天下之俗不我化,惟患我無蓋天下之學耳。彼郭林宗、王導之徒,屑屑衣冠之間,猶能使天下之人效之,況吾佩服聖賢之學,而謂天下之勢不我定,天下之俗不我變哉!惜乎當今之學者,則異於是。況聞前朝之故習,竊成説爲文辭,雜老佛爲博學,志氣汙下,議論卑淺,齪齪然無復有大人君子之態。吾友方君希直,奮然而起,曰:“是豈足以爲學!不以伊周之心事其君,賊其君者也。不以孔孟之學爲學,賊其身者也。”發言持論一本於至理,合乎天道,自程朱以來未始見也。天下有志之士莫不高其言論,將盡棄其所學而從之。嗚呼,豈非豪傑之所用心也哉!常士世生,豪傑之士不多見,而於吾希直見之,又豈非吾之願也哉。希直之文吾評之矣,譬若春氣方至,真液之色充滿廣宇,飛潛動植之物各有生意,天下之人莫不信之。此特其一事耳,要其大者不在此也。雖然,文所以達志也,不觀其文,何以知其志之所存?余故又序其文云。

洪武三十年秋八月,同郡友人林右撰。

5.《遜志齋集序》

天之生斯民也,又必生聖賢爲之依歸。以裁其有餘,以補其不足。必使闇者資之明,懦者藉之强,然後天地位而萬物育也。然而伊周孔孟之徒不世出者,非天之惡生聖賢也。蓋聖賢者,靈和純粹之氣之所鍾,實未易逢也。苟生矣,則將行道於當世,垂訓於方來,雖其一身之微,其功已被萬世之遠矣。夫當世之後,有讀伊周孔孟之書而慕效之者,可不謂之豪傑之士乎?雖然,聖賢任道之心雖一,而行道之勢則不同。伊尹、周公得志而見於功業,孔子、孟子不得時而托於空言。其事雖殊,要其歸則一也。後之學者不察其心,而離於二端。專功業者則詆立言者爲空文,務立言者則謂必藉是以明道。傳習之久,而弊愈甚。於乎,世有不惑於衆人,而致力行之功者,其殆有志於聖賢者歟!天台方君希直,負精純之資,修端潔之行,考其學術,皆非流俗所可及。其言功業,則以伊周爲準,語道德,則以孔孟爲宗。會其通而不泥於一,志乎大而不局於小,實有志於聖賢者也。嗟乎!聖賢之不作久矣,斯道之微若晨星之在太空,光彩不耀者數千百年。至宋諸大儒出,始續其不傳之緒而繼之,然後學者有所宗師。今去宋又二三百年矣,斯道之晦亦久矣,天之閔斯民,而望後人者亦甚矣。方君以出類之才如此,其意必有在矣,而君又烏可自不力也。紳不敏,幸忝同門之列,於君之志竊有與聞焉,故特著其説於文稿之首。

洪武三十年冬十一月,金華王紳仲縉序。

【批校題跋】無。

【鈐印】《重刻遜志齋集序》首葉、首卷卷端至卷二十四首葉、卷五第三十六葉、卷二十二第三十九葉及《附録》首葉均鈐"天津圖/書館藏"朱文方印。

《重刻遜志齋集序》首葉、卷四、卷六、卷九、卷十二、卷十五、卷十八、卷二十

一、卷二十三首葉鈐“朱氏/錫鬯”白文方印、“朱彝/尊印”朱文方印。

《重刻遜志齋集序》首葉又鈐“善本/鑑定”朱文方印、“直隸教□…□/檢查圖□…□”朱文長方印①。

【書目著録】

1. 朱彝尊《曝書亭書目》著録“遜志齋集，方孝孺”蓋即此書②。

2.《天津圖書館古籍善本書目》集部別集類明別集著録③。

3.《中國古籍善本書目》集部別集類明別集部分著録，編號6765。

【遞藏】朱彝尊（1629—1709），字錫鬯，號竹垞，又號醧舫，晚稱小長蘆釣魚師，別號金風亭長，浙江秀水（今屬浙江嘉興）人。明代大學士朱國祚曾孫。早年爲布衣，肆力於古學，博極群書，客遊南北，專事搜剔金石。清康熙十八年（1679）舉博學宏詞科，授翰林院檢討，參與《明史》纂修工作，修史體例多從其議。後入直内庭，引疾罷歸。以詩詞著稱於世，詩與王士禎齊名，時稱“南朱北王”，詞與陳維崧並列，號爲“朱陳”，並創浙西詞派。又精通經史，尤長於考據，與顧炎武、閻若璩相頡頏。生平著述宏富，有《日下舊聞》《經義考》《曝書亭集》《竹垞文類》等，編有《詞綜》《明詞綜》《韻粹》等。

【其他】

1. 此書四函一册。

2. 書内有多處抄配，依照先後録之如下：卷一第三十七葉、三十九葉、六十二葉。卷五第二葉、第六十九葉乙面。卷九第十四葉。卷十三、十四。卷十七第六葉。

3. 書内有墨釘多處，依照先後録之如下：

卷四第二十葉甲面第一行第一字。卷十九第三葉甲面第五行第十四字。卷十九第十六葉乙面第四行第一字，第八行第十四、十五字。卷二十第十三葉甲面第一行第十字。卷二十四第十九葉乙面第九行第十四、十五字；第三十三

---

①此印倒鈐，僅存上半方。天津圖書館藏清嘉慶十六年三陋居刻本《燕山外史》（索書號S6351）序首葉亦鈐此印，作“直隸教育廳/檢查圖書之印”。

②朱彝尊《曝書亭書目》，清抄本，國家圖書館藏，索書號02821。

③《天津圖書館古籍善本書目》，國家圖書館出版社2008年版，第498頁。

葉乙面第三行第十四字。附録第三十九葉乙面第三行第三字，第四行第六字。

4. 文中多處墨筆圈點。

【按語】

1. 明洪武三十年（1397），林右、王紳曾爲《遜志齋集》作序，知是書成編於方氏生前。方氏遇難後，文禁甚嚴。其門人王稌①秘收方孝孺遺文，輯爲《侯城集》傳世。

2. 此書版本，據此本《凡例》云："是集，先生殁後六十年（1463），臨海趙學諭始得散落詩文三百一十四篇，梓於蜀者，爲蜀本。"此爲方氏身後詩文集之首刻本，現已不可見。

"又二十年，太平謝文肅公、黄巖黄文毅公編輯四方所藏，得四十卷，郭令尹梓於寧海者，爲邑本。"②該本共得詩文一千二百篇，釐爲三十卷，並拾遺十卷附録一卷，成化十六年（1480）郭紳刻之，爲現存最早本。《明史·藝文志》所載即其本。現國家圖書館（清盛昱、楊晨跋）、上海圖書館（清曉霞氏跋）、南京圖書館（題成化十八年，二十四卷）、中國社會科學院文學研究所（有抄配、章梫跋）等有藏。

"又四十年，郡守姑蘇顧公梓於郡齋者，爲郡本。"③指成化本問世四十年後，台州知府顧璘有慨於邑本之版年久漫漶，"乃會黄參軍縉、應吉士良、趙大行淵删定僞謬，重新斯編，以行于世"④，此爲正德十五年（1520）顧璘刻本。《四庫全書總目》著録："原本凡三十卷，《拾遺》十卷，乃黄孔昭、謝鐸所編。此本並爲二十四卷，則正德中顧璘守台州時所重刊也。"⑤現國家圖書館、上海圖書館等十一館及臺灣漢學研究中心、美國哈佛大學哈佛燕京圖書館有藏。

世宗嘉靖間，浙江按察司提督學政副使范惟一、浙江按察司僉事唐堯臣及台州知府王可大以"舊有刻在郡，久而朽弊"⑥，商議重刻。其"據三本（蜀本、邑

①王稌（1384—1441），王紳子，師方孝孺。
②見此本《凡例》。
③同上。
④方孝孺《遜志齋集》，卷末顧璘《書重刻遜志齋集後》，明正德十五年刻本，國家圖書館藏，索書號 A01629。
⑤紀昀《四庫全書總目提要·集部》，河北人民出版社 2000 年版，第 4412 頁。
⑥見此本王可大《重刻正學方先生文集叙》。

本、郡本)而參酌之"①,去僞存眞,增遺補漏,編爲二十四卷、附録一卷,於嘉靖四十年辛酉(1561)刊於浙江。國家圖書館、上海圖書館等十館及美國普林斯頓大學葛思德東方圖書館、美國哈佛大學哈佛燕京圖書館、日本尊經閣文庫等入藏。此本可視爲方集較完備的一個傳本,所以後世刊方集多據此本。民國間商務印書館《四部叢刊》即影印此本。明神宗萬曆間,丁賓、孫如遊等在南京所刊《遜志齋集》亦據此本,只是增加"外紀"二卷。《四庫全書》所收亦爲此本②。

楓山章先生文集

中國國家圖書館　李思成

中國國家圖書館 A01642

國家珍貴古籍名録 09081

《楓山章先生文集》四卷。(明)章懋撰。《實紀》一卷。明嘉靖虞守愚刻本[四庫底本]。五册。綫裝。四庫館臣批校。

【題著説明】卷端題"楓山章先生文集第一",次行題"奏疏",下題"後學義烏虞守愚校刊"。

【著者簡介】章懋(1437—1522),字德懋,號闇然翁,晚號瀔濱遺老,浙江蘭溪人。明成化二年(1466)會試第一,選庶吉士,成化三年授翰林院編修。同年與黄仲昭、莊昶合疏諫元宵觀燈而遭外貶,三人與狀元羅倫合稱"翰林四諫"。歷官福建按察僉事、南京國子監祭酒、南京太常寺卿等職,官至南京禮部尚書。因母病辭官,講學楓木山,人稱"楓山先生",湛若水、費宏、唐龍等皆從其學。卒贈太子少保,謚文懿。著作存有《楓山集》《楓山語録》《蘭溪縣誌》。《楓山集》由其門人輯遺稿而成,故名《楓山章先生文集》。

【内容】《文集》四卷,《實紀》一卷,按内容體裁分卷。《文集》卷一奏疏,卷二書簡,卷三雜著、説、銘、傳、墓志銘、墓表、祭文,卷四序文、碑記、詩、賦、贊。

---

①見此本《凡例》。
②傅璇琮、許逸民等主編《中國詩學大辭典》,浙江教育出版社1999年版,第921頁。

奏疏中以《諫元宵燈火疏》最爲知名,《舉本監弊政疏》《議處鹽法事宜奏狀》(代彭韶作)兩篇内容詳贍,細節豐富。尤其是代時任刑部侍郎巡視浙江彭韶所作的鹽法奏狀,對研究明代鹽法和我國鹽業史均有較大價值。書簡收與李東陽、謝遷、劉健、費宏、楊一清等閣臣,喬宇、馬文升等部院大僚書函,内容涉及正德一朝人物時事,頗有需加索解之處。記文等多與浙江金華、蘭溪二縣有關,且章懋曾纂修《蘭溪縣誌》,可資地方研究。《實紀》輯録有章懋之誥敕、諭祭、行狀、行述、行實、傳、補傳、傳略、贊、序、祭文。

第一册爲《實紀》序、《實紀》目録、《文集》目録及《文集》卷一,其後《文集》卷各一册,第五册爲《實紀》。

【刊印者】虞守愚(1483—1569),字惟明,號東崖,浙江義烏人。明嘉靖二年(1523)進士,授嘉魚縣令。歷官監察御史、大理寺少卿、右副都御史巡撫南贛等職,終官南京刑部右侍郎。好刊書、藏書,除是書外還刊有八卷本《醫學正傳》尚存,其藏書多歸胡應麟。著有《東厓文集》《經書一得録》等,均已佚。

【行款版式】半葉十行,行二十一字。白口,四周單邊,無魚尾。版心中鎸"楓山文集"及卷數、葉數。版框 20.9 厘米×14.1 厘米,開本 30.4 厘米×17.8 厘米。

【題名頁牌記】無。

【刊寫題記】無。

【刻(寫)工】無。

【避諱】無。

【序跋附録】書首有唐龍《楓山先生實紀序》,序後爲《楓山章先生實紀目録》及《楓山章先生文集目録》。序録文如下,序中缺字據唐龍《漁石集》補:

《楓山先生實紀序》

門人漁石唐龍撰

《楓山先生實紀》乃先生少子接所編次,龍不佞,三復而不能已焉,其感深矣。君子曰:天下豈可一日無道學哉? 雖然,尤不可有道學之名也。道學不貴名,道學之名失則離實,是故道學彬彬則儒業興,道學之名侈則世僞□[滋],毫釐而千里矣。龍弱冠即執經從先生□[游],□[先]生日有孳孳,顓務躬行實踐而已。叩其□□[著述]則謝曰:惡乎暇?至問以諸儒之言何如,□□[曰:其]尊信之。曰:無異同歟?曰:即有異同,皆道也,見不同焉爾。夫豈放踵之仁乎?惜一毛之義乎?宗無汨虛之道德乎?梁稷異穎,精之皆可以充腹;絺綌異質,緝之皆可以被體。異同之致,虛己而辨之可也,折衷之可也,抗顏而排擊之不可也。然則立門戶而爭士心者,名歟?先生爲之哉!至於先生出處之義,尤瑩如也、安如也、確如也。先生年四十,自福建按察司僉事力求致仕,退居巖壑凡二十餘年,槧廬數間,薄田五十畝,樂之焉已矣。迨六十四歲,詔起爲祭酒,辭者三,孝宗皇帝重先生,虛席以待而不可終辭也,乃束帶就列。無何,正德初,兇豎竊柄,履霜幾萌,又辭而歸矣。自此,陞太常寺卿則辭,陞禮部侍郎則辭,陞禮部尚書則辭,蚤歲見幾,耄年益壯,卑官知止,大僚不迷,勇退由衷,養恬自性,所謂道學,誠若是爾。乃若假終南之□[徑],□[移]北山之文,名歟?先生爲之哉!自夫道學之名侈,塗之人病道學之詆儒先,詉詉嗋嗋曰:入室之戈其張乎?重以貽斯文之厄也,君子憂焉。名勝之憂方概于衷,先生乃闇然履實而不飾夫名者也,于是乎特著于簡端。

嘉靖十八年十月十五日。

【批校題跋】全書有四庫館臣批校,用於指導書手抄寫,以朱、墨筆書寫校改意見,使用校勘符號,校勘及刪定原書內容,並修改原書格式。另有校簽粘於天頭,校訂文字錯訛、更正違礙字詞,落款有"覆校康儀鈞""分校嵇承志簽"。卷一末有墨筆題記"乾三十八年兩淮鹽政李質穎送到馬裕/家藏"。

【鈐印】唐龍序首葉上方鈐"翰林/院印"滿漢合璧朱文大方印,右下鈐"溫陵/黃氏/藏書"朱文方印、"延古堂李氏珍藏"白文長方印(有花紋),其上鈐"國立北/平圖書/館收藏"朱文方印。《實記》目錄首葉鈐"延古堂李氏珍藏"白文長方印(有花紋)。卷一葉二十乙面天頭鈐有"映心/楮記"朱文方印及財神像印,葉二十一甲面鈐"怡若/林記"朱文方印。

【書目著錄】

1.《四庫全書總目》卷一七一集部二十四著錄"《楓山集》四卷,附錄一卷,浙江巡撫採進本"[①],當爲此書,詳見按語。

①《四庫全書總目》,影印本,中華書局1965年版,第1492頁。

2.《北京圖書館古籍善本書目》集部明別集類著録。

3.《中國古籍善本書目》卷二十六集部上明別集類著録,編號 7184。

【遞藏】

1. 温陵黄氏。黄居中(1562—1644),字明立,號海鶴,福建晉江人。明萬曆十三年(1585)舉人,仕至南京國子監丞,晚年建藏書樓"千頃齋",著有《千頃齋集》。黄虞稷(1629—1691),字俞邰,號楮園,福建晉江人。黄居中之子。崇禎時隨父寓居南京,繼承並擴充其父藏書,易藏書樓名爲"千頃堂"。編有《千頃堂書目》,參與《明史·藝文志》纂修。黄氏父子藏書印有"晉江黄氏父子藏書印""温陵黄氏藏書"等。

2. 揚州馬氏。馬曰琯(1687—1755),字秋玉,號嶰谷,安徽祁門人,遷居江蘇揚州。繼家業爲兩淮鹽商。藏書樓名"小玲瓏山館",有《沙河逸老小稿》《嶰谷詞》存世。馬曰璐(1697—1766),字佩兮,號半槎。馬曰琯弟,與兄合稱"揚州二馬"。後爲纂修《四庫全書》,揚州馬氏進呈家藏書七百餘,即"兩淮馬裕家藏本"。

3. 清代翰林院。爲纂修《四庫全書》,乾隆皇帝下令向各地徵集圖書。纂修工作結束後,這些進呈本大部分並未發還,而是貯藏在翰林院中,清代晚期逐漸流入民間。

4. 延古堂李氏。李士銘(1849—1925),字子香,又字伯新,直隸天津人(今天津市)。清光緒二年(1876)舉人,仕至户部候補郎中。李士鉁(1851—1926),字嗣香。李士銘弟。清光緒三年進士,仕至翰林侍讀學士。有《周易注》存世。李氏兄弟繼承並擴充了家族藏書樓"延古堂",先後收有四明盧氏抱經樓、南陵徐氏積學齋、聊城楊氏海源閣等藏書,惜所編《延古堂李氏藏書目》已佚。藏書印有"延古齋""延古堂李氏珍藏"等。士銘、士鉁兄弟殁後,其大部分藏書於 1933—1934 年度被北平圖書館收購①,本書應在其中。另有小部分贈與南開大學木齋圖書館,南開大學編有《天津延古堂李氏舊藏書目》。

【其他】

1.《實紀》一卷缺葉五十至葉五十四、葉六十一下半。

---

① 李致忠主編《中國國家圖書館館史資料長編》,國家圖書館出版社 2009 年版,第 238 頁。

2. 書中有校勘符號:有移行,有圈去字及圈字出校,有豎綫删空行,有勾畫上下角删字,有三角,有墨圈,有墨勾。

書中朱墨筆圈點、批語、校簽爲四庫館臣所留,但校改意見與現存文淵閣本、文津閣本均有不同,應是謄寫過程中又有改易。

3. 書中部分館臣校簽已殘缺。

【按語】

1. 章懋的文集曾歷經多次刊刻。最早由其侄章拯刊刻於廣東,但未傳於世。其後董遵曾摘選刊刻,刑部尚書林俊爲之序,今亦不傳。嘉靖九年,張大綸借章拯所輯遺稿刻九卷本《楓山文集》,余祐作序,收録内容較全,以至章拯嫌其"太繁"。嘉靖中期,章拯又在張大綸刻九卷本的基礎上"斟酌量選"後由虞守愚加以刊刻,形成了此四卷本《楓山文集》。此本多被著録爲明嘉靖二十一年(1542)刻,但目前來看,其刊刻時間仍有可討論的空間。虞刻四卷本除此本外,日本内閣文庫、美國國會圖書館及浙江大學圖書館亦有收藏。此本序跋僅餘唐龍《楓山先生實紀序》一篇;内閣文庫本書首依次有余祐《楓山先生文集序》、章拯《重編楓山先生文集》、虞守愚《重刊楓山先生文集》三篇序文,無唐龍序及《實紀》;國會本書首依次爲余祐序、文集目録、文集、唐龍序、《實紀》一卷,但無章拯序、虞守愚序;浙大本書首依次爲余祐序、章拯序、文集目録、文集,無虞守愚序、唐龍序及《實紀》。四書版式、内容均一致,各卷首及《實紀》卷首均有"後學義烏虞守愚校刊"字樣。其中章拯序落款爲"嘉靖壬寅(1542)九月",虞守愚序内則稱"壬寅秋,愚過蘭皋,承樸菴公以兹編出示之,愚以爲有德者必有言信可傳也,是校刊之,以爲徒文者警云。時嘉靖甲辰(1544)六月吉後學義烏虞守愚頓首謹識"。章序版心有"楓山文集序"字樣,虞序版心有"楓山文集後序"字樣。可知章拯雖於嘉靖二十一年九月爲文集作序,但虞序落款的"嘉靖甲辰六月"更接近正式刊刻時間。由於國内各藏本皆缺失虞守愚自序,故各處著録時僅根據章拯序定爲嘉靖二十一年。現據内閣文庫本虞守愚自序,似將此本刊刻時間重定爲嘉靖二十三年(1544)更加妥當。

余祐序、章拯序、虞守愚序輯録如下:

(1)《楓山先生文集序》

鄱陽余祐撰

楓山章先生學行之美,祐弱冠時已盛聞之。後官南都,適先生爲國子祭酒,間嘗往請益焉。睹其儀容,聽其言論,誠爲有德君子,一時名公未能或之先也。弟褘方在太學門下,每稱先生履繩蹈矩,躬率諸生,祁寒暑雨必具冠服,終日端坐以待六館質疑問難者,經史儒先之語舉輒成誦,一字弗遺,聞者罔不欽服而率教焉。夷考先生筮仕之初,即以直諫謫官,後乃持憲閩中,風節政事迥出人表。年方强仕,即甘退藏,修德緝學,日益加密,蓋在林下幾三十年,再起爲國子祭酒,秩滿三載,連疏乞休,始獲如志。自是士大夫公論多上薦奏,朝廷公道亦累加獎擢,然先生高致,竟弗肯起。嗚呼,賢哉!士君子之仕,行其義也,精義入神,其可不知幾乎?先生仕不廢義,而又能識幾焉,此所以非人之可及也。近接從子樸菴中丞所輯先生遺稿,屬祐序之,晚生小子,奚足以窺盛美萬一,而以姓名獲綴先生下風,其自爲幸,豈不多耶?夫聖賢之學,中正平實,初非求同於人,亦非求異於人也。程朱闡明正學之後,傳習流衍,迄今未乏,而能真繼程朱之學,可爲人之師範者,殊不多見也。夫道本無窮,人難盡識,前聖後賢之論,互相發明,小有異者,不害其爲大同,而非背馳不相入焉。謂程朱之後,絕無一語可出於己,固難稱爲自得之學;謂程朱論多非是,則其狂悖僭妄,不自量度,可勝嘆哉!先生質性自然,不煩矯厲,操修篤實,不事表暴,而學術宗依,遠惟程朱是敬是信,不敢少有違戾,近則何、王、金、許,實同鄉郡平生企慕而願學者。年既逾耄,造詣精到,讀其遺稿,粲可見焉。揆之鄉郡四賢,伯仲壎篪,皆能恪守程朱之軌轍者也。其視近時敢爲異論之人,匪徒獲罪程朱,而亦先生之罪人也。九原可作,安得復起先生倡明此學,矯正今日之士習也哉。

(2)《重編楓山先生文集》

世父闇然翁文集拯先刻於廣東藩,翁意未愜,不欲傳也。既而摘刊於董東湖道卿,則司寇見素林公序之,復全刻於張夏山用載,則少宰鄱陽余公序之。然讀摘集者,每惜其太簡,而閱全集者,又似其太繁,是不可不斟酌量選以傳後也。翁嘗自謂不工於詩,而所爲文亦惟達意而已。又嘗謂金華先輩若何、王、金、許之道學,忠簡默成之事功,黃、吳、柳、宋之文章,皆卓然足以名世,而後學鮮逮,深可憫惜。今翁之學術文辭及所建白樹立,類於遺文,可以考見,謹編成帙。東厓虞公撫督南贛,錦還故里,見而慕之,迺爲梓行,亦嘉惠後學之盛心也。時嘉靖壬寅九月初吉,從子元樸拯謹序。

(3)《重刊楓山先生文集》

世之擅能文者多矣,而夷考其行則間或相背戾也,奚足尚哉。吾鄉楓山章先生顓意篤行,而其應時諸作則皆發之於心,得實踐之餘,其有關於世教也大矣。壬寅秋,愚過蘭皋,承樸菴公以兹編示之,愚以爲有德者必有言信可傳也,是校刊之,以爲徒文者警云。時嘉靖甲辰六月吉,後學義烏虞守愚頓首謹識。

2. 據章拯序,虞刻本是在嘉靖九年張大綸刻《楓山文集》九卷本基礎上“斟酌量選”而成。張刻本歷經多次重修、增刻,其初刻本在臺灣漢學研究中心有收藏,書首爲余祐序,次毛憲《校刊楓山文集引》,次目錄。其類目與四卷本一致,篇目則多於四卷本,書後無《實紀》,毛憲引稱“凡九卷,始廷對策、奏疏……而詩、詞、賦、贊終焉”,可知九卷本確爲足本。重修本國圖有藏,內容與初刻本一致;遞修增刻本上海圖書館有藏,較初刻本另附有《實紀》八卷、《語錄》一卷、《年譜》二卷。比對遞修增刻本與虞刻本的《實紀》,篇目內容略有參差,增刻本《實紀》較虞刻本多出誥敕、奏疏、祠狀若干篇,但少余祐《全集序》、林俊《遺文序》。

3. 日本內閣文庫、浙大圖書館藏虞刻本無《實紀》,美國國會圖書館藏虞刻本雖有《實紀》,但唐龍序與《實紀》相連,位於《文集》之後。唐龍序是爲《實紀》所作,自然應與《實紀》相連,後接《文集》似與體例不合。推測此本在纂修《四庫全書》時爲謄抄方便而拆散,後重新裝訂,原本書首的余祐序、章拯序、虞守愚序或亦因此遺失。又《天一閣書目》載:“《楓山先生實紀》二卷,刊本,先生少子接編次,唐龍序。”王國維《傳書堂藏善本書志》則稱:“《楓山先生實紀》一卷,明刊本,明章接編次,唐龍序(嘉靖十八年)……天一閣藏書。”[1]與《書目》所指爲一書,而卷數或應以王國維目睹爲確,可證明《實紀》曾單獨刊行。此外,國圖、國會圖所藏虞刻本《實紀》中收錄的余祐《全集序》同時也是虞刻本《文集》書首

---

[1]王國維《傳書堂藏善本書志》史部,見謝維揚、房鑫亮主編《王國維全集》第九卷,浙江教育出版社 2009 年版,第 242—243 頁。

之余祜序,若《文集》與《實紀》本爲一書,不免有重複之嫌。綜上,虞氏應是先刊行《楓山先生實紀》一卷,後刊行《楓山文集》四卷,因刊刻者相同、時間相近、版式一致、内容聯繫緊密,故常被合爲一書。

4.《實紀》唐龍序首葉鈐有"温陵黄氏藏書"印,應爲黄居中、黄虞稷父子之藏書。但查《千頃堂書目》,集部載"章懋,《楓山文集》,九卷",似爲張刻九卷本;史部載"徐袍,《楓山實紀》",作者又並非章懋。二者均與本書情形不合。考慮到此書歷經揚州馬氏、清翰林院、延古堂李氏、北平圖書館遞藏,傳承有序,鈐印作僞可能較小。且四庫底本已足珍貴,亦無再作僞之必要。推測是黄氏父子僅收藏有《楓山實紀》,但並未藏有四卷本《楓山文集》。

5. 此書鈐有滿漢合璧"翰林院印",書中多有四庫館臣批校及校簽,爲四庫底本無疑。但《四庫全書總目》中稱"《楓山集》四卷,附錄一卷,浙江巡撫採進本"與本書題記"兩淮鹽政李質穎送到馬裕家藏"不合。查吳慰祖校訂《四庫采進書目》及《浙江採集遺書總錄》,僅有浙江巡撫進呈"《楓山文集》,八卷"的記載。今四庫本《楓山集》爲四卷本,定非浙江進呈的八卷本。推斷是馬裕家與浙江呈上了版本不同的《楓山集》,而《總目》混淆了二者,誤認爲浙江巡撫采進了四卷本《楓山集》。若果真如此,則《總目》中著錄的四卷本《楓山集》實際上是此本。書中還保留了大量館臣纂修《四庫全書》時留下的原始痕跡,如卷一《諫元宵燈火疏》中,原文爲:"遼東雖云告捷,然虜情難測,尚費區處,不可置之度外。北虜毛里孩包藏蛇豕之心,窺伺間隙,尤當深慮。"四庫館臣的校改意見將"虜情"改爲"軍情","北虜"改爲"北狄","蛇豕之心"改爲"禍心","毛里孩""遼東"等詞未改。但最終成書時,文淵閣本作:"遼東雖云告捷,然敵情難測,尚費區處,不可置之度外。北敵摩囉歡包藏啟疆之心,窺伺間隙,尤當深慮。"其中"虜情""北虜""蛇豕之心"的處理均與底本校改意見不同,另將"毛里孩"改爲"摩囉歡"。文津閣本則作:"北方雖云告捷,然敵情難測,尚費區處,不可置之度外。草澤之寇方包藏蛇豕之心,窺伺間隙,尤當深慮。"又將"遼東"改爲北方,"北虜毛里孩"改爲"草澤之寇",因"草澤之寇"無指向性,"蛇豕之心"便未作修改。從以上三者的差别來看,纂修過程中館臣的改動幅度逐漸增大,底本校改及文淵閣本尚僅僅是修改文字傾向性,文津閣本則直接篡改原意,喪失了"北虜毛里孩"這一關鍵信息。事實上,毛里孩爲當時蒙古可汗的太師,天順至成化初年屢屢率軍侵擾明王朝邊疆,是極其活躍的重要人物。章懋的奏疏針對時局所發,俱有所指,絕非空洞的泛泛之談。底本與不同閣本間的差異反映了《四庫全書》纂修過程,更體現出乾隆朝文網加密使文官自我審查愈加嚴重的傾向。此外,《實紀》一卷館臣本擬全抄,但最終文淵閣本僅抄"傳略"一篇,文津閣本則未抄。

翁東涯集

廣州圖書館　朱俊芳

廣東省立中山圖書館 40/1556

國家珍貴古籍名録 06067

《翁東涯集》十七卷。(明)翁萬達撰。明嘉靖三十四年(1555)朱睦㮨刻本。十六冊。綫裝。

【題著説明】首卷卷端題"翁東涯集卷之一",次行下題"揭陽翁萬達仁夫"。

【著者簡介】翁萬達(1498—1552),字仁夫,號東涯,廣東揭陽人。明嘉靖五年(1526)進士,歷官户部主事、户部郎中、梧州知府、廣西副使、四川按察使、陝西布政使、右副都御史、兵部右侍郎兼右僉都御史、左都御史。嘉靖三十年京察,自陳乞終制。帝不悦,免歸,繼斥爲民。次年復起爲兵部尚書,未聞命卒。隆慶中,追謚襄毅①。著有《平交紀略》《總督奏議》《宣大山西諸邊圖》《思德堂集》《稽愆集》《東涯集》。傳見《明史》卷一百九十八本傳、《[道光]廣東通志》卷二百九十三。

【内容】卷一至三爲序、碑,卷四爲記、議、論、説,卷五至十四爲疏,卷十五、十六爲書,卷十七爲傳、墓表、墓誌銘、祭文。此文集共收録作者各體裁文章二百餘篇。除卷五、卷八、卷十一外,每卷卷前有目録,但少部分有目無文。

【刊印者】詳見下文按語。

―――――――――

①《明史》作襄毅,此本翁鑨《後言》作襄敏。按《明謚紀彙編》卷二十五:"尚書翁萬達,按閣籍謚襄敏……一作襄毅者誤。"

【行款版式】半葉九行,行十八字。白口,左右雙邊,單魚尾。版心中鐫書名卷第(如"東涯集卷一",《東涯文集叙》作"東涯文集序後",《刻翁東涯集書後》作"東涯集後序";《重鐫襄敏公文集後言》作"後序",刻於魚尾之上),其下鐫葉次,其下鐫字數(斷續不全鐫)。版框17.3厘米×13.7厘米,開本23.6厘米×15.0厘米。

【題名頁牌記】無。

【刊寫題記】無。

【刻(寫)工】無。

【避諱】無。

【序跋附録】書首有曹忭《東涯文集叙》,明嘉靖三十五年(1556)□□[鄭絅]《刻翁東涯集書後》,嘉靖三十四年(1555)九月□□[鄒守愚]序,翁鑓《重鐫襄敏公文集後言》。無總目録,每卷前有分卷目録①。

1. 曹忭叙録文如下:

《東涯文集叙》

忭誠不學,嘗覽觀載籍,奇偉間特之士,階勛華,垂彝鼎,出入將相,大抵皆經文緯武,鴻猷遠略,信非淺中狹聞、偏材曲見所可獵致。即如典謨誓告,其言炳炳烺烺,至今不朽。蓋黼黻潤色,上以贊襄治道;傳宣奏白,下以指授戎機。一言關百世之利害,片詞定頃刻之安危。苟非其人,何言華國?宮保東涯翁公崛起嶺南,以豪傑自命。登第後,與同志輩講談理性之學,夜分不寐,以此學有本原,文匪剽竊。公又抱至性,負奇氣,作爲文章,能包括今古,自成機軸。至乃奏對邊事,陳説虜情,料敵如神,立言指掌,昔人所謂"雖隔千里,如對面談"。一山鄒公與公爲忘形之交,撰公墓志,謂公崇論竑議,浩如江河之不可竭;嫉惡鋤暴,迅如疾霆之不可抗;出謀憲慮,秘如鬼神之不可窺,蓋得其旨矣。余謂公兹集之行,不但以其文焉爾。方今南北困於夷虜,集中如區畫三鎮兵機,歷歷皆已効。良方効於北,可通於南,真如中疾之砭劑,適用之粟帛,海内將争先覩之爲快,詎直文云乎哉!刻成,省長葵山鄭公示余,且屬叙其後。余不佞,敬書末簡,以俟知音云。歲丙辰孟夏之吉,賜進士出身河南布政司左參議南郡江陵後學曹

_____

① 卷五、八、十一無分卷目録。

忭撰。

2. [鄭綱]書後録文如下：

《刻翁東涯集書後》

東涯翁公，以振古豪傑；崛起嶺服。學聞至道，文率性成，筆引千鈞，心雄萬變。初官廣右，以談兵見知督府，委以日南征討。公竭悃矢忱，夙夜盡瘁。既陳借箸之籌，卒定摽銅之烈。是時主上已知有公矣，尋以左丞晋撫陝右。未幾，節鉞三關，韜鈐兩鎮。地當牧馬之餘，命承按劍之後。皇威方怖，士氣欲銷。公履任，毅然上疏，披瀝肝膽，請寬法解繩，戎機毋制。上可之。公乃殫思極慮，躬歷險塞，條陳便宜。每一疏入，上輒撫几聽之。其大者，繕修邊垣，綿亘二百餘里，隱起長城，彈壓虜勢，翦僇逆藩，潛消禍孽，及諸所建議，悉出經遠，數年之間，虜得無患。已而進掌本兵，日受眷注，公益感奮思報，以身任西北安危。嗟呼！公殆天生一代有用之才，奇偉夐別，譬之應龍現化莫可端倪，天馬奔騰不受羈勒，而升降自由，超然獨詣也。惜乎天不假年，施未究蘊，徒令今言疆場之事者莫不喟然嘆曰：安得九原之下復起斯人！集凡若干卷，總若干篇。一山鄒公與綱皆莫逆素好，念公雖厭世，而經世之章比諸粟帛，籌邊之畧奚啻砭劑，謀刻之汴藩，以貽同[志。綱不佞，謹詮次己意如左方云。

嘉靖丙辰暮春，河南左布政使前進士莆陽鄭綱謹書。]①

3. [鄒守愚]序録文如下：

[《大宮保翁東涯公集序》]

[賜進士第通議大夫户部右侍郎前都察院右副都御史莆田年姻生一山鄒守愚撰]

[余友大宮保東涯公，早以文學勛名，卓然樹聲，以炳焕于世。蓋異才間出，比諸麟鳳。然余私伏慕之，顧余無似也。幸以操筆聯案，從公後者垂三十年。邇炙輝光，春容談議，披心腹，墮肝膽，對鬼神而貫金石，豈獨昔人所稱異姓兄弟者。居常時時要約，謂丁盛齡，際熙平之會，砥節勵行，蘄樹勛名，以報明主希世之遭。二人同心，篤踐斯言。願以異日俟犬馬力不足用，則辭榮逃賞，蟬蛻簪纓，鏟蹟閟景；相與究齊物之遠旨，攷盛代之奇事，躡蹤古哲，下垂永世；行且單

---

①據國家圖書館藏明嘉靖三十四年朱睦㮓刻本《翁東涯集》（索書號04910）書末鄭序補。

騎隻僕,徧遊寰内之名嶽靈源,盱衡撫掌,馭風凌雲,冀庶幾於異人者遊,以是可終始相保,寄永矢於癯寐也。乃又結婚姻,以盟于葉,萬毋相忘棄。不謂天屯耆哲,乃遽奪公以去也乎? 至心緒言斯,豈余之所能幾者? 猶且耿耿屬耳,泫泫垂睫。顧謂握手指心,竟成長訣,豈不傷哉! 於是搜公之遺文疏草,彙次成帙。其言率抒英華之懿,曜道德之光,先國家之急,蘊籍古邃,典重而辯博。視之希寧,如商彝周鼎;經國垂世,以適於用,如菽粟布帛。乃奉以告西亭①先生曰:"是所謂存什一於千百也。東涯公之不朽者,庶其在兹乎!"西亭先生大加鑒賞,驪然以爲今]②時罕儷也,乃校刻之汴藩中。余於是揮涕而序之,用告同志。嗟乎! 若東涯公者,其古之大臣者非邪! 公出入中外,奮不顧身,初終一節,名重華夷,勛留社稷,斯世之所拭目而傾心者,獨執經守禮,不敢以盛世墨縗而廢予寧之典、喪不訾之德,勇於求去,乃寧忤聖心而不恤,此非有古大臣之風度者不能焉。未幾,以大司馬召入,而公不可起矣。嗟乎! 論世尚友,其尚樂取於兹,以彷彿其平生也乎? 公諱萬達,登丙戌進士,官至兵部尚書,賜葬祭,贈太子少保,居潮之揭陽,其先莆田人,與余同里云。

嘉靖乙卯秋九月望吉。

4. 翁籠序録文如下:

《重鎸襄敏公文集後言》

世大父襄敏公,黼黻宏猷,淋漓經史,其在世人觀記間,至悉也。存日以經濟之餘,攄爲撰述,刻於家,爲倭所燼。惟疏、議、記、序、書、銘若而卷,乃一山鄒先生曩刻之汴藩者。板藏汴,籍不多得,即得,亦半爲蠹魚所浸没。夫使世大父以精神寄遺言者,與人俱湮;後之子若孫欲因遺言以羹墻其人,竟寥寥焉,籠實深龍文之媿矣。於是請假歸,覓汴藩原板,剔其訛,釐其佚,復登諸梨,令垂簡中。公之精神隱隱猶存,而後子孫不至羹墻之無因者,政是役之以也。夫一山先生以姻年家,慮公與言俱湮也,而梓於汴。籠以聯枝之戚,懼公與言俱湮也,

---

① 西亭爲朱睦㮮號。朱睦㮮(1517—1586),字灌甫,別號東陂居士,河南開封人。明宗室。嗜收藏,購書數萬卷,築"萬卷堂"以庋之。明嘉靖三十四年初刻《翁東涯集》於開封,即鄒守愚序中所言"校刻之汴藩中"。萬曆四十一年,翁萬達任孫翁籠修板重印《翁東涯集》,所據原板即西亭先生所刻。

② 據國家圖書館藏明嘉靖三十四年朱睦㮮刻本《翁東涯集》書首鄒序補。

而鼎鐫于今日,則是刻也,亦追一山先生之遺意云。

歲在癸丑菊月重陽日,侄孫鑰識。

【批校題跋】無。

【鈐印】卷一、三、五、六、七、八等卷卷端鈐"廣東省/中山圖書/館圖書"朱文方印。

【書目著録】

1.《廣東省立中山圖書館古籍善本書目》著録。

2.《中國古籍善本書目》集部明別集類著録,編號8103。

3.《廣東省第一批珍貴古籍名録圖録》下册著録。

【遞藏】待考。

【其他】

1. 有剥蝕,已修復,仍有少量文字缺失。全書正文多有空白葉,如卷一第三至八、十五、十六、二十五至二十八葉,卷二第五至十、十五、十六葉等。空白葉紙色較新且潔净,似爲後補。

2. 卷四有部分墨筆句讀,卷五有部分朱筆句讀,卷八偶見朱筆句讀。

【按語】《翁東涯集》明嘉靖三十四年朱睦㮮刻本,國家圖書館亦有藏,前有鄒守愚《大宫保翁東涯公集序》,末有鄭綱《刻翁東涯集書後》、曹忭《東涯文集叙》。此本序跋均集中於書前,字體與國圖藏本有細微差别,如《大宫保翁東涯公集序》中,國圖本的點,此本多作短横,如末句"丙戌",國圖本作"丙戌"之形,此本則作"戌"。

此本較國圖藏本多翁鑰序,云其先大父"疏、議、記、序、書、銘若而卷,乃一山鄒先生曩刻之汴藩者,板藏汴,籍不多得,即得,亦半爲蠹魚所浸没","於是請假歸,覓汴藩原板,剔其訛,鏖其佚,復登諸梨,令垂簡中"。"一山鄒先生曩刻之汴藩者",即鄒守愚序所言嘉靖三十四年乙卯刻版於汴藩朱睦㮮處。翁序末題"歲在癸丑菊月重陽日侄孫鑰識","癸丑"當在其後,最有可能的是萬曆四十一年(1613)。

綜上所述,《翁東涯集》的刊刻過程與版本系統尚有複雜曲折之處,還當進一步多方查考。

二張集

廣州圖書館　朱俊芳

廣東省立中山圖書館 40/1537

國家珍貴古籍名録 12024

《二張集》四卷。（唐）張九齡、張説撰；（明）高叔嗣編。明刻本。一册。綫裝。存二卷：《張曲江集》二卷全。

【題著説明】首卷卷端題"張曲江集卷一"。題名著者據書首高叔嗣叙。

【著者簡介】

1. 張九齡（678—740），字子壽，一名博物，曲江（今屬廣東韶關）人。唐景龍元年（707）中材堪經邦科，授秘書省校書郎。先天元年（712）中道侔伊吕科。歷任右拾遺、左補闕、司勛員外郎、中書舍人、太常少卿。出爲洪州都督，轉桂州，兼嶺南道按察使。召爲秘書少監、集賢院學士、副知院事。拜中書侍郎同中書門下平章事，遷中書令。加金紫光禄大夫，累封始興縣伯。遷尚書右丞相。後因事貶爲荆州大都督府長史。卒贈荆州大都督，謚文獻。修撰《唐六典》三十卷。著有《唐初表草》《朝英集》《姓源韻譜》《珠玉鈔》《曲江集》等，多散佚。《舊唐書》卷九十九、道光《廣東通志》卷三百〇四有傳。

2. 張説（667—731），字道濟，一字説之，其先范陽人，後徙家洛陽。弱冠應詔舉，對策乙第，授太子校書，累轉右補闕。預修《三教珠英》畢，遷右史、内供奉，擢拜鳳閣舍人。忤旨流放欽州。召拜兵部員外郎，累轉工部、兵部侍郎，加弘文館學士。遷中書侍郎、同中書門下平章事，監修國史。玄宗初徵拜中書令，封燕國公。出爲相州、岳州刺史，遷右羽林將軍。拜兵部尚書、中書令，授集賢院學士，封右丞相，累遷左丞相。卒謚文貞。有《張説之文集》。《舊唐書》卷九十七有傳。

【内容】是書爲唐丞相張九齡、張説詩歌合集：張九齡《張曲江集》二卷、張説《張燕公集》二卷。此本存《張曲江集》二卷。卷一録賦二首，四言三首，五言七十題八十八首；卷二録五言排律三十九首，五言律詩七十二題七十九首，七言律二首,五言絶句四首,雜言二首。

【刊印者】高叔嗣(1502—1538),字子業,號蘇門山人,河南祥符人。明嘉靖二年(1523)進士。授工部營繕司主事,改吏部稽勛,歷員外郎中。嘉靖十二年出爲山西左參政,遷湖廣按察使。著有《蘇門集》。據瞿冕良編著《中國古籍版刻辭典》,高叔嗣還刻印過宋鄭伯謙《太平經國之書》、楊維聰輯《性理諸家解》。

【行款版式】半葉十一行,行十八字。白口,四周單邊,單白魚尾。版心中鎸書名省稱及卷第(如"曲卷一"),下鎸葉次。版框17.8厘米×13.8厘米,開本28.3厘米×17.2厘米。

【題名頁牌記】無。

【刊寫題記】《張曲江集》卷二末葉乙面鎸:"亳州薛考功君采嘗以《曲江集》舊本借余,因次其詩,手定各從其類,加冠二賦,倩人録出,別存之。嘉靖甲申蘇門山人題於吏部稽勛官舍。"

【刻(寫)工】無。

【避諱】無。

【序跋附録】書首有嘉靖十六年(1537)高叔嗣叙,録文如下:

《叙》

河南高叔嗣撰

二張:九齡,韶州人,字子壽,謚文獻,有《曲江集》;説,雒陽人,字道濟,謚文貞,有《燕公集》。馬氏《經藉①通攷》載之。自文章道熄,脩文之士薈粹篇題,畧采名作,習所目見,不復知有諸家集。余曩歲得《曲江集》京師,蓋丘文莊公録自閣本,刊傳之。求《燕公集》,亡有也。後再至都,始獲寫本。友人大理評事應君子陽有宋刻,然不完。二集缺謬,亡復可攷。二公俱唐相,事玄宗,遭李林甫,文獻出爲荆州,文貞出爲岳州。叙曰:夫詩之作,豈不緣情哉?余讀二公詩,方其登台衡,執鼎鉉,抽筆蘭室,雍容應制,詞何澤也!及臨荆南,履岳牧,懷人寄言,託物寫心,又何悽也!夫士,抱器丁年,曷嘗不欲感會雲龍,道佐明主,建不朽之業,垂非常之譽虖?而時謬不然,遠跡江海之澨,放意魚鳥之區,事與願違,心以跡孤,況逢按劍之怒,方同竊鈇之疑。知讒不免,欲語從誰?是以憂來無端,咸

①"藉",當作"籍"。

宣于詩爾。嘗觀文獻在荆詩云："一跌不自保，萬全焉可尋。"又云："衆口金可鑠，孤心絲共棼。"文貞在岳詩云："誰念三千里，江潭一老翁。"又云："平生歌舞席，誰憶不歸人。"詞旨悲凉，令人太息。然文貞特牽歸思，而文獻良多懼心，豈其遭傾奪之餘，尚險仄未平耶？今集中載林甫《秋夜》一篇，公酬荅甚遜，得于《周易》避咎之道焉？彼讒人者，竟泯澌何在？而公名德爛然存于終古。嗚呼！哲哉！叔嗣游郎署時，覽公詩，未覺沉痛，既涉江漢，三復焉，乃知意所緜興，復以嘗踐兹地也。因合刻之，置廣視堂齋中。堂據江夏山首，下瞰江漢，前使君葉縣衛正夫修築。

嘉靖丁酉夏四月朔。

【批校題跋】無。

【鈐印】書皮右側上方鈐"黄蔭普先生贈書"朱文長方印。

高叔嗣叙首葉甲面鈐"拾經/樓"朱文方印、"定侯/所藏"朱文方印、"葉/啟勳"白文方印、"葉啟/發藏"白文方印、"郋/園"朱文方印、"葉/德輝"白文方印、"蔭/普"藍文方印，書眉鈐"觀古/堂"朱文方印、"意江/南館"藍色白文方印。

卷一首葉甲面鈐"葉啟/藩藏"白文方印、"葉啟/發讀/書記"白文方印、"東明/所藏"朱文方印、"石林/後裔"白文方印、"廣東省/中山圖書/館圖書"朱文方印、"蔭普/珍藏"朱文方印、"禺山/黄氏"白文方印，書眉鈐"黄氏憶/江南館/珍藏印"朱文方印。

卷二末葉乙面鈐"定侯/審定"朱文方印、"拾經/主人"白文方印、"廣東省/中山圖書/館圖書"朱文方印。

【書目著録】

1.《廣東省立中山圖書館古籍善本書目》著録。

2.《中國古籍善本書目》集部總集類叢編部分著録，編號 16391。

3.《中國叢書綜録》著録。

【遞藏】

1. 葉德輝（1864—1927），字奂彬，一作焕彬，號直山，又號郋園，自署朱亭山民、麗廔主人等，祖籍江蘇吴縣（今屬江蘇蘇州），生於湖南湘潭。清光緒十八年（1892）進士，授吏部主事，未幾，辭官。擅詞翰，嗜藏書，精版本目録學。有藏書樓"觀古堂""郎園"。編有《觀古堂藏書目録》四卷。刻有《郎園叢書》《觀古堂彙刻書》《觀古堂所刊書》《觀古堂書目叢刻》《麗廔叢書》《雙楳景闇叢書》。著有《書林清話》《藏書十約》《觀古堂所著書》等。

葉啓勳(1900—1972)，字定侯，號更生，湖南長沙人。葉德輝侄。新中國成立後在中央建工部情報研究所從事文物考古工作。有藏書室"拾經樓"，所得珍本，必題跋考證其版本源流。編纂《拾經樓紬書録》。著有《桂何隸釋續評校》《説文解字引經繫傳》《書林餘話》等。

葉啓發(1902—1952)，字東明，湖南長沙人。葉啓勳弟。少時即從伯父葉德輝習版本、校勘之學。嗜藏書，藏書室名"華鄂堂"，庋藏不少宋元名本及名家批校稿鈔本。著有《華鄂堂讀書小識》四卷。

葉啓藩(生卒年不詳)，湖南長沙人。葉啓勳、葉啓發兄長。師從伯父葉德輝習版本、校勘之學。與啓勳、啓發有部分共有藏書。

2. 黄蔭普(1899—1985)，字雨亭，廣東番禺人。畢業於清華留學預備學堂，公費赴英國、美國留學，習經濟學，獲碩士學位。曾任中山大學教授、廣州商務印書館經理、香港商務印書館顧問等職。其藏書樓名"憶江南館"。有《廣東文獻書目知見録附補編》《憶江南館藏書目録》《勤勉堂詩抄》等十餘種著作。見《廣東文徵續編》第四册卷十三。

3.1956 年黄蔭普先生捐贈給廣東省立中山圖書館。

【其他】

1.書首粉紅色防蟲紙甲面篆書大字"曲江集"，乙面篆書小字"宣統辛亥葉氏拾經樓啓勳重裝"。

2.《張曲江集》卷一末葉末行下端題"一卷終"，卷二末葉末行頂格題"張曲江集卷二終"。

【按語】據《中國古籍善本書目》記載，此版本國家圖書館、首都圖書館(殘本)、北京大學圖書館、上海圖書館、寧波市天一閣博物院、四川省圖書館等地亦有藏。國圖有三本，其中 06488 號，有號"景溪"者輯録《張曲江集補遺》若干首及題識一篇墨筆抄録於《張曲江集》卷二之後。國圖藏 09045 號與此本前叙內容總體相同，個別用字略有差異，例如此本"况逢按劍之怒，方同竊鈇之疑"，國

圖 09045 號作“方同竊鈇之疑”;“然文貞特牽歸思,而文獻良多懼心”,國圖 09045 號作“然文貞持牽歸思”。鑒於上述差異,《二張集》的刊刻過程與版本系統,還應再作深入探討。

叠山先生批點文章軌範

上海博物館圖書館　金菊園

上海博物館 707. 111/54

國家珍貴古籍名録 03177

《叠山先生批點文章軌範》七卷。(宋)謝枋得輯。元刻本。二册。綫裝。存五卷:卷一至二、五至七。

【題著説明】卷端題“疊山先生批點文章軌範卷之一”,次行題“廣信疊山先生謝枋得君直編次”。

【著者簡介】謝枋得(1226—1289),字君直,號叠山,弋陽(今屬江西上饒)人。南宋寶祐四年(1256)進士。歷任撫州司户參軍、建寧府教授。景定五年(1264)爲建康考官,以出題忤權相賈似道而遭罷斥,謫居興國軍。德祐元年(1275)起爲江東提刑、江西招諭使知信州,率兵抗元。城陷後,隱居建陽。宋亡後,元朝迫其出仕,爲地方官送至大都,即絶食而死。門人私謚“文節”,事具《宋史》本傳。原有集,已散佚,後人輯有《叠山集》。

【内容】《叠山先生批點文章軌範》收録漢、晋、唐、宋名家古文六十九篇,並有批注圈點。其中韓愈之文三十一篇,蘇軾之文十二篇,柳宗元、歐陽修之文各五篇,蘇洵之文四篇,諸葛亮、陶潛、杜牧、范仲淹、王安石、李覯、李格非、辛棄疾等人各一篇。全書以“侯王將相有種乎”七字分標七卷,又前二卷題曰“放膽文”,後五卷題曰“小心文”。

【刊印者】待考。

【行款版式】半葉十行,行二十二字,小字雙行同。細黑口,四周雙邊或左右雙邊,雙魚尾。版心中鎸“文”、卷數及葉數。版框 18. 3 厘米×11. 8 厘米,開本 24. 3 厘米×16. 0 厘米。

【題名頁牌記】無。

【刊寫題記】無。

【刻工】無。

【避諱】無。

【序跋附録】目録末有王淵濟識語:右此集惟《送孟東野序》《前赤壁賦》係先生親筆批點,其他篇僅有圈點而無批注。若夫《歸去來辭》,則與“種”字集《出師表》一同併圈亦無之。蓋漢丞相、晋處士之大義清節,先生之所深致意者也。今不敢妄自增益,姑闕之以俟來者。門人王淵濟謹識。

【批校題跋】無。

【鈐印】目録首葉鈐“南陵徐乃昌/校勘經籍記”朱文長方印、“上海博物館/所藏圖書”朱文長方印,另有二印殘破不能辨識。正文首卷卷端鈐“祖緯/之章”朱文方印、“積學齋徐乃昌藏書”朱文長方印。還有一印,模糊不能辨識。

【書目著録】

1. 徐乃昌《積學齋藏書記》續一著録:“題‘廣信疊山先生謝枋得君直編’。元刻殘本。以‘侯、王、將、相、有、種、乎’七字分卷,殘存一、二、五、六、七卷。每半葉十行,行二十二字。黑綫口,單邊。目録中《讀李翺文》《岳陽樓記》《歸去來辭》後有門人王淵濟題識,是此本淵濟悉依疊山編次原本校刊,即批評、圈點一依其舊也。”①

2.《中國古籍善本書目》集部總集類通代部分著録,編號 17403。

【遞藏】徐乃昌(1868—1943),字積餘,號隨庵,安徽南陵人。清光緒十九年(1893)癸巳恩科舉人。二十七年(1901)署淮安知府,三十年(1904)年赴日本考察學務,回國後提調江南中、小學堂事務,總辦江南高等學堂,督辦三江師範學堂。宣統三年(1911)授江南鹽法道兼金陵關監督。辛亥革命後,遷居上海,以著述爲業。自 1914 年起主持《南陵縣志》編纂,至 1924 年完稿付印。1930年,受聘爲《安徽通志》總纂,撰寫有《南陵建制沿革表》《安徽全省金石圖》等。平生愛好收藏,在古籍善本和金石碑版兩方面皆能成家,編有《積學齋書目》《隨庵吉金圖録》。又性喜刊刻書籍,總數超過二百種,尤以《積學齋叢書》《隨庵叢

①徐乃昌著,柳向春、南江濤整理《積學齋藏書記》,上海古籍出版社 2014 年版,第 329、330 頁。

書》《小檀欒室彙刻閨秀詞》等叢書爲特色。其他著作尚有《皖詞紀勝》《金石古物考》《漢書儒林傳補遺》《隨庵珍藏書畫記》《徐乃昌日記》等。

【其他】

1. 書中有蟲蛀。

2. 目録葉裁去卷三至卷四部分，又撕去卷五至七“卷”字下數字，正文卷五至七卷首所標卷次亦撕去。

【按語】《四庫全書總目》之《崇古文訣》提要稱宋代古文選本“世所傳誦，惟吕祖謙《古文關鍵》、謝枋得《文章軌範》及（樓）昉此書而已”。《文章軌範》明清刻本、抄本較多，元刻現存僅有三種，此本即其中之一。此本目録、正文有殘缺，書賈作僞以充全帙。

六藝流别

廣州圖書館　朱俊芳

廣東省立中山圖書館 40/1562. 2

國家珍貴古籍名録 06393

《六藝流别》二十卷。（明）黄佐輯。明嘉靖四十一年（1562）歐大任刻本。二十四册。綫裝。

【題著説明】首卷卷端題“六藝流别卷第一”。著者據書末歐大任後序。

【著者簡介】黄佐（1490—1566），字才伯，號泰泉，又號太霞子，廣東香山仁厚坊（今屬廣東中山市）人。明正德十五年（1520）進士，嘉靖間官至南京國子監祭酒。曾兩度授徒講學，學者稱泰泉先生。畢生致力於教書育人、著書立説，其著述多達七百餘卷，卒贈禮部右侍郎，謚文裕。編著有《詩經通解》《禮典》《泰泉鄉禮》《南廱志》《翰林記》《羅浮山志》《廣州人物傳》《香山縣志》《廣州府志》《廣西通志》《庸言》《泰泉集》等近四十種。《四庫全書總目》對其評價甚高，稱其“在明人之中，學問最有根柢”。傳見《明史》卷二百八十七、《［道光］廣東通志》卷二百七十八、《［光緒］廣州府志》卷一百二十七及《［道光］香山縣志》卷六。

【内容】全書二十卷,卷一至五爲詩藝,卷六至十二爲書藝,卷十三、十四爲禮藝,卷十五、十六爲樂藝,卷十七至十九爲春秋藝,卷二十易藝。《四庫全書總目》評曰:"是書大旨以六藝之源皆出於經,因採摭漢魏以下詩文,悉以六經統之……分類編叙,去取甚嚴……文本於經之論,千古不易,特爲明理致用而言。至劉勰作《文心雕龍》,始以各體分配諸經,指爲源流所自。其説已涉於臆創。佐更推而衍之,剖析名目,殊無所據,固難免於附會牽合也。"不過全書所録詩文時代並非如《四庫全書總目》所言"漢魏以下",而是上起先秦如黄帝、堯、禹、湯、武王、齊桓公、孔子、屈原等,下迄隋朝煬帝、盧思道、薛道衡、牛弘、孔紹安等,以漢、魏、晋、南北朝詩文居多。黄佐嘗命弟子潘光統輯《唐音類選》二十四卷,又與弟子黎民表合輯《明音類選》十二卷,則自先秦以至明嘉靖間上下數千年詩文搜羅殆遍。

【刊印者】歐大任(1516—1595),字楨伯,別號侖山,廣東順德人。明嘉靖四十二年(1563)以歲貢生廷試,授江都訓導,轉光州學正,遷邵武教授。萬曆三年(1575)升國子監助教,改大理寺左評事,終南京工部郎中。著有《百越先賢志》《廣陵十先生傳》《旅燕集》《浮淮集》《浮梁集》等十餘種著述,後人匯刻爲《歐虞部全集》。傳見《明史》卷二百八十七附黄佐傳、《[道光]廣東通志》卷二百八十、《[光緒]廣州府志》卷一百二十二、《[咸豐]順德縣志》卷二十四。

【行款版式】半葉十行,行二十字,小字雙行同。白口,四周雙邊,單魚尾。版心上鎸書名(序作"六藝流別序"),中鎸卷第和卷名(目録作"目録"),下鎸葉次。版框19.4厘米×13.5厘米,開本25.7厘米×15.3厘米。

【題名頁牌記】題名頁題"嶺南黄泰泉先生彙纂/六藝流別/寶書樓藏板"。

【刊寫題記】無。

【刻(寫)工】無。

【避諱】詳見後文。

【序跋附録】書首有黄佐《六藝流別序》。次《六藝流別目録》①。書末有明嘉靖四十一年(1562)六月歐大任《六藝流別後序》。

---

①目録首葉次行題"門人南海歐大任校正"。

1. 黃佐序録文如下①：

《六藝流别序》

聞之董生曰：君子志善。知世之不能去惡服人也，是以簡六藝以善養之。其學大矣，而各有所長：《詩》道志，故長於質；《書》著功，故長於事；《禮》制節，故長於文；《樂》詠德，故長於風；《春秋》司是非，故長於治；《易》本天地，故長於數。人當兼得其所長，是故舉其詳焉。志始於《詩》，以道性情，爲謡、爲謌。謡之流，其别有四，爲謳、爲誦、爲諺、爲語；歌之流，其别亦有四，爲詠、爲唫、爲怨、爲歎。其拘拘以爲詩也，則爲四言、爲五言、爲六言、爲七言、爲雜言；其雜近於文，而又與詩麗也，則爲騷、爲賦、爲詞、爲頌、爲贊；其專事對偶，亡復蹈古，則律詩終焉。《書》行志而奏功者也，其源以道政事，爲典、爲謨。典之流，其别爲命、爲誥；謨之流，其别爲訓、爲誓。凡典，上德宣於下者也，又别而爲制、爲詔、爲問、爲會、爲令、爲律；命之流，又别而爲册、爲勅、爲誡、爲教；誥之流，又别而爲諭、爲賜書、爲書、爲告、爲判、爲遺命，而間亦有不盡出於上者焉。凡謨，下情孚於上者也，又别而爲議、爲疏、爲狀、爲表、爲牋、爲啟、爲上書、爲封事、爲彈劾、爲啓事、爲奏記；訓之流，又别而爲對、爲策、爲諫、爲規、爲諷、爲喻、爲發、爲勢、爲設論、爲連珠；誓之流，又别而爲盟、爲檄、爲移、爲露布、爲讓、爲責、爲券、爲約，而間亦有不盡出於下者焉。《禮》以節文斯志者也，其源敬也，敬則爲儀、爲義，其流之别則爲辭、爲文、爲箴、爲銘、爲祝、爲詛、爲禱、爲祭、爲哀、爲弔、爲誄、爲輓、爲碣、爲碑、爲誌、爲墓表，皆因乎《書》之制焉。《樂》以舞蹈斯志者也，其源和也，和則爲樂均、爲樂義，其流之别爲唱、爲調、爲曲、爲引、爲行、爲篇、爲樂章、爲琴歌、爲瑟歌、爲暢、爲操、爲舞篇，皆因乎《詩》之風焉。《春秋》以治正志者也，其源名分也，其流之别爲紀、爲志、爲年表、爲世家、爲列傳、爲行狀、爲譜牒、爲符命。其大椠也，則爲叙事、爲論贊。叙事之流，其别爲序、爲紀、爲述、爲録、爲題詞、爲雜志；論贊之流，其别爲論、爲説、爲辯、爲解、爲對問、爲考評，而凡屬乎《書》《禮》者不與焉。《易》則通天下之志矣，其源陰陽也，其流之别爲兆、爲繇、爲例、爲數、爲占、爲象、爲圖、爲原、爲傳、爲言、爲注，而凡天地

①此序未署名，據清康熙二十六年黃逵卿、黃銘印本及清康熙二十一年刻本《泰泉集》卷三十五知爲黃佐著。

鬼神之理管是矣。究其大都,則言而履之,《禮》也;行而樂之,《樂》也。藝雖有六,其本諸心則一也。昔晋摯虞嘗著《文章流別》,其亡已久,故予蒐羅散逸,以爲此編,統諸六藝,竊比於我董生云。

[峕嘉靖辛卯春二月吉旦,南海後學泰泉黄佐謹序。]①

2. 歐大任後序録文如下:

《六藝流别後序》

六經者,聖人所以啓天地之祕、明人倫之叙而究萬物之宜也。孔氏之徒傳而習之,述而倣之,自源徂流,濬一達萬,則爲藝焉。若子夏之序《詩》,公孫尼之記《樂》,商瞿之訓《易》,左丘明之傳《春秋》,以至《禮》纂於戴氏,《書》闡於伏生,六藝備矣。《易》變而爲《老》《莊》,《詩》變而爲《楚騷》,《書》變而爲秦制,《禮》變而爲綿蕞,《樂》變而爲新聲,《春秋》變而爲《史記》,蓋亦氣運升降之繇也。厥後辭人□□[遞相]②祖襲,方其靘素窺玄,廣畜德之閎度;鐫思抽緒,□□[奮摘]藻之異能,孰不謂人韞苕華,家藏明月? □□[然究]其□□[標鵠]之志或殊,放浪之懷靡一。是以序録之□□□□□[家,品裁精核],銓綜詳審,夏璜以一類而捐,和璧以微瑕而□[廢]。□□[即蕭]統所選、鍾嶸所評,例於王微《鴻寶》、任昉《緣起》□[諸]編,固亦存十一於千百者已。然而識異辨滙,乏真知之决;聰憗顧曲,無聽熒之審,未能衡鑑百代、原本六經,則纂類之學,亦難矣哉。吾師泰泉先生辭榮金馬,高卧碧山,集儒書之淵藪,導學子以津梁,嘗曰:精一博約,聖賢之道也。川流教化,天地之德也。非求之於萬殊,曷貫之于一致? 乃閔九流之横决,厭諸家之紛□[紜],括綜□□[百王],上□□[窮黄]帝,馳騁千載,下迄有隋,□□[撮史]籍之英華,□□[漱詞]林之□□[芳潤],因體定篇,源源聖藴,斷章摘□[節],彙集羣言,搜隱側則宮閫不遺,闡幽潛則努蒐必□[録]。三復斯編,信學海之鉅觀,册府之淵匯也。譬之疏導九川,功同神禹,流異其派,派别其岐。畎澮、濔淡、蹄涔、瀿汅,雖殊潤澤之利,皆出崑崙之源,故不曰"經"而曰"藝"者,示人返求也。視彼補亡之徒事贅疣,續經之妄爲僭擬,詎可同日語耶? 鈂摘既就,殺青斯竟,任也爰因校讐之役,輒敢論著先生述古之

①序末署名,據清康熙二十六年黄迲卿、黄銘印本補。
②缺字據清康熙二十六年黄迲卿、黄銘印本補,下同。

志云。

嘉靖壬戌之歲夏六月朔,門人南海歐大任頓首謹[書]。

【批校題跋】無。

【鈐印】書名葉鈐"梁氏業/香艸堂/珍藏"朱文方印、"十六世/書香"朱文方印、"恕字/終身/可行"朱文方印、"梁氏業/香艸堂/珍藏"朱文方印。

前序首葉鈐"若/周"朱文方印、"澹逋丙辰所得"朱文長方印、"黃氏憶/江南館/珍藏印"朱文方印。後序末葉鈐"蔭普/珍藏""禺山/黃氏""廣東省/中山圖書/館圖書"三朱文方印。

目録首葉鈐"蔭/普"白文方印、"禺山/黃氏"朱文方印。

卷一卷端鈐"雙門/道人藏/書之印"白文方印、"十六世/書香"朱文方印、"黃印/蔭普"朱文方印。"意/江南館"白文方印、"廣東省/中山圖書/館圖書"朱文方印。

卷二首葉鈐"澹逋丙辰所得"朱文長方印、"黃氏憶/江南館/珍藏印"朱文方印、"廣東省/中山圖書/館圖書"朱文方印。

卷三首葉鈐"雙門/道人藏/書之印"白文方印、"澹逋丙辰所得"朱文長方印、"十六世/書香"朱文方印、"意江/南館"白文方印、三"愻/庵"(或作"孫心/庵")朱文方印、"廣東省/中山圖書/館圖書"朱文方印。第七葉、第八葉書眉鈐"樹垣/之印"白文方印,第二十八葉書眉鈐"愻/庵"(或作"孫心/庵")朱文方印。

卷四首葉鈐"澹逋丙辰所得"朱文長方印、"意江/南館"白文方印、"黃印/蔭普"朱文方印(與卷一卷端之印字體有異)、"廣東省/中山圖書/館圖書"朱文方印。

卷五首葉鈐"雙門/道人藏/書之印"白文方印、"澹逋丙辰所得"朱文長方印、"十六世/書香"朱文方印、"黃氏憶/江南館/珍藏印"朱文方印、"廣東省/中山圖書/館圖書"朱文方印,末葉鈐"意江/南館"白文方印。

卷六首葉鈐"澹逋丙辰所得"朱文長方印、"黃氏憶/江南館/珍藏印"朱文方印、"廣東省/中山圖書/館圖書"朱文方印。

卷七、卷十七首葉鈐"雙門/道人藏/書之印"白文方印、"十六世/書香"朱文方印、"意/江南館"白文方印、"澹逋丙辰所得"朱文長方印、"廣東省/中山圖書/館圖書"朱文方印。卷十七第三十六葉甲面鈐"澹逋丙辰所得"朱文長方印、"蔭普/珍藏"朱文方印、"廣東省/中山圖書/館圖書"朱文方印。

卷九、卷十八首葉鈐"澹逋丙辰所得"朱文長方印、"蔭普/珍藏"朱文方印、"禺山/黄氏"朱文方印、"廣東省/中山圖書/館圖書"朱文方印。

卷八首葉鈐"澹逋丙辰所得"朱文長方印、"意江/南館"白文方印、"廣東省/中山圖書/館圖書"朱文方印。

卷十、卷十一、卷十九首葉鈐"雙門/道人藏/書之印"白文方印、"十六世/書香"朱文方印、"黄氏憶/江南館/珍藏印"朱文方印、"澹逋丙辰所得"朱文長方印、"廣東省/中山圖書/館圖書"朱文方印。

卷十二、卷十四、卷十六首葉鈐"澹逋丙辰所得"朱文長方印、"黄氏憶/江南館/珍藏印"朱文方印、"廣東省/中山圖書/館圖書"朱文方印。

卷十三首葉鈐"雙門/道人藏/書之印"白文方印、"十六世/書香"朱文方印、"意/江南館"白文方印、"澹逋丙辰所得"朱文長方印、"禺山/黄氏"朱文方印、"廣東省/中山圖書/館圖書"朱文方印。

卷十五首葉鈐"雙門/道人藏/書之印"白文方印、"十六世/書香"朱文方印、"意江/南館"白文方印、"澹逋丙辰所得"朱文長方印、"廣東省/中山圖書/館圖書"朱文方印。

卷二十首葉鈐"澹逋丙辰所得"朱文長方印、"意/江南館"白文方印、"黄印/蔭普"朱文方印(與卷一卷端之印字體相同)。

卷三第二十一、二十二、二十五葉書眉及卷四末葉乙面鈐白文方印,模糊不可辨識。

【書目著録】

1.《廣東省立中山圖書館古籍善本書目》著録。

2.《中國古籍善本書目》集部總集類通代部分著録,編號17479。

3.《廣州大典》第480册第五十七輯集部總集類影印收録。

【遞藏】

1. 盛景璿(1880—1929),字季瑩,號澹逋,又號桂榮、雪友等,廣東番禺人。

工詩,善書,能畫,嗜金石,喜收藏。曾赴潮州訪丁日昌持静齋遺書,得不少舊刻本。著有《濠堂遺集》。見《中國歷代藏書家辭典》、《廣東歷代詩鈔》卷五。

2. 黄蔭普(1899—1985),見前《國家珍貴古籍名録》12024。

3. 1956年黄蔭普先生捐贈給廣東省立中山圖書館。

【其他】

1. 書中間有墨釘:卷三末葉甲面第二、四、八行,乙面第二、六行;卷五第八葉乙面第九、十行,第十一葉乙面第八行,第三十一葉甲面第二行;卷六首葉甲面末行,第五葉乙面第三行,第二十葉甲面第一、十行;卷七第二十八葉乙面第二、三、五行;卷九第四葉甲面第一行、第十六葉乙面第六行;卷十第四十八葉乙面末行;卷十一首葉乙面第九、十行,第二葉甲面第一、二行,第三葉甲面第一行,第六十二葉乙面第九行,第七十葉甲面第七行;卷十二首葉甲面第四、五行,第八葉乙面第一行;卷十四第五十六葉乙面第五行,第五十七葉甲面第四行;卷十七第九葉甲面第八行,第十七葉甲面第四行,第十九葉乙面第七至九行,第三十六葉乙面第二行;卷二十首葉甲面第九行、乙面第一行。

2. 題名葉右側下方鈐"寶書/樓"白文方印。因此書出自"寶書樓藏板",故不入遞藏項。

3. 目録缺末葉。

【按語】此本與中山大學圖書館藏本一同入選第二批《國家珍貴古籍名録》,又入選第一批《廣東省珍貴古籍名録》。《六藝流别》尚有清康熙二十六年黄逵卿、黄銘印本①,華南師範大學圖書館、美國哈佛大學哈佛燕京圖書館、美國國會圖書館等館有藏,《岫廬現藏罕傳善本叢刊》影印收録。

康熙印本黄佐序末葉刻有"峕/嘉靖辛卯春二月吉旦南海後學泰泉/黄佐謹序/康熙丁卯秋七月玄孫逵卿雲孫銘重梓"字樣,哈佛燕京圖書館藏本此處缺"康熙丁卯秋七月玄孫逵卿雲孫銘重梓",留下挖補痕跡,清晰可見,故其電子資

---

① 美國國會圖書館藏本(書號 00000000K102.76H89,網頁 https://rbook. ncl. edu. tw/ NCLSearch/Search/SearchDetail? item = 9bf4a93359c541f3bfee573179ff2376fDE3NTk1&page = &whereString = &sourceWhereString = &SourceID = 1&HasImage =),其中版本著録爲"明刻清印本",稱:"黄佐自序後題'康熙丁卯秋七月玄孫逵卿,雲孫銘重梓',重梓者謂重梓自序,非全書也。全書猶是嘉靖間原板。"因此將其稱爲"清康熙二十六年黄逵卿、黄銘印本"。

源特地掃描《岫廬現藏罕傳善本叢刊》本中的該葉,附於其後。康熙印本目錄末葉內容除接續卷二十"易藝"未完之目"占,象,圖,原,傳,言,註"外,還有明嘉靖四十一年黃在素題識,此本目錄無此葉。

此本與中山大學藏本、哈佛燕京圖書館藏本相比,以前十卷爲例,可見此本與哈佛燕京藏本存在多處斷版相同,如卷一首葉甲面、第七葉甲面、第二十四葉甲面,卷二第八葉甲面、第十葉乙面、第十三葉乙面,卷三第七葉甲面、第九葉甲面、第三十二葉甲面、第四十三葉甲面,卷四第五葉甲面、第九葉甲面、第十八葉甲面,卷五第六葉甲面、第八葉甲面、第十八葉甲面、第十九葉乙面,卷六首葉甲面、第八葉甲面、第十四葉甲面,卷七第三葉乙面、第十三葉乙面、第十四葉甲面,卷八首葉甲面、第九葉甲面、第二十七葉甲面,卷九首葉甲面、第六葉甲面、第八葉甲面,卷十首葉乙面、第六葉甲面、第二十七葉甲面、第三十五葉乙面,斷版位置均同。此外,行款格式、黃佐序的寫刻體及內文的字體、個別字排版傾斜角度,及卷三第三十六葉乙面第一至四行的留白,二者也相同。此本卷三第十八葉乙面末行,卷四第十葉甲面第八至十行、乙面第三行,卷五第十四葉乙面第四行等處,又有"玄"字缺末筆。不過此本與哈佛燕京藏本亦有區別,如目錄第五葉甲面,此本"叙埠之流",哈佛燕京藏本、中山大學藏本、美國國會圖書館藏本均作"叙事之流",此本正文相應標題亦作"叙事之流";卷九第十六葉乙面第六行,此本"違■子之戒",哈佛燕京藏本、中山大學藏本、美國國會圖書館藏本均無墨釘,作"穆"字。綜上所述,《六藝流別》一書的刊刻過程與版本系統較爲複雜,值得進一步考量。

明音類選

廣州圖書館 朱俊芳

廣東省立中山圖書館 40/1558
國家珍貴古籍名錄 06466

《明音類選》十二卷。(明)黃佐、黎民表輯。明嘉靖三十七年(1558)潘光統刻本。六册。綫裝。

【題著説明】首卷卷端題"明音類選卷之一"。著者據前後序。

【著者簡介】

1. 黄佐(1490—1566),見前《國家珍貴古籍名録》06393。

2. 黎民表(1515—1581),字惟敬,號瑶石山人、羅浮山樵,廣東從化(今屬廣東廣州)人。師事黄佐。明嘉靖十三年(1534)舉人,以河南布政司參議告歸。與歐大任、梁有譽、李時行、吳旦等結詩社於廣州南園,爲"南園後五先生"之一。工真、草、隸、篆,善畫。著有《瑶石山人稿》《北游稿》《諭後語録》《養生雜録》等。傳見《明史》卷二百八十七附傳黄佐、《[道光]廣東通志》卷二百八十、《[康熙]從化縣志》卷十。

【内容】全書十二卷,卷一至三爲五言古詩,卷四至七爲七言古詩長短句,卷八爲五言律詩,卷九爲五言律詩、五言排律、六言律詩,卷十爲七言律詩,卷十一爲七言律詩、七言排律,卷十二爲五言絶句、六言絶句、七言絶句、風雅體。全書以類相聚,收録明初至嘉靖間三百零四人所撰古今體詩通計一千八百零六首,每類之下大體以詩人生活的時代爲序。所收以浙江、江蘇、江西、廣東、福建、安徽籍詩人數量較多,亦收入河南、山東、湖南、廣西、陝西等地詩人。"南園五子"趙介、孫蕡、王佐、李德、黄哲,以及南海張詡、黄衷,東莞陳璉、祁順,新會陳獻章,順德梁有譽,瓊山丘濬等廣東詩人詩篇多有採入。陝西提學副使河南籍何景明詩作收録達一百餘首,蓋因何氏嘗上書彈劾權閹而遭罷官,重其氣節故也。若以此觀之,選詩亦是選人。

【刊印者】潘光統(生卒年不詳),字少承,廣東順德人。明正德六年(1511)授光禄寺監事,升署丞。萬曆初與修《穆宗實録》。遷京府通判,卒於任。平生精研史學和音韻學。著有《山房紀聞》《山房偶筆》《滋蘭集》二十卷等。傳見《[康熙]順德縣志》卷七、《[光緒]廣州府志》卷一二二。

【行款版式】半葉十行,行二十字。白口,四周單邊,無魚尾。版心上鎸書名,中鎸卷第(《明音類選序》作"序",《明音類選詩人名氏》作"詩人名氏",目録作"目録"),下鎸葉次。版框18.6厘米×13.7厘米,開本25.0厘米×16.7厘米。

【題名頁牌記】無。

【刊寫題記】無。

【刻（寫）工】無。

【避諱】無。

【序跋附錄】書首有明嘉靖三十七年（1558）仲春黃佐《明音類選序》。次《明音類選詩人名氏》，分國初至洪武末革除年間、永樂至成化、弘治至嘉靖三個時段，列姓名、邑里、爵謚，載録凡三百零四人。次《明音類選目録》。書末有明嘉靖三十七年閏七月黎民表《明音類選後序》。

1. 黃佐序録文如下：

《明音類選序》

《明音類選》，奚以編也？類選治世之音，用昭隆盛于無窮也。屬者予講學于粵洲，諸朋絃誦詠詩，各選已徃遺音，無慮數百家，廊廟山林、鉅公畸士，見存者方將轢漢魏以追風雅，則不與焉。然所見人人殊，門人黎子民表乃更訂定。編既成，潘上舍光統捐貲刻之，予乃爲序云。序曰：嗟乎！《詩》豈易言哉！《風》《雅》之所以異於《頌》者，託物比、興，言其志而已矣；《頌》則紀盛德、告成功於神明，可以觀、興，而羣、怨亡與焉。是故《二南》正而不變，觀、興備矣，然《行露》《摽梅》《江汜》《野麕》，則羣、怨之宗也。《邶》《鄘》以下，綱常變而懲創萌焉。至于《豳》，變而不失其正者乎？《東山》《鴟鴞》，《風》也，《七月》則肇《雅》矣；《卷阿》《公劉》，《雅》也，《泂酌》則兼《風》矣。繁簡惟時，以贊王化，何周、召二公之聖於《詩》也？多識庶類，匪學弗獲，茲所以異於匹夫匹婦之詞與？《淮南》有言，《鹿鳴》興於獸，爲其見食而相呼也；《關雎》興於鳥，爲其雌雄之不乖居也。聲應生變，必連及蒿芩荇菜，而後變成，方以爲音焉。劉伯温之《旅興》、汪朝宗之《壯遊》，若倦鳥風林之類，至於吳下四傑、嶺南五先生，大家輩出，莫不比興成音，其深於《詩》者乎。乃若《皇矣》用“之”者八轉，《北山》用“或”者三闋，演章法也。《蕩》之“文王曰咨”，《抑》之“其在于今”，效《書》誥也。《桑柔》前八句者，其章八，後六句者，其章亦八，廣曲暢也。《大東》引物則饛飱捄匕、連類則箕斗女牛，闡幽奇也。景濂父子之送寄長篇，蓋亦祖之。女子善摛藻者，《白華》之外，《谷風》及《氓》而已。然其如悔恨何？宋氏之《題郵亭》可謂顛沛不失其貞者矣。作家鳴盛，莫可覼縷。明音得自風雅，安數唐哉！陶淵明嘗論詩矣,曰"寧效俗中言",是古詩貴雅不貴俗也;杜少陵嘗論詩矣,曰"晚於詩律細",是律詩貴細不貴粗也。音也者,與時高下、通乎政者也。吾見近世,古詩則以綺靡爲精工,律詩則以粗豪爲氣格,然則徐、庾之"玉臺",優於蘇、李之"河梁",蘇頲之"輕花捧殤"、岑參之"柳拂旌露",反不如羅隱之"天地同力"、韋莊之"萬古坤靈"矣。瓠不瓠、馬非馬,其可乎哉!梁陳之體足以致寇,趙宋之體不能退虜。《詩》三百而蔽以一言,蒼姬所以爲有道之長也。變而不失其正,吾於風雅體三致意焉。毋邪爾思,盍其徵諸。

嘉靖戊午仲春既望,南海泰泉山人黃佐序。(序後摹刻"太霞洞"白文長方印、"黃氏/才伯"白文方印)

2. 黎民表後序錄文如下:

《明音類選後序》

皇明正位厥德,既滌胡元之陋,海內斐然嚮風。摘爲文詞,必漢魏盛唐焉宗,亦惟草昧之初,勝國髦士非洗濯無以自見。故學博氣炫,若闢渾淪,寔啓太平之基云。永樂諸賢席垂拱之運,涵濡始于館閣,體漸夷粹。施及弘、德,宋學溢被裨海,而士人方佔僻以取青紫,其於述作謙讓未遑。二三好古者始力去程試之習,抗志劘切,追逐《騷》《雅》。雖章擬句襲,瑕瑜莫掩,而刻勵瑰詭則軋景龍開元。而上之文稱屢變,培根沃枝,其必世之仁與?民表爰自早齡即受學於泰泉先生。先生嘗取先正遺集,指授去取,俾與同志參訂之。積有年歲,始克成編。友人潘少承甫獲觀焉,遂以梓請。先生因命之曰:汝學《詩》乎?夫《詩》究極于理而翕聚于才。乃若周、召者,性命之宗而才之致道者也。《鳲鳩》《泂酌》遠取諸物,理道該焉。《七月》《公劉》雍容揄揚,諴民格天,厥覯淵矣。而文奇字奧、符采彪炳,則《蒼》《雅》之濫觴也。孔子正《樂》刪《詩》,必曰從周,非謂文之在茲乎?後世評詩者乃曰"詩有別材,非關書也;詩有別趣,非關理也",即如所言,則六義不可以爲訓,而周、召所陳,膚淺者類皆可以跂及,談何容易哉!我明郅隆之治,酌諸成周,文儒故老之讚述被之金石者,至媲《雅》《頌》,畸人放士之所謳謠者,亦可參大國之《風》,猗與盛矣!然家是所習,人各有心,務恢誕者乏潤色而漸擠于俗,攻華艷者少骨氣而日淪于弱,求其中節合律、不詭於風人之義者鮮矣。夫古樂不作而新聲代變,道之汙隆繫焉。昔元次山悼知音之無人,韓昌黎懼羣小之謗傷,非謂是耶? 是編也,肇誠意之五言,原漢魏之變也;終何、薛之四言,近《風》《雅》之正也。命名之義,則先生序于篇首,兹不復列。

嘉靖戊午閏七月,門人黎民表書。

【批校題跋】無。

【鈐印】封面、序首葉、卷一首葉鈐"徐/紹棨"朱文方印。卷一首葉甲面,卷二末葉乙面,卷三首葉甲面,卷四末葉乙面,卷五首葉甲面,卷六第四十二葉乙面、末葉甲面,卷八末葉乙面,卷九首葉甲面,卷十末葉乙面,卷十一首葉甲面,後序末葉乙面鈐"廣東省/中山圖書/館圖書"朱文方印。

【書目著録】

1.《廣東省立中山圖書館古籍善本書目》著録。

2.《中國古籍善本書目》集部總集類斷代部分著録,編號 18605。

3.《廣東省第一批珍貴古籍名録圖録》下册著録。

4.《廣州大典》第 481 册第五十七輯集部總集類影印收録。

【遞藏】

1. 徐紹棨(1879—1947),字信符,以字行,廣東番禺人。清光緒二十四年(1898)歲考,録爲博士弟子員。曾任廣東省圖書館委員、中山圖書館董事、中山大學圖書館委員等職。精研圖書館學、目録學和版本學。建"南州書樓"以藏書。著有《中國書目學》《中國版本學》《廣東藏書紀事詩》《南州吟草》等近三十種。見《廣東文徵續編》第二册卷六、《民國人物大辭典》。

2. 後歸廣東省立中山圖書館。

【其他】

1. 封面題"明音類選　黄佐著""明嘉靖刻本　南州書樓藏"。俱墨筆。

2. 全書多有朱筆句讀。

【按語】《明史·藝文志》卷九十九作黄佐《明音類選》十八卷,《千頃堂書目》卷三十一等多種史志均認爲此書爲黄佐獨輯,而黎民表撰《黄泰泉行狀》則云:"若《六藝流别》《明音類編》《唐音類編》《羅浮山志》,則門人編次而删定者。"《[光緒]香山縣志》著録爲"明黄佐删定、黎民表編"。據前後二序,著者題爲"黄佐、黎民表同輯"。

唐宋名賢百家詞

揚州大學　石任之

天津圖書館 Z95

國家珍貴古籍名録 02271

《唐宋名賢百家詞》一百三十二卷。（明）吳訥編。明抄本。四十册。綫裝。梁啓超跋。

【題著説明】題名著者據《天一閣書目》。

【著者簡介】吳訥（1372—1457），字敏德，號思庵，江蘇常熟人。明永樂間，因諳醫學被舉薦至京。歷官監察御史、南京右僉都御史、左副都御史。謚文恪。《明史》有傳。

【内容】是書收録唐至五代、宋、元、明詞人詞集，既有總集，也大量收入詞人别集。目録有二，其一題"百家詞"，録詞集名共計百家，始自《花間集》，終於《笑笑詞》，不完全按時代先後排列，目中所收，正文或有缺刻。另一目録題《唐宋名賢百家詞集諸儒姓氏》，録詞作者一百零七人，始於唐代温庭筠，終於明代盧申之。是書成書於明代前期，保留多種宋元詞集的早期面貌，所收版本亦與其他傳世版本多有不同。書中收録詞集亦保持舊有結構，如分卷、序跋、附録等，頗可資校勘訂補。

此本爲《唐宋名賢百家詞》現存的最早版本。國家圖書館藏梁啓超點校、1928 年梁廷燦抄本《百家詞》即從此本録出；1940 年上海商務印書館林大椿點校本亦據此本點校。

【刊印者】待考。

【行款版式】半葉十二行，行二十字。朱絲欄，白口，四周單邊，單魚尾。版框 21.0 厘米×15.5 厘米，開本 30.5 厘米×19.1 厘米。

【題名頁牌記】無。

【刊寫題記】無。

【刻(寫)工】書中寫工不一，第三十册末題識可見蘇臺雲翁①。

【避諱】無。

【序跋附録】書前無序跋，有《百家詞目》，後有《唐宋名賢百家詞集諸儒姓氏》。各詞集附有原序跋，以多見不録。

【批校題跋】書前副葉墨筆批："此編未載編者姓氏，按《天一閣書目》：'《唐宋名賢百家詞》，九十册，紅絲欄鈔本，明吳訥輯並序。'宣統二年三月天津圖書館編目者識，備考。"

書中偶見墨筆眉批，標注他本異文。如《樂章集·六幺令》"淡煙殘照"一首，"迤邐染春色"句眉批"染，一本作深"。

第二十一册末"後山居士詞終"下有題識"正德五年孟秋巧夕前一日録"。

第二十九册末《静春詞》末葉有梁啟超題識："從子廷燦既録此詞副本，乃爲手校一過，無别本可對讐，故於原鈔顯然譌誤、可確指定本字者，輒以意改正，餘或存疑，或闕如也。校畢，命廷燦迻録於眉端。戊辰七夕後二日，梁啟超。"

第三十册《竹山詞》後有題識"正德丁卯季夏十日，蘇臺雲翁志"。

【鈐印】總目鈐"天津圖/書館藏"朱文長方印、"善本/鑒定"朱文長方印。《花間集序》鈐"直隸教育□/檢查圖書之□"朱文長方印②。

【書目著録】《中國古籍善本書目》集部詞類叢編部分著録，編號20810。

【遞藏】此本經直隸教育廳入藏直隸圖書館，即今天津圖書館前身。

【其他】無。

【按語】

1. 是書題名、著者及成書過程學術界均有不少討論。林琳《論〈竹山詞〉傳本》談及《百家詞》本系統説："此書無編者署名，亦無編書序跋。朱彝尊《詞綜發凡》謂'常熟吳氏訥匯有《宋元百家詞》，抄傳絶少，未見全書'，後來言《百家詞》者即從朱氏説，定爲吳訥編。按朱氏明言'未見全書'，其稱'吳氏訥匯有

①題識落款"蘇臺雲翁"爲抄寫者，可參見劉少坤《天津圖書館藏〈百家詞〉性質考實》，《文獻》，2015年第3期。
②此印倒鈐，且不完整。天津圖書館藏清嘉慶十六年三陌居刻本《燕山外史》（索書號S6351）序首葉亦鈐此印，作"直隸教育廳/檢查圖書之印"。

《宋元百家詞》',乃得之傳聞,實不可靠。丁丙《善本書室藏書志》著録《金荃詞》一卷云'明正統辛酉海虞吳訥所編《四朝名賢詞》之一',丁丙此説爲據《金荃詞》無名氏跋,其稱吳訥編書年代及書名皆極明確,是撰跋者爲明人,確知《金荃詞》爲吳訥所編書散出之一種,是吳訥所編者名《四朝名賢詞》,不名《百家詞》。"①又第二十一册《後山居士詞》末題有"正德五年孟秋巧夕前一日録",第三十册《竹山詞跋》末題有"正德丁卯季夏十日蘇臺雲翁志",正德丁卯爲正德二年(1507),在吳訥卒後五十餘年。林琳據此題識二則時間與《百家詞》中二詞集次序,認爲此書與吳訥所編不同,編者應爲"蘇臺雲翁"。但是,我們實際上並不能遽以吳氏所編總集名《四朝名賢詞》即斷定此書非吳氏所出。

而劉少坤考《四明天一閣藏書目録》著有"唐宋名賢詞,四十本",范邦甸《天一閣書目》著九十册後出。且觀是書兩套目録,目録一《百家詞目》注明缺者十家:《坦庵詞》《姑溪詞》《友竹詞》《半山詞》《滄浪詞》《逍遥詞》《虛齋詞》《蠨窟詞》《虛靖詞》《撫掌詞》。重者有《笑笑詞》。又《東坡詞》《東坡補遺》分别列目,實收九十八種,不足百家之數。而目録二《唐宋名賢百家詞集諸儒姓氏》,録一百零七人。目録一著詞集而目録二漏收的,有晏幾道、李之儀、王安石、潘閬、趙以夫、張雨、陳如心、張繼先、歐良,其中除晏幾道、張雨、陳如心三家外,其餘六家詞集原缺,另有林子山、俞芝山二人,《百家詞目》上未見標有其詞集(鄧子勉認爲林子山可能是趙孟頫之甥元人林静。而俞芝山事跡不詳)。劉少坤認爲此書應爲吳訥彙編《唐宋名賢百家詞》時資料集之過録本。此説可從②。資料本或在録入過程中計算所收底本,標注待補入待尋訪之詞人詞集,因此有兩套體系予以記録。

2. 是書價值在於保存袁易《静春詞》孤本,及曾慥輯《東坡詞》《補遺》孤帙,且保留辛棄疾《稼軒詞》四卷本原貌。尤其《稼軒詞》一事,梁啟超《跋四卷本稼軒詞》考之曰:

"《文獻通考》著録《稼軒詞》四卷(《宋史·藝文志》同)而引《直齋書録解題》注其下云:'信州本十二卷,視長沙爲多。'或誤以爲此四卷者即長沙本,實則

---

① 吳明賢主編《知不足叢稿》,巴蜀書社 2006 年版,第 779 頁。
② 劉少坤《天津圖書館藏〈百家詞〉性質考實》。

直齋所著録乃長沙本，只一卷耳。十二卷之信州本，宋刻無傳，黄蕘夫舊藏之元大德間廣信書院本，今歸聊城楊氏，而王半塘四印齋據以翻雕者，即彼本也。可見《稼軒詞》在宋有三刻：一爲長沙一卷本，二爲信州十二卷本，三即四卷本。明清以來傳世者惟信州本，毛刻《六十一家詞》亦四卷，實乃割裂信州本以求合《通考》之卷數，毛氏常態如此，不足深怪，而使讀者或疑毛王二刻不同源、而毛刻即《通考》與《宋志》之舊，則大不可也。

“近武進陶氏景印宋元本詞集，中有《稼軒詞》甲乙丙三集，其編次與毛、王本全别，文字亦多異同，余讀之頗感興趣，顧頗怪其何以卷數畸零，與前籍所著録者悉無合也。嗣從直隸圖書館假得明吳文恪訥所輯《唐宋名賢百家詞》，其《稼軒集》正采此本，而丁集赫然在焉，乃拍案叫絶，知馬貴與所見四卷本固未絶於人間也。甲集卷首有淳熙戊申正月元日門人范開序，稱‘開久從公遊，暇日衷集冥搜，才逾百首，皆親得於公者。以近時流布於海内者率多贗本，吾爲此俱，故不敢獨悶，將以祛傳者之惑焉’。范開貫歷無考，然信州本有贈送酬和范先之之詞多首，而此本凡先之皆作廓之，蓋一人而有兩字，開與先與廓義皆相屬，疑即是人，誠從公遊最久矣。戊申爲淳熙十五年，稼軒四十九歲，知甲集所載皆四十八歲以前作。稼軒年壽雖難確考，但六十八歲尚存，則集中有明證，乙丙丁三集所收，則戊申後十餘年間作也。其是否並出范開衷録，抑他人續集，下文當更論之。

“此本最大特色，在含有編年意味。蓋信州本以同調名之辭彙録一處，長調在先，短調在後，少作晚作，無從甄辨。此本閲數年編輯一次，雖每首作年難一一確指，然某集所收爲某時期作品，可略推見。”[1]

梁氏晚年在此基礎上編纂稼軒年譜，未已而歸道山。

尊前集

揚州大學　石任之

---

[1]梁啓超《跋四卷本稼軒詞》，《梁啓超全集》第 18 卷，北京出版社 1999 年版，第 5276 頁。

國家珍貴古籍名録 12080

《尊前集》二卷。明刻本。二册。綫裝。王國維跋。

【題著説明】卷上卷端題"尊前集卷上",次行低兩格題"明嘉禾顧梧芳編次",三行低三格題"東吳史叔成釋"。

【著者簡介】待考。

【内容】《尊前集》爲宋初人編輯的唐五代詞總集,輯者未詳。全集輯録唐明皇李隆基至徐昌圖三十六人、詞二百八十九首。此集宋時即與《花間集》並行。但因宋本不傳,後世論者對其成書過程頗多爭議。關於此書編者與成書年代,主要有四種看法:一、唐人編,如王灼《碧雞漫志》、張炎《樂府指迷》;二、唐人吕鵬編,如胡仔《苕溪漁隱叢話》;三、舊本失傳,明顧梧芳采録各篇,編爲二卷,如毛晉《詞苑英華》本《尊前集》;四、宋初人編,如朱彝尊《書尊前集後》。施蟄存《尊前集》叙録考徵前人,認爲此書已非原書,而經過後人改竄、增入和僞造,應爲宋初人舊編。

《花間集》除温庭筠、皇甫松、和凝外,皆爲蜀地詞人作品。而《尊前集》則保存前蜀、後蜀之外的五代詞,去取宗旨亦不僅以西園群英羽蓋之歡爲是。《尊前集》有一卷本、二卷本,編次基本相同。現存最早的是明初吳訥《百家詞》録抄本一卷;又有明萬曆十年(1582)顧梧芳刻本二卷,毛晉汲古閣刻本據此;又有錢塘丁氏善本書室藏梅禹金鈔本一卷,朱祖謀《彊村叢書》據此。

【刊印者】顧梧芳(生卒年不詳),武塘風涇(今屬上海金山)人。明人,爲附監生。

【行款版式】半葉九行,行十八字。白口,四周單邊,無魚尾。版心上鎸"尊前集"(序葉不鎸),中鎸"引""卷上""卷下",下鎸葉數。版框 17.8 厘米×11.7 厘米,開本 24.7 厘米×14.7 厘米。

【題名頁牌記】無。

【刊寫題記】無。

【刻(寫)工】無。

【避諱】無。

【序跋附録】書首刻有顧梧芳《尊前集引》,録文如下。

《尊前集引》

存一居士顧梧芳撰

嘗慨古樂之不復也,將非華聲不振,僉趨夷習,展轉失真而無已耶? 何則? 循流溯源,雖鈞天猶可想像;迷沿瞀襲,即咫尺玄白罔鑒。爰自淳風日漓,凡在含識,莫不眩文嗤朴。今觀古樂府質壙悠蘊,不拘平側,率多協韻。歷攷填詞,舉動按調,音律益嚴。是知古樂府觸類于古詩,而填詞抽緒于近體。然近體造端梁、陳,更唐天寶、開元,其格始純,又況填詞之精工哉! 若玄宗之《好時光》、李太白之《菩薩蠻》、張志和之《漁父》、韋應物之《三臺》,音婉旨遠,紗絕千古。佗如王、杜、劉、白,卓然名家。下逮唐末羣彥若干人,聯其所製,爲上、下二卷,名曰《尊前集》,梓傳同好。先是,唐有《花間集》,及宋人《草堂詩餘》行,而《花間集》鮮有聞者。久之,不幸金元僭據神州中區,汙染北鄙風氣,由是曲度盛而詞調微。目今南北樂部,若絲若竹若肉,疇脫夷習,寧非諸華之恥乎? 余以爲領定機軸,畫一成章,是以謂之填詞。縱乏古樂府自然渾厚,往往婉麗相承,比物連類,諧暢中節,未改唐音,尚有風人雅致。非如曲家假餼亂真,千妍萬態,不越倡優行逕。蓋其失在于宣和已還。方厥初新翻小令,猶爲警策;漸繹中調,既已費辭;奈何彈曳璺絲,牽押長調。遂俾攬聽未半,孰不思睡? 固無怪乎左詞右曲也。余素愛《花間集》勝《艸堂詩餘》,欲播傳之。曩歲刻于吳興茅氏,兼有附補,而余斯編第有類焉。嗚呼,詞、曲誠小伎,一升一降,俗尚音形,可以觀時,娛情燕會,蘭熏虎變,寔籍鳴世,作者權輿爾已。嘻,是可易與不知者道哉!

萬曆壬午春三月既望,書于來鳳軒。

【批校題跋】卷上末有王國維手書跋三段,録如下:

1. 明顧梧芳刻《尊前集》二卷,自爲之引。毛子晉刻入《詞苑英華》,疑爲梧芳所輯。朱竹垞跋稱吳下得吳匏庵手鈔本,取顧本勘之,靡有不同,因定爲宋初人編輯。《提要》兩存其說。維案《古今詞話》云:“趙崇祚《花間集》載溫飛卿《菩薩蠻》甚多,合之呂鵬《尊前集》不下二十闋。”今攷此刻所載,飛卿《菩薩蠻》五首,除“咏淚”一闋外,皆《花間》所有。知此書雖非梧芳自編,亦非復呂鵬所編之舊矣。鵬何人俟攷。

2.《提要》又云:“張炎《樂府指迷》雖云唐人有《尊前》《花間》集,然《樂府指迷》真出張炎與否,蓋未可定。陳振孫《書錄解題》歌詞類以《花間集》爲首,注曰'此近世倚聲填詞之祖',而無《尊前集》之名。不應張炎見之而陳振孫不見。"云云。維案《書錄解題》"陽春集"條下引高郵崔公度語曰:"《尊前》《花間》往往謬其姓氏。"公度元祐時人,則北宋時已有此書,不過直齋未見耳。《提要》之言似爲未允。光緒戊申仲夏借叔蘊先生竹垞藏本,跋而歸之。王國維。

3. 又黃昇《花庵詞選》李白《清平樂》下注云"翰林應制",又云:"案唐吕鵬《遏雲集》載應制詞四首,以後二首無清逸氣韵,疑非太白所作。"云云。今此集所載太白《清平樂》有五首,豈此集一名《遏雲集》,而四首五首之不同,乃花庵所見之本異歟?又歐陽炯《花間集序》謂:"明皇朝有李白應制《清平樂》四首。"則唐末只有四首,豈末一首爲梧芳所羼入,而非吕鵬之舊歟?記之以廣異聞。次月萬壽節,國維又記。

【鈐印】《尊前集引》首葉鈐"醖舫"朱文長方印、"北京/圖書/館藏"朱文方印、"筣陵/史蓉/莊藏"朱文方印,書眉上鈐"大雲/爐餘"朱文方印。卷上卷端鈐"羅印/振玉"白文方印,書末王國維跋葉鈐"甘/孺"右朱左白方印、"羅/繼祖"朱文方印、"北京/圖書/館藏"朱文方印。卷下封面鈐"老气/橫九/州"白文隨形印,卷端鈐"羅印/振玉"白文方印、"○○/邊鈔"白文方印、"至樂/莫如/讀書"朱文方印、"程/思齋"朱文方印、"○"朱文鐘型花押印、"長樂鄭/振鐸西/諦藏本"草書朱文方印、"北京/圖書/館藏"朱文方印,書末鈐"長樂鄭氏/藏書之印"朱文長方印、"北京/圖書/館藏"朱文方印。

【書目著録】

1.《北京圖書館古籍善本書目》集部詞類著録。

2.《中國古籍善本書目》卷三十集部詞類總集部分著録,編號21358。

【遞藏】

1. 朱彝尊(1629—1709),見前《國家珍貴古籍名録》09044。

2. 史蓉莊(生卒年不詳)。事跡不詳,藏書後歸過雲樓。

3. 程思齋(生卒年不詳),祖籍安徽新安。事跡不詳,疑爲程十髮(潼)曾祖。好讀書,以醫持家。太平天國時期爲避戰亂,徙居上海松江。

4. 羅振玉（1866—1940），字式如、叔蘊、叔言，號雪堂，晚號貞松老人、松翁，浙江上虞人。中國現代農學的開拓者，中國近代考古學的先導者。一生著述豐富，保存内閣大庫明清檔案，研究、整理、影印甲骨文字、敦煌寫卷、漢晋木簡、古明器等出土文獻與文物，對中國文化史研究頗有貢獻。

5. 羅繼祖（1913—2002），原字奉高，後改字甘孺，浙江上虞人。羅振玉之孫。自幼隨祖父羅振玉生活，在祖父指導下治學。1988 年離休前爲吉林大學古籍研究所教授、歷史文獻整理研究室主任、長春市政協委員。

6. 鄭振鐸（1898—1958），字西諦，筆名賓芬、郭源新，原籍福建長樂，生於浙江永嘉。新文化運動宣導者。抗日戰争時期注重對因戰争而散落、流失、被盗的古籍善本、版畫的追蹤、收購、保存，爲搶救祖國文獻作出了傑出的貢獻。著作豐富，有《歐行日記》《海燕》《山中雜記》《西諦書話》等。

【其他】

1. 此書刻有墨圈斷句。

2. 下册前護葉楷書題“尊前彙”，其下小字題“羅振玉藏”。右部題“秋景盦”三字。下鈐“老气/横九/州”印。

【按語】王國維編《唐五代二十一家詞輯》，以《尊前集》等爲《花間集》的補充，補入温庭筠、皇甫松、韋莊等若干首。多者如歐陽炯《花間集》存十一首，由《尊前集》補入三十一首，尹鶚、李珣各由《尊前集》補入十七首[1]。

詞苑英華

揚州大學　石任之

中國國家圖書館 17168

國家珍貴古籍名録 10969

《詞苑英華》四十五卷。（明）毛晋編。明末毛氏汲古閣刻本。二十册。綫裝。

---

[1]見劉興暉《晚清民國時期的唐宋詞選本研究：以光宣時期爲中心》，安徽師範大學出版社 2017 年版，第 112 頁。

【題著説明】題名著者據《北京圖書館古籍善本書目》。

【著者簡介】毛晉（1599—1659），原名鳳苞，字子久，後改名晉，字子晋，號潛在，別號汲古主人，江蘇常熟人。少師錢謙益，藏書樓名“汲古閣”“目耕樓”，以藏書、鈔書、刻書名世，鈔本號稱“毛鈔”，所校刻有《十三經》《十七史》《津逮秘書》《六十種曲》等，編著《毛詩陸疏廣要》《蘇米志林》《海虞古今文苑》《毛詩名物考》《明詩紀事》《隱湖題跋》等，有《汲古閣書跋》存世。

【内容】收入詞集凡九種，計有後蜀趙崇祚輯《花間集》十卷、題宋武陵逸史輯《草堂詩餘》四卷、宋黄升輯《花庵詞選》二十卷（即《唐宋以來絶妙詞選》十卷、《中興以來絶妙詞選》十卷）、宋佚名輯《尊前集》二卷、明楊慎輯《詞林萬選》四卷、明張綖編《詩餘圖譜》三卷、《秦張兩先生詩餘合璧》二卷（宋秦觀《少游詩餘》一卷、明張綖《南湖詩餘》一卷）。所收以選集爲主。

第一册：《花間集》卷一至五。第二册：《花間集》卷六至十。第三册：《草堂詩餘》卷一。第四册：《草堂詩餘》卷二至卷三。第五册：《草堂詩餘》卷四。第六册：《唐宋諸賢絶妙詞選》卷一至卷二。第七册：《唐宋諸賢絶妙詞選》卷三至卷五。第八册：《唐宋諸賢絶妙詞選》卷六至卷十。第九册：《中興以來絶妙詞選》卷一至卷二。第十册：《中興以來絶妙詞選》卷三至卷四。第十一册：《中興以來絶妙詞選》卷五至卷六。第十二册：《中興以來絶妙詞選》卷七至卷八。第十三册：《中興以來絶妙詞選》卷九至卷十。第十四册：《尊前集》二卷。第十五册：《詞林萬選》卷一至卷二。第十六册：《詞林萬選》卷三至卷四。第十七册：《詩餘圖譜》卷一。第十八册：《詩餘圖譜》卷二。第十九册：《詩餘圖譜》卷三。第二十册：《秦張兩先生詩餘合璧》。

【刊印者】毛晉（1599—1659），見上。

【行款版式】半葉九行，行十九或二十字。白口，左右雙邊，雙魚尾。《詩餘圖譜》《秦張兩先生詩餘合璧》半葉九行，行十九字，白口，左右雙邊，無魚尾。

版心所鐫各集不同：《花間集》序末葉、目録葉版心鐫“花間集序”“花間集目”，下鐫葉數；序及各卷首葉版心上部鐫“汲古閣”（其下或鐫卷數），下鐫“毛氏/正本”（有框）及葉數，部分卷末葉版心亦鐫“汲古閣”及“毛氏/正本”；各卷其他葉版心鐫“花間集某”及葉數。《草堂詩餘》目録版心鐫“草堂目録”，下鐫葉數;各卷首末葉版心上鎸"汲古閣"(下或刻卷數),下鎸"毛氏/正本"(有框)及葉數;其他葉版心鎸"草堂卷某"及葉數。《唐宋諸賢絕妙詞選》目録版心鎸"花菴詞選",下鎸葉數;各卷版心上鎸"花菴詞選",中鎸卷數葉數及"唐詞"或"宋詞";部分卷首末葉版心上鎸"汲古閣",下鎸"毛氏/正本"(有框)及葉數。《中興以來絕妙詞選》目録版心上鎸"花菴詞選",中鎸"中興目録"及葉數;各卷版心上鎸"花菴詞選",部分卷首末葉版心上鎸"汲古閣",下鎸"毛氏/正本"(有框)及葉數,其餘葉中鎸"中興卷某"及葉數。《尊前集》各葉版心中部鎸"尊前集引""尊前集目""尊前集上""尊前集下"及葉數;各卷首末葉版心上鎸"汲古閣",下鎸"毛氏/正本"(有框)及葉數。《詞林萬選》各葉版心中鎸"詞林目""詞林某"及葉數;序葉及各卷首末葉版心上鎸"汲古閣",下鎸"毛氏/正本"(有框)及葉數。《詩餘圖譜》版心上鎸"詩餘圖譜",中部右鎸"序""目録""卷之某",左鎸葉數。《秦張兩先生詩餘合璧》版心上鎸"詩餘合璧""南湖詩餘",中鎸葉數(序、目録於其右鎸"序""目録")。

版框 17.6 厘米×12.1 厘米,開本 24.8 厘米×16.5 厘米。

【題名頁牌記】無。

【刊寫題記】無。

【刻(寫)工】無。

【避諱】無。

【序跋附録】書無序跋。各詞集皆有序跋、目録。序跋擇其要録文如下:

1.《花間集》。書首有歐陽炯《花間集序》一篇,見紹興十八年刻本《花間集》,不録。書末刻陸游跋之一:

《華間集》皆唐末五代晝人作。方斯時,天下岌岌,生民救死不暇,士大夫乃流宕如此,可歎也哉! 或者出於無聊故耶? 笠澤翁書。

書末刻陸游跋之二:

唐自大中後,詩家日趣淺薄。其間傑出者,亦不復有牆輩閎紗渾厚之作,久而自厭,然梏於俗尚,不能拔出。會有倚聲作詞者,本欲酒間易曉,頗擺落故態,適與六朝跌宕意氣差近,此集所載是也。故歷唐季五代,詩愈卑,而倚聲者輒簡古可愛。蓋天寶以後,詩人常恨文不迨;大中以後,詩衰而倚聲作。使諸人以其所長,格力施於所短,則後世孰得而議? 筆墨馳騁則一,能此不能彼,未易以理推也。開禧元年十二月乙卯,務觀東籬書。

書末刻毛晉跋之一:

據陳氏云:"《花間集》十卷,自溫飛卿而下十八人,凡五百首。"今逸其二,已不可考。近來坊刻,往往繆其姓氏,續其卷帙,大非趙弘基氏本來面目。余家藏宋刻,靗有歐陽炯序,後有陸放翁二跋,真完璧也。隱湖毛晉識。

書末刻毛晉跋之二:

近來填詞家輒效顰柳屯田作閨帷穢媟之語,無論筆墨勸淫,應墮犁舌地獄;於紙窗竹屋間,令人撑鼻而過,不慚惶無地耶。若彼白眼罵座,臧否人物,自託辛稼軒後身者,譬如雷大起舞,縱使極工,要非本色。張宛丘云:"幽索如屈、宋,悲壯如蘇、李,始可與言詞也已矣。"亟梓斯集,以爲倚聲填詞之祖。但李翰林《菩薩蠻》《憶秦娥》及南唐二主、馮延巳諸篇,俱未入選,不無遺珠之憾云。晉又識。

2.《草堂詩餘》。書末刻毛晉跋:

宋元間詞林選本,幾屈百指,惟《草堂》一編飛馳。幾百年來,凡歌欄酒榭,絲而竹之者,無不拊髀雀躍。及至寒窗腐儒,挑鐙閒看,亦未嘗欠伸魚睨,不知何以動人一至此也。其命名之意,楊升庵謂本之李青蓮"蕭聲咽""平林漠漠煙如織"二詞,然非歟。若名調淆訛,姓氏影借,先輩已詳辨之矣。海隅毛晉識。

3.《唐宋諸賢絕妙詞選》。書首刻有黃昇《絕妙詞選序》一篇,可見其舊刻。

4.《中興以來絕妙詞選》。首有胡德方序,可見其舊刻。書末刻有顧起綸跋:

唐人作長短詞,乃古樂府之濫觴也。李太白首倡《憶秦娥》,悽惋流麗,頗臻其妙,爲千載詞家之祖。至王仲初《古調笑》融情會景,猶不失題旨。白樂天始調換頭,去題漸遠,揆之本來,詞體稍變矣。騷雅名流,雋語競爽,蘇長公輩,才情各擅所長,其風流餘蘊,藉藉人口。厥後,元季樂府之盛,概又不出史邦卿蹊徑耳。於時,家握靈蛇,非蛟伯巨臂儔,能探其唅邪? 是編爲淳祐間黃叔暘所選,計若干卷,溯自盛唐,迄於南宋,凡七百年,詞家菁英,盡於是乎,美哉富矣! 猶夫不入楚宮,彌知細腰之多;不隃越海,莫測大貝之廣;昔之《玉樹》新聲、《花間》豔染,臨風一唱,遂翩翩有鵠背扶搖之想。假令我輩浮白倚瑟,解嘲度曲,固不可得而廢是編。花源真隱顧起綸更生撰。

書末刻毛晉跋二篇:

據玉林序中稱,"曾端伯所編"乃《樂府雅詞》所謂"涉諧謔則去之"者也。又稱,《復雅》一集,乃陳氏所謂銅陽居士所編,不著姓名者也。二書惜未之見,而兹編獨存,巋然魯靈光矣。先輩云《草堂》刻本多誤字及失名者,賴此可證。所選或一首,或數十首,多寡不倫。每一家綴數語紀其始末。銓次微寓軒輊,蓋可作詞史云。海隅毛晉識。

余向謂散花庵乃叔暘所居,玉林其號也。既讀其"戲題玉林"一詞,酷似余水村風景,不覺臥游而願學焉。其詞曰:"玉林何有,有一灣蓮沼,數間茅宇。斷塹疏籬聊補葺,那羨粉牆朱户。禾黍秋風,鷄豚曉日,活脱田家趣。客來茶罷,自挑野菜同煮。"又曰:"長作溪山主,紫芝可采,更尋巖谷深處。"殆五柳先生一流人也。恨不能續玉林圖,縣之研北,時讀《詞選》數過耳。晉又識。

5.《尊前集》。前有存一居士顧梧芳撰《尊前集引》一篇,可見其舊刻。書末刻有毛晉跋一篇:

雍、熙間,有集唐末五代諸家詞,命名《家宴》,爲其可以侑觴也。又有名《尊前集》者,殆亦類此。惜其本皆不傳。嘉禾顧梧芳氏採録名篇,釐爲二卷,仍其舊名。雖不堪與《花間》《草堂》頡頏,亦能一洗綺羅香澤之態矣。此本予得之閩中郭聖僕,聖僕酷好予家諸刻,必欲一字不遺而後快。癸酉中秋後一日,予訪之南都南關外,應門無人,惟檐前白鸚鵡學人語,呼"客到"已耳。老屋二間,不蔽風日,几榻間彝、鼎、盤、缶,皆三代間物,其最珍玩者,一折角漢研,因顏其齋曰"漢研"。出異香佳茗作供,劇談竟日。臨别贈予二書,兹編及《翦綃集》也。又贈予二畫,一淡墨水仙,一秋林高岫。蓋其愛姬李陀奴、朱玉耶筆也。惜其無嗣,今墓檟已森,二姬各有所歸。二書予安忍秘諸! 虞山毛晉識。

6.《詞林萬選》。書前刻有桂林任良榦《詞林萬選序》一篇:

古之詩,今之詞也。二雅二頌,有義理之詞也。填詞小令,無義理之詞也。在古曰詩,在今曰詞,其分以此。故曰:詩人之賦麗以則,詞人之賦麗以淫。蓋自漢已然,況唐以降乎! 然其比於律吕,叶於樂府,則無古今一也。雖然,邪正在人，不在世代，於心不於詩詞。若詩之《溱洧》《桑中》《鶉奔》《雉鳴》，雖謂之今之淫曲可也；張于湖、李冠之《六州歌頭》，辛稼軒之《永遇樂》，岳忠武之《小重山》，雖謂之古之雅詩可也。填詞之不可廢者以此。升庵太史公家藏有《唐宋五百家詞》，頗爲全備，暇日取其尤綺練者四卷，名曰《詞林萬選》，皆《草堂詩餘》之所未收者也。間出以示走。走驟而閲之，依緑水泛芙蓉，不足爲其麗也；茹九畹之靈芝，咽三危之瑞露，不足爲其甘也；分織女之機絲，秉鮫人之綃杼，不足爲其巧也。蓋經流水之聽，受運風之斤者矣。遂假録一本，好事者多快見之，故刻之郡齋，以傳同好云。時嘉靖癸卯季春吉，奉政大夫守楚雄府桂林任良榦書。

書末刻有毛晋跋一篇：

予向慕用修先生《詞林萬選》，不得一見。金沙于季鸞貽予一帙，前有任良榦序，不啻咽三危之露，而聆《秋竹》《積雪》之曲矣。但據序云，皆《草堂》所未收者，蓋未必然。其間，或名或字，或別號，或署銜，卻有不衫不履之致。惜乎紫子點照之誤，甑鬱魄托之音，向來莫辨。其尤可摘者，如曾宴“桃源深洞”一詞，本名《憶仙姿》，蘇東坡始改爲《如夢令》，即用修《詞品》亦云：“唐莊宗自度曲，或傳爲吕洞賓，誤也。”復作吕洞賓《如夢令》，何耶？ 又“東風捻就腰兒細”一詞，□膾炙人口，舊注云：“有名妓侍燕開府，一士人訪之，相候良久，遂賦此詞投諸開府。開府喜其豔麗，呼士人以妓與之。”《草堂續集》編入無名氏之例。兹混作東坡，且調是《玉樓春》，乃於首尾及換頭處增損一字，名《踏莎行》，向疑□人妄改，及考“鞋襪蹣兩”云云，仍是用修傳□。至於姓氏之逸，譜調之淆，悉注之本題之下。□□諸季鸞得毋笑余强作解事耶？ □□毛晋識。

7.《詩餘圖譜》。書前刻有王象晋《重刻詩餘圖譜序》：

填詞非詩也，然不可謂無當於詩也。《詩》三百篇，郊廟之所登聞，明良之所賡和，學士大夫之所宣播，窮巖邃谷、田畯紅女之所詠吟，采之輶軒，被之弦管，靡不洋洋纚纚，可諷可詠。删定一經，炳烺千古，此與王跡爲存亡者也。詩止矣，詎乎難繼矣。詩亡而後有樂府，樂府亡而後有詩餘。詩餘者，樂府之派別，而後世歌曲之開先也。李唐以詩取士，爲律、爲古、爲排、爲絶、爲五七言、爲長短句，非不較若列眉。然此李唐之詩，非成周之詩也。詩餘一脈，肇自趙宋，列爲規格,填以藻詞。一時文人才士,交相矜尚,或發紓獨得,或酬應鴻篇,或感慨今昔,或欣厭榮落。或柔態膩理,宣密諦而寄幽情;或比物托興,圖節叙而繪花鳥。憶美人者盼西方,思王孫者怨芳草。望西歸者懷好音,抱孤憤者賦楚些。譬照乘之珠,連城之玉,散在几席,晶光四射,爲有目人所共賞,有心人所共珍,豈不膾炙一時,流耀來裔哉!然可謂唐詩之餘,非周詩之餘也。宋崇寧間,命周美成等討論古音,比律切調,於時有十二律,六十家,八十四調,而柳屯田遂增至二百餘調。總之,以李青蓮之《憶秦娥》《菩薩蠻》爲開山鼻祖,裔是而降,遞相祖述,靡不換羽移商,務爲豔冶靡麗之談,詩若蕩然無餘。究而言之,詩亡於周而盛於唐,詩盛於唐而餘於宋。總之,元聲本之天地,至情發之人心,音韻合之宮商,格調協之風會。風會一流,音響隨易,何餘非詩?何唐宋非周?謂宋之填詞即宋之詩可也,即李唐、成周之詩亦可也。南湖張子創爲《詩餘圖譜》三卷,圖列於前,詞綴於後,韻脚句法,犂然井然。一披閱而調可守、韻可循,字推句敲,無事望洋,誠修詞家南車已。萬曆甲午、乙未間,予兄霽宇刻之上谷署中,見者爭相玩賞,竟攜之而去。今書簏所存,日見寥寥,遲以歲月計,當無剩本已。海虞毛子晋博雅好古,見予讎較此編,遂請歸而付之剞人,使四十年前几案間物,頓還舊觀,亦一段快心事也。若曰月露風雲,此騷人墨客之小技,無當實用,請以質之三百篇。至於探詞源,稽事因,編次歲月,舉散見於群籍中者,類而綴之,別爲一卷,則子晋已先得我心,亦庶幾博雅之一助云。崇禎乙亥小春月,濟南王象晋書於天中之冰玉軒中。

　　8.《秦張兩先生詩餘合璧》。《少游詩餘》前刻有王象晋《秦張兩先生詩餘合璧序》:

　　詩餘盛於趙宋,諸凡能文之士,靡不舐墨吮毫,爭吐其胸中之奇,競相雄長。及淮海一鳴,即蘇、黃且爲遜席。蓋詩有別才,從古志之。詩之一派,流爲詩餘,其情郅,其詞婉,使人誦之,浸淫漸漬而不自覺。總之不離温厚和平之旨者近是。故曰詩之餘也,此少遊先生所獨擅也。南湖張先生與少遊同里閈,慕少遊之爲人,輒效少遊之所爲詩文,因取宋人詩餘,彙而圖之爲譜,一時名公神情丰度、規式意調,較若列眉,誠修詞家功臣已。今觀先生長短句諸作,命意懇至,摛詞婉雅,儼然少遊再生,豈天地精粹清淑之氣,盡匯於長淮煙波浩渺間耶?何相肖之甚也？予不能詩，更不能詞，而甚慕兩先生之所爲詩若詞，特合兩先生詞併而梓之《圖譜》之後，使後世攻是業者，知詞雖小道，自有當行，無趨惡道，亦未必非修詞之一助也。

崇禎乙亥長至日，濟南王象晋撰。

《南湖詩餘》前刻射陂朱曰藩《南湖詩餘序》：

吁，三百篇以來，聲音之道，變也極矣。是故國風散而《離騷》興，《離騷》歇而五言作，五言極而六朝麗，六朝工而唐律盛，唐律慢而宋詞填，宋詞度而元曲靡。是故魏晋以還，歷代製作，祇郊廟讌饗樂章稍存雅則，自餘閨情宮怨之什，棼如矣。然美人託詠於顯王，宓妃取諭於賢臣，使其哀音柔弄，果足以達誠所天，一旦聆之，爲之泫然回心焉。是故亦諷諫之一端也，可盡少哉。吾郡南湖張先生，弱冠作無題詩及香奩雜詩數十首，一時盛傳，以爲淮海才子。乃去年秋，先生嗣子惟一刻先生全集成，持過涇上，以序見屬。集自弘治辛酉迄嘉靖庚子，編年分類，凡四卷，各以其時長短句附諸後。予讀之竟，歎曰：先生真才子哉！先生固詩人之雄也。昔元稹之歌詞，宮中傳誦，號爲元才子。及觀《長慶集》，其可傳者，殆不止是。先生以奇才卓識，不獲早售。於時優游田廬，輟耕之暇，紓寫心曲，聊復爾爾。乃其集入楚後詩，格更奇，辭更古，旨趣更沈著，方將超西崑之畛域，闖少陵之堂室。電激淼騰，軒豁一世。惜當日傳者，徒見其杜德機而止爾。然予聞新安有程方岳旦者，奇士也，與先生善，每醉後歌先生詩曰：“野性素於時事薄，羇懷翻共酒杯親。”又曰：“黃金易鑄鑪中像，白玉難開璞裏心。”輒爲之泣下不能已。吁！若程公者何耶？非有感於託諷之深如此耶？此固可以占先生才情之妙矣。或問先生長短句，予曰：《詩餘圖譜》備矣。先生從王西樓遊，早傳斯技之旨。每填一篇，必求合某宮某調、某調第幾聲、其聲出入第幾犯，務俾抗墜圓美，合作而出。故能獨步於絕響之後，稱再來少游。予每欲擇其詞之精者，合少游詞成一帙，以遺鄉人，爲詞學指南，第多事來未遑耳。先生名縱，字世文，別號南湖，起家武昌倅，擢守光州。在兩郡咸有惠政，其詳具顧按察所作墓誌中。予不文，勉荅惟一之意如此。

嘉靖壬子仲春吉，同郡射陂朱曰藩撰。

【批校題跋】書中偶見朱筆圈批。

【鈐印】第一册《花間集序》首葉鈐"欽訓堂/書畫記"白文長方印、"玉森氏/藏書"白文方印、"燕庭/藏書"朱文長方印、"北京/圖書/館藏"朱文方印。卷一卷端鈐"燕/庭"朱文方印、"劉/喜海"白文方印、"北平謝氏/藏書印"朱文長方印。第二册卷六末葉乙面鈐有圖案印二方。

第三册《草堂詩餘》目録首葉鈐"欽訓堂/書畫記"白文長方印、"玉森氏/藏書"白文方印、"燕庭/藏書"朱文長方印,末葉乙面鈐有圖案印二方。第三册卷一末葉乙面、第四册卷二末葉乙面均鈐有圖案印二方。第四册卷三卷端鈐"燕庭/藏書"朱文長方印、"欽訓堂/書畫記"白文長方印、"玉森氏/藏書"白文方印。

第五册《絶妙詞選序》首葉鈐"欽訓堂/書畫記"白文長方印、"玉森氏/藏書"白文方印。《綱目》首葉鈐"燕庭/藏書"朱文長方印。

第十五册《尊前集引》首葉鈐"燕庭/藏書"朱文長方印、"欽訓堂/書畫記"白文長方印、"玉森氏/藏書"白文方印。

第十六册《詞林萬選序》首葉鈐"燕庭/藏書"朱文長方印、"欽訓堂/書畫記"白文長方印。

第十七册《重刻詩餘圖譜序》首葉鈐"欽訓堂/書畫記"白文長方印、"玉森氏/藏書"白文方印、"聖清宗/室盛昱/伯義之印"朱文方印,書眉上鈐"燕庭/藏書"朱文長方印。

第二十册《秦張兩先生詩餘合璧序》首葉鈐"欽訓堂/書畫記"白文長方印、"玉森氏/藏書"白文方印,書眉上鈐"燕庭/藏書"朱文長方印。書末葉乙面鈐"北京/圖書/館藏"朱文方印。

又,各集各卷首末均有摹刻"琴川毛/晉正本"朱文長方印。第五册《絶妙詞選》序末葉乙面摹刻"玉/林"朱文方印、"花菴"朱文葫蘆形印,翻自宋刻本。第九册《中興以來絶妙詞選》胡德方序末摹刻"季/直"朱文方印、"栢臯/胡氏"朱文鐘形印、"籍/溪/後/學"朱文横琴形印,亦翻自宋刻本。第十五册《尊前集》各卷末葉乙面刻有圖案印二方。

【書目著録】

1.《北京圖書館古籍善本書目》集部詞類叢編著録。

2.《中國古籍善本書目》集部詞類叢編部分著録,編號20809。

【遞藏】

1. 永瑆(生卒年不詳),字文玉,號益齋,別號素菊道人,清宗室。理密親王允礽之孫。約乾隆至道光時期人,封輔國公。工書善畫,善以飛白法用淡墨寫蘭石。尤精鑒別,收藏名迹甚富,後世流傳書畫作品鈐"欽訓堂藏印"者,皆經其品定過眼。著有《益齋集》等。

2. 謝寶樹(生卒年不詳),薊丘人。清嘉慶間人。抄唐李匡義《資暇集》三卷,唐李商隱《雜纂》一卷,唐張爲《主客圖》一卷。

3. 劉喜海(1793—1852),字吉甫,號燕庭,山東諸城人。劉統勳曾孫。清嘉慶二十一年(1816)舉人,累官至浙江布政使。以書名家,篆隸尤工,又爲金石學家。

4. 盛昱(1850—1899),字伯熙,一作伯羲、伯兮、伯熙,號韻蒔,一號意園,滿洲鑲白旗人。蕭武親王豪格七世孫。清光緒二年(1876)進士,授編修、文淵閣校理、國子監祭酒。著《八旗文經》《雪屐尋碑録》《鬱華閣文集》等。

【其他】是書分四函二十册。

【按語】是書《詩餘圖譜》《秦張兩先生詩餘合璧》各卷版式與前數種不同,或許非一時所刊刻。又,今國家圖書館藏明抄本毛晋《詞海評林》(索書號18149),書末有毛扆跋,云:"《詩餘圖譜》,填詞之法備焉矣。先君此書之作規模之,而更充廣焉。……正欲付梓,而玉樓之召孔迫,惜哉!"知毛晋生前刻《詩餘圖譜》之後,尚欲增廣之,編成《詞海評林》,未刻而逝。可見毛晋編刻的詞集彙編,終其一生,仍在增廣不輟。

北京師範大學圖書館藏稿
抄本書志(子部選萃)

北京師範大學圖書館　　馬鴻雁　　程仁桃

一、家塾授蒙淺語一卷,附習字訣一卷

清陳介祺(題海濱病史)撰,清同治十年(1871)抄本。陳介祺題識。竹紙。綫裝一册。半頁八行或九行,行二十三或二十四字,小字雙行同,無欄格。外封題名"濰縣陳氏授蒙淺語"。《家塾授蒙淺語》《習字訣》末各抄有同治辛未(十年,1871)三月十日、三月二十四日陳介祺題記。

陳介祺(1813—1884),字壽卿,號簠齋,晚號海濱病史、齊東陶父,山東濰縣人。道光二十五年進士,官至翰林院編修,金石學家,著有《簠齋吉金録》《十鐘山房印舉》等。

《家塾授蒙淺語》是陳介祺在敬寬書塾爲孫輩初入書塾所寫讀書聽課的禮儀和方法,卷末題記云:"同治十年辛未三月十日庚子,次孫講學陔、三孫純學陽就塾,書此待正君子與諸昆弟之授子孫讀者共之。"《習字訣》是陳介祺爲長孫所撰習字之法,卷末題記云:"辛未春,海豐吳仲飴倩録余爲阜孫所説習字訣於册,

余見之復舉十年來所自得隨手雜記如右，爰命阜再録，而余又編之以爲初學先導。"吳仲飴即陳介祺女婿吳重憙（1838—1918），字仲飴，吳式芬次子，海豐縣人，喜藏書。濰縣陳氏與海豐吳氏有世交之情，今人有誤以《家塾授蒙淺語》爲海豐吳氏所撰者。此書《中國古籍總目》《中國古籍善本書目》未著録。除本館所藏抄本外，僅山東省博物館藏有清光緒十八年（1892）海豐吳重憙刻本，見於《清史稿藝文志拾遺》《山東文獻書目》《山東通志藝文志訂補》著録。刻本中有吳重憙識語云："先外舅濰縣陳壽卿介祺，以協撰蒙嗣乙巳翰林，解組歸山，家居不仕，在林下者三十餘年。中年後服膺朱子之學，與後進言講，指畫不倦。此授蒙數則，專訓幼學之語，辛未年寫寄重憙，俾課兒輩者也。甲申七月，先生下世，忽已九年。今春檢點遺書得之，受益童蒙，實非淺鮮。爰梓而行之，以廣先生教澤。"綜合陳介祺題記和吳重憙刻書識語，本館所藏抄本疑爲同治十年長孫陳阜奉命手録，寄送吳重憙處，光緒十八年吳重憙據抄本刊刻。

卷末有陳介祺墨筆題識，迻録如下："初學以顔書入門爲正，顔碑以《郭家廟》爲宜於初學，郭碑去其與《多寶塔碑》似者而求其用筆，則可進於顔法矣。五月十一日庚子又記。"佚名旁注："此四行簠齋先生手筆。"

藏書印有"樂嘉藻印""嘉藻珍藏""樂""嘉藻珍藏印""彩澄""虛齋"。樂嘉藻（1867—1944），字彩澄，貴州黄平人。光緒舉人，曾參加公車上書，創辦新式學堂，著有《中國建築史》，雅好藏書。

二、孟子私淑録三卷

清戴震撰，清張氏照曠閣抄本。竹紙。綫裝一册。半頁九行二十一字，小字雙行同，細黑口，左右雙邊，烏絲欄。版心下鎸"照曠閣"。

戴震（1724—1777），字東原，又字慎修，號杲溪，安徽休寧人，清代乾嘉時期樸學大師。《清史稿》有傳。其治學廣涉音韻、文字、哲學、算術、天文、地理等，著有《聲韻考》等，哲學著作以《原善》和《孟子字義疏證》爲要。戴震與段玉裁書云："僕生平著述最大者，爲《孟子字義疏證》一書，此正人心之要。"

《孟子字義疏證》以問答體考證"理""性""天道"等字義，以考據之名追本溯源，批駁程朱理學之正統。其後焦循作《申戴篇》將其發揚光大，近代梁啟超、胡適尤爲推崇。此書寫作數易其稿，幾經修繕，定稿之前有《孟子私淑録》和《緒言》兩種稿本。學界對於稿本的寫作先後意見不一，錢穆先生以爲《孟子私淑録》撰成於《緒言》之後，晚近學者則以《孟子私淑録》爲初稿，《緒言》爲修訂稿。

《孟子字義疏證》被輯入清乾隆間曲阜孔繼涵輯刊《微波榭叢書·戴氏遺書》和段玉裁經韻樓刻《戴東原集》中，《緒言》和《孟子私淑録》皆未被收入其中。《緒言》尚蒙清代學者程瑶田影抄，其後輯入《粤雅堂叢書》中，《孟子私淑録》則未曾刊行，以抄本流傳。除本館所藏外，目前所知有清抄本五部存世，分別藏於國家圖書館（兩部）、上海圖書館、北京大學圖書館、私人藏書家韋力。

本館所藏抄本出自江蘇常熟張氏照曠閣，爲輔仁大學圖書館舊藏。照曠閣，《中國古籍版刻辭典》著録：“清乾隆間江南常熟人張仁濟（1717—1791）及子光基、海鵬（見‘借月山房’條）的室名。……照曠閣抄本有：……戴震《孟子私淑録》3 卷……”①《孟子私淑録》的照曠閣抄本，錢穆先生曾撰文論及，其《記鈔本戴東原〈孟子私淑録〉》一文曰：“最近又得照曠閣鈔本《孟子私淑録》，題休寧戴震撰，書分三卷，卷上十一條，卷中四條，卷下八條，大體相當於《緒言》之上下二卷。……余得此稿，已值故都淪陷，方謀脱身遠行之資，以書估索價昂，遂録副藏行篋中，攜之入湘，遵海轉滇，頃又挾而入蜀，特爲刊出以廣其傳，庶於東原晚年學思精進轉變之跡，窺考有籍，而爲粗識其涯略如此。”②錢穆先生因當時價格高昂未能購入照曠閣抄本，遂抄録副本輾轉帶入四川，撰此論文并附上《孟子私淑録》原文一併刊登於《圖書集刊》1942 年創刊號上，《孟子私淑録》藉由此文方廣爲人知。

藏書印有“輔仁大學圖書館藏”。

---

①瞿冕良《中國古籍版刻辭典》，蘇州大學出版社 2009 年版，第 897 頁。
②錢穆《記鈔本戴東原〈孟子私淑録〉》，《圖書集刊》，1942 年創刊號。

三、人身圖説不分卷

意大利羅雅谷、意大利龍華民、瑞士鄧玉函譯述。清抄繪本。毛邊紙。綫裝四册。半葉八行,行二十一字,雙行小字同,無欄格,有人體圖。

三位譯述者皆爲天主教耶穌會傳教士,最早入華傳教者爲龍華民(1559—1654),號精華,1582年入耶穌會,1597年(明萬曆二十七年)抵達澳門,在廣東韶州傳教,1609年調至北京,隨後擔任耶穌會中國傳教區會長。任職期間,數次向教皇和耶穌總會請求派遣數學家和天文學家,新招募傳教士羅雅谷、鄧玉函、湯若望等人。鄧玉函(1576—1630),1618年和羅雅谷、湯若望等啟程東渡,1619年抵達澳門,1621年(天啟元年)至杭州傳教,1623年至北京,1629年經徐光啟推薦、與龍華民協助修曆。擅長天文學、醫學、力學、機械學,著有《遠西奇器圖説》《泰西人身説概》等。羅雅谷(1593—1638),字味韶,1622年抵達澳門,1624年隨高一志入山西傳教,1630年(崇禎三年)受召入京修曆,與湯若望等人編譯《崇禎曆書》,卒於北京。有天文學、數學、曆法、神學等著作多部。

是書爲西方解剖學譯著,爲明清之際耶穌會士傳入中國的西學著作之一,全書一分爲二:先論胸腔、腹腔解剖生理,後有二十一幅五臟軀殼圖及圖説。國内未曾刊刻,有清抄本、民國抄本存世。與本館單行本不同,其他圖書館所藏(如:中醫科學院圖書館、國家圖書館、北京大學圖書館藏本)多與鄧玉函《泰西人身説概》合抄。《泰西人身説概》由鄧玉函居杭期間口述譯成,明崇禎七年(1634)畢拱辰於京城湯若望處得此遺稿後加以校訂,明崇禎十六年(1643)刊刻於世,海外存有刻本。作爲合抄之書,有學者以爲二書内容互補,《人身圖説》當爲《泰西人身説概》續編,二者可合爲一部完整譯著。

四、斗建彙攷一卷,附先聖生卒年月日攷二卷、
服鳥賦年月日攷一卷

清談泰撰。清抄本。竹璽墨筆過録錢大昕《贈談階平序》文。綫裝一册。

半葉九行，行十六字，小字雙行同，無欄格。附錄前有石樓張時霖跋文。

談泰，字階平，一字星符，上元（今南京）人。乾隆五十一年（1786）舉人，任山陽縣學教諭、南匯縣學訓導。精通天文曆算，嘗從學於錢大昕，與焦循、汪萊相友善。著作豐富，存世有《禮記義疏算法解》一卷、《王制井田算法解》一卷、《王制里畝算法解》一卷等。其事見於阮元《疇人傳》。

是書屬天文曆算之學，斗建即北斗所指，據其指向而知節氣月次。《漢書·律曆志上》："日至其初爲節，至其中斗建下爲十二辰，視其建而知其次。"①彙攷包含：校正史記本文、斗建舊圖、斗建圖辨、今攷定斗建全圖、書梅循齋斗建論後。校正史記本文即校勘《史記·天官書》北斗七星部分，校語以雙行小字附於文中，考證則直書於天頭。卷前自序言其寫作初衷："近日宣城梅氏反覆辨論……泰更加校正，并繪爲圖，疏通而證明之，以補宣城所未盡。書凡一卷，題曰《月建彙攷》，俾知數者覽焉。"宣城梅氏即梅毅成，字玉汝，號循齋，以天文曆算供奉内廷。卷末所附《先聖生卒年月日攷》考證聖人孔子生卒時間，《服鳥賦年月日攷》則考證賈誼《服鳥賦》"單閼之歲分，四月孟夏，庚子日斜分，鵩集予舍"所指寫作時間。

是書未曾刊刻，未見其他抄本，《中國古籍善本書目》著録本館藏本。

抄本目録頁有墨筆題識："江寧談泰階平。"斗建圖辨末有竹璽墨筆過録錢大昕《贈談階平序》文，迻録如下：

> 蓋天之説當時以爲疏，今轉覺其密。七曜盈縮損益之率，古法與歐邏巴原不相遠也。其爲彼之所創者，不過數端而其説亦已屢易。吾烏知他日不又一説以易之乎？其不可易者，可知者也。其可易者，不可知者也。知其所可知，而不逆億其所不可知。庶幾儒者知數之學，予未之逮也。願階平勉之而已。潛研老人書於十駕齋。
>
> 祖沖之《綴術》，中土失其傳，而契丹得之。大石林牙之西，其法流轉，天方歐邏巴最後得之。因以其術誇中土而踞乎其上。

"炫"字缺筆，"曆"作"歷"，"寧"字不避諱。疑爲清嘉慶以前抄本。

---

① 班固撰、顔師古注《漢書》，《前四史》，中華書局 1997 年版，第 984 頁。

藏書印有"衡""北涂""竹璽""東海""聖秋經眼""徐聖秋讀書記""徐氏傳是樓印""揚州阮氏琅嬛僊館藏書印"。"琅嬛僊館"爲阮元藏書樓,阮元(1764—1849),字伯元,江蘇儀徵人,乾隆五十四年(1789)進士,九省疆臣,藏書甚富,精通經史、數學、天算、與地、金石等。嘉慶年間曾撰成《疇人傳》,書中專門收録談泰、梅瑴成等歷代天算家。徐衡,字聖秋,清末藏書家徐乃昌之子,安徽休寧人,精於金石書畫。

五、周易縣鏡十卷

明喻有功撰,清抄本。竹紙。綫裝一册。半葉十二行,行二十五字,黑口,無界欄,上下花魚尾,四周雙邊。框高 19 厘米,寬 14.4cm 厘米。無序跋。

存五卷(六至十)。

喻有功(生卒年不詳),字若無,號混初。明末高安(今江西高安)人。隱居高家巷,後流寓方外,精易數,著《周易縣鏡》。《[康熙]高安縣志》卷八有傳。

是書《四庫全書總目》列入術數類存目,云:"其書專言軌策之數……大旨以《皇極經世》爲宗,而雜及於後世占卜之法。雖有依傍卦爻立説者,然皆非經文本義。邵子之《易》,朱子已稱爲《易》外別傳,此又別傳之別傳矣。末纂《左氏傳繇象》,并郭氏《洞林》,皆主占驗之學。卷首有甘士价序,稱爲七卷,而此書實十卷。其第九卷《帝王經世甲子》,内載至國朝康熙二十三年甲子,則當是後人有所增入,故卷數加多耳。"①查《明史·藝文志》,亦著録爲七卷。此本卷九《帝王經世甲子》,内"天啟四年甲子"及"康熙二十三年甲子"均題"增入",則原書之編纂當在天啟四年之前。朱彝尊《經義考》卷六十二著録,作"《周易縣鏡》七卷",卷前除甘士价序外,又有劉宇序。《經義考》引甘士价序曰:"高安喻混初嗜性命之奥,究象數之微,教授湖、湘,游於閩、粤、燕、薊、吴、越,足跡半天下,蒐羅易奥,逾四十年,得諸異人講授爲多,晚與新都胡圭方契論,演《周易縣鏡》七卷,首明太極、河圖、洛書之秘,次陳意、言、象、數之微,又次闡先後天策軌之妙,

---

① 紀昀等著、四庫全書研究所整理《欽定四庫全書總目(整理本)》,中華書局 1997 年版,第1468 頁。

又次載歷代帝王經世甲子之序,而末纂左國繇象占驗,并郭氏洞林附之。學者得此,用易如鑑照然,謂之懸鏡,不誣也。"①劉宇序云:"喻君混初數學淵源于康節,採摘百家,彙而成帙,曰《周易懸鏡》。"②

"玄""弘"均不缺筆,"曆"作"暦","寧"作"寕"。眉上有佚名墨筆批語。

藏書印有"觀雲草堂""吳城""敦復""慎流傳、勿損污""繡谷亭續藏書"等。繡谷亭,清代錢塘藏書家吳焯(1676—1733)於家中所構亭,吳焯號繡谷老人。子吳城,字敦復,能承父業,亦搜集善本不遺餘力。

六、譚子化書六卷,附於陵子一卷

五代譚峭撰,清晋民正注,張晋垣校。《於陵子》題齊陳仲子撰,清晋民正注。清晋民正謄清本。祝廷錫墨筆題識。竹紙。綫裝二册。半頁八行二十、二十一字不等,小字雙行同,無欄格。《於陵子》前有劉向叙錄。

譚峭,字景昇,五代泉州人。其父爲唐國子司業譚洙。譚峭早年頗涉經史,不慕科舉功名,酷好黄老之書,師從嵩山道士,煉丹於南嶽,復入青城山而不出。沈汾《續仙傳》最早記載其生平事跡。

晋民正,清代人。《化書》卷端題"玉峰後學晋民正澹菴氏注,外孫張晋垣應臺氏校"。《太倉州儒學志》卷二有"晋民正心則,崐山人,乙亥歲貢③。"玉峰"爲昆山别稱,《[嘉慶]直隸太倉州志》卷六十引元高德基《平江紀事》云:"延祐初移崐山治於太倉……至正間,果復移回玉峯舊治。"④兩者籍貫相同,疑即同一人,心則其字,澹菴或其號。《化書》卷末有"八十老人晋民正注畢,今年八十四復謄真。是年仍移到舊居,十二月廿二日寅時生女玄外孫"。謄真是用楷書謄寫,晋民正八十歲時注釋完畢,八十四歲重新謄寫,即爲是書。與《於陵子》句中語詞注釋不同,《化書》注釋主要是對卷中每則小標題的題解,以闡發義理。

---

①朱彝尊《經義考》,《景印文淵閣四庫全書》,臺北商務印書館1986年版,第677册,第694—695頁。

②朱彝尊《經義考》,第695頁。

③俞天倬輯《太倉州儒學志》,清康熙四十七年刻雍正元年增修本,卷二。

④王昶撰《[嘉慶]直隸太倉州志》,清嘉慶七年刻本,卷六十雜綴三紀聞。

《化書》有《道化》《術化》《德化》《仁化》《食化》《儉化》六卷,卷下有數則各類名物,每則皆有小標題,如"蛇雀""老楓""鉛丹"等。多言黄老道德,文筆簡奥。舊題《齊丘子》,《四庫全書總目》稱:"舊本題曰《齊丘子》,稱南唐宋齊丘撰。宋張耒跋其書,遂謂齊丘'犬鼠之雄,蓋不足道'。晁公武亦以齊丘所撰著於録。然宋碧虚子陳景元跋稱:舊傳陳摶言:'譚峭景昇在終南著《化書》。因遊三茅,歷建康,見齊丘有道骨,因以授之曰:是書之化,其化無窮,願子序之,流於後世。於是杖筴而去。齊丘遂奪爲己有而序之。'則此書爲峭所撰,稱《齊丘子》者,非也。"①

是書單行本有宋刻本、元秦昇家塾刻本、明弘治十七年鄭常清、劉達刻本、明萬曆十九年江氏太一書樓刻本等,又收入明清各類叢書中,如《道藏》《續道藏》《寶顔堂秘笈》《四庫全書》《墨海金壺》《榕園叢書》《正覺樓叢刻》《説郛》《子彙》《二十子》等。以宋刻本和明萬曆《子彙》叢書本校勘,此抄本非據宋刻本抄録,如《道化·形影》此抄本有"乃知形以非實,影亦非虚,無實無虚,可與道俱"句,宋刻本無此句,明《子彙》本有此句。此抄本抄寫正文時,字詞時有誤抄,句子偶有脱漏,如《道化·老楓》兩刻本"氣無所不同,形無所不類"句,此本抄爲"氣無所不類"。

《化書》卷前有民國十一年(1922)祝廷錫墨筆題識,過録《四庫全書總目·子部雜家類》"化書"提要,附加本人按語。現將其按語迻録如下:

> 按今本晁氏《讀書志》未録此書,惟陳振孫《書録解題》子部雜家有《化書》六卷,題曰"南唐宰相廬陵宋齊邱子嵩撰"。又丁氏《藏書志》子部雜家有《化書》六卷明宏治本,題"紫霄真人譚景昇撰",有嘉祐五年夏四月碧虚子題《化書》後序,前爲宏治甲子二月光禄寺少卿李紳縉卿序,云宋潛溪先生評其文高簡,可亞關尹子,其於黄老道德實有所見。天順間代府板行,歲久磨滅。方外鄭君常清深得是書之旨,謀於定州劉達,捐資壽梓。此外明清人所刊叢書,率有此書,皆題譚峭撰,而皆不言注此爲晋澹庵。注本觀末葉所題二行,知即澹庵手録本。不然何以并移居及生玄甥女而同鈔録之。惟晋爲何代人、□注已否經人刊行,尚俟考焉。壬戌十月小雅識。

①紀昀等著、四庫全書研究所整理《欽定四庫全書總目(整理本)》,第1572頁。

《於陵子》有十二篇短章故事，卷前有劉向《於陵子叙録》和鄧文原題辭。舊題陳仲子撰，《四庫全書總目》以爲明人姚士粦僞撰，收入《四庫存目》。

是書收入明清叢書《秘册彙函》《廿二子全書》《子書百家》中，鮮有單行本。明萬曆《秘册彙函》本卷端題“齊陳仲子撰，明沈士龍、胡震亨同校”，卷前刊有鄧文原題辭、姚士粦識文、沈士龍識文、胡震亨識文、劉向《於陵子叙録》、明萬曆三十一年趙開美後序。以《秘册彙函》本相校，此抄本裝訂有誤，《貧居篇》應在《畏人篇》之後。

《於陵子》卷前有民國十一年（1922）祝廷錫墨筆題識，過録《四庫全書總目·子部雜家類存目》“於陵子”提要，附加本人按語。現將其按語迻録如下：

> 按此本舊附《化書》後，亦晋君所注。二書字跡相同，或即晋之手筆。首有劉向校上序，爲《四庫存目》所未及，而無王鼇、沈士龍筆引跋，亦與《四庫存目》異。惟《畏人篇》以“請殿其故”開首，《遺蓋篇》祇三句二十字，似有佚奪，俟得他刻本而證之。壬戌十月九日小雅識。

祝廷錫題識中所謂《畏人篇》《遺蓋篇》“似有佚奪”的問題。與《秘册彙函》本對勘，《貧居》等十篇屬於全篇抄録正文，注者在其中添加雙行小字注釋。《畏人篇》《遺蓋篇》並未抄録全文，而是摘抄正文的部分字詞句進行注釋，類似於陸德明《經典釋文》的注釋形式，并非抄録時的“佚奪”之誤。

藏書印有“知非樓所藏書”“知非廎秘笈”“祝廷錫”“曾爲祝小雅閲”“嘉興李潛”“粹芬閣”等。祝廷錫（1863—？），字心梅，號小雅，晚號俟廬老人。浙江嘉興人。喜藏書，晚年曾建藏書樓“知非樓”。“粹芬閣”爲藏書家沈知方（1883—1939）藏書樓。

七、默記一卷

宋王銍撰。清鮑氏知不足齋抄本。清王懿榮校。綫裝二册。每半葉十一行，行二十字，無欄格。外封書名簽題：“默記，知不足齋寫本，王文敏公用硃書校過。”版心下題“知不足齋抄本”。

王銍（？ —1144），字性之，自號汝陰老民，世稱雪溪先生。潁州汝陰（今安徽阜陽）人，宋初著名學者王昭素後裔。曾官右承事郎守大府丞、迪功郎權樞密院編修官，右宣教郎充湖南安撫司參議官等。著有《默記》《雜纂續》《侍兒小名錄》《國老談苑》《王公四六話》《雪溪集》等。傳見《宋史翼》卷二十七。

是書成於宋紹興五年，載周世宗至北宋徽宗九朝的朝野逸事，每朝均有所記，少則三、四條，多則數十條，尤以仁宗朝記事最多。内容涵蓋帝王史事、典制典籍、科舉選官、名人逸事、奇聞志怪等。《中國古籍善本書目》著録此書刻本有清乾隆嘉慶間鮑廷博《知不足齋叢書》本，其餘爲抄本，抄本中以明穴硯齋抄本爲最早。又此書收録於各叢書中，如《説郛》《古今説海》《歷代小史》《學海類編》《四庫全書》等。本館所藏抄本與《知不足齋叢書》本對勘，《知不足齋叢書》本校正了抄本多處錯訛，大抵鮑氏刊入叢書時，又對抄本進行了仔細校勘。

“玄”字未避諱。

全書經王懿榮朱筆校過，末題“乙酉七月處暑日校畢，榮記”，并鈐“廉生祕翫”。另有“知不足齋鮑以文藏書”“朱樨之印”“震旦第一山樵”“玖聘鑒賞之章”“永清朱玖聘珍藏金石經籍書畫記”諸藏書印。

八、司鐸日課概要不分卷

意大利利類思譯。民國十八年（1929）陳氏勵耘書屋抄本。陳垣校並題書名。綫裝三册。半葉十行，行二十五字，紅欄格紙，版心印有“勵耘書屋”。

利類思（1606—1682），意大利人，耶穌會傳教士。清初在中國進行傳教活動，曾創建成都教堂、北京東堂教堂，漢語造詣極高，爲培養中國本土神職人員，譯有《彌撒經典》等多部典籍。

司鐸爲天主教神職人員名稱①。是書包括週年各等瞻禮日課經文，所譯皆

---

① 【辭海·司鐸】：天主教一般宗教職業者在中國的名稱（尊稱爲“神父”）。拉丁文作 sacerdotes，意爲“祭司”。中國天主教最初音譯爲“撒責爾鐸德”，簡稱“鐸德”，後采用儒家關於“司政教時振木鐸”的説法，改作“司鐸”。見《辭海修訂版宗教分册》，上海人民出版社1977年版，第 94 頁。

其要者，據卷前《司鐸日課概要凡例》稱：“鐸德日課，週年每日不一，此惟翻譯緊要并所應要課之凡例。日課有加倍有加半有單者，單者不在此課要。”《北京師範大學圖書館古籍善本書目》著録爲：“聖事禮典，不分卷，（泰西）利類思譯。民國十八年（1929）陳氏勵耘書屋抄本，陳垣校并親題書名。三册，十行二十五字。善3692。”①《聖事禮典》（即《七聖事禮典》）是利類思清康熙十四年（1675）所譯另一部著作。此抄本第一册内封題“聖事禮典·司鐸日課”，函套題“聖事禮典”，但是書中抄寫内容實爲《司鐸日課概要》，卷端和目録皆題“司鐸日課概要”。卷前“周年各等瞻禮日”是《聖事禮典》和《司鐸日課》都有的内容，導致有此著録錯誤。國家圖書館所藏《司鐸日課概要》的“周年各等瞻禮日”爲刊刻部分，版心也刻有“聖事禮典目録”，書名仍應著録爲《司鐸日課概要》。

是書有清康熙十三年（1674）刻本，國内現存較少，國家圖書館藏有一部，其中内封、卷前“週年各等瞻禮日”和卷末“已亡者日課經”爲刻本，其餘部分爲清末民國間紅格紙補抄。經過文字比對，國家圖書館補抄部分和本館抄本皆抄自康熙十三年刻本。

是書爲勵耘書屋抄本，第一册内封陳垣墨筆題：“十八年一月十一日抄起，同月卅一日校畢。”陳垣先生作爲近代藏書大家，亦爲宗教史學家。此書應是先生爲研究基督教所置備。抄寫原因，當與刻本留存稀少、尋訪不易有關。先生生前藏書多已捐入國家圖書館，其中包括十二種勵耘書屋抄本，但并無宗教類抄本，本館所藏抄本彌足珍貴。

①北京師範大學圖書館古籍部編《北京師範大學圖書館古籍善本書目》，北京圖書館出版社2002年版，第168頁。

北京師範大學圖書館藏抄本
宋人別集廿種書志

北京師範大學圖書館　楊　健

徐公文集三十卷

宋徐鉉撰。清抄本,佚名校。竹紙。綫裝十册。每半葉十一行,行二十一字。無欄格。前有金侃識、宋天禧元年(1017)胡克順《進徐騎省文集表》、淳化四年(993)陳彭年《故散騎常侍東海徐公文集序》。卷末附《東海徐公墓誌銘》、李至等撰"祭文"、李至撰"挽歌詞"、大中祥符九年(1016)晏殊"後序"、《徐公行狀》(行狀後過録有"應奉危素讀一過")、紹興十九年(1149)徐琛撰《明州重刊徐騎省文集後序》。

徐鉉(917—992),字鼎臣,廣陵(今江蘇揚州)人。仕吴爲校書郎,仕南唐至吏部尚書充翰林學士,入宋官至左散騎常侍。淳化二年(991)貶爲静難行軍司馬。次年八月卒。長於爲文,尤精小學。據李昉《東海徐公墓誌銘》曰:"所著文多遺落,今其存者編爲三十卷。"《宋史》卷四百四十一有傳。

徐鉉文集宋代曾兩次刊刻:天禧元年(1017)年胡克順刊本爲初刊,凡三十卷。紹興十九年(1149)有重刊本,即明州公庫本。今日本大倉文化財團有藏。嚴紹璗《日本藏宋人文集善本鉤沉》著録該本:"每半葉十行,每行十九字。白口。版心下有刻工名姓,如施章、劉仲、徐彦、胡正、洪光、朱禮、王寔、王坤、陳忠、洪茂等。此本係據北宋天禧中胡克順刻本重刊。末有提學徐琛撰《明州重刊徐騎省文集後序》。大字大本，唯缺卷一第九葉、卷十第十四、第十九兩葉。有‘應奉危素讀過’墨筆跋，並有‘文淵閣’‘徐建庵’‘乾學’‘曾在定邸行有恆堂’‘夢曦主人’等印記。”國內所存明、清及民國初年抄本（包括影抄本），均源於明州公庫本。

　　金侃識云：“《徐騎省文集》，近世鮮本者。此本係錢宗伯於崇禎間從史館印摹南宋本。原本字頗大，予縮以小字抄存之。集中稱‘今上御名’者，高宗名構也；太祖諱‘匡’‘胤’；太祖父仁祖諱‘殷’‘弘’；真宗諱‘恒’。仁宗諱‘禎’；英宗諱‘曙’。故字皆缺一筆。太宗諱‘炅’；神宗諱‘頊’；欽宗諱‘桓’。如‘敬’‘鏡’‘竟’‘貞’‘徵’‘朂’‘署’‘完’諸字亦缺一筆。蓋諱嫌名也。今悉仍之。但原抄非出通人，舛譌甚多，惜無善本校對録。竟為之悵然。”金侃（1634—1703），字亦陶。吳縣（今屬江蘇蘇州）人。金俊明子。家藏宋本、秘本甚富，校讎亦精審。丁丙《善本書室藏書志》著録王晚聞（即王宗炎）舊藏抄本亦有“迂齋金侃識”。又蕭穆《敬孚類稿》卷六《跋徐騎省集》亦著録迂齋金侃題識本，云：“金君不知何許人，書法瘦健，不苟其書。每葉十八行，行二十一字。”館藏抄本卷前録有金侃題識，疑即從蕭穆所見金侃題識本過録，改易行款耳。館藏抄本按卷一目録有“文賦三首，詩三十首”。正文詩僅二十首，則第二十首《愛游蔣山題辛夷花寄陳奉禮》後有闕。卷十《武烈帝廟碑銘》缺三百八十字、《筠州清江縣重修三清觀記》“其事舉道”後缺。對應清末徐乃昌影宋明州本的書頁為卷一第九葉、卷十第十四葉、十九葉。則金侃所云“南宋本”，亦即明州公庫本。

　　前七卷有佚名朱筆據景宋抄本及《宋詩鈔》等校字。凡是本誤而景宋抄本不誤，則依景宋本書正字於書眉，亦有疑景宋本亦誤者，除書正字外，旁加校語。如卷一《愛敬寺有老僧，嘗游長安，言秦雍間事，歷歷可聽，因贈此詩兼示同行客》“白首柳禪者”句，眉上朱筆校語：“‘棲’，景宋本作‘柳’。”卷三《送客至城西望圖山因寄浙西府中》“牧叟鄒生笑語同”句，朱筆校語：“‘枚’，景宋作‘牧’，似誤。”

　　避諱不嚴謹，如“玄”“鉉”“弘”等均有避有不避。

藏書印有"慈谿馮氏醉經閣圖籍""五橋珍藏"。

河東先生集十六卷

宋柳開撰,宋張景輯。清抄本。竹紙。綫裝二册。每半葉十行,行二十字。無欄格。無序跋。卷端署"門人張景編"。

柳開(948—1001),字仲塗。大名(今河北大名)人。開寶六年(973)進士。歷知諸軍州,終於如京使。少慕韓愈、柳宗元爲文,因名肩愈,字紹先。既又改名改字,以爲能開聖道之塗也。宋之古文,實柳開與(穆)修爲之倡。事蹟見《宋史》卷四百四十。

集乃門人張景裒輯。《四部叢刊》景舊抄本卷前有咸平三年(1000)張景序,云:"今輯其遺文,得共九十六首,編成十五卷,命之曰《河東先生集》,先生名氏官爵暨行事,備之《行狀》,而繫於集後。"《中國古籍善本書目》著録最早爲明吳氏叢書堂抄本,今藏國家圖書館。其他爲清抄本,達二十餘部,又有清乾隆六十年刻本。是集卷數有十五卷、十六卷兩種。十六卷本之末卷爲張景編《行狀》,實亦十五卷。

陸心源《皕宋樓藏書志》卷七十二著録有舊鈔本《河東柳仲塗先生集》十五卷,附録一卷,有康熙五十年辛卯(1711)何焯手跋,云:"《河東先生集》鈔本多訛謬,第十卷卷首相仍缺半葉,他本遂并失去第二篇矣。"今觀本館藏抄本,卷十之首、次篇均缺(按首篇應爲《上皇帝陳情書》,次篇爲《在滁州上陳情表》)。是傳抄之底本即如此。

"玄"字缺筆,而"弘""寧"字均不缺,可定爲清康熙間所抄。

藏書印有"吳氏西齋""荃孫""雲輪閣""無竟先生獨志堂物"。

倚松老人詩集三卷

宋饒節撰。清潄喜堂抄本。竹紙。綫裝二册。每半葉八行,行十一至十三字不等,藍格,四周單邊。上下藍口。版框外鎸"潄喜堂"。框高25.5厘米,寬

21.5 厘米。卷末録釋超峻題識。

饒節（1065—1129），字德操，號倚松老人、倚松道人。出家後法名如璧。江西臨川（今撫州）人。江西詩派成員。以詩名爲曾布門客，後與布議論不合，出家爲僧。

《宋史·藝文志》著録饒節有《倚松集》十四卷，但《直齋書録解題》《文獻通考》均著録爲二卷本。殆十四卷爲全集，二卷本爲宋刊《江西詩派》零本。今傳本有二卷本、三卷本。二卷本存世最早爲宋慶元刊《江西詩派》本，今僅殘存卷二，末有“慶元己未校官黄汝嘉重刊”一行，今存上海圖書館，《中華再造善本》據以影印。卷一爲古詩，卷二爲律詩上、下。

館藏滂喜堂抄本雖分爲三卷，但所收篇目及次序均與二卷本同。僅將卷二律詩又分爲兩卷，即卷一古詩，卷二律詩上，卷三律詩下。每卷末有“慶元己未校官黄汝嘉重刊”一條。釋超峻識云：“倚松老人饒德操，名節。江右臨川人。與吕居仁等稱‘江西詩派’，名震一時。後偕僕祝髮爲僧。德操名如璧，僕名如琳，俱嗣法於香嚴智月。按《禪燈世譜》：智月嗣投子禺，禺嗣圓照，本皆雲門宗派，惜未見其機緣語録載在《祖燈》。僅有此詩集三卷，庶可以見其所藴。《吕紫薇詩話》云：‘德操爲僧後，詩更高妙，不可及也。’歲甲申秋八月吳後學釋超峻謹識。”卷内有朱筆校字。按《愛日精廬藏書志》卷三十、《皕宋樓藏書志》卷七十七著録有舊抄本《倚松老人詩集》，均有釋超峻題識。查《愛日精廬藏書志》編成於道光六年（據道光六年張金吾序），而滂喜堂抄本“淳”字缺筆，“儀”不缺筆，抄録時間應在同治光緒間，則館藏本之釋超峻題識應據舊抄過録。《中國古籍善本書目》著録“清滂喜堂抄本。釋超峻跋”，誤矣。《蘇齋選目》（蘇曉君纂）著録有清光緒熙元抄本《王黄州小畜集》殘本，鈐有“永清朱檉之字淹頌號玖聘滂喜堂藏經籍金石書畫記”印。朱檉之（1859—1913），河北永清人。藏書家。於鑒藏聚三十年之力，所得以集部抄本、金石碑版居多。此滂喜堂抄本疑即朱氏所抄。

以《宋集珍本叢刊》收録清影宋抄本及《中華再造善本》本收宋慶元刊殘帙對校滂喜堂抄本，則滂喜堂本脱訛之處甚多。如卷一《李太白畫象歌》，滂喜堂本“岸巾攘背方出游”句，“攘背”爲“攘臂”之誤，影宋抄本不誤；滂喜堂本“仙風道骨□語真”，缺一字，影宋抄本作“仙風道骨語甚真”。《送故人》，潄喜堂本“世人紛紛水火章”句，“章”爲“争”之誤，影宋抄本不誤；潄喜堂本“我去未最君經營”句不通，影宋抄本爲“我醉未去君經營”；潄喜堂本“此中萬事自□寧”，缺一字，影宋抄本作“此中萬事氣自寧”。潄喜堂本卷三《用海邱和尚韻和吳提刑游山頌》（此詩影宋抄本及宋慶元本在卷二），“海邱”爲“海印”之誤；該詩“繩床斜坐秋晚”句脱一字，按宋慶元本爲“繩應斜月從秋晚”；潄喜堂本“一枕竹風清未□”，缺一字，按宋本爲“曉”字。

北湖集五卷

宋吳則禮撰。清抄本，佚名過録清鮑廷博校跋，黄裳跋。竹紙。綫裝一册。半葉八行，行二十一字，無欄格。首《欽定四庫全書·北湖集》“提要”，次目録。

吳則禮（？—1121），字子副。興國州（今湖北陽新）人。以父蔭入仕。元符元年（1098）衛尉寺主簿。崇寧中，直秘閣，知虢州三年，編管荆南。晚居江西，號北湖居士。著有《北湖集》。傳見陳振孫《直齋書録解題》卷十七、陸心源《宋詩紀事補遺》卷三十等。

韓駒《北湖集序》稱吳則禮卒後，其子“峒輯詩文，爲三十卷”，而《直齋書録解題》“《北湖集》十卷、長短句一卷”。今傳本均爲《永樂大典》本，《四庫提要》云：“今從《永樂大典》各韻中裒輯編綴，尚得詩三百餘首，長短句二十餘首，雜文三十餘首，謹校正訛舛釐爲五卷。”此抄本卷前“提要”署“乾隆五十年”，當抄自文瀾閣本。“玄”缺筆，“寧”不缺筆。佚名朱筆録鮑廷博校跋。鮑氏於卷四“絶句二首”後補録詩一首：“楓葉蘆花滿釣船，水風清處枕琴眠。覺來失却瀟湘月，却問青山覓酒錢。”又跋云：“以上三詩載《楊誠齋詩話》，《宋詩紀事》衹録其二，故館本因之，偶檢《誠齋集》，補綴於此。嘉慶癸酉元旦八十六叟又書。”

此書由現代藏書家黄裳購藏。其於書衣題：“北湖集五卷，鮑以文校本，來燕榭珍藏。”又於卷末題：“庚寅春日湖上估人收得吳興包氏藏書一批，攜來海上。余收得凡七種，皆精本也。此本却未買歸。今秋數過湖上，屢訪書友陳某於其家，出書數種，觀之皆前已見過者，半爲殘帙，只此尚全。書友指卷中朱校相示，曰：'此嘉慶中八十六歲老人所校也。'諦視，知爲鮑以文筆，乃是悔前此之輕棄也，仍買之歸。余收知不足齋校本數十許種，得此儷之，大是快事，因跋卷尾，使後之觀者無以絶無藏記而輕棄者也。癸巳十一月十九日黃裳記，小雁侍書。"又朱筆題："甲午四月十四日裝畢，燕記。"目錄後又有黃裳跋："此知不足齋鈔本，以文手校七絶，末補錄一詩，在嘉慶癸酉。以文年八十六，蓋老年筆也。是歲賞給舉人，翌年即卒，年八十七。余所得知不足齋校本以此爲最晚年書，更記。"按《中國古籍善本書目》，南京圖書館藏有鮑氏知不足齋抄本《北湖集》，鮑廷博校并跋。南圖本原爲丁丙舊藏，《善本書室藏書志》著錄。南圖本跋文與館藏本文字略有不同，云："三詩見《誠齋詩話》，《宋詩紀事》祇錄二首，館本因之，偶檢《誠齋集》，補綴於此。嘉慶癸酉元旦通介叟識於知不足齋，時年八十又六。"館藏本跋文雖爲過錄，然相較鮑氏字跡，頗有幾分相似。疑爲書賈有意仿寫。

藏書印有"黃裳容氏珍藏圖書""黃裳青囊文苑""黃裳藏本""來燕榭珍藏記""木雁齋""草亭藏""來燕榭""黃裳小雁"。

劉給諫文集五卷

宋劉安上撰。清抄本。清孫衣言校并跋。竹紙。綫裝一册。每半葉十行，行二十一字，無欄格。卷前有宋留元剛《二劉文集序》。

劉安上（1069—1128），字元禮。永嘉（今浙江永嘉）人。與從兄劉安節俱受業於程頤，并以學行爲鄉里所推。時稱"二劉"。紹聖四年（1097）進士，授杭州錢塘縣尉，累遷至殿中侍御史。時蔡京擅政，結黨營私，安上抗章直言其罪數十條，不報。又與中丞石公弼率同列廷劾之，京遂罷相。其後歷官諫議大夫、中書舍人、給事中等職。政和二年（1112）以徽猷閣待制出知壽州。歷任婺州、邢州、舒州知州。靖康元年（1126）致仕。卒於家。

《四庫提要》云劉安上詩"醖釀未深，格意在中晚唐間，頗見風致。文筆亦修潔自好，無粗獷拉雜之習"。《總目》亦梳理了劉安上詩文集的卷數、流傳情況，謂："薛嘉言作安上《行狀》，稱其有詩五百篇、制誥雜文三十卷，篇帙頗富，然焦竑《國史經籍志》載劉安上集實止五卷,與此本相合,蓋兵燬之餘,後人掇拾而成,非其原本矣。《宋史·藝文志》作四卷,則當由刊本舛誤,以五爲四耳。自明以來,流傳甚尠,朱彝尊自潁州劉體仁家借抄,僅得其半,後得福州林佶人抄本,始卒成之。"

《劉給諫文集》長期以抄本流傳,《四庫全書》采鮑士恭家藏抄本。同治十二年(1873)瑞安孫衣言、孫詒讓刻《永嘉叢書》,收録此書。

館藏抄本目録後有孫衣言墨筆題跋,云:

> 此丁大中丞藏本,予假得之以校所藏《給諫集》新、舊抄本。中丞本蓋與予新本同出一家,其訛脱及肊改處大略相似,皆不如舊本之善而亦有可互相補益者,且間有新、舊本皆訛誤獨中丞本得之者,以此知寫本書非多得數本,無繇是正也。予既取以校所藏兩本,復爲中丞本悉校一過,大約以舊本爲主,而文義兩通者則並存之,庶使昔賢遺書多一善本。予聞中丞藏書甚富,宋元以來傳鈔秘籍幾近二百餘種,如能仿毛子晋、鮑以文故事合而刻之爲一巨叢書,則豈徒薵林之幸,將使前人文字在若存若没之間者赫然復著於後世,即中丞亦當與之同乘不朽矣。同治庚午四月瑞安孫衣言校畢並記。

丁大中丞,即丁日昌(1823—1882),廣東豐順人,字禹生(一作雨生),號持靜。洋務派官員,亦近代藏書家。其《持静齋書目》亦載有孫衣言校《劉給諫集》事,記曰:"《劉給事集》五卷,同治庚午年四月孫琴西衣言以所藏新、舊刊本校過,可感也。"以上可確認館藏抄本曾經丁日昌收藏。跋中所言"新、舊抄本",當指文瀾閣傳抄本及盧抱經原藏舊抄本,據孫詒讓《刊二劉文集跋》,略云:"(《二劉文集》)余家舊有文瀾閣傳抄本,脱誤竄改殆不可讀,丁卯秋試于杭州購得盧抱經所藏舊抄本《給諫集》,家大人又從祥符周季貺司馬所録得吳枚安校訂本《左史集》,命詒讓以家本對勘,刊補頗夥。會武昌開書局刊佈經史永康胡月樵丈實總其事,因屬爲重刻以廣其傳。"

孫衣言的校文,凡"新、舊抄本"不誤,而丁氏藏抄本明顯錯訛脱衍者,則徑改;或改正後説明:"原作某,誤。"凡與"新、舊抄本"不同,而文意亦通者,則校曰:"一作某。"脱誤較嚴重則略加説明。又有批校,云"某當作某"或"某疑作某”。似孫衣言以三本互校,仍不能確定者,則依上下文意進行校改。如卷一的五言詩《竹》,抄本原作“繁枝喜删除,勁節見獨立,灌溉未逾浹,新筍已戢戢”。“灌溉未逾浹”一句,不解何意。孫衣言於“渝浹”旁批“當作逾旬或浹旬”。“浹旬”的用法在卷三的《知舒州謝到任》文中即有,曰:“解受春之組,曾未浹旬,縮德慶之富,已臨近境。”卷二的《朝請郎祠部員外郎石景術提點京西北路刑獄,宣德郎提點京畿刑獄張閎爲河北路轉運副使》有“以爾景術吏治詳敏,故擢以河朔轉輸之寄,乃揚各職”句。孫衣言眉批:“按目係二人,景術句下當脱一句九字,河朔句上當脱一句七字。”依宋代公文的四六文寫法,此處脱文爲十六字當無疑義。查《儀顧堂題跋》卷十一,陸心源即據張立人藏舊抄本補出十六字爲“故授以畿右按刑之司,以爾閎知謀蕭給”十六字。

以館藏抄本與孫詒讓校刻之《永嘉叢書》本比對,兩本文字差異處仍有數十種之多。其中仍有抄本文字優於《永嘉叢書》本者。如卷一的五言詩《小飲》後四句,抄本作“池河欺碧玉,籬菊暗黄金,時序將樽盡,翻驚壯士心”。“池河欺碧玉”意爲荷葉的鮮綠使碧玉亦相形見絀,與下句“籬菊暗黄金”相對。《永嘉叢書》本改作“攲碧玉”。攲:意爲倚靠。池中何有碧玉可攲?卷三的《賀温守蘇起再任》一文,抄本“恭惟某人風度凝遠,器量閎深”句。《永嘉叢書》本“器量”誤爲“氣量”。

藏書印有“吳興劉氏嘉業堂藏書記”“周連寬印”印。又有“嘉業堂藏書”書簽一枚。

北山小集四十卷

宋程俱撰。清抄本。綫裝二十册。每半葉十行,行二十字,黑口,四周雙邊。框高19.5厘米,寬13厘米。前有葉夢得《北山小集序》,鄭作肅“後序”、目録。卷末爲紹興十四年(1144)程瑀撰《程公行狀》。

程俱(1078—1144),字致道,號北山,衢州開化(今屬浙江)人。以蔭入仕。宣和三年(1121)賜上舍出身。歷官吳江主簿、太常少卿、秀州知府、中書舍人侍講、提舉江州太平觀、徽猷閣待制。傳見《宋史》卷四百四十四。

《北山小集》前十一卷爲詩,後二十九卷爲賦及雜文。葉夢得序稱程俱“嘗哀次生平所爲文,欲屬余爲序。會兵興不果。後遇火,焚棄殆盡,稍復訪集,尚得十四五,而益以近得著,爲四十卷”。是四十卷本爲程俱生前手編。《直齋書錄解題》《文獻通考》均著錄有四十卷本。宋刊本至清代猶存完帙,一爲錢謙益藏本,據黃丕烈《百宋一廛書錄》“北山小集”條言:“余攷《浙江采集遺書總錄》載有知不足齋藏影宋槧寫本,吳之振識云:‘此册昔爲季滄葦侍御所贈。’侍御從絳雲樓宋槧本影寫者,是宋本係東澗舊藏。”一爲黃丕烈士禮居藏本,《百宋一廛書錄》著錄,爲宋時公文紙印本。後歸汪士鐘藝芸書舍,再歸常熟龐氏。今傳清抄本數部,均由此宋槧本傳錄或輾轉傳錄,如《鐵琴銅劍樓藏書目錄》《愛日精廬藏書志》著錄之影宋抄本,《藏園藏書經眼錄》著錄之“道光七年張蓉鏡家影寫宋刊本”(以上抄本後均入藏國家圖書館)。影抄本行款均爲每半葉十行,行二十字。張蓉鏡抄本曾歸傅增湘,由張元濟影印入《四部叢刊續編》。

館藏抄本以康乾時期流行之軟體字抄錄,行款同於張蓉鏡抄本,無張蓉鏡家抄本過錄之黃丕烈跋、錢大昕跋等文字。“玄”字缺筆,不避“弘”字。其傳錄時間應在康熙間。鈐“四明盧氏抱經樓藏書印”,爲乾隆時期鄞縣藏書家盧址(1725—1794)舊藏。

以《四部叢刊續編》本比對館藏抄本,偶有異文。如卷一《秋思》,“清甘汲露井”,館藏本“汲”誤作“吸”;“林間鳴絡緯”,館藏本“絡緯”誤爲“緯絡”。《吳縣游靈巖》,“旁人挽子言”,館藏本“子”作“余”。《古風送錢定國顯道》,“暮入黃牛渦”,館藏本“黃牛”作“萬牛”。

韋齋集十二卷

宋朱松撰;附玉瀾集一卷,宋朱槔撰。清抄本。綫裝六册。每半葉十行,行二十字。無欄格。前有宋淳熙七年(1180)傅自得序,元至元三年(1337)劉性序。

朱松(1097—1143),字喬年,號韋齋。徽州婺源(江西婺源)人。朱熹之父。宋政和八年(1118)同上舍出身。除建州政和縣尉、移南劍州尤溪縣尉。歷秘書省正字、校書郎、著作郎、吏部郎等職。後因極言不可議和,忤秦檜,出知饒州,未到任而卒。有《韋齋集》十二卷行世,《外集》十卷藏於家。事跡見朱熹撰《皇考朱公行狀》(《晦庵集》卷九十七)。朱槔,字逢年,朱松弟。生平未仕。嘗夢爲"玉瀾堂"之遊,有詩紀之。

《韋齋集》十二卷,宋淳熙七年(1180)朱熹始刻於江西。元至元三年(1337)劉性重刻於旌德。宋元刊本均佚。《玉瀾集》刻於宋淳熙八年(1181),亦朱熹刻,并請尤袤作序。明弘治十六年(1503)侯璠重刊《韋齋集》,將《玉瀾集》附刊於其後。弘治本亦罕傳,《四部叢刊續編》據鐵琴銅劍樓藏弘治本影印。每半葉十行,行二十字,白口,左右雙邊。入清之後,各種刻本、抄本多自弘治本出。館藏本據行款推斷,亦出自弘治本。

館藏本於"玄""曆""琰""旻""奕"等字均不避諱,鈐有"雲間聞人伯泉山氏藏書""結一廬主""修伯""盱眙吳氏望三益齋藏書之印""公望""吳同遠印",經朱學勤、吳棠收藏。結合避諱及藏印情況,應爲清末抄本。抄寫偶有訛誤,已經佚名朱筆校正。

東窗集十六卷

宋張擴撰。清乾隆文瀾閣寫本(配補清光緒間抄本)。綫裝六册。每半葉八行,行二十一字,白口,朱絲欄,四周雙邊。框高20.6厘米,寬13.9厘米。卷前有乾隆四十五年(1780)紀昀等恭校之《欽定四庫全書·東窗集》提要。

張擴(?—1147),字彥實(按因避宋寧宗諱,宋代文獻中多以字行,或改"擴"爲"廣"),一字子微,鄱陽郡德興(今江西德興)人。崇寧五年(1106)進士。授國子監簿,遷博士。高宗時知廣德軍,紹興八年(1138)十月除著作佐郎,九年五月爲禮部員外郎。擢左史,紹興十二年再遷中書舍人。事蹟略見本集、《南宋館閣録》卷七及《揮麈餘話》卷二等。

《遂初堂書目》著録"張彥實《東窗詩集》"。《直齋書録解題》著録"《東窗集》四十卷,中書舍人鄱陽張廣彥實撰"。《宋史·藝文志》除著録《東窗集》四十卷外,又詩十卷,應即《遂初堂書目》所載《東窗詩集》。

宋刊本久佚,今存《永樂大典》輯佚本。《四庫提要》曰:"惟《永樂大典》尚多録其詩文,其爲中書舍人時所作制詞尤夥,大抵温麗緜密,與汪藻可以聯驅。謹採掇編輯,釐爲一十六卷。"館藏鈔本六册,其中第四册(卷十一、十二)、第六册(卷十五、十六)爲文瀾閣寫本。文瀾閣每册首頁均鈐"古稀天子之寶",紙質綿柔,絹面書衣,内夾"詳校官刑部主事臣楊夢符"黄簽。另四册爲連史紙補配,紙質稍脆。按文瀾閣於咸豐十一年(1861)太平軍攻占杭州時被毀,文瀾閣本《四庫全書》散落民間,後藏書家丁丙、丁申兄弟出資搜集散佚之書,并主持補抄。民國四年(1915)錢恂、十二年(1923)張宗祥又兩次主持補抄,此兩次補鈔本版心分别鐫有"乙卯補鈔""癸亥補鈔"。館藏補鈔本版心無兩次補鈔字樣,應爲光緒間丁氏兄弟主持補配之本。

蠹齋先生鉛刀編三十二卷拾遺詩一卷

宋周孚撰。清抄本。綫裝二册。每半葉十行,行十八字。無欄格。前有淳熙已亥(六年,1179)中秋陳珙序。目録後有解百褋跋。

周孚(1135—1177),字信道,號蠹齋。濟南(今屬山東)人,寓丹徒(今江蘇鎮江轄區)。乾道二年(1166)進士,十年後方爲真州教授,在任以疾卒。事蹟見《京口耆舊傳》卷三、《嘉定鎮江志》附録、《至順鎮江志》卷一八。

周孚工詩文。其文集當時有刊本,據陳珙序曰:"公既没之二年,平陽解君伯時得公之遺文,古賦、古律詩、表、箋、啟、書、序、記、疏、青詞、贊、碑銘共三十卷,目曰《鉛刀編》者,屬余爲之序。""解君伯時",即解百褋,其跋稱:"盡得先生家藏詩文三十二卷。……不敢私藏於家,命工鏤板以廣其傳。"序、跋所言卷數不合。《四庫提要》以爲"蓋珙序專指詩文而言。末二卷爲《非詩辨妄》,原別本單行,百褋取以附入,故通爲三十二卷耳"。宋刊本至清初猶存,《皕宋樓藏書志》録某氏手跋曰:"《鉛刀編》三十二卷,海内藏書家概不見。東海先生過訪天一閣范氏,所藏有宋槧本,登閣影抄,四旬始竟。""東海先生",即徐乾學。天一閣藏宋本今未見著録,殆已不存。《中國古籍善本書目》著録有明抄一部、清抄本數部。《善本書室藏書志》卷三十著録"依宋鈔本"一部,云:"又有'陳珙德厚校正,友人宋廓子大校正,友人解百襘伯時編集'三行。行款似從宋槧而出。"館藏本解百襘跋後亦有此三行字,殆亦輾轉抄自宋本。

與《文淵閣四庫全書》本相較,偶有異文。如卷一《歸愚堂賦》,館藏本"尺鷃",《四庫》本作"斥鷃",館藏本"往術",《四庫》本作"遄術"。《濟南辛侯作奠枕樓於滁陽,余登而樂之,遂爲之賦》,館藏本"匪土木之爲尚",《四庫》本"爲尚"作"惟尚"。

避諱不謹嚴。"玄""琰"字不避諱,"弘"改爲"洪","曆"寫作"曆","寧"寫作"寧"。

藏書印有"小李山房""真州吳氏有福讀書堂藏書"。

舒文靖公集不分卷

宋舒璘撰。清抄本。太史連紙。綫裝一册。無欄格。

舒璘(1136—1199),字元質,一字元賓,學者稱廣平先生。奉化(今浙江奉化)人。南宋乾道八年(1172)進士,授四明(今寧波)郡學教授,未赴。後任江西轉運使幹辦公事,繼爲徽州府(今安徽歙縣)教授、平陽縣令,終宜州通判,卒謚文靖。著有《詩學發微》《廣平類稿》《詩禮講解》等。《宋史》卷四百一十有傳。

其文集十六卷藏於家,危素嘗序之,云:"《舒文靖公文集》十有六卷,第錄如上……素嘗屬之求公文集。既數年,乃以書介公之六世孫莊、七世族孫祥金奉遺稿至京師以授素,謹取而次第之。"(《危學士全集》卷四)十六卷本早佚,今傳以雍正九年十六世孫舒玢刊本爲最古,題爲《廣平先生舒文靖公類稿》,凡四卷。《四庫全書總目》著錄汪啟淑家藏《舒文靖集》二卷。丁丙《善本書室藏書志》卷三〇著錄所藏舊鈔本,云:"此本初不分卷,卷首有翰林院印,中有校簽,鉤勒集中書、誌、墓志爲上卷,劄子與啟爲下卷,著錄《四庫》,或當時之底本耳。"丁氏又著錄有所藏二卷精鈔本:"《浙江採集遺書總錄》:'《舒文靖集》一册,寫本,宋教授鄞縣舒璘撰。'吳焯題云:'雍正間慈溪鄭義門過杭,以此册見貽,蓋爲姚江梨洲黃氏從其裔孫鈔得者。'"則無論不分卷本、二卷本、四卷本均出自舒氏後裔。

館藏本類同丁丙著録之舊鈔本,保存了不分卷形態,然於"劄子"前貼有籤條,佚名墨筆批注云:"□裁者培之止,以下另頁抄□,舒文靖公集卷下□劄子。"文靖集後又有同治間舒亨熙刊本、光緒二十二年孫氏七千樓刊本、民國《四明叢書》本,皆源自雍正舒玢本。

以館藏本較之《四庫》本,略有異文,館藏本訛誤稍多。如《答朱晦庵》,館藏本"恭惟使明盛德,有想尊候起居萬福"句,《四庫》本作"恭惟執事盛德,遥想起居萬德",館藏本有誤。《答楊國博敬仲》,館藏本"方炭炭,後雖少定",《四庫》本作"事方炭炭,後雖少定",館藏本脱"事"。《與吕寺丞子約》,館藏本"負罪不容貸矣",《四庫》作"負負不容貸矣",館藏本誤。《上淮東總領韓郎中書》,館藏本"軸艫相衝",《四庫》本作用"軸艫相銜",館藏本誤。

不避清諱。核之紙墨,應爲清中期以後抄本。

藏書印有"范毓瑞印""蕢堯""雪廬""徐氏鼎一讀過""乙齋"。

義豐集一卷

宋王阮撰。民國李之鼎宜秋館抄本。胡思敬校跋。綫裝一册。每半葉十行,行二十一字。上下黑口,上魚尾,左右雙邊。框高 18 厘米,寬 14.2 厘米。版框外鎸"宜秋館精鈔本"。前有清乾隆四十九年(1784)四庫館臣恭校《義豐集》"提要",宋淳祐癸卯(三年,1243)吴愈序。

王阮(1140—1208),字南卿,德安(今江西德安)人。早年求學於朱熹,後隨張孝祥學詩。隆興元年(1163)進士,歷知濠州、撫州。因不附韓侂胄,歸隱廬山。事蹟見《宋史》傳卷三百九十五。

吴愈序云:"其子旦爲邑之博雅,粹其文鋟梓以歸。屬愈識其卷首尾焉。"又據劉克莊《王南卿集序》(《後村先生大全集》卷九十四):"縣尹王旦攜其先大夫義豐公遺文五卷示余。……乃取文公之語冠之編端,以行於世。"是宋時博雅縣曾刊有《義豐集》五卷本。又岳珂《桯史》云:"阮所作詩號《義豐集》,刻江沜。其出於藍者蓋鮮,校官馮椅爲之序。"是當時王阮集非僅一刻。今存殘宋刊本五十八葉。多爲詩,文僅半葉。有吴愈序,趙希忞題識。此書嘗爲黄丕烈舊藏,

《百宋一廛書録》著録。民國時爲傅增湘所得,《藏園群書經眼録》著録,傅氏其後又撰有《宋刊本義豐集跋》,云:"世傳《義豐集》,皆自此册鈔出。"《四庫全書總目》著録勵守謙家藏本,亦係傳鈔殘宋本。

李之鼎(1864—1928),字振唐。江西南城縣人。藏書家。輯刊有《增訂叢書舉要》等。宜秋館爲其藏書處。抄本首頁朱筆題"文津閣庫本",卷前有乾隆四十九年"恭校",可確定其抄自《文津閣四庫全書》本。抄本内有胡思敬墨筆跋云:"文津本亦多錯誤,且於忌諱處多所更改。余爲宜秋主人校出七十餘字,批於書眉。幸細審之。庚申端午前二日思敬記。"按胡思敬(1869—1922),字漱唐,號退廬。江西新昌(今江西宜豐)人。光緒二十年(1894)年進士。其所刻《豫章叢書》收録《義豐集》。刻本附有胡思敬《校勘記》,識云:"予以此本(指丁氏八千卷樓抄本)與李氏宜秋館抄本互校,頗有異同。李本凡與本朝稍涉嫌疑者,若'胡兒膻腥'等字皆經改易,疑出自四庫館臣之手,而此本尚仍其舊。故今刻從之。……庚申五月新昌胡思敬校迄并記。"殆胡思敬完成《義豐集》刻本的《校勘記》後,又用丁氏八千卷樓本對宜秋館抄本進行了校訂。

不過,與今存殘宋刊本較,丁氏八千卷樓抄本仍多謬誤,故《豫章叢書》本亦襲之。傅增湘《宋刊本義豐集跋》謂:"近時《豫章叢書》中新刻此集,後有晋安黄瓚跋。言借鈔於吕晚村家。予取宋本對校,開卷趙希弁題識既有失載。目録四頁亦無之。題下注一首二首字,咸刊落不存。而詩中譌誤之字,乃多至一百九十餘處。其小注脱失者,亦往往而有。……由於展轉鈔藏,沿訛襲謬,已匪伊朝夕。設非親見宋本,又烏掃滌蕪薉,一覿本來面目耶!"

北溪先生大全文集五十卷外集一卷

宋陳淳撰。清趙氏小山堂抄本。竹紙。綫裝十二册。每半葉九行,行二十字,無欄格。版心外鐫"小山堂鈔本"。前有至元元年(1335)王環翁序。

陳淳(1159—1223),字安卿,號北溪,漳州龍溪(今福建漳州)人。朱熹守漳,陳淳從其遊,受其教,爲朱熹晚年得意弟子。嘉定十一年,以特奏恩授迪功郎、泉州安溪主簿,未上而没,謚文安。著有《語孟大學中庸口義》《字義詳講》

《禮詩女學》等書。《宋史》卷四百三十有傳。

　　據王環翁序,知漳州郡倅於淳祐八年刊是集於龍江書院,凡五十卷。歲久佚壞。元至元元年冬,漳州學録黄元淵又受郡守之托,以郡學廩餘重刊是集。宋、元刊本今已不見,僅《鐵琴銅劍樓藏書目録》卷二著録顧嗣立舊藏鈔本,"即從元刻本傳録",另日本静嘉堂藏有汪喜孫舊藏鈔本,《静嘉堂秘籍志》卷三十七亦云:"蓋從至元刊本鈔出者,版心有'怡顔堂鈔書'五字。"今存最早刻本,乃明弘治三年撫州守周梁石所刻、姚成續成之本,爲《北溪先生大全文集》五十卷《外集》一卷,每半葉十行,行二十一字,黑口,四周雙邊。有王環翁序,當從元刻本出。上海圖書館等有藏。《四庫全書》著録汪如藻家藏本,《提要》謂:"今所傳者,猶弘治本。"則四庫底本即弘治本。而萬曆十三年,其裔孫陳柱宇又據弘治本重刻。清代翻刻是集者又復不少,有乾隆四十八年裔孫陳文芳重刻本、光緒七年薌江鄭圭海種香別業刻本,皆從明刻出。

　　"小山堂"爲仁和趙昱藏書室。趙昱(1689—1747),原名殿昂,字功千,別字谷林。仁和人(今屬浙江杭州)。乾隆元年(1736)舉"博學鴻詞",報罷。築春草園讀書自娱,家藏異本數萬卷。此抄本避諱不嚴謹,"玄"有缺筆,有不缺,亦有作"元"者,"弘"不缺筆,"曆"寫成"歷"。與顧嗣立藏舊抄本(以下簡稱"顧藏本")校,多異文。如小山堂本卷一《隆興書堂自警三十五首》,每首一行,三十五首連排,顧藏本標出"一""二""三",直至"三十五"。第十首"細味古人書,惕焉重深慚",顧藏本作"細味古人詩,惕焉重浸慚"。小山堂本第二十五首"學者須敬忌"句,顧藏本作"學者須敬志"。第二十九首"開卷必起敬",顧藏本作"開卷必啟敬"。第三十一首"心粗寧配義",顧藏本誤作"心甕寧配義"。《閑居雜詠三十五首》之《仁》"不可違終日",顧藏本誤作"不可違終食"。《義》"不可離□步",顧藏本空格處作"半"。《憶李友叔皓三首》之一"我館亦東郭"句,顧藏本作"亦"作"在","君即就吾眠",顧藏本"吾"作"我","歷代故史編",顧藏本"故"作"古","我聽膝履促",顧藏本"履"作"累"。卷二《四十》"爾年已及德未就,可不汲汲痛自箴",顧藏本"德"字後衍"可不"。卷四"題蓋竹廟六絶"之一"人心汙物本來靈",顧藏本作"人心無物本來靈"。如此等等,不勝枚舉。大抵兩本互有正誤。

扉頁有劉盼遂墨筆題：“仁和趙昱及弟信置小山堂，抄藏古書萬卷。昱卒於乾隆十年左右，年五十九，則此抄本當在康熙雍正年矣。”鈐有“劉盼遂贈書”印。

北溪先生大全文集五十卷外集一卷

宋陳淳撰。清抄本。竹紙。綫裝八册。每半葉九行，行二十字，無欄格。前有至元元年（1335）王環翁序、明弘治庚戌（三年，1490）周孟中序。

作者及是集版刻情況等與上一款目同。

此抄避諱不謹嚴，“玄”字有避有不避，“弘”字不避，“曆”寫作“歷”或“歴”，“寧”寫作“寕”。抄寫時間應在清中期。鈐印有“五橋”“慈谿馮氏醉經閣圖籍”，爲清代藏書家馮雲濠（1807—1855）舊藏。與顧嗣立藏舊抄本對校，多異文；與小山堂本校，則文字多同。此本前有弘治三年周孟中序，應源自弘治三年刊本。小山堂本文字暨多同於此抄本，故疑小山堂本亦源自弘治本，唯未録弘治三年序耳。

龍洲先生詩集十五卷

宋劉過撰；劉龍洲墓詩一卷，清顧湄撰。清抄本。竹紙。紙捻裝二册。每半葉十行，每行二十二字，無欄格。前有宋端平紀元劉瀚序。卷一至卷七卷端題“龍洲道人詩集”，劉瀚序及卷八至卷十五均題“龍洲道人文集”。

劉過（1154—1206），字改之，自號龍洲道人。吉州太和（今江西泰和）人，長於廬陵（今江西吉安）。生平以功名自期，數上書陳恢復方略。然不得志，四次應舉，皆不中。後窮死於崑山。所爲詞章豪放英特。陸游、陳亮、辛棄疾皆折節與之交。《宋史》無傳，事蹟見《吳都文粹續集》卷四十四《宋龍洲先生劉公墓表》。

劉過集不見於宋人著録，唯《直齋書録解題》卷二十一載有《劉改之詞》一卷。文集今存最早的明嘉靖刻本，卷端署“西昌劉過改之著，崑山縣知縣王朝用校正”。是本前有其弟劉瀚於端平紀元六月序，稱“瀚嘗游江浙，涉淮甸，得詩、詞、表、啓、賦、序於所交遊中。……用是鋟木，以廣其傳。每得名賢序跋詩文亦多，嘗陸續以刻。”是宋端平時劉過集即已刊行。嘉靖本前十卷爲詩，卷十一、十二爲詞，卷十三、十四爲雜文，卷十五附錄名賢詩文，與劉澥序言“得詩、詞、表、啓、賦、序”，“得名賢序跋詩文亦多，嘗陸續以刻”合，是王朝用本即自宋本翻刻出。《中國古籍善本書目》又著錄有清代抄本數部，有十五卷、十二卷、十卷，蓋皆源於嘉靖本而有所增删。十卷本僅載詩，十二卷本略去雜文，前十卷爲詩，後二卷爲詞。《四庫全書》所據底本爲鮑士恭家藏本，《四庫提要》稱“凡十四卷，後附宋以來諸人所題詩文二卷，合十六卷”，而《四庫全書》本只存宋人詩文，删去元至明末清初人所作，釐爲十五卷。光緒二十五年，蕭作梅刻《龍洲集》，將嘉靖本卷十五移之卷首，故正集爲十四卷。館藏抄本前十五卷與《四庫》本相同，後附《劉龍洲墓詩》，爲太倉顧湄輯，昆山徐履忱訂正，輯錄宋凌萬頃及元至清初文人憑吊龍洲之詩。此或《四庫》本删除之部分歟？

抄本“玄”字缺筆，“曆”寫作“厯”，“琰”右下角之“火”改作“又”，“寧”寫作“寧”，應爲清中期以後抄本。

重校鶴山先生大全文集一百十卷

宋魏了翁撰。清抄本，佚名朱墨筆校。綫裝十六册。每半葉十三行，行十六字，白口，無欄格。卷前有淳祐己酉（九年，1249）吳淵序，後有淳祐辛亥（十一年，1251）吳潛後序、開慶元年（1259）“諸生朝請大夫成都府路提點刑獄公”（後殘，闕名）重刊跋。嘉靖三年（1524）暢華跋。卷端次行署“錫山安國重刊”。

魏了翁（1178—1237），字華父，號鶴山。邛州蒲江（今屬四川）人。南宋慶元五年（1199）進士，官至端明殿學士、同簽書樞密院事。卒諡“文靖”。魏了翁爲南宋大儒，窮經學古，造詣淵深。詩文醇正有法，而紆徐宕折，出乎自然。著有《鶴山集》《九經要義》《周易集義》《易學隅》《古今考》《經史雜鈔》《師友雅言》等。《宋史》卷四百三十七有傳。

鶴山全集由魏了翁之子近思、克愚於淳祐間編纂完成，吳淵序稱：“公（魏了翁）薨後十二年，而二子曰近思、克愚萃稿刻梓焉。”吳潛“後序”曰：“公之子近思、克愚相與蒐遺綱佚，有《正集》《外集》《奏議》凡一百卷，將鋟梓行於世。”其書先後刊於姑蘇、温陽，今皆不傳。宋開慶元年，成都府路提點刑獄公事某某（闕名）重刊鶴山全集，於百卷外又增刻《師友雅言》《周禮折衷》等文，因題曰"大全文集"，凡一百十卷。詳見其重刊跋。今存本闕十九卷，存卷中亦時有闕葉。清初藏於徐氏傳是樓，後由黄丕烈收得。今藏國家圖書館。黄丕烈《鶴山集跋》（見開慶本《重校鶴山先生大全文集》卷末附）僅列闕卷爲十八卷，蓋未計卷一百七亦闕（卷前目録一百六與一百七合爲"卷之一百六至七"，然檢正文，卷端僅題"重校鶴山先生大全文集卷之一百六"，非如卷一百九與一百十，目録題"卷之一百九至十"，卷端亦題"卷之一百九、十"）。比對同治吳棠望三益齋刊本《周禮折衷》四卷，開慶本所收《周禮折衷》（即卷一百四至一百七）實缺"司裘掌爲大裘，以共王祀天之服"至"夏采掌大喪以冕服復于太祖，以乘車建綏于四郊"條目及税與權兩跋文，此當爲所闕之卷一百七内容。

《鶴山集》明代有三次刊印：一，明嘉靖錫山安國銅活字印本，此本除卷一百七、一百八仍闕如外，開慶本所失之其他卷都有。其版式每半葉十三行，行十六字，版心上有"錫山安氏館"，卷端次行署"錫山安國重刊"。據《現存宋人別集版本目録》，安本現存數部，分別庋藏國家圖書館、上海圖書館、浙江天一閣、日本静嘉堂等處，不同的藏本間缺頁略有差别；一，明翻刻錫山安國本，其行款同於銅活字本，多數卷版心上鎸"錫山安氏館"，卷端亦署有"錫山安國重刊"。然此爲鎸版，非活字排印本。已知存兩部，一爲全本，一爲殘本，均藏中國國家圖書館。一，明嘉靖三十年（1551）邛州高翀、吳鳳等刊本，此本據安本重刻，然改易行款爲每半葉十一行，行十六字。卷端題"邛州知州吳鳳，郡學王蔡校正""學正李一陽、訓導周南編次"。此本爲《四庫全書》之底本。

抄本部分卷次版心上鎸有"錫山安氏館"五字，結合行款及卷端署字，其應源自於安國銅活字本或明翻銅活字本。比對正文内容，録自明翻銅活字本可能性更大，典型例證如：抄本卷四十二《綿州新城記》末句"所去見思云"後，直接《安少保丙果州生祠堂》"每每若此，然尚有可誘者"句，中間脱去篇名"安少保丙果州生祠堂"至"儲之以待用"兩百多字。此脱文在明翻活字本幾爲完整之半頁（僅少末字"每"），而銅活字本篇名在前半頁末行，其後半頁文字自首句"古者儲天下之才"至末句"然而既"，與抄本相去甚遠。又如卷十三第四頁之後半頁，明活字本最後一行爲僅十五字,末字爲"蓋賢君令辟之所以教"之"所"字,而抄本及明翻活字本最後一行仍爲十六字,故末字爲"以"字。卷十五第四頁第八行,抄本與明翻活字本僅十五字,最後一字爲"越二日"之"二",活字本仍爲十六字,故爲"日"。

　　較之諸本,抄本卷一百七、一百八内容完整無缺。卷一百七爲《周易折衷(下)》,其内容自"司裘掌爲大裘,以共王祀天之服"至"夏采掌大喪以冕服復于太祖,以乘車建綏于四郊"條,相當於望三益齋本《周禮折衷》卷四,後有稅與權跋兩則。卷一百八"拾遺"七篇,即《序安忠定行狀後》《夾江開國何公友諒墓誌銘》《蓮池張令君焕道夫墓銘》《跋李夢庚韶卿上梁綸漕使書》《己未擬進聞喜晏賜進士》《己未唱第後謝恩詩》《答邛州趙孝祥吳正奏書係戌子蜀省登科》,較開慶本目錄所列多《答邛州趙孝祥吳正奏書係戌子蜀省登科》一篇。檢繆荃孫《藝風堂文漫存·癸甲稿》收有《魏鶴山大全集跋》,云:"今《書安忠定公行狀後》《跋李夢庚韶卿上梁綸漕使書》在安本六十五,《何友諒墓誌銘》在八十七,只《蓮池張令君焕道夫墓銘》一文,《己未唱第後謝恩詩》《己未擬進聞喜晏賜進士》二詩而已。"又云:"同治甲戌吳勤惠公督蜀,出傳鈔安本命刊,因訛誤太多,止録其清朗者,刊文鈔四十卷。"是《書安忠定公行狀後》等六篇詩文,繆荃孫所見"安本"即已收録,惟未集中於卷一百八,此與館藏抄本又不同。"吳勤惠公"即吳棠,"所刊文鈔"即望三益齋本《鶴山文鈔》三十二卷(非繆所言"四十卷"),另附刊《周禮折衷》四卷,《師友雅言》一卷。其中卷九收録《答邛州趙孝祥吳正奏書係戌子蜀省登科》("吳正",望三益齋本誤爲"國正"),卷二十收録《書安忠定公行狀後》《何友諒墓誌銘》,卷二十九收録《跋李夢庚韶卿上樑綸漕使書》。强汝詢《鶴山集跋》(《求益齋文集》卷六)謂:"吳勤惠公師蜀,購得是集(《鶴山先生大全文集》)寫本,雖頗爛脱,大致尚完。"所言非虚。此亦可證明,直至清末,民間仍流傳有較安氏銅活字印本卷數更爲完備的版本,館藏本卷一百七、一百八内容來源有自。

　　勘校現存諸本,抄本雖録自明翻活字本,但其抄録之底本應據他本校過。兹舉數例:如卷六《送遊吏部赴召》,抄本"區中物物見根源,雲樹依依送行客",開慶本爲"區中物物見根柢,歲年滔滔逐流水,籲天求歸歸未獲,客里隨人送行客”，活字本、明翻活字本脱“柢”至“依依”一行。邛州本將該行改易爲“源，雲樹依依”，《四庫》本從之，抄本據邛州本或《四庫》本改。卷七《用李致政歆題臨卬陳氏所居，品仙所留回道人來四字》，抄本末句下有小字注釋：“吕仙舊傳，一名回道人，一名無心昌老，一名無上宫主，皆吕字也。”此同於邛州本、《四庫》本，而開慶本、銅活字本、明翻活字本均無注，則抄本據邛州本或《四庫》本補。又卷九十，抄本第二頁有《代哭楊端明輔文》，此篇爲開慶本殘文，活字本、明翻活字本、邛州本均徑行删去，開慶本篇名後留有空白頁，後接殘文頁半；抄本於題目後直接殘文，疑據別本補録。

此本有校字，卷一首頁墨筆校曰：“刊本卷一下有題名四行/邛州知州吳鳳/郡學王蔡校正/學正李一陽/訓導周南編次。”卷一百七首頁有朱筆校曰：“一百七、八兩卷郁氏刻本缺，當求他本補校。”據其校語，諸如“××句刻本闕”“××首刻本無”“××篇刻本闕”等，核之諸本，皆與邛州本合，故所云“刻本”，當指邛州本。“郁氏刻本”，或指郁氏藏刻本。

“玄”“弦”“泫”“丘”“弘”字避諱；“寧”多寫作“寍”，亦有缺末筆；“琰”“淳”字不避。當抄録於道光間。

鈐“吳氏劉氏嘉業堂藏書記”“蒩伯”印，分別爲劉承幹、張乃熊藏章。據劉承幹日記，其購入此書時間爲民國二年四月二十八日[1]，《嘉業堂藏書志》著録此本爲“舊抄本”，云“傳録明安國活字本”“從之傳録者持静齋”（此條爲繆荃孫撰稿）。《持静齋書目》亦著録爲“舊抄本”，云“此由安國本過抄者，比邛州本較少訛錯”。

又，民國二年二月繆荃孫曾致函王秉恩，告之：“抄校本《鶴山集》十六册，實價六十四元。弟首尾一核，是照安國本抄而以邛州本校，好書也，可留之。”[2]繆所見之本或即館藏抄本。同年三月初一，王秉恩有函致繆荃孫，云：“《魏集》擬以四十元留之。……尊抄目與宋本目大致相同，與舊抄則有詳略之異，校亦未精，遜尊抄遠矣。如宋本不能遽刻恐孫不允，允則可以景刻，川人或可黽勉爲之。即以尊抄精校刻之，亦聊慭欲也。公以爲如何？宋本止八册二十五卷，尊

①劉承幹《嘉業堂藏書日記抄》，鳳凰出版社 2016 年，第 86 頁。
②顔建華：《繆荃孫致王秉恩函稿釋讀》，《文獻》，2014 年第 1 期，第 100 頁。

抄至廿四卷止，請將二十五卷交下，校畢同上。"則當時除舊抄《鶴山集》外，繆荃孫另新抄有一部。繆又從劉承幹處借到宋開慶本，與王秉恩共同對新抄本進行了校訂。此在繆荃孫的日記及其致王秉恩的信函中有詳細的記載。據《中國古籍善本書目》著錄有一部清抄本《重校鶴山先生大全文集》一百十卷，爲繆荃孫、王秉恩校，四川省圖書館藏（《中國古籍總目》著錄爲國家圖書館藏，未見），疑是當年繆、王兩人同校之本。

友林乙稿一卷

宋史彌寧撰。清抄本。清徐時棟題識。太史連紙。綫裝一册。每半葉九行，行十九字。無欄格。卷前有鄭域序（脱去一葉）、後録有厲鶚跋。

史彌寧（生卒年不詳），字安卿，鄞縣（今浙江寧波）人。丞相史浩之從子。曾以國子舍生蒞春坊事，帶閣門宣贊舍人，嘉定六年（1213），知邵州，八年，任滿，再知。累官右史。著有《友林詩稿》二卷。《全宋詩》卷三〇二六録其詩一卷。事跡見《宋詩紀事》卷六二、《四庫全書總目》卷一六三。

趙希弁《讀書附志》（《郡齋讀書志》附）卷下著錄其集："《友林詩稿》二卷，右史彌寧安卿之詩也。集有黃景説、曾豐序。"今存《友林乙稿》，蓋《詩稿》分甲、乙二編，所存爲《乙稿》耳。《乙稿》無黃、曾二序，而有鄭域序。厲鶚跋云："序文脱去一葉，姓氏莫詳，序中所謂域者，觀集中有《鄭中卿惠蟛蜞》詩，《文獻通考》：鄭域字中卿，慶元中隨張貴謨使金。……當即其人也。"又云："雍正己酉春三月中旬借抄於邗江馬君佩兮齋，因爲跋尾。"按厲鶚（1692—1752），字太鴻，又字雄飛，號樊榭，又號西溪漁者、南湖花隱。浙江錢塘（今杭州）人。文學家。邗江馬君即馬曰璐（1701—1761），字佩兮，號南齋，半槎道人。安徽祁門人，遷居江蘇揚州。詩人、藏書家。據此，厲鶚抄本當抄自馬曰璐藏抄本，馬曰璐當源自宋刻本。館藏本既録有厲鶚跋，當源自厲鶚抄本。

卷前有清同治己巳年（1869）徐時棟墨筆題識：

《友林乙稿》一卷一本，同治甲子十二月二十七日城西草堂徐氏收藏。鄉先生著作之尚存人間者，前余約略有之，今則視之如秘本矣。又朱述之司馬曾寄余《史子樸語》，固有重刻本，非甚難覯之秘笈也。今覓之殊不易得。己巳七月十九日時棟記。

按徐時棟（1814—1873），字定宇，一字同叔，號柳泉，又號澹漻、澹齋、西湖外史。浙江鄞縣人。清藏書家。當知此本於清同治甲子年（1864）又經徐時棟收藏。

"寧"字缺筆。

藏書印有"柳泉""甬上""徐時棟秘笈印""柳泉書畫""公孟"。

蘭皋集二卷

宋吳錫疇撰。明抄本。康生題識。白棉紙。綫裝二册。每半葉八行，行十六字，無界欄，四周藍邊框。框高 21.5 厘米，寬 14.7 厘米。前有明嘉靖戊午（三十七年，1558）方瑜序，淳祐九年（1249）吕午序，寶祐甲寅（二年，1254）方岳序，咸淳改元（1265）程鳴鳳序，咸淳辛未（七年，1271）王應麟跋，咸淳七年（1271）陸夢發跋，淳祐九年方回跋，咸淳甲戌（十年，1274）宇文十朋跋，咸淳甲戌羅椅跋。後有嘉靖丙寅（四十五年，1566）裔孫吳瀚跋。

吳錫疇（1215—1276），字元範，後更字元倫。號蘭皋，休寧（今屬安徽）人。錫疇四歲而孤，刻志於學，從鄉先生程若庸研覈性命之學，上探朱子之緒。咸淳末聘爲白鹿洞書院堂長，不赴。於所居藝蘭以自況。有詩集《蘭皋集》。《宋史翼》卷三十五有傳。

今傳《蘭皋集》有二卷本、三卷本之別。陸心源《皕宋樓藏書志》卷九十二著録："《蘭皋集》三卷，鈔本，宋紫陽吳錫疇元倫撰。"丁丙《善本書室藏書志》卷三十二著録有《蘭皋集》二卷本兩部，一爲"明鈔本，怡府藏書"，一爲"小山堂鈔本，汪魚亭藏書"。關於兩種版本的區別，丁丙言："按之諸賢舊傳佳句皆在焉，或卷有分併與？"《四庫全書總目》著録有"《蘭皋集》三卷浙江鮑士恭家藏本"，實爲二卷之誤。抄本外，二卷本又有刻本存世。傅增湘《藏園群書經眼録》卷十四著録云："《蘭皋集》二卷宋紫陽吳錫疇元倫著，明萬曆刊本，八行十四字，寫刻俱精。有淳祐九年五月望日竹坡吕午序。鈐有黃蕘圃盃烈父子藏印。"《中國古籍善本書目》著録故宮博物院藏明刻本（未見），每半葉八行十六字，然不詳刊刻時間。此抄本卷前吳瀚跋云：“海內莫不慕其全集，蓋以教存也。近求諸昆季，得古帙於本德，輯舊板於克孚，給鐫工於子承，至於校綴闕，則道通、伯卿也。”是嘉靖時吳瀚曾刻《蘭皋集》，此抄本應從吳瀚刻本出。

藏書印有“翰生藏甲部書”“劉盼遂印”。

四明文獻集五卷

宋王應麟撰。清抄本。綫裝四冊。每半葉十一行，行二十字，無欄格。後有陳朝輔《王深寧文集跋》。卷端題：“後學鄭真輯。”

王應麟（1223—1296），字伯厚，號深寧居士，又號厚齋。慶元府鄞縣（今浙江寧波）人。宋淳祐元年（1241）進士，寶祐四年（1256）復中博學宏詞科。官至禮部尚書兼給事中。屢次觸犯丁大全、賈似道而遭排斥。後辭職回鄉，專意著述。一生著述三十餘種六百八十九卷。《宋史》卷四百三十八有傳。

此係明人鄭真輯、陳朝輔補輯本。陳氏跋：“歲癸未（崇禎十六年，1643），余屏跡家門，友人劉君讓以鈔書見售。閱之，乃《四明文獻集》也。採輯者乃滎陽外史鄭公真也。曷勝狂喜，不惜重貲以應寒士之求。把讀終卷，間有未經詳明者，僭爲補綴。有它處散見者，輒爲增益，以成全集。”陳氏補輯本未梓行，《四庫全書》據鮑士恭家藏本收録，《提要》云：“此本乃明鄞縣鄭真、陳朝輔所輯《四明文獻》之一種，故一人之作，冒總集之名也。通一百七十餘篇，制誥居十之七，蓋捃拾殘賸，非其真矣。”道光九年（1829）葉熊以所輯《摭餘編》與王奎所藏本《四明文獻集》合刊爲《深寧先生文鈔》八卷。民國五年王存善又以劉承幹藏江都秦氏寫本校葉刻本，排印《四明文獻集》五卷、《深寧先生文鈔摭餘編》三卷。民國二十一年（1932）張壽鏞以所得朱彝尊藏《四明文獻集》及葉氏所輯《摭餘編》校刊，收入《四明叢書》，乃後出轉精之本。

館藏本“玄”改爲“元”，“弘”改爲“宏”，“琰”改爲“炎”。“寧”多寫爲“寕”，或不避“淳”不避。應爲清中期抄本。

藏書印有“蕭山蔡陸士藏玩書畫鈐記”“魯氏書印”“瑶仙收藏”“甬上林集

虛記”。

柴四隱詩集三卷

宋柴望撰。清抄本。綫裝一册。每半葉十行，行十九字，白口，無界欄，四周單邊。框高18.7厘米，寬14.2厘米。前有明萬曆戊子（十六年，1588）柴復貞序，後有蘇幼安撰《宋國史秋堂柴公墓誌》。

柴望（1212—1280），字仲山，號秋堂，又號歸田。衢州江山（今屬浙江）人。嘉定、紹熙間，爲太學上舍生。淳祐六年（1246），因上所撰《丙丁龜鑒》觸怒權相賈似道下獄，尋獲釋。景炎二年（1277）授迪功郎、史館國史編校。從弟隨亨，字瞻屺，寶祐四年（1256）進士；元亨，字吉甫，與隨亨同舉進士；元彪，字炳中，咸淳四年（1268）進士。宋亡，兄弟均隱居不仕。

柴氏兄弟四人各有集，後俱散佚。元至正時，柴季武輯柴望詩文集爲《秋堂集》。據至正四年楊仲弘《秋堂集序》云：“予過江鄉，訪公遺跡，公從侄季武出公集若干卷祈余叙。素蒙公高義，又喜季武之請，因遂書之。公詩有《道州台衣集》《詠史詩》《涼州鼓吹》，在公生時已盛傳於世。兵燹日久，散佚不全，兹録其遺存者若此云。”明萬曆時，柴望十一世孫柴復貞等蒐羅隨亨、元彪等遺稿，合柴望《秋堂集》，爲《柴氏四隱集》三卷，人各一卷，實缺元亨集也。《四庫提要》云：“錢塘吳允嘉始得刻本（指萬曆刻本）鈔傳之，又據《江山志》及《吳氏詩永》益以集外詩五首，遂爲完書。”

館藏本卷端雖題《柴四隱集》，其内容實僅柴望集。卷末標“柴四隱集卷二”，然按其分編，實三卷，詩一卷，詩餘一卷，文一卷。詩五十四首，前有《道州台衣集自叙》，云：“二十七年間凡三變，數千首中删餘僅二百。……安得不以《道州台衣》名。”今存五十餘首，而其中《夢傳説》以下十一絶，四庫館臣“疑即《詠史詩》中之作也”（《四庫提要·秋堂集》）。詩餘僅十首，後有柴望《涼州鼓吹詩餘自叙》，十二世孫柴自新識。柴自新識云：“至其（柴望）詩餘諸稿，可與美成、伯可比肩。……萬曆丁亥舉祀鄉賢，復於蠹簡中蒐采，僅得十首。”是其詩詞所存皆無幾矣。文五篇。

《四庫全書》收録《柴氏四隱集》，亦收《秋堂集》。《四庫》本《柴氏四隱集》之柴望詩文部分較館藏本多詩五首（即《白雲莊四首》及《月夜溪莊訪舊》），詩餘多《念奴橋·春來多困》，而文少《崧山書院上樑文》一篇。《四庫》本《秋堂集》篇目則與館藏本同。三本文字各有差訛。

《中國古籍善本書目》著録清抄本數部，分卷有不同（二卷或三卷），内容亦有差別（有柴氏四隱之總集者，亦有僅柴望別集者）。

藏書印有"遇讀者善""知聖道齋藏書""南昌彭氏""獨志堂印""佐周藏書""湛華閣藏書印"印。經彭元瑞、王懿榮遞藏。

潛齋先生文集四卷

宋何夢桂撰。清初抄本。太史連紙。綫裝一册。無欄格。前有何淳序。

何夢桂，幼名應祈，字申甫，後更名夢桂，字巖叟，號潛齋。淳安（今屬浙江）人。宋咸淳元年（1265）進士，爲太常博士，歷官監察御史、大理寺卿。宋亡不仕。精於易學，著有《易衍》《中庸致用》及《潛齋集》等。

何氏文集元代刊行不久即板燬。明代傳本已稀，諸家書目罕有著録。成化二十一年（1485），夢桂八世裔孫湖廣副憲何淳於汪廷貴家訪得印本重梓。萬曆間裔孫何之綸又加以重刊。兩刊本皆爲十一卷，即詩三卷，詞及策問一卷，雜文七卷。《四庫全書》著録鮑士恭家藏本，《提要》云即何之綸刊本。兩種明刊本均流傳不廣，故清代不乏傳抄本。抄本以四卷本居多，即抄録詩三卷及卷四詞，實爲何夢桂詩詞集。館藏本卷前目録下署"宗孫之綸重梓"，正文卷之一下署"明槜李岳元聲校正、宗孫之綸重梓"，卷之二下署"宗孫之榮、之仁、之屏、之垣、自任、之翰、之玊、之芳、自善、自樂重梓"，卷之三下署"宗孫明甫、承業、光秀重梓"，卷之四下署"宗孫宗廟、宗寶、宗理、全德、顯仁"等重梓，是抄本即出自何之綸刊本。卷二抄寫舛誤頗嚴重。《樂意》後應爲《挽寧谷居士何公三首》，抄本誤抄爲《分陽諸公招徐祥叔歸代之答謝》，然第四句起又易爲《挽寧谷居士何公三首》中詩句。《感遇二首》内容錯録爲《分陽諸公招徐祥叔歸代之答謝》後三十六字。抄本《挽寧谷居士何公三首》第一首第四句起錯録爲《再和昭德孫燕子韻》

中詩句,第二、三首則録爲《感遇》二首詩句。又《和梅景寄韻》《各酈簽事見寄韻》《病起有感》前後重復抄録。卷四《蝶戀花·即景》後缺七首未録。

　　不避清諱。

　　鈐"禮南過眼""東武李氏收藏""棟亭曹氏藏書""長白敷槎氏菫齋昌齡圖書印""菫齋圖書""繡谷""群碧樓藏書印""九峰舊廬珍藏書畫之記""菱花館""吳郡曹鼎""曹大鐵收藏記""大鐵父""西莊""宗建鑑藏"等印。

中國國家博物館藏宋元碑帖拓本叙録(一)^①

中國國家博物館　李瑞振

古代碑帖是中國國家博物館的重要收藏門類。國家博物館藏碑帖包含裝裱過的和整紙未裱兩種形態,整幅未裱拓本約20000種,已裝裱拓本約2000種。後者包括卷軸和册頁兩類,各約1000種,分别存放於文物抽屜櫃和格子櫃中,這部分藏品遞藏有序,多有來自方若、端方、陳介祺、羅振玉等名家的舊藏,文物價值高於未裱拓本。

在館藏的這些碑帖拓本中,我們選擇了一些文物價值、學術價值和藝術價值較高、版本相對較爲珍貴的宋元時期的碑帖拓本,爲讀者作一個較爲系統的介紹。本次我們介紹的是國博館藏的三種宋拓本:北宋拓《懷仁集王羲之書聖教序》、宋拓《大觀帖》卷七、南宋拓《九成宫醴泉銘》。

一、北宋拓《懷仁集王羲之書聖教序》(張應召本)

1. 基本情況

北宋拓《懷仁集王羲之書聖教序》,一册,麻紙墨拓,剪裱本,册頁裝。此册

---

①本文得到中國國家博物館科研項目經費資助;爲2021年度中國國家博物館重點科研項目"館藏宋元拓本整理與研究"(項目編號:GBKX2021Z05)成果之一。

是 1959 年由上海文物書店售與,册後裱褙上角貼有舊價簽一枚,"類别"作"聖教序",當時的定價爲 1000 元①。

拓本全本 17 開,其中帖心部分 15 開半。裱本每半開縱 40 厘米、横 26.3 厘米;帖心每半開縱 30.5 厘米、横 18.5 厘米。前後面板包覆宋式古錦,錦繡折枝花卉紋。帖有蟲蛀。裱褙有淡黄色古紙修補痕跡。

2. 版本考據

拓本碑文六行"紛糾所以"的"紛"字右邊"分"首筆" 丿"畫清晰可見;十五行末尾"聖慈所被"之"慈"字完好,僅有一道斜裂細紋貫於字之右上,字畫未損;二十一行"久植勝緣"之"緣"字左下不連石花。

3. 題簽題跋

拓本册後有清人王際華楷書題跋一則:"宋拓《聖教序》,舊藏天瓶老人家,後歸葭谷居士,十數年來,未嘗輕示一人。予與葭谷爲親串,得從借觀,越歲葭谷使至,齎手劄並此帖見贈。祗領之餘,聊志其末。乾隆壬午七月既望,夢舫居士王際華書。"②

4. 鑒藏印記

"南唐張應召家藏圖書印"朱文方印、"張應召印"朱文方印、"字用之"朱文

---

① 沈從文先生曾記載這册《聖教序》是當時歷史博物館花了 1500 元購買到的:"本館建館時,派過兩位同志去上海徵集文物,花一千五百元買來一部商人擔保是北宋原裝原拓《聖教序》。"見張新穎《沈從文精讀》,復旦大學出版社 2016 年版,第 279 頁。

② 據這則題跋可知,這册宋拓《集王聖教序》曾先後經康、乾時期的重臣"天瓶老人"張照、"葭谷居士"孔繼涑以及"夢舫居士"王際華三人收藏過,根據王際華題跋中的"十數年""越歲""乾隆壬午"等時間節點,我們可以推論出,乾隆初年以前,此册拓本在張照處收藏。約乾隆六年(1741)至乾隆十六年(1751)之間,此册拓本從張照處流傳到孔繼涑家;乾隆二十六年(1761)王際華從孔繼涑處借到拓本;第二年即乾隆二十七年(1762),孔繼涑將此拓本贈與王際華,王際華在收到這册拓本之餘,於乾隆二十七年(壬午)七月寫下了册後之題跋,記載了拓本遞藏原委。

方印、"人情如紙"朱文方印、"愛聽吳音"葫蘆形朱文印、"穀簓"朱文方印。

5. 遞藏經過

綜合拓本中的題跋和鈐印信息來看,這本北宋早期拓《集王聖教序》歷經明末張應召、清代張照、孔繼涑和王際華遞藏,淵源有自。

張應召,字用之,山東膠州人。明代後期著名的書畫家,擅畫山水、人物。同時也是石刻刻工,師事明代後期蘇州刻工、篆刻家溫如玉,二人最著名的活動就是共同完成了肅府本《淳化閣帖》的摹刻工作。溫如玉、張應召師徒二人,主要工作内容都與碑刻有關,其中溫如玉還特別擅長篆刻,其很多篆刻作品留存於《渠亭印選》中。張應召十分擅長碑刻勾摹之法,爲當時人所稱道,而張氏摹勒碑刻所常用的"字典"正是《集王聖教序》拓本:

"予在北海,見膠西張用之爲人集右軍帖中字作碑,先用硬黄法摹帖中字,于紙向燈取影,以遠近爲大小,若今人爲影戲者。度其式合,就而雙鉤,然後實填,故一帖中字大小能相似。"[1]

從上述周亮工的記載中,我們可以得知,周亮工曾經在北海見到張應召在碑刻活動中使用集王羲之書法的字帖。與此對應,明代天啟六年(1626)六月,張應召曾爲大臣李從心摹刻《奉天誥命帖》,此帖集王羲之書法而成,其中所用之字即從《集王聖教序》中輯出,從此帖中亦可見張應召對《集王聖教序》的掌握十分嫻熟。由此可見,《集王聖教序》對張應召來説,不單是收藏品,同時也是他賴以工作的重要工具。

至清代初期,這本碑帖流傳到了清初書法家張照的手中。張照(1691—1745),字得天,號涇南,亦號天瓶居士,江南婁縣人;康熙四十八年進士,清藏書家、書法家。

乾隆初年,這册拓本又輾轉到了"葭谷居士"孔繼涑的手中,張照和孔繼涑關係非同尋常。

孔繼涑(1726—1791),字信夫,號谷園,別號葭谷居士。山東曲阜人,六十

---

① 周亮工《書影》,上海古籍出版社1981年版,第139頁。

八代衍聖公孔傳鐸第五子。

　　張照與孔繼涑的關係很特殊。孔繼涑的父親曾經爲兒子繼涑求娶於張照之女，兩家約定爲兒女親家，後張照之女不幸未及成年而早亡，但是孔繼涑一直與張照以翁婿關係保持往來。

　　張照所收藏的藏品，既有生前贈與孔繼涑者，亦有張照去世以後，陸續歸孔繼涑所有者（張照去世以後，孔繼涑與其後人依然有往來）；其中也包括這册珍貴的宋拓本《集王聖教序》。

　　此册拓本歸孔繼涑所有後，因爲孔與王際華之間也有親戚關係，所以，乾隆二十六年（1761），王際華從孔繼涑處借來拓本，觀摩學習，不忍釋手。過了一年，孔繼涑派人給王際華帶來書信，將此拓本一併贈與了王際華。

　　王際華（1717—1776），字秋瑞，一字秋水，號白齋，浙江錢塘人，清朝官吏，清代重要的藏書家、書畫家。乾隆十年一甲三名進士，歷任工、刑、兵、户、吏諸部侍郎等職務。曾經參與《四庫全書》的編纂，分别擔任過《四庫全書》的總閲、總纂、總校、提調、協勘等職務。

　　在《集王聖教序》册後題跋中，王際華落款爲“夢舫居士”，文獻中記載了王際華這個别號的由來，實際爲王際華因爲在京爲官，懷念家鄉，憶起自己孩童時期的西溪小舫（一種船型建築），形成了夢境，所以就將自己的書房仿造爲西溪小舫，命名“夢舫”，並以“夢舫”自號：

　　“乾隆庚寅，邸寓增構夢舫成。夢舫者，憶童時西溪小舫，形諸夢寐，因仿而爲之，遂以名也。”①

　　“王際華，乾隆十年探花……初居韓家潭，後住外郎營的徐文穆宅。二十八年，將張廷玉、史貽直之賜第賜予王際華，將正堂起名爲寶言堂，書室名夢舫。”②

　　這個“夢舫”，其舊址就在北京西城區前門外大栅欄地區西南的韓家胡同，原爲韓家潭，1965年改爲今天的韓家胡同。“寶言堂，在韓家譚，王文莊（際華）第，有夢舫室。”③

——————————

① 吴榮光《辛丑銷夏記》，卷二，清道光刻本。
② 趙雅麗《晚清京師南城政治文化研究》，鳳凰出版社2011年版，第56頁。
③ 鄧之誠著、鄧珂點校《骨董瑣記全編》，北京出版社1996年版，第362頁。

王際華的老家在浙江錢塘,距離上海不遠,所以此册有可能後來由王際華從北京的"夢舫"帶回老家浙江,直至 1958 年,王壯弘先生在上海重新發現此册,並最終購歸中國歷史博物館(今中國國家博物館)。

6. 相關著録

張彦生《善本碑帖録》:"見比較最舊拓本,藏中國歷史博物館,乾隆時四庫全書總裁王際華舊藏,並題字。宋裝本,六行紛糾,紛字中筆可見,十五行末聖慈,慈字首點無石花痕,慈字完好,其他與一班北宋拓慈字完好本無顯著差別。"①

王壯弘《崇善樓筆記》:"集王聖教序(宋裝北宋拓本),此册爲張應召舊藏,碑前後俱有張應召家藏等印記。每張右邊俱蓋有騎縫印及右下'轂斾'小印,並有'吴音忘聽'之雙葫蘆印。碑'道'字、'孤'字、'間'字俱有石筋讓刀……此册余得於上海張家花園舊家。適值北京八大館建成(1959 年),遂歸中國歷史博物館。"②

馬寶山《書畫碑帖見聞録》:"北京歷史博物館藏有北宋最早拓本,宋時裝裱,有明張應召藏印及清王際華題字。第六行'紛糾'之'紛'字,右中筆可見。"③

仲威《碑帖鑒定概論》:"北宋最舊本,六行'紛糾所以'之'紛'字'分'部首撇可見。'以'字右半發筆處未渹粗。有王際華跋本符合北宋拓本條件。"④

7. 按語

中國國家博物館藏有宋拓《懷仁集王羲之書聖教序》多本,其中最珍貴者,

---

①張彦生《善本碑帖録》,中華書局 1984 年版,第 113 頁。
②王壯弘《崇善樓筆記》,上海書店出版社 2008 版,第 152 頁。
③馬寶山《書畫碑帖見聞録》,北京燕山出版社 2009 年版,第 53 頁。
④仲威《碑帖鑒定概論》,上海古籍出版社 2014 年版,第 207 頁。

莫過於這册明人張應召舊藏的北宋早期拓本①。

　　這本張應召舊藏本北宋拓《集王聖教序》是王壯弘先生於 1958 年在上海茂名路的張家花園發現並且購得的。根據王先生的描述，在一個收藏者家中"書堆之下"偶然發現"《集王書聖教序記》殘頁""拓本一紙"，細察之下，發現拓本"精氣内斂，知決非凡物"，於是和該處主人一起在"櫥前、屋下、廢書、雜紙堆"等處搜尋其他殘頁，功夫不負有心人，經過兩天努力找尋，這册北宋拓《集王聖教序》被再次粘貼成册，終歸完璧。

　　1958 年，這册標價一千元價格的珍貴拓本以一千五百元價格（沈從文先生説法）被徵集到北京歷史博物館，也成爲了後來中國歷史博物館（今中國國家博物館）的鎮館之寶之一。

　　中國國家博物館所藏張應召本北宋早期拓《集王聖教序》，其版本考據符合北宋早期拓本特徵，同時卷帙完整，通篇無墨描之弊；歷經明清兩代遞藏，淵源有序；其所存明代舊裱，古雅工致，堪爲"海内《聖教》之冠"。

二、宋拓《大觀帖》卷七

1. 基本情況

　　國家博物館藏原石宋拓《大觀帖》第七卷，一册，麻紙墨拓，前後瘦木夾板，剪裱本，册頁裝。此册由慶雲堂售與，册後有特藝公司宣武經營管理處舊價簽一枚，品名爲"宋拓大觀帖"，當時的定價爲 3200 元。

　　此本計十四開半，每開六行，裱本每半開縱 35.5 厘米、横 23.3 厘米；帖心

①粗略統計當今現存的宋代拓《集王聖教序》，計有幾十本之多，其中僅北宋拓本就有多種，如中國國家博物館藏張應召本、寶熙舊藏本；北京故宫博物院藏朱翼庵舊藏本、王鐸題跋本；國家圖書館藏殷鐵庵本；上海博物館藏周文清本；上海圖書館藏翁方綱題跋本（亦爲張應召舊藏本）；日本三井文庫藏劉鐵雲本；天津博物館藏崇恩"墨皇"本；西安碑林博物館藏劉正宗本、四川博物館藏鄭板橋本等。上述這些都號稱爲北宋拓本，是當今現存《集王聖教序》拓本中的翹楚。

每半開縱 30.5 厘米、橫 20 厘米。此册收王羲之草書尺牘；全册共一六七行，字旁有金漆小楷釋文。貼身下角有殘缺。

2. 版本考據

拓本首行題“歷代名臣法帖第七”，第二行題“晋右將軍王羲之書”，最後一頁“大觀三年正月一日，奉聖旨摹勒上石”二行，這三處行楷書均爲北宋徽宗時期權臣蔡京所書。每塊帖版前小字上記卷數，中記版數，下記刻工姓名。此卷第十二開“深以自慰”行左下，釋文“當”與“憂”字之間，刻有“法帖第七卷，臣張士亨”幾個楷書小字；又第十三開“復慶等近”行右下，釋文“並”與“何”字之間，刻有“法帖第七卷，臣張仲文”楷書小字。由於這幾處刻工姓名模糊難辨，後之翻刻本於此失刻，是爲《大觀帖》原石拓本之證。

3. 題簽題跋

《大觀帖》卷七册前有内簽二枚。清人寶熙楷書題寫的内簽一枚：“宋拓大觀帖弟（第）七。此真宋紙宋拓，與翁覃溪所題之一本神采差相伯仲。傚彬其善藏之。覃溪題本今在楊蔭北家。沈庵。”次爲王芑孫楷書内簽：“真宋拓閣帖第七□□□惕甫觀。”①

拓本册後有清代王文治、寶熙、朱益藩、陳寶琛、趙世駿、汪大燮、李經佘、張瑋等人題跋。

王文治行書題跋：“右軍書之在石刻者，如水之在地，決之則流，故右軍之神氣至今存焉。況《淳化》《大觀》，尤爲江河萬古不廢之流乎？當時内府真本，余皆曾見之，其精妙不待言矣，然轉覺其太工，不若此種遺留之本別有亂頭粗服風韻。質之北嵐先生，以爲何如？乞並告吾家惕甫也。文治識。”②

寶熙楷書題跋：“右大觀帖第七卷全，宋刻宋拓，紙墨精古，商丘宋氏舊藏，

---

① “真宋拓閣帖第七”與“惕甫觀”之間，另有“□□□本”三五字，模糊難辨。另，《淳化閣帖》和《大觀帖》在明清時期常常混淆不分，所以王芑孫題爲“真宋拓閣帖第七”。

② 此跋文收入《快雨堂題跋》，見王文治《快雨堂題跋》，《中國書畫全書》第十册，上海書畫出版社 1993 年版，第 787 頁。

而固始張簡庵前輩二十年前於無意中得之。簡庵廉介伉直，有聲於光緒朝。薄俸所入，盡以供碑版書畫之需。其時物值尚廉，故雖資力有限，亦恒獲銘心之品，此帖其一也。公子儆彬克承家學，守之弗敢失。今且同楊蔭北京卿所藏、覃溪題第六卷，用珂羅版印行，以餉同好，余故樂爲跋之。按《大觀帖》刻石，未二十年即遭靖康之亂，拓本傳世故較《淳化》尤少，至南宋時，権場所拓亦不恒有，然猶是原石也。元顧玉山始有重刻本，劉後村謂：《淳化》爲祖，《大觀》尤妙！王澧翁云：若論久近，則《大觀》後於《淳化》；論精觕（粗），則《大觀》前無帖矣！蔡元長事業不滿人意，而書學視王著頗勝，故所拓有一種雄桀之氣！與《潭》《絳》厭厭學步者不同①。宜世人視此帖爲墨皇也！此卷紙性純麻色白，氈蠟沉净，前後一律，當是政、宣間②打本。帖石每段末，間有小字，文曰‘法帖第七卷’，下云‘臣某某’。與覃溪所跋臨川李氏淡墨本摽刻略同，爲宋拓原石之確證。楊本首二頁《適得》《行成》《近得書》《昨書》四帖，極豐穰瑰麗之觀，此本神采尚不能及。然字裏行間，肥而不癡，樸而不魅，固是一時佳拓！王弇州得第七卷不全本，題云令汪象先夜眠不着③。此則首尾完具，又元美所未見矣。己未大寒燈下書。頑山居士寶熙。”

　　朱益藩楷書題跋：“宋拓《大觀帖》第七卷，固始張劭予前輩鏡菡榭舊藏。丁巳八月既望，敬觀一過，因題。蓮花朱益藩。”

　　陳寶琛楷書觀跋：“丁巳八月二十七日，閩縣陳寶琛觀。”

　　趙世駿楷書題跋：“祁文端舊藏《大觀帖》，庚子之亂散出，曾一見之，紙墨與此正同。此本爲固始張簡庵侍郎鏡菡榭所收宋拓致佳本，云得之商邱宋氏故紙堆中，古物顯晦，正自有時。今得從儆彬借觀，眼福不淺，承命題記，因録所聞。南豐趙世駿書。”

①汪珂玉《珊瑚網》卷二十一載：“（蔡）京事業不滿人意，而書學視王著稍勝，故所拓有一種雄桀之氣，與《潭》《絳》諸本厭厭學步者不同。”見盧輔聖主編《中國書畫全書》第5册，上海書畫出版社1993年版，第899頁。
②指北宋徽宗政和、宣和年間。
③清人翁方綱在致金石學家黃易的信劄中有“王元美云：得一卷真跡，先告知汪象先，使伊夜眠不着”之語，手劄墨蹟現收藏於甘肅省圖書館。見楊國棟《黃易年譜初編》，山東畫報出版社2017年版，第178頁。

汪大燮楷書觀跋:"戊午夏五,泉唐汪大燮敬觀。"

李經佘楷書觀跋:"己未正月二日,合肥李經佘敬觀。"

張傚彬楷書題跋二則,其一:"先公舊藏古法帖,以此《大觀》第七卷爲最;紹興御府《黃庭》次之。不肖續收碑刻,以《麓山寺》'搜'字未刓失者爲難得;陶齋本《龍藏寺》次之。丙寅丁卯閑於役,北海國帑不給,逋負巨萬,罷官後無所取償,於是《龍藏》《麓山》均入質庫。旋聞楊氏所藏《大觀帖》第六亦歸美洲人,而此冊已喪其偶矣①。加之兵燹迭經,鄰氛尤惡,如此奇珍,其能爲張氏世守耶?今者江淮洚水爲災,一二同志創藝苑協拯會,徵物釀金,姑出此冊,懸直萬鎰以待。因預書其尾。辛未秋仲,固始張瑋傚彬誌於北平芳嘉園。"其二:"此冊與第六卷影印時,不知何處尚有《大觀帖》真本,其後臨川李氏藏第二、三、五卷出,知即明王元美故物,惜無王字。辛未冬,第十卷又出,乃大令書,亦元美所收之一。戊寅春,獲見聊城楊氏藏半部,其第六卷原本止三開,祁文端有跋,以爲覃溪題本無異,良是。卻裝第八卷於前,乃寶賢堂帖翦去首尾,易以'大觀'名者,不知當日何以真贗雜糅②。如是,自董文敏重摹時,已不能得全璧,況今又三百餘年,爲得不稀如星鳳也耶。乙未寒露,敬園再題,年已七十有四矣。"

---

① 這裏指的是《大觀帖》卷六在庚子之變後不久,被美國人福開森收藏之事;又《大觀帖》中,以卷六、卷七專收"書聖"王羲之的書法,所以張瑋説"此册(卷七)已喪其偶矣"。宋拓《大觀帖》第六卷的遞藏史十分坎坷,僅在清代就輾轉多人之手。乾隆時期金石學家翁方綱最先獲藏,題跋滿紙;至同治時期,三代帝師、軍機大臣祁寯藻得到此册《大觀帖》,名其齋曰"觀齋",並請大書法家何紹基題寫匾額;1900 年,庚子之亂以後,此册流落入琉璃廠,後歸盛宣懷的女婿姚頌虞收藏;繼轉爲楊壽樞(字蔭北)收藏。二十世紀 30 年代,美國人福開森從楊氏手中以"七千二百元"價格得到了這册《大觀帖》卷六,雙方約定不將此册帶到國外。1934 年,福開森簽訂了捐贈合同,願意信守承諾,將包括此册在內的多種在華所藏文物捐贈於金陵大學(南京大學前身)。由於戰爭影響,這批文物長期寄存於北平古物陳列所,後由故宫代管;1954 年,福開森生前好友、故宫博物院院長馬衡依約將這批文物移交給南京大學圖書館。見林志鈞"《大觀帖》考",《帖考》(第一冊),1962 年排印本,第 67 頁;啟功、王靖憲主編《中國法帖全集》(三)《大觀帖》,湖北美術出版社 2002 年版,第 333 頁。

② 張彥生亦云:"又有做僞《太清樓大觀帖》,用明《大寶賢堂帖》行款,高與《大觀》略同,改換尾充《大觀帖》。查是否原刻,頭尾經過裁去,裁去《寶賢堂》頭,用《大觀》帖頭重補,易審。"見張彥生《善本碑帖録》,中華書局 1984 年版,第 173 頁。

4. 鑒藏印記

"寶熙"白文方印、"沈庵鑒定墨王"朱文方印、"商丘宋犖審定真跡"朱文長方印、"書樓真藏"白文方印、"潘楫私印"白文方印、"宫子行玉父共欣賞"朱文方印、"張仁黼印"白文方印、"臣德容印"白文方印,"雲尺"朱文方印、"曲林于厚生鑒定"朱文長方印、"修之"白文長方印、"春星帶草堂"朱文橢圓印、"李宗孔"朱文方印、"守真抱一"白文方印、"廣陵李書樓珍賞書畫"白文方印、"汪雲尺"白文方印、"研便主人"白朱文方印、"史儒維印"朱文方印、"固始張氏鏡菡榭印"白文長方印、"簡庵珍弄"朱文方印、"鏡菡榭藏"朱文方印、"曾經滄海"白文方印、"王文治印"白文方印、"頑山"朱文長方印、"沈庵墨緣"朱文方印、"朱益藩印"白文方印、"艾卿"朱文方印、"聲伯"朱文方印、"伯雄眼福"白文方印、"固始張氏鏡菡榭"朱文方印、"固始張瑋字儆彬六十後號敬園"朱文長方印、"西滇學士北海行人"白文方印。

5. 遞藏經過

梳理題跋及收藏印章之後,我們發現,國家博物館所藏這本宋拓《大觀帖》主要經過了明末清初的宋犖、清代中後期的張仁黼等人遞藏。根據題跋的先後次序和收藏鈐印規律來看,此拓本在清初的收藏者是宋犖[①];光緒年間此本又歸張仁黼所有。

宋犖(1634—1714),字牧仲,號漫堂、西陂、綿津山人,晚號西陂老人、西陂放鴨翁。河南商丘人。官員、詩人、畫家、文物收藏家。"後雪苑六子"之一。宋犖與王士禛、施潤章等人並稱爲"康熙年間十大才子"。其父爲宋權,字元平,明天啟五年(1625)進士,曾任順天巡撫,入清後仍授巡撫。宋犖精於書畫鑒藏,

---

① 從國博所藏宋拓《大觀帖》卷七上的"李宗孔""廣陵李書樓珍賞書畫"等收藏印來看,宋犖之前,宋拓《大觀帖》卷七在宋之前可能經過明末清初的李宗孔(字書雲,又字書樓)的收藏。可以確定的是,李與宋素有收藏方面的往來:"江南有真宣爐二,一爲魚耳石榴爐,其一爲魚耳八吉祥爐……國初轉歸江都李書雲。康熙己卯冬,書雲輒此見贈。爰著其流傳之概,以示後云。"見宋犖"記宣銅爐二則",《西陂類稿》卷二六,清康熙刊本。

《清稗類鈔》載有"宋牧仲辨書畫"云："宋牧仲尚書犖自謂精於鑒別，凡法書名畫，但須遠望，便能辨爲某人所作。合肥許太史孫崟家藏畫鵒一軸，不知出誰手，宋見之，定爲崔白畫。座客有竊笑其妄者，少頃，持畫向日中曝之，於背面一角映出圖章，文曰'子西'。子西即白之字，衆始服。"由此可見，宋犖對於古代書畫具備深厚的鑒別能力，其收藏此本《大觀帖》，也算是此帖的千載知音。宋權、宋犖家藏書畫碑貼甚富，所收藏唐宋名跡，宋元秘帙，冠於河右。這其中既有來自皇帝的賜予，也有朋友間的贈與和購買。宋犖舊藏有清初拓宋刻《大觀帖》卷九（現藏於中國國家圖書館），並在其文集中記載了其侄於康熙年間發現《大觀帖》卷九刻石的情況："余康熙庚戌撰《筠廊偶筆》，載宋拓《淳化帖》（實爲《大觀帖》①）第九卷事，中多繆誤。後二十八年丁丑得原石，始爲正之，刻跋其後。附跋：宋郡南有幸山堂，爲宋高宗駐蹕之所，明崇禎中沈氏浚池得石一片，兩面刻字，乃《淳化帖》九卷、第一二兩版王獻之書也，旁有'陳懷玉鐫'四楷字，董文敏見而愛之，後寇亂失去。康熙丁丑，余侄壻偶掘地複得，拓以寄余，筆劃遒勁，精采奕奕，爲北宋刻無疑。按《閣帖》祖本用棗版，而陳簡齋云：'太宗刻石，寵錫下方。'則《閣本》固有石刻也。南渡後摹刻者紛紛，曹士冕《法帖譜系》載：'襄州刻本第九卷《大令帖》，毀於王旻之變。'余曩撰《筠廊偶筆》，即以此石爲襄州所失，不知旻變在理宗端平三年，以地以時，相去遠甚。且既毀矣，安得複出？今爲正之，別刻一石附帖後，俾墻永寶焉。"②宋犖對於碑帖鑒藏十分精擅，甚至於在書畫題跋中談及碑帖，如其在王詵《漁村小雪圖卷》題跋中以《曹全碑》來比喻《漁村小雪卷》的精彩與珍貴："夫漢碑在人世略可指數，《曹全碑》晚出，頓煥人耳目，此卷得毋類是。"③

---

① 在明代至清初，《淳化閣帖》和《大觀帖》往往混淆不分："題舊拓大觀真本殘葉。此本末有'陳懷玉鐫'四字，張叔未先生定爲大觀原刻，余謂此商邱殘石舊拓也。宋牧仲筠廊偶筆載：宋城有幸山堂，宋高宗南渡時嘗駐蹕。崇禎中沈氏浚池，得片石如黑玉，乃淳化帖九卷第一段王獻之書也……按：淳化與大觀，明代往往不辨，此刻瘦勁有神，紙墨古雅，僅有大令書第一段與牧仲所説適合，當是宋元時未入土所拓也。"見翁同龢紀念館編、朱育禮校點《翁同龢詩詞集》，上海古籍出版社 1998 年版，第 170 頁。
② 宋犖《筠廊偶筆、二筆》，《歷代筆記小説大觀》，上海古籍出版社 2012 年版，第 55—56 頁。
③ 宋犖《漫堂書畫跋》，《美術叢書初集》第 5 輯，神州國光社 1936 年版，第 77 頁。

根據此拓本册後寶熙、張效彬等人題跋以及林志鈞《帖考》中的相關記載來看，此册《大觀帖》卷七是張效彬的父親張仁黼於 1900 年之前在商丘宋犖所遺留的舊書堆中發現並購藏，也就是說，至遲到 1900 年，此拓本已歸張仁黼收藏。"右大觀帖第七卷全，宋刻宋拓，紙墨精古，商丘宋氏舊藏，而固始張簡庵前輩二十年前於無意中得之……其時物值尚廉，故雖資力有限，亦恒獲銘心之品，此帖其一也。""先公舊藏古法帖，以此《大觀》第七卷爲最；紹興御府《黄庭》次之。""其先爲莫雲卿所藏，效彬尊翁得之商邱宋氏故紙堆中，當係宋牧仲物。""此本爲固始張簡庵侍郎鏡菡榭所收宋拓致佳本，云得之商邱宋氏故紙堆中，古物顯晦，正自有時。"①

張仁黼(1840—1908)字劼予，河南固始人，清末大臣。光緒二年進士，選庶起士，授編修，入直上書房。他還任過文淵閣校理、國子監司業、河南團練大臣、順天府尹堂兼督察院左副督御史、詹事府右坊中允、司徑局洗馬、日講起居住官、翰林院侍講、侍讀、鴻臚寺卿，並出任過四川江西鄉試考官。1908 年病逝於家鄉河南固始縣。《清史稿》有傳。

張仁黼之子張效彬繼承家藏，後將此册售於北京慶雲堂，慶雲堂又將此册售於中國歷史博物館。

6. 相關著録

歷代對於《大觀帖》的著録頗多，如南宋曾宏父的《石刻鋪叙》、南宋陳思的《寶刻叢編》、南宋曹士冕的《法帖譜系》、清人孫承澤的《庚子銷夏録》、清人梁章鉅的《退庵金石書畫跋》、清人張廷濟的《清儀閣金石題識》、清人吕世宜的《愛吾廬題跋》、近人林志鈞的《帖考》、容庚的《叢貼目》、朱翼庵《歐齋石墨題

---

① 以往學者的研究，認爲這册《大觀帖》卷七册後王文治的題跋中有"質之北嵐先生"之句，便認爲此册清初先經宋犖收藏；後在乾隆時期經過趙曾(號北嵐)收藏；光緒間歸張仁黼收藏。然而這種觀點似乎與"效彬尊翁(張仁黼)得之商邱宋氏故紙堆中"的意思相矛盾。所以我們認爲，張仁黼之前的收藏者應該宋犖而非趙曾。至於趙曾是否收藏過此册，尚無法確證。見宮大中、宮萬瑜《北宋汴京雙帖：〈淳化閣帖〉與〈大觀帖〉》，《美與時代》(中)，2011 年第 8 期；吕章申主編《中國國家博物館百年收藏集粹》，安徽美術出版社 2014 年版，第 499 頁。

跋》等均有著録。現將《大觀帖》卷七相關之著録,擇要列之如下。

林志鈞《帖考》:"以上全帙真《大觀帖》,凡五本。以下真《大觀帖》非全帙者……張簡庵本:第七卷。固始張氏鏡菡榭藏,吾友效彬世守之。全卷共百六十七行,旁有正書釋文,每頁六行,逐行剪裱。下角每頁皆缺,左角之字渺損。其先爲莫雲卿所藏,效彬尊翁得之商邱宋氏故紙堆中,當係宋牧仲物。有王夢樓跋,上款'北嵐先生'。余所見《大觀》真帖,只翁覃溪藏第六卷殘本一册,固始張氏藏第七卷一册,及影印之臨川李氏藏第二、第四、第五,凡三册。"①

朱翼庵《歐齋石墨題跋》:"榷場初拓本《大觀帖》以楊蔭北京卿所藏第六卷、經蘇齋老人題識者爲最赫,紙墨精古,神采映發,確是宣和内府所拓,今已歸美洲人福開森矣。此外則有外舅張簡庵侍郎所藏第七卷以及臨川李氏榷場本二、四、五卷,皆海内有數之物。此《大觀帖》六版亦第七卷中之殘帙也,與外舅家一本對勘,迥非一石。此本亦有勝處,然字差小。寶沈庵少府跋外舅本云:'元顧玉山曾有摹本,豈其是耶?'由是言之,覃溪所云《大觀》無摹本未遽可信,特不若《淳化》子孫姓之蕃衍耳。予另有一、八兩卷亦與是同,察其紙墨並是一時所拓,因題此册爰及之。壬申十一月十六日,以退筆書此。翼庵朱抱生。《旦發想至帖》,外舅本作'旦反',與此不同。頃又見一本,行款高低與《大觀》同,唯帖首僅題'法帖第九',下題'《寶晋》王獻之',又與《大觀》不同,紙墨刻本均極古厚,又在此刻之上。《大觀》第九向未之見,不知究竟有合否也? 所見之本僅六版,以索值昂,還之,然仍往來於心中也。翼庵又記,十一月十七日,晴暖,晨起書此。覃溪見《大觀》摹本動輒謂之《寶賢堂》改裝。此老特欲文其無摹本之説耳,其實非也。若此本者,豈得謂之《寶賢堂》乎?《寶賢堂帖》今尚有存者,與宋人刻帖相去甚遠,吾未見其能溷《大觀》也。《汝刻》在宋帖中極劣,然自有一種風氣,不可摹肖,故以宋人摹宋帖,縱有失處,獨存當時法度。自松雪一出,有元一代多用趙家筆,而刻手亦與之俱變,於是摹帖者無不似趙矣,真鑒者以此觀古今法書石刻,亦得失之林也。壬申十一月十七日,晨起精神頗佳,信筆書此。抱生。"②

---

①林志鈞《〈大觀帖〉考》,《帖考》第一册,1962 年排印本,第 63—68 頁。
②朱翼盦《歐齋石墨題跋·跋太清樓帖第七卷殘帙》,紫禁城出版社 2006 年版,第 372 頁。

　　張彦生《善本碑帖録》:"此《大觀帖》,世稱勝《淳化》,又有謂《淳化》古厚勝《大觀》。《淳化》帖石邊刻刻石人名。《大觀帖》亦石邊多刻字人名,如第二卷《宣示表》五行六行間有'臣張長吉,張仲文'七小字。第七卷《深以自慰帖》,二行下刻'臣張士亨'四小字。又'復慶'等字下右邊刻'臣張仲文'四小字。其他在行右邊下刻款很多,多裁去。似每石邊均有刻字人款。現存原石拓本,所知者,有張瑋(俲彬)舊藏王文治長跋本,卷第七全。墨黑精拓,張謂北宋拓,但石有泐損邊。刻後十餘年宋南渡,或是金精拓本。今藏歷史博物館。"①

　　馬子雲《談校故宮藏宋拓〈淳化〉〈絳貼〉〈大觀〉三貼》:"第七卷《足下別事帖》第二行'官更'之'更'字,翻刻本作'吏'字。又《所見君帖》之後一行,原石本第一字是草書'虚'字,翻刻本作草書'雪'字,又此卷之翻刻本,不同於《大觀帖》翻刻本,帖窄小而字物瘦弱。首行《七月一日帖》之'淚間'二字間,多出'一'字來。"②

　　王壯弘《帖學舉要》:"《大觀帖》原刻,每版前,上有小字上題卷數,中題板數,下題刻工名姓。眉較《淳化閣帖》高二寸餘,長短一體,字畫豐腴。刻工摹手,皆較《淳化》爲優。傳世宋拓有黄紙、白紙二種。黄紙爲淡黄藤紙,墨色深重,奕奕有紫光。白紙乃白麻紙,紙質綿密,氊蠟沉净,墨色如漆。初拓本石邊完好無損,晚拓者石邊即有損泐。靖康之亂,版爲金人捆載北運。開禧以後始有人於榷場中得北人拓本,而第三卷《庾亮帖》帖首、帖尾二'亮'皆被磨去,蓋避金主諱也。榷場本'亮'字雖磨去,其頂及脚猶微微露剗痕。如'亮'字缺,又無磨餘畫痕者,乃翻刻本也。此石宋時無翻刻,元唯顧玉山曾刻之,而明、清人翻刻有多種……然翻本之摹刻、紙、墨、拓工皆不佳,極易辨認……《大觀》原本明清藏家收傳著名者,即有十餘家。如晋藩王府、江陰夏茂卿、涿鹿馮銓、北平孫承澤皆有全本。華中甫、王弇州、汪象先、翁方綱、張叔未、張簡庵等藏有零本。而傳至今日僅存王弇州本卷二、四、五在故宮,翁方綱本卷六殘本在南京大學,張簡庵本卷七在中國歷史博物館。此外故宮尚有卷二、四、六、八、十(中四、

---

①張彦生《善本碑帖録》,中華書局 1984 年版,第 173 頁。
②孫進已、蘇天鈞、孫海主編《中國考古集成·華北卷:北京市、天津市、河北省、山西省:宋遼》,哈爾濱出版社 1994 年版,第 302 頁。

六卷殘渺甚）。"①

7. 按語

宋淳化三年（992），太宗趙光義令出內府所藏曆代墨蹟，命翰林侍書王著編次摹勒上石於禁內，名爲《淳化閣帖》，又稱《淳化秘閣法帖》，簡稱《閣帖》。大觀三年（1109），宋徽宗命龍大淵主持刻成《大觀帖》，又稱《太清樓帖》，亦稱《大觀太清樓帖》。

在《大觀帖》刻成十八年後，即1127年，靖康之難發生，北方的金朝軍隊南下攻取了當時北宋的首都東京汴梁，擄走宋徽宗、宋欽宗二帝，北宋滅亡。《大觀帖》原石也隨著這次歷史劇變銷聲匿跡。雖然有宋一代，翻刻叢帖之風甚盛，然而，終宋之世，未見有翻刻《大觀帖》者。直至元代，始有顧玉山翻刻，明清時期又出現了王鐵山、去成洞等多種翻刻本。

相比于翻刻本，《大觀帖》由於摹刻精微，幾乎成爲不可超越的經典。更加之原石南宋時期便已不存，因此宋代原石拓本的《大觀帖》更是可遇而不可求。

放眼海內外，《大觀帖》原石宋拓本不過寥寥數卷而已，這些珍貴拓本分別收藏於北京故宮博物院、南京大學和中國國家博物館三家單位。

北京故宮博物院收藏有兩種，一爲完本，一爲殘本。完本爲《大觀帖》卷二、卷四和卷五共三冊，爲明代王世貞舊藏，卷內有清代金石學家翁方綱題跋；殘本爲《大觀帖》卷二、卷四、卷六、卷八和卷十共五冊，係山東楊協卿海源閣舊藏，卷內有清代崇恩題跋。

南京大學藏有《大觀帖》卷六，此本原爲清代翁方綱舊藏，冊內有翁方綱、張謇等人題跋；後爲美國人福開森所有，二十世紀三十年代，福開森將其藏品包括《大觀帖》卷六捐贈給金陵大學（南京大學前身）。

中國國家博物館藏有《大觀帖》卷七，此本爲明清時期的宋犖、張仁黼等人舊藏，冊內有寶熙、朱益藩、陳寶琛、趙世駿、汪大燮、李經畬、張瑋等人題跋。

當今存世的《大觀帖》原石宋拓本之珍貴，誠如故宮博物院碑帖專家施安昌

---

① 王壯弘《帖學舉要》，上海書店出版社2008版，第59頁。

先生所言:"累經塵劫,太璞不完;墨林星鳳,唯此而已。"①

三、南宋拓《九成宫醴泉銘》

1. 基本情况

中國國家博物館藏南宋拓《九成宫醴泉銘》,一册,册頁裝,前後木夾板。裱本每半開縱 43 厘米、横 28.8 厘米;帖心每半開縱 27.6 厘米、横 14.8 厘米②。此册在 1959 年,由北京慶雲堂售與中國歷史博物館,册前有特藝公司宣武經營管理處價簽一枚,品名爲"宋拓九成宫",當時的定價爲 800 元。此拓本拓工瘦硬挺拔,絶少描補,足資與其他版本對讀。

2. 版本考據

此拓本曾經被大收藏家龔心釗收藏過,龔心釗作爲長期活躍於上海的大收藏家,其碑帖收藏亦謂大觀,僅《九成宫醴泉銘》一碑,龔氏就收藏了宋拓本三種。中國國家博物館現藏黄國瑾本、上海圖書館現藏黨崇雅本以及私人收藏的郭廷翕本(上海書畫出版社 2017 年出版)共同構成了龔心釗舊藏宋拓《九成宫醴泉銘》的完整圖譜。

經與龔心釗舊藏的黨崇雅本、郭廷翕本對比校勘來看,國博所藏此黄國瑾本在考據上明顯遜色於黨、郭二本,具體表現爲:拓本碑文第三行"窮泰極侈"之"侈"字完好;第五行"重譯來王"之"王"字下半已經損泐;第六行"櫛風沐雨"之"櫛"字損泐;第八行"何必改作"之"作"字底部泐連石花,頂部亦有明顯損泐;第二十二行"慶與泉流"之"泉"字基本完好。由上述考據可知,國博所藏此本應爲南宋末期至元明之際的拓本。

---

① 施安昌《宋拓大觀帖》,見於北京故宫博物院官網"藏品"之"銘刻"條目下"宋拓大觀帖":https://www.dpm.org.cn/collection/impres/234694.html。

② 此册《九成宫醴泉銘》經過多次裝裱,現狀是有内、外兩層裱邊,内裱本部分縱 37 厘米、横 20.1 厘米。

3. 題籤題跋

國博所藏此本,計有題籤四枚,包括外籤一枚、內籤三枚。

"懷叟"馮桂芬題楷書外籤:"歐書九成宮醴泉銘。貴築黃太史所藏南宋本,丁亥夏日,懷叟。"這枚題籤貼於木質面板的左上角。

張啟後所題楷書內籤一:"貴築黃氏舊藏,壬申入瞻麓齋。癸酉孟春張啟後書籤。"此籤貼於木質面板內側居中靠下位置。

黃自元所題楷書內籤:"南宋拓醴泉銘。光緒丙子自元爲再同題。"

張啟後所題楷書內籤二:"宋拓九成宮醴泉銘。貴築黃氏舊藏,壬申入瞻麓齋。癸酉孟春張啟後書籤。"

拓本全冊計有題跋十一則(含觀跋三則,其中冊前有楊守敬、翁斌孫所書觀跋各一則,冊後有黃紹箕楷書觀跋一則),其中十則是直接書寫在拓本前後的,另有龔心釗所書題跋一則,書寫在一張古紙上,夾在拓本中,這張紙條的內容在拓本出版中被長期忽略,以前未見有公佈,我們也將其一並整理出來。此本題跋,依照所題前後位置次序如下。

楊守敬楷書觀跋:"光緒丙戌宜都楊守敬觀。"

翁斌孫行書觀跋:"丁巳二月古花朝,常熟翁斌孫觀於沽上。"

光緒三年(1877)傅壽彤草書題跋一則:"昨在京師,從徐壽衡前輩家得所見北宋拓《醴泉銘》,北平翁氏物也,因屬泰西人,影之而歸。今見再同此本,墨色視徐本濃,凡所剝蝕諸字,雖視徐本亦間有寬大處,而字之完好者,神理獨備不少減,至近亦南宋拓無疑,可寶也! 再同歸京師,索徐本印證之,何如? 丁丑九月朔壽彤識於澹勤室。"[1]

光緒十二年(1886)、十三年(1887)、十六年(1890)黃國瑾所作題跋四則。黃國瑾楷書題跋一:"康熙中,楊可師考訂此銘已有十餘本(曰汴本、曰金士權本、曰神廟宮中本、曰余少愚本、曰麟遊未鑿本、曰已鑿本、曰米臨本、曰董臨本,

---

[1]傅壽彤是黃國瑾的岳父,也是晚清民國時期著名建築學家朱啟鈐的外祖父。傅壽彤,字青餘,號澹叟,貴州貴築人,著有《澹勤室詩錄》。

又有縮本三種,幾十一種,並在原刻外。'孫'誤作'櫂')。今原石日益漫漶,而摹刻更多,不惟神致難同,面目亦各異矣。無錫秦刻有虎賁中郎之似一拓,曾獲千金,況宋拓原石乎? 予藏有王恭甫紅鵝池館重開申隨叔藏宋拓殘字,鈎勒甚精。外舅傅青老曾賜以影拓,翁覃溪審定北宋本,故於宋拓略能辨識。曩居清苑,於肆間獲此。及來京師,得見毛文達公師家一本、袁文誠公師家兩本、楊蓉圃年丈家一本,並是宋拓。以此本證之,惟渾厚不及毛本。拓之精、字之完,固在諸本上! 近日宜都楊惺吾孝廉自日本歸,審爲南宋精拓,因出所刻倫孟臣藏北宋吳雲壑玉麟堂本雙鈎詳審,暇日取勘,益覺此本可寶! 蓋精拓雖稍晚,神理每勝於前,後有識真者,必不謂我享帚自珍也。光緒丙戌五月,貴築黃國瑾自記于宣武門内西拴馬莊雙海棠巢。"黃國瑾楷書題跋二:"潘鄭盦尚書師家一本北宋拓,與毛本同。李若農學士前輩家一本,視此稍渾樸,而多割補之字,有王舜華、申瑋、俞允文跋並明人予皆見之。惟聞宋雪帆家藏吳荷屋宋拓百衲本,覃溪考訂極精,入質庫,未得見。丁亥十月展重陽後三日,從若農前輩索還再記。"黃國瑾楷書題跋三:"午橋工部端方新得一本,末有翁覃溪跋云:'以宋拓二本合裝者。有陳白陽印。湊裝、移補尚在白陽之前。'成親王跋云:'明顧汝和藏《九成》最多,曾取數本,擇尤清楚者剪綴成一册,此其擇剩者。顧萬曆間人。'吳荷屋跋云:'此本得於嘉慶甲戌九月,隨手注出三五處宋拓僅存之字,午橋以屬王廉生侍御審定。'予從廉生假校此本,荷屋所記宋拓僅存之字,此本較完美。既録於本字下,後識於此。庚寅三月十一日,國瑾。"黃國瑾楷書題跋四:"荷屋本,道光乙未以贈某侯,所湊補字多非原石。名士欺齎人,可嚎獨怪成耶? 覃溪亦不惜作證耳。"

光緒十三年(1887)李文田楷書題跋:"《九成宮醴泉銘》,凡宋拓者,至今日皆千金之直,且亦不易可得,往往爲明人剪表、割棄。剥蝕補以他處一字,雖無害瑰寶,而頗礙考證。此本藏再同編修家,尚存强半,且不竄入他字,是可珍也。留讀三月,漫識數語歸之。光緒丁亥十月十二日,李文田。"

光緒十七年(1891)王仁堪行書題跋:"《書譜》謂真書以點畫爲形質,以使轉爲性情。唐賢石刻得稍佳者,皆可求其使轉之法。惟《醴泉銘》,昔人以比凌雲臺,先稱平衆木輕重,然後構造,故無錙銖相負,實亦不見其向背起伏之跡耳。

此宋拓本,以視今拓,精采迥異,而使轉之法終不可見。吾鄉蘭石先生云:學《醴泉銘》當自《鄭固》始,意或然歟？光緒辛卯人日,閩縣王仁堪借觀並跋。"

黃紹箕楷書觀跋:"里安黃紹箕敬觀。"

龔心釗行書題跋:"貴築黃再同編修爲子壽方伯之子,在燕常讀書於法源寺,今尚有題額。僧静涵自畫小影,潘文勤、翁文恭、張文襄讌集時爲題詠。再同有句云:'白憐僧鬢垂垂短,紅妬花容歲歲妍。'若有幽鬱之感。未幾,奔其尊人喪於武昌,遽以毀卒,士林惜之①。傅壽彤爲再同亡舅,跋此銘時,方任汴撫。王文敏曾記名御史,未傳到而特簡入南齋,卒殉拳難。黃覲虞朝元、王可莊殿撰、李文誠榜眼,皆當時以學歐書著,文誠乃余乙未座師也。清代考證石墨者,以覃溪爲最精。翁家零落,光緒間只餘一老曾孫婦;再同景仰覃溪,特賙其家。《安般簃詩集》'悲再同'詩云:'郇成分宅君真篤',即指其事,前輩風義可見。壬申,游燕,得見此本,師友之誼油然於懷,因購得之。翁藏之長垣本入長沙徐氏,今未知何在。翁題黨氏本,余得於甲戌歲;辛巳復得東魯楊氏本、毛氏影印本,皆北宋拓,以相互較而蓋歎其時黃公校注之詳慎。而此本確爲南宋拓也。壬午夏,龔心釗。"

龔心釗所書的這則題跋是寫在一張紙條上的,由於紙條是夾在拓本中的,在拓本出版中常常被忽略,實際此跋對於拓本遞藏研究十分重要。在龔心釗的題跋中,我們可以看到黃國瑾(再同)因爲景仰金石學者翁方綱(覃溪)而周濟其後人家屬的高風亮節,正是對這種師友之情誼的感懷,龔心釗於 1932 年(壬申)在北京地區見到並買下了這册黃國瑾舊藏本的南宋拓《九成宮醴泉銘》。

4. 鑒藏印記

此册鈐印者主要爲黃彭年、黃國瑾父子及民國藏家龔心釗,這其中,黃國瑾

---

① 據清人吳慶坻《蕉廊脞録》卷二記載:"法源寺僧静涵自畫小影,遍乞公卿名流題詠。常熟翁尚書、吳縣潘文勤、南皮張尚書、豐潤張幼樵副都、貴築黃再同編修皆有詩。再同詩中一聯云:'白憐僧鬢垂垂短,紅妬花顔歲歲妍。'頗寓仰鬱之感。未幾奔其尊人子壽先生之喪于武昌,遽以毀卒。訃至,京師同人於法源寺設位而哭之,余亦與焉。重展舊題,可勝悵惘! 編修嘗讀書寺中,其西偏室三楹,榜曰'書龕',再同手書也。"見吳慶坻撰,張文其、劉德麟點校《蕉廊脞録》,中華書局 1990 年版,第 62 頁。

父子鈐印(主要是黄國瑾)多達近 50 方。全册鈐印列之如下：

"龔懷希七十歲後印記"朱文方印、"善長手書"白文方印、"翁斌孫印"白文方印、"啟後"白文方印、"黄氏再同收藏金石書畫印記"白文方印、"彭年私印"白文方印、"子壽"朱文方印、"惟黄氏子孫世世永保之"朱文長方印、"陽湖方怡審定"白文長方印、"己酉生"白文長方印、"黄國瑾印"白文方印、"與老泉同生歲"朱文長方印、"國瑾私記"白文方印、"雞未肥酒未熱"白文長方印、"黄仲子"白文方印、"花菡庵"朱文橢圓印、"國瑾印"白文方印、"黄再同"白文長方印、"大台居士"白文方印、"身行萬里半天下"朱文橢圓印、"紉秋蘭以爲佩"白文長方印、"念"朱文長方印、"楓林"朱文橢圓印、"梅甌館"白文方印、"字再同號祖艾"朱文方印、"再同"朱文方印、"黄氏國瑾"白文方印、"祖艾"朱文方印、"黄仲國瑾"白文方印、"黄再同藏"朱文長方印、"臣國瑾"白文方印、"黄"朱文橢圓印、"佛前"朱文方印、"國瑾之印"白文方印、"游於藝"朱文長方印、"癡魯家風"朱文長方印、"楓林黄氏"朱文方印、"臣國瑾印""瞻蘿齋藏"白文長方印、"訓真書屋書畫圖記"白文長方印、"壽彤"朱文方印、"合淝龔氏瞻蘿齋記"朱文長方印、"郢禹"白文方印、"半齋"朱文長方印、"文田"白文長方印、"黄紹箕印"白文方印、"老可"朱文長方印、"王氏仁堪"白文方印、"龔心釗"白文方印[①]。

5. 遞藏經過

中國國家博物館所藏這册南宋拓《九成宫醴泉銘》,在清代後期被黄彭年、黄國瑾父子收藏;民國時期又歸上海收藏家龔心釗所有。

黄彭年(1824—1890)字子壽,號陶樓,晚號更生,貴州省貴築縣(今貴陽市)人,道光二十七年進士,授編修,官至湖北布政使、江蘇布政使等職。彭年善詩文,工書畫;著有《萬卷樓藏書總目》《三省邊防考略》《金沙江考略》《陶樓文鈔》等。《清代學者象傳》《清代貴州名賢像傳》《黄陶樓先生年譜》收其畫像,《清史稿》有傳。

黄國瑾(1849—1890),字再同,黄彭年之次子。光緒乙亥(1875)順天鄉試

---

① 册中另有數印,模糊難辨。

舉人,丙子(1876)科進士,改庶起士,授編修,充會典館總纂,兼繪圖館總纂官。其父卒,悲傷過度,繼之而卒。再同著有《小夏正集解》《段氏説文假借釋例》《離騷草木疏纂》《訓真書屋詩鈔》《訓真書屋文集》等。黃氏富於收藏,其所藏古籍拓本,不乏精品。葉昌熾在《緣督廬日記鈔》中,記載自己於 1888 年在黃再同家中得蒙再同向其出示所藏石幢拓本、宋拓《懷仁聖教序》、隋碑六種、舊拓玉版、舊拓《龍藏寺碑》、《蘭亭序》拓本、宋槧本《婚禮備用》、《月老新書》、元刻《困學紀聞》、元刻《玉海》全部等珍貴版本的情形。

黃氏子孫在民國時期曾經將家藏運至北京出售①,黃國瑾舊藏南宋拓《九成宮醴泉銘》應該就是在此時流落至燕地的,1932 年(壬申),龔心釗"游燕,得見此本,師友之誼油然於懷,因購得之"。

龔心釗(1870—1949),字懷希,亦作懷西,號仲勉,安徽合肥人,二十六歲中進士,寓居上海,曾於 1886 年任上海道臺,是上海重要的收藏大家。

龔心釗的先祖是明朝大詩人、文學家龔鼎孳(與吳偉業、錢謙益並稱爲"江左三大家")。鼎孳號芝麓,所以,龔心釗將自己的齋號叫作"瞻麓齋",以見其懷念先祖龔鼎孳之意。龔心釗富於收藏,其藏品宏富,精品亦多,著名者如秦代商鞅方升、戰國時期越王青銅劍、宋拓《九成宮醴泉銘》、宋代米芾、馬遠等名家書畫等,龔心釗還請大篆刻家吳昌碩爲其刻"楚鍰秦量"印(秦量即秦代量器商鞅方升),可見其對於收藏癡迷之甚。更爲難能可貴的是,龔心釗後人最終將龔氏收藏精品化私爲公,捐獻給國家。"1960 年,龔心釗的後輩將珍藏的 500 餘件文物,捐獻給上海市文物管理委員會,受到市人民政府表彰。"②

龔心釗在其收藏的善本碑帖中常常貼有其自己的照片或者自己收藏的古

---

① "王國維先生曾有函致羅振玉先生曰:'再後乃有袁克文到,攜來書畫數件,皆盜竊幹没之物……有宋版三書,《公羊傳》初印本,上有黃子壽跋,乃知黃之被騙即遭此人也……尤可惡者,書前有"上第二子""臣克文"二印……'又可參另通王國維致羅振玉函:'因黃宅今春於袁未敗時運書進京求售,售者價未收到,餘亦頭本不得索回。黃再同之子進京索之而殁於京邸,故書畫所以不能攜出者,實因此故。'此處所言之'黃氏',乃爲貴築黃彭年子孫,一據此,則黃氏出售書畫之際,寒雲曾有豪奪之舉。"見柳向春《袁克文藏書概略》,出自《古豔遇》,《煮雨文叢》(3),廣西師範大學出版社 2017 年版,第 209 頁。
② 馬承源主編《上海文物博物館志》,上海社會科學院出版社 1997 年版,第 472 頁。

紙、履歷之類的信息,在收藏家中獨具特色。

得到了國博此本《九成宮醴泉銘》以後的第三年,即 1935 年(乙亥),六十六歲的龔心釗去照相館拍了一張照片,在照片中,龔心釗側身端坐於鏡頭前,面前一個小桌几,桌几之上放的是《九成宮醴泉銘》,照片上面有一張紙條:"歲在甲戌,後覃溪題跋百三十五年,此醴泉銘入合肥龔氏,丙子,釗識。是年六十七。"[1]經過觀察拓本原件,我們發現龔心釗這張照片中的拓本並非黃國瑾本!而是龔心釗所收藏的另一個宋拓本,即明代末年陝西寶雞人黨崇雅舊藏的南宋拓《九成宮醴泉銘》,今收藏於上海圖書館。

龔心釗將自己端坐讀碑的照片連同幾種宋拓《九成宮醴泉銘》的照片一起粘附在拓本册後,這些珍貴資料共同融入到這册拓本遞藏、流傳的歷史中。

6. 相關著録

關於南宋拓《九成宮醴泉銘》,張彦生《善本碑帖録》、方若、王壯弘《增補校碑隨筆》和仲威《中國碑拓鑒別圖典》皆有著録,然而三者詳略、側重均有一定差異。其中,張彦生述之簡潔;王壯弘與仲威叙述考據甚詳,但是後二者相比,由於所據底本不同,仲威先生《中國碑拓鑒別圖典》所述似乎較王壯弘所述底本的拓製時間更晚一些,也更加符合國博藏南宋拓本的特徵。由此可見,即便是南宋拓本,由於拓工等因素影響,在某些考據字上也有一定程度的差異,所以,拓本年代的判斷不能僅僅依據少數考據字的損泐情況,而是要綜合、全面考量。另有葉昌熾《緣督廬日記》,其中也記載了葉氏在黃國瑾家欣賞南宋拓《九成宮醴泉銘》之事,其所指或爲此册。

張彦生《善本碑帖録》:"'櫛'字半損本定爲南宋,實金拓,金避完顏亮太子光英諱,'光'字圈明顯挖粗。八行'何必改作','作'字完好。又'櫛'字全泐與'櫛'字完好本。全碑其他的字損泐無大差别……宋末、元、明初拓本,碑字摩拓細瘦,難尋真面,以未經俗手剗本爲佳,五行'來王','王'字存半;六行末'利物','物'字存半;八行末'必改'未剗,末二行'雖休弗休','弗'未剗,作'勿'

---

①《上海圖書館善本碑帖綜録》卷二,上海書畫出版社 2017 年版,第 545 頁。

字形。自二行‘高’字至末二行‘持’字無斷紋。”①

　　方若、王壯弘《增補校碑隨筆》：“南宋拓本：二行‘長廊四起’之‘廊’字下未與石泐連，三行‘窮極泰侈’之‘侈’字完好，五行‘重譯來王’之‘王’字未泐，六行‘櫛風沐雨’之‘櫛’字未損，十五行‘光武’之‘光’字四周無外框，廿二行‘慶與泉流’之‘泉’字完好。宋末拓本：首行‘魏徵’之‘魏’字未損。”②

　　仲威《中國碑拓鑒別圖典》：“南宋拓本：二行‘長廊四起’之‘廊’字下未與石泐連。三行‘窮極泰侈’之‘侈’字完好。五行‘重譯來王’之‘王’字稍損。六行‘櫛風沐雨’之‘櫛’字僅中下部稍損。十五行‘光武中元元年’之‘光’字四周無外框，二十二行‘慶與泉流’之‘泉’字完好。吳湖帆四歐堂藏本（今藏上海圖書館）係南宋拓本。北宋時碑上方已斷裂，南宋時碑下方已有三條細裂紋（多遭塗描）。日本三井高堅藏本與四歐堂同時所拓，亦屬南宋拓本。南宋末拓本：五行‘重譯來王’之‘王’字存上半，八行‘何必改作’之‘作’字依稀可辨。”③

　　葉昌熾《緣督廬日記》：“初六日，至琉璃廠閱肆，稽古堂李姓帖賈及富華閣王某皆作古人矣。購隋唐碑十餘種，返。再同見示南宋拓《醴泉銘》及長安《廟堂碑》、明拓《顏氏家廟碑》，皆精！”④

7. 按語

　　中國國家博物館館藏此本南宋拓《九成宮醴泉銘》歷經清代黃彭年、黃國瑾父子、民國龔心釗等人收藏，册中有楊守敬、李文田等人題跋十餘則，諸家鈐印六十餘處，可謂朱墨燦然。

　　此册也是黃國瑾、龔心釗最爲寶愛的收藏品之一，從册中黃氏父子大量的鈐印以及龔心釗收藏時期對拓本進行的精緻裝池情況即可得知。

---

①張彥生《善本碑帖録》，中華書局 1984 年版，第 100 頁。
②方若著、王壯弘增補《增補校碑隨筆》，上海書畫出版社 2008 年版，第 311 頁。
③仲威《中國碑拓鑒別圖典》，文物出版社 2000 年版，第 486 頁。
④葉昌熾《緣督廬日記》“記五，戊子”，學生書局 1964 年版。

梵蒂岡圖書館藏中國傳統古籍善本舉要

北京外國語大學　謝　輝

引　言

梵蒂岡圖書館(Biblioteca Apostolica Vaticana)爲歐洲收藏漢籍最爲豐富的圖書館之一。其所藏1911年之前的中文古籍約二千部,其中相當一部分是由傳教士或研究西學的中國士人撰寫,旨在闡明西方歷史、宗教、文學、科學的著作,學界稱爲"西學漢籍"。但除此之外,該館還收藏有一批中國傳統經史子集範圍内的漢籍,此批典籍按入藏時間劃分,大致可分爲兩部分:

一是意大利漢學家華嘉(Giovanni Vacca,1872—1953)舊藏,約在二十世紀五十年代進入梵蒂岡圖書館,數量較多,但基本都爲清末民初之本,價值不高。

二是1922年,法國漢學家伯希和(Paul Pelliot,1878—1945)爲梵蒂岡圖書館編纂漢籍目録之前,進入該館的藏品。經初步統計,此批典籍約三百五十餘部,其中最早入藏者可能爲明嘉靖福建刻本《新刊四明先生高明大字續資治通鑑節要》(館藏號 Vat. estr. or. 66),約在十六世紀中期即已成爲該館具有異國情調的藏品之一,也是現存最早傳入歐洲的漢籍中的一種[1]。其來源主要有二:一是法國傳教士傅聖澤(Jean-François Foucquet,1665—1741)從中國帶歸,二是意

---

① 參見余東著,董丹、虞瀚博譯《16世紀梵蒂岡圖書館的中國文獻:Vat. estr. -or. 66 與尼古拉斯·奧德伯特抄本》,《國際漢學》,2021年第3期。

大利漢學家蒙突奇（Antonio Montucci，1762—1829）晚年轉讓。此外還有十七世紀初從海德堡獲得的七部典籍，與意大利傳教士康和子（Carlo Orazi da Castorano，1673—1755）與馬國賢（Matteo Ripa，1682—1745）、法國漢學家儒蓮（Stanislas Julien，1799—1873）、美國駐維也納領事施瓦茨（John George Schwarz）等人的藏品。此批典籍價值較高，主要表現在三個方面：

第一，時代較早，版本較佳。此三百五十餘部中國傳統古籍中，明刻本與明刻清初印本約占三分之一，乾隆六十年以前刻印者超過百分之九十，其中多有與《中國古籍善本書目》著錄之本同版者。並有清代常熟藏書家曹炎、金山（今上海市金山區）醫學家夏之阜舊藏本。

第二，有部分稀見品種與版本。稀見品種方面如，明刻本《東魯許先生文集》（館藏號 Borg. cin. 240），爲明初山東籍名臣許彬之文集，全書十卷，收録各種文章二百六十餘篇，在考證明初人物史事方面有極高價值。目前所知，世界範圍內僅梵蒂岡藏此一部孤本。又如《新刊京本大字按鑑漢書故事大全》（館藏號 Palatin. III. 190），乃明末福建書坊在《全漢志傳》《兩漢開國中興傳志》基礎上編刻之本，對研究明清通俗小説價值極高，雖僅存卷四後半與卷五，但同樣是該書在世界範圍內唯一傳本。稀見版本方面如，明萬曆種德書堂刻本《新刊全相忠義水滸傳》（館藏號 St. Palat. IV. 1292），全世界範圍內僅知有殘本二部，一藏德國德累斯頓圖書館（Sächsische Landesbibliothek-Staats-und Universitätsbibliothek），一藏梵蒂岡，且很可能爲一書分而爲二。明萬曆余象斗雙峰堂刻本《京本增補校正全像忠義水滸志傳》（館藏號 St. Palat. IV. 1291），僅知日本輪王寺與内閣文庫尚有藏，與輪王寺藏本比較，梵蒂岡本似印較早。

第三，多西人批注本，與西方漢學史的發展息息相關。如《四書集注》（清康熙華萼堂刻本，Borg. cin. 49）、《周易本義》（清康熙經業堂刻本，Borg. cin. 91）等，均爲傅聖澤舊藏，書中以插頁形式保留了大量中西文批注，其中至少西文批注應出於傅氏之手，爲研究其漢學成就的寶貴資料。

自 2008 年以來，北京外國語大學以張西平、任大援教授爲首的項目團隊，一直致力於對梵蒂岡圖書館藏漢籍進行整理與研究，曾多次前往該館實地調研。對此批 1922 年之前入藏的中國傳統古籍，絶大部分實現了目驗原書。今在目驗的基礎上,遴選出部分較具代表性者撰爲提要,以增進學界對此批典籍的了解,爲推進域外漢籍的調查與利用略盡綿薄之力。

讀易述十七卷

（館藏號：Borg. cin. 84）

明潘士藻（1537—1600）撰。潘氏字去華,號雪松,婺源人。萬曆十一年（1583）進士,授溫州推官。十五年（1587）召爲福建道御史,忤宦官張鯨。會火災,上疏言修省事,張鯨摘疏中語激怒萬曆,左遷廣東布政司照磨。十九年（1591）改南刑部照磨,晋南刑部主事,改尚寶卿。二十一年（1593）晋少卿,卒於官,年六十四。生平見焦竑《奉直大夫協正庶尹尚寶司少卿雪松潘氏墓志銘》、鄒元標《奉直大夫協正庶尹尚寶司少卿雪松潘公墓表》、袁中道《潘去華尚寶傳》。《明史》卷二三四有傳。治學方面,潘氏師承耿定向與李贄,與焦竑、新安三袁等交好①,所著除《讀易述》外,尚有《闇然堂類纂》《闇然堂遺集》等。

《讀易述》爲潘氏晚年著作。袁中道謂："自官尚寶時,署中無事,乃潛心玩《易》,每十餘日玩一卦。或家中静思,或拜客馬上思之。不論閒忙晝夜,窮其奥妙。每得一爻,則欣然起舞,索筆書之。"②但生前似乎並未撰成定本,亦不輕出以示人,去世後其子潘師魯方梓行之。焦竑《易述序》即説："去華談《易》不去口,求其書輒拒而不出,蓋其意方進而未止也。不幸被疾而殂,顧其所就者已可傳矣。子師魯輩不以自私,梓而公諸同好。"全書十七卷,卷一至十釋上下經,卷十一至十四釋《繫辭傳》,卷十五至十七依次釋《説卦傳》《序卦傳》《雜卦傳》。注文採前代之説,而以己意貫通折中之。焦竑謂"大氐王主理,而莫備於房審權,鄭主象,而莫備於李鼎祚。去華衷而擇之,順而圓之,補不足,表未明",《四庫全書總目》據此,即云"所據舊説,惟采《周易義海》《周易集解》二書"③。但實際情況並非如此。一方面,其書中收録了大量明人之説,粗略統計,即有季

---

①參見郭翠麗《陽明後學潘士藻交友考》,《上饒師範學院學報》,2019 年第 5 期。
②袁中道《潘去華尚寶傳》,《珂雪齋集》,上海古籍出版社 1989 年版,第 728 頁。
③永瑢等《四庫全書總目》卷五,中華書局 2003 年版,第 31 頁。

本、王守仁、吳默、諸燮、熊過、劉濂、張獻翼、姜寶、唐順之、鄧孺孝、羅倫等人。另一方面,前代舊注不在《義海》《集解》收録之列者,潘書亦采録不少,如元人張清子、胡炳文、胡一桂、吳澄即是。所引諸家,或稱名,或稱字,或稱書名,並不一致,亦可見草創未久之痕跡。《四庫全書總目》稱其"大旨多主於義理",並謂"《集解》所載,如虞翻、干寶諸家,涉於象數者,率置不録"①。實際上,潘書中還是收録了一些虞翻與其他人的象數之説。但其書偏重義理,則爲實情。

梵蒂岡藏本爲明萬曆三十四年(1606)潘師魯刻後印本。此本一函十二冊,半頁九行二十字,白口,單黑魚尾,四周單邊。版心上題"洗心齋",中題卦名或篇名,下題頁數。六十四卦部分,各卦皆單獨計頁。卷前有萬曆三十四年焦竑《易述序》,序末題"黃一桂督刻"。卷端題"玉笥山人潘士藻去華父輯"。各冊封面封底之襯紙,爲科舉程文類著作散葉。卷中有朱筆校改,如卷一乾卦四十三頁正面首行"純者不誰於陰柔","誰"字即朱筆校改爲"雜"字。法國外交部檔案館藏《耶穌會傅聖澤神父帶回的中國典籍目録》有著録②,梵蒂岡藏抄本《十四夾板内書單》亦載"《讀易述》十二本"③,可知爲法國傳教士傅聖澤舊藏。

此本流傳不廣,據《中國古籍善本書目》《中國古籍總目》載,國内僅國家圖書館藏全本一部,江西省圖書館藏殘本一部。國圖藏本(索書號05188)鈐"龍洞山人""鄰卿""矯齋"諸印,有批注。經比較,國圖藏本與梵蒂岡藏本同板,卷中斷板墨釘等多有相合處,如卷十節卦第四頁正面有三處長條墨釘,二本皆同。但國圖本似印較早,其卷一乾卦第二十三頁背面"潛龍勿用,陽在下也",梵蒂岡本無"陽在"二字而空二格。按乾卦《文言傳》,本不應有"陽在"二字,當是重印時挖去。又卷二師卦第十頁背面"角則軍擾多變失志",梵蒂岡本將"志"字改

---

① 永瑢等《四庫全書總目》卷五,第31頁。

② 南開大學外國語學院法語系譯《法國外交部檔案館藏中法關係史檔案彙編·巴黎分館卷一》,南開大學出版社2019年版,第371頁。

③ 館藏號 Borg. cin. 357. 5。按:據比利時學者鍾鳴旦研究,梵蒂岡藏抄本書目,較重要者有兩種。其一爲《書單》(館藏號 Borg. cin. 357. 2),其一即此。《十四夾板内書單》爲傅聖澤在北京藏書的書目,《書單》爲其在廣東即將返回歐洲時的裝箱上船目録。此本不見於《書單》,鍾鳴旦懷疑其爲傅聖澤返回歐洲時,於隨身行李中所攜帶者,並未裝箱托運。參見 Nicolas Standaert, "Jean-François Foucquet's Contribution to the Establishment of Chinese Book Collections in European Libraries," *Monumenta Serica: Journal of Oriental Studies* 63(2015).

刻爲"士心"二小字,亦是修板時所爲。此外日本静嘉堂文庫、尊經閣文庫、東京大學也藏有此本。又《中國古籍總目》尚著録上海圖書館藏明刻本一部,又南京圖書館藏清抄本一部,爲丁丙舊藏。清修《四庫全書》,據兩江總督採進本收録。按《浙江採集遺書總録》所載,爲十七卷刊本①。從文字上來看,當即是此潘師魯刻後印本。今見四庫本卷二師卦之末,引某氏曰"師以衆正"云云一段,於其姓氏處注曰"闕",潘師魯刻本之早印本與後印本皆缺。但上述"角則軍擾多變"云云一段,四庫本則合於後印本,作"士心"②。又據《浙江省第四次汪啟淑家呈送書目》,汪氏曾進呈過一種十四卷本③,則未見流傳。

增訂易經存疑的藁十二卷

(館藏號:Borg. cin. 115)

　　明林希元(1482—1566)撰。林氏字茂貞,號次厓,福建同安人。正德十二年(1517)舉進士,授南京大理寺評事。嘉靖帝登基,條上《新政八要》,上嘉納之。累遷寺正,降泗州判。因巡按御史醉而無禮,棄官歸,家居三年,以讀書解經爲事。起爲北京大理寺寺副,擢廣東鹽屯僉事,改提學。嘉靖九年(1530),陞南京大理寺寺丞,三載任滿改北。遼東兵變,林氏上疏忤旨,謫知欽州,陞廣東按察僉事。嘉靖二十年(1541)坐安南用兵事,以拾遺罷官。晚年將己作《更正大學經傳定本》等書上之朝廷,竟坐此削籍爲民。所著尚有《四書存疑》《太極圖解》《讀史斷疑》《考古異聞》《古文類抄》等,後人編有《林次厓先生文集》。生平見《國朝獻徵録》卷一百二《雲南按察司僉事林公希元傳》,以及《閩書》《[康熙]同安縣志》等書所收林氏傳記④。

　　林氏在早年間,即撰有解說《周易》的書稿,出仕後無暇顧及,頗有散逸者。

---

① 沈初等《浙江採集遺書總録》,上海古籍出版社 2010 年版,第 18 頁。
② 潘士藻《讀易述》卷二,《景印文淵閣四庫全書》第 33 册,臺北商務印書館 2008 年版,第 73—74 頁。
③ 吳慰祖校訂《四庫採進書目》,商務印書館 1960 年版,第 96 頁。
④ 林希元《林次厓先生文集》,商務印書館 2018 年版,第 479—487 頁。參考該書《校點後記》。

至泗州辭官而歸,方加以整理,稍稍就緒。任廣東提學時,曾出示諸生,欲刻之而未果。任南京大理寺寺丞時,與祭酒王道、司業歐陽德討論,"往復其間,不專名己見,而於二公之説,亦有所折衷,不盡從也。四書、易經《存疑》於是再更定"①。罷官之後又重加删飾,始於嘉靖二十年冬,一年告成。蔡壿《易經存疑後序》稱:"先生苦心是書,凡更四稿,删削乃成,然則先生於《易》,蓋以没身焉。"據林氏《易經存疑序》所言,其著此書的目的,是鑒於當時"談經者或薄傳注而喜新説,業舉者或忽義理而尚辭華"的情況,因闡發宋儒之學,俾學者"沿傳求經,沿經求道"。宋儒之中又推尊朱子,故王慎中序言謂"林次崖先生所爲《易經存疑》,信於朱氏深矣……是先生所以獨尊於朱氏者也",亦兼采程子《易傳》等。於明人則推崇蔡清《易經蒙引》,曾翻刻以行世,稱"近世諸儒説經,未能或之先也"②,還曾想"摘《蒙引》中有補於《集注》《本義》者别爲一書"③。故陳文序言謂"自虚齋先生《蒙引》一出,而後聖人之精藴可尋。自次崖先生《存疑》一出,而後虚齋之精藴以洩"。《四庫全書總目》即評價林氏此書曰:"其解經一以朱子《本義》爲主,多引用蔡清《蒙引》,故楊時喬《周易古今文》謂其繼《蒙引》而作。"④可謂是一部遠遵《本義》、近承《蒙引》之作。但另一方面,林氏對朱子與蔡清,也並非不加分辨地一概遵從。據統計,《易經存疑》中,明確提及《本義》者有三百五十三處,引用認同者三百○三處,認爲有疑問、牽强或反對《本義》意見者也有四十多處⑤。有學者指出:"《存疑》之内容雖多引《本義》《蒙引》之説法,但其作法既非解釋《本義》,亦不在解釋《蒙引》,而是表現個人對《易》經、傳之解釋,對於《本義》《蒙引》之説法可取者加以載記、説明,有争議處亦提出修定或補充。故《存疑》不同於《蒙引》疏解《本義》的作法,而是在《本義》《蒙引》的基礎上,提出個人對《易》經、傳的解釋。即此而論,《存疑》確實參考了《本義》與《蒙引》兩部釋《易》傳注,與彼所言'沿傳求經'相符;至於林氏在朱、蔡二

---

① 焦竑《國朝獻徵録》,《續修四庫全書》第 531 册,上海古籍出版社 2002 年版,第 37 頁。
② 林希元《重刊易經蒙引序》,《林次崖先生文集》,第 178 頁。
③ 林希元《與吳思齋書》,《林次崖先生文集》,第 132 頁。
④ 永瑢等《四庫全書總目》,第 29 頁。
⑤ 李育富《論林希元〈易經存疑〉對〈周易本義〉的注疏價值》,《信陽師範學院學報(哲學社會科學版)》,2013 年第 4 期。

子之基礎上提出個人對《易》經、傳的解釋，則是進一步表現出'沿經求道'的理想。"①特別是在義理、引史證《易》及經世致用方面頗有發揮。

本書撰成之後，約於嘉靖二十二年（1543）由陽溪詹文用刻於書肆②，是爲初刻本。林氏於嘉靖二十九年（1550）獻上朝廷，希望令禮部頒行者，大約即是此本。但獻上後隨即"詔焚其書"③，可能受此影響而流傳稀少。今日本靜嘉堂文庫藏有明刻《增訂易經存疑的藥》一部，乃陸心源舊藏，僅著錄有林氏自序④，不知是否爲初刻本。其後有萬曆二年（1574）刻本，國家圖書館、北京大學圖書館有藏。國圖藏本（索書號08749）經目驗，爲六册十二卷。半頁十二行二十四字，白口，四周雙邊，單黑魚尾。版心上題"易經存疑"，中題卷數，下題頁數。卷端題"新刊增訂的藥易經存疑"及校正者陳文、黃世龍、譚文郁、蔡壇、林有梧、林學範等。前有嘉靖二十二年林希元、王慎中《易經存疑序》二篇，以及陳文《重刻林次崖先生易傳存疑序》、洪朝選《易經存疑序》、黃世龍《易經存疑後序》、譚文郁《書易經存疑後》、蔡壇《易經存疑後序》（除譚序未署年月，餘皆署萬曆二年）。卷末有萬曆二年林有梧識語，略謂《易經存疑》爲書坊翻刻罔利，字訛句差，林希元復取而增訂之，未梓而終。林有梧叩邑中官紳捐資作序，又稱貸而梓之，以廣其傳。並有牌記"萬曆二年端陽之吉書林□氏鳴□□行"，中有三字殘損。按《中國古籍善本書目》著錄此本爲"明萬曆二年書林林氏鳴沙刻本"⑤，則所缺者有二字當爲"林""沙"。《中國古籍總目》著錄爲"明萬曆二年書林林有牾刻本"⑥，當是將"林有梧"之"梧"誤書作"牾"，又誤認其爲書坊主人，並不準確。

梵蒂岡藏本爲清康熙十七年（1678）仇兆鰲等刻本。此本一函十册，半頁十一行二十四字，黑口，雙黑魚尾，左右雙邊。版心題"易經存疑"及篇卷、頁數。卷端題"增訂易經存疑的藥"及校正者仇兆鰲、潘元懋、萬言、沈佳、魏尚賓、萬經等。書名頁題"林次崖先生易經存疑原本，甬上潘友碩、仇滄柱、萬貞一同較，紫

---

①楊自平《論林希元〈易經存疑〉的義理發揮與致用思想》，《中國文哲研究集刊》，第 32 期。
②林希元《增訂四書存疑序》，《林次崖先生文集》，第 179 頁。
③沈德符《萬曆野獲編》，中華書局 1997 年版，第 634 頁。
④河田羆《靜嘉堂秘籍志》，上海古籍出版社 2016 年版，第 448 頁。
⑤《中國古籍善本書目·經部》，上海古籍出版社 1989 年版，第 67 頁。
⑥《中國古籍總目·經部》，中華書局、上海古籍出版社 2012 年版，第 100 頁。

峰《通典》即出,康熙戊午重鐫,本衙藏板翻刻千里必究"。卷前有康熙十七年徐秉義《重刻易經存疑序》,略謂對蔡清《周易蒙引》、陳琛《易經通典》及林氏之書心契已久。《蒙引》版行尚多,《通典》《存疑》久失其傳。前年至浙江,偶言之於仇兆鰲、萬言,萬言家中恰藏有《存疑》,遂醵金刻之。又有嘉靖二十二年王慎中序,萬曆二年洪朝選序,總題爲"原序二首"。繼爲嘉靖二十二年林希元《易經存疑序》,並附萬曆二年林有梧識語。從其附有識語一點來看,大約即是從前述萬曆二年刻本翻刻。法國外交部檔案館藏《耶穌會傅聖澤神父帶回的中國典籍目錄》有著録①,梵蒂岡藏抄本《十四夾板内書單》與《書單》亦均載"《易經存疑》十本",可知當爲傅聖澤舊藏。《中國古籍善本書目》《中國古籍總目》均著録該本,國家圖書館、北京大學圖書館、人民大學圖書館、鄭州大學圖書館、上海圖書館、南京圖書館、山東圖書館等皆有藏,日本東洋文庫亦有之。

此本之後,該書還有雍正、乾隆、道光修補本,光緒會文堂重刻本。雍正修補本藏臺灣漢學研究中心(館藏號00081),卷末無牌記,而有識語謂"迨至□□甲寅歲,同安水溢東門,城壞,全板漂流,十存二三。廷珪、友遜、廷玕、維常等,恐於兹一失,遲久弗校,則欲尋墜緒而末由,急將原本復付梓人,備補無失","甲寅"前二字因原書破損不可見。核之乾隆修補本林廷玕序言,當作"雍正",則是雍正十二年(1734)修補者。乾隆修補本藏廈門同安文化館,《中國古籍總目》謂乾隆十年(1745),會文堂本所載林廷玕序言署乾隆三十七年(1772),《四庫全書總目》又謂乾隆七年(1742),不知孰是。林序謂雍正十二年修補後,"查其原板,蟲蠹鼠壞,十存五六"②,遂與其弟先春、侄兆瑞修補之。《四庫全書》所據之福建巡撫採進本,當即是此本。道光修補本藏湖北圖書館,馮謙光序言謂書板"一溺於雍正甲寅,方搜羅於溢水,再淹於道光丁酉,並覆壓乎頹垣"③,程彦文遂捐資修補之,末署道光二十八年(1848)。以上三本,應都是在萬曆二年刻本書板的基礎上疊相修補。會文堂本藏廈門市圖書館,乃林氏後裔林在田、林有年所刻,

①《法國外交部檔案館藏中法關係史檔案彙編·巴黎分館卷一》,第370頁。
②陳峰編《廈門古籍序跋彙編》,廈門大學出版社2009年版,第20頁。
③陳峰編《廈門古籍序跋彙編》,第20—21頁。

有陳綱、林翀鶴序,署光緒三十二年(1906)①,應是據道光修補本重刻者。

易經辨疑七卷

(館藏號:Borg. cin. 75)

　　清張問達撰。張問達初字孚聰,後改字天民②,江都人。父張文英,吏部注選主簿,有四子,問達爲次子,明末庠生,能屬文,有名於時③。曾與汪蛟、申維翰等結直社於江都④。明末史可法守揚州,高傑以鎮將欲屯兵城内。問達詣軍門,力陳不可。史可法怒其阻撓,將按以軍法。有謂此壯士不可殺者,可法遂召入,論時事,改容謝之。康熙五年(1666),舉順天鄉試。時有奏撤揚州兩東門城垣者,問達堅執不可,乃止。後署休寧教諭,遷趙城知縣⑤。據《道光趙城縣志》,其任趙城知縣在康熙二十六至二十八年(1687—1689),今趙城尚有其詩作石刻留存⑥。後罷歸,以講學終老,於地方有當興革者,侃侃正論。年八十二卒。據相關著録,所著尚有《左傳分國紀事》《宋名臣言行録節要》《河道末議》《樂存園集》⑦等。另編刻《王陽明先生文鈔》,約於康熙二十八年刊行。

　　據《易經辨疑》卷前冀如錫序言,其在山西時,張問達即從其講學,“日持所得以相質,知行合一,體用兼全,證之以《語》《孟》,證之以《學》《庸》,證之以《詩》《書》,而未嘗及《易》”。按冀氏約在順治十一年(1654)任河東鹽運使,至十六年(1659)調河南分守道⑧,張氏大約即在此段時間内結識冀氏。及冀氏内遷,張氏遊京師,下帷於其家,遂出《辨疑》以示。冀氏與張氏序文均署康熙十八

①陳峰編《廈門古籍序跋彙編》,第21—22頁。

②雷士俊《贈張孚聰序》,《艾陵文鈔》卷四,《四庫禁毀書叢刊》集部第90册,北京出版社2000年版,第52頁。

③雷士俊《吏部注選主簿張公墓志銘》,《艾陵文鈔》卷十二,第142頁。

④雷士俊《鄭廷直傳》,《艾陵文鈔》卷九,第102頁。

⑤高士鑰等《江都縣志》,成文出版社1983年版,第1068—1069頁。

⑥李國富等《洪洞金石録》,山西古籍出版社2008年版,第183頁。

⑦高士鑰等《江都縣志》,第1069、1580頁。

⑧吳忠匡校訂《滿漢名臣傳》,黑龍江人民出版社1991年版,第1793頁。

年(1679),可見《辨疑》成書不會晚於此時。其書主於以義理解《易》。在卷前序言中,張氏即指出:"夫《易》之爲書也,六畫成而天地人物之理全焉,象爻辭繫而人事之趨避得失判焉。雖《易》之廣大,無所不具,而聖人憂世覺民之心,則爲人道設也。其言體、言德、言象、言變、言占者,蓋慮人道有未明,使人即數以推理,因占以利用,所以引天下之心思神明變化於《易》而莫之外。"其注乾卦卦辭"元亨利貞"時,更明確提出:"聖人作《易》,專爲人道立教,非讖緯術數之書也。"故其注《易》時,於象占之説率多不取,雖其説出於朱子,亦不憚批評之。如其注乾卦用九"見群龍無首,吉"時,即先引朱子"六爻皆變"之説,而後駁之曰:"夫《易》窮則變,是天下之道理如是,非謂剛德必變爲柔也。若如所言,則乾必變爲坤,九必變爲六矣,何以云用九耶? 何以不曰變群龍,而曰見群龍耶? 竊以爲占筮家止就一人一事言,學者當體會聖人作經本旨,不得以筮法攙入解經也。"此外,張氏尚篤信陽明心學,在卷前序言中,其即引陽明"個個人心有仲尼""求諸我心之是而可矣"之語,進而提出:"學《易》者,學此《易》於身也。用《易》者,用此《易》於世也。返諸心而求聖人明道立教之心,而天地萬物之心,豈在吾心以外乎?"故其注《易》時,也表現出一定心學色彩。如其注乾卦卦辭"元亨利貞"時,即説:"人之一理在心,兼該徧覆,人之理全焉,萬物之理全焉,天地之理無不全焉,元也。此心此理,通乎人而無間,通乎萬物而無間,通乎天地而無間,亨也。"《四庫全書總目》稱其"黜數崇理,而談理一歸之心,力掃卜筮之説"①,頗得其實。

　　梵蒂岡藏本爲清康熙十九年(1680)金閶陳君美刻本。此本一函六册,半頁九行二十三字,白口,單黑魚尾,四周單邊。版心上題"易經辨疑",中題篇名,下題頁數。全書上下經與《繫辭傳》各分上下,《説卦傳》以下三篇合爲一部分,故各種目録多計爲七卷,今從之。但其卷端並不題卷數,僅上題"易經辨疑",下題"江都張問達天民編輯,男張宜年惟馨較,江寧沈士芳曲江、黄陂葉良儀令侯、休寧孫郎詒仲參訂",上、下經之下篇且並無卷端。書名頁題"易經辨疑,江都張天民先生纂輯,金閶陳君美梓行,康熙十九年鎸"。前有康熙十八年冀如錫《序》,康熙十九年李之粹《序》,康熙十八年張問達《易經辨疑序》,以及《參訂受業姓

①永瑢等《四庫全書總目》卷九,第74頁。

氏》三十一人。上經上篇首頁鈐"趙繼訪印"白文方印、"崔皋"朱文方印。卷中有墨筆批注,從内容來看,似是出於信仰天主教的人士之手。如乾卦卦辭下"天生聖人,正爲天下萬世人道作榜樣"一段注文天頭,即貼有浮簽,上有批語云："上天主宰,憫普世盡迷大道,獲罪深重,壞其靈性。特降生一大聖,天道全備,立教神化,爲天下萬世人道作榜樣。無論智愚,咸信從而救其靈性,得免永罰。此大聖也,乃天人合一之聖,繼天立極之聖,天地始終唯一無二之聖。此大聖也,果誰足以當之耶?"具有比較明顯的天主教色彩。法國外交部檔案館藏《耶穌會傅聖澤神父帶回的中國典籍目録》有著録①,梵蒂岡藏抄本《十四夾板内書單》與《書單》也均載"《易經辨疑》六本",可見爲傅聖澤舊藏。

此本之外,《中國古籍總目》著録中科院圖書館與南京圖書館均有收藏。中科院藏本已影印收入《四庫全書存目叢書》,經對比,與梵蒂岡藏本同板,但文字較爲模糊,斷板亦較嚴重,似是後印之本。日本内閣文庫藏一部,經目驗亦是此本。此外《中國古籍總目》還著録上海圖書館藏有清康熙十八年刻本一種,杜澤遜先生以爲與中科院藏本"疑係同板"②,頗有可能。由此而言,本書傳世之版本可能僅此一種,複本不過四五部,較爲珍貴。

三元堂新訂增删易經彙纂詳解六卷首一卷

（館藏號：Borg. cin. 87）

題清吕留良（1629—1683）撰。吕氏字莊生,一字用晦,號晚村,浙江崇德人。少年即善屬文,會明亡,散萬金以結客抗清,失敗後隱居不出,順治五年（1648）歸里,十年（1653）出試爲諸生。康熙五年（1666）學使者按臨嘉興,吕留良避不應試,遂除名。十七年（1678）浙江薦其應博學鴻詞科,十九年（1680）又以山林隱逸薦,吕氏遂剪髮爲僧,隱居以終。生平可參見卞僧慧《吕留良年譜長編》。著述傳世者約30餘種,然頗有僞託者,參見《吕留良全集·吕晚村先生文集》卷末所附《吕留良著述目録》。

---

① 《法國外交部檔案館藏中法關係史檔案彙編·巴黎分館卷一》,第371頁。
② 杜澤遜《四庫存目標注》,上海古籍出版社2007年版,第83頁。

從表面上來看,此書與呂留良之思想有一些吻合之處。例如,此書以"上不悖乎朱注,下以開乎愚蒙"(卷前《易經詳解序》)爲主旨,解經時多尊朱子《本義》。如乾卦卦辭下注曰:"此卦六畫皆奇,上下皆乾。下者内卦也,上者外卦也。文王所繫之彖辭也。乾,健也。元,大也。亨,通也。利,宜也。貞,正也。"皆摘自《本義》。而呂氏治學,也以朱子爲本,後人評之曰:"遵信朱子,是先生一生學業根本。"①又如,呂氏曾稱其師徐甘來所著之《周易口義》曰:"遠依雲峰之《通釋》,近涵虚齋之《蒙引》、次崖之《存疑》,同爲《本義》之臣翼。"②可見對元代胡炳文《周易本義通釋》,明代蔡清《周易蒙引》、林希元《周易存疑》比較認同,而本書對三家之説,也多有引用。但近年來有學者提出懷疑,謂:"《詩經彙纂詳解》與《易經彙纂詳解》兩序,文風不類晚村,疑出於僞託。晚村評點詩文,影響甚巨,然自康熙十三年癸丑後不復從事,惟以蒐集刊刻先儒典籍爲業,未聞有彙纂《詩》《易》諸作。然其與長子公忠書中曾曰:'舊書氣色不振,則乙卯以後文不得不繼起,此事吾意屬之汝,汝可留意,暇即閲選,吾爲託作可也。''託作'二字,或可釋此原委。"③意謂此書乃呂氏長子公忠(後改名葆中)作,託呂留良之名以行,故卷端題葆中參訂。今見其卷前序言中,確實也有一些值得懷疑之處。如謂:"自先輩李九我先生作《尊朱約言》,而易學始正;李衷一先生作《衷旨》,而法門已開。"李九我即李廷機,上海圖書館藏有署名其所輯之《新鍥尊朱易經講意舉叢便讀》,而日本尊經閣文庫藏《京傳李會魁易經尊朱約言》又署名李之藻撰。李衷一即李光縉,《中國古籍總目》著録其有《易經潛解》與《易經直解》,但未及所謂《衷旨》。另有《易經衷旨》,又題汪士魁撰。由此可見,此二書大約都是書坊僞託之本,故題名與作者較爲混亂。呂留良對此類著作多持否定態度,謂:"至講章叢出,則又拉雜諸家穿鑿附會之説,而加之以俗陋之己意。學者喜其依傍而可以餬飣也,則益蔓衍而不知所返。如近日坊本,其説尤鄙劣。而時之以《易》名家者無不宗以傳,上非是不以取,下非是不以應,名奉典

---

① 俞國林編《呂留良全集》第 1 册,中華書局 2015 年版,第 2 頁。
② 呂留良《周易口義後序》,《呂留良全集》第 1 册,第 144 頁。
③ 俞國林編《呂留良全集》第 2 册,第 491 頁。

制,實則離考亭而畔《本義》者也。"①如此書爲其自著,似乎不應對坊本如此推
崇,其子吕公忠乃藏書名家,也不應如此鄙陋,疑其書全爲書坊僞作。然其體例
比較完備,經文各卦與傳文各章之前有通論性質之"全旨",經傳之下先爲解釋
詞句,繼爲衍説,末引諸家之解證成之。卷前另有專論性質之《讀易二十四辨》,
與《周易正義》卷前八論類似而加詳。總體來看,對治《易》應舉之士人頗具參
考價值,且蒙吕氏盛名,故在康乾時期風行一時。有學者曾梳理《纂修四庫全書
檔案》中所收各地督撫奏繳禁毁吕氏著作,其中《易經詳解》多達 20 部,範圍遍
及閩浙、雲貴、湖廣、直隸②,可見其流行程度。但經乾隆朝禁毁之後,其書即流
傳稀少。

　　梵蒂岡藏本爲清康熙間刻本。此本一函六册,半頁八行三十四字,小字雙
行同。白口,單黑魚尾,四周單邊。版心上題"易經彙纂詳解",中題篇卷,下題
頁數。書名頁題"易經詳解,太史仇滄柱先生鑒定,吕晚邨先生彙纂,本衙藏
板",卷端題"太史滄柱仇兆鰲先生鑒定,禩兒晚邨吕留良彙纂,男無黨葆中參
訂"。前有吕留良《易經詳解序》,未題年月,僅署"禩兒吕晚邨識",並刻"此志
不容少懈""風霆流形庶物露生"閒章二枚。書中鈐有"豫章林氏珍藏"朱文方
印,"林中麒印"白文方印,"聖瑞"朱文方印,"緑竹猗猗"白文方印。全書六卷,
卷一爲上經乾卦至小畜卦,卷二爲履卦至離卦,卷三爲下經咸卦至困卦,卷四爲
井卦至未濟卦,卷五爲《繫辭傳》上下,卷六爲《説卦傳》至《雜卦傳》。首一卷則
包括《周易上下篇義》(附《讀易二十四辨》),《筮儀》,河圖至卦變圖等九幅易圖
(即《易本義》卷前九圖),以及《卦歌》。其中卷二第六十頁原誤置於第五十七
頁之後;卷四第五十七與五十八頁原倒置,六十七、六十八頁原誤置於六十四頁
之後;卷五第六十六頁原誤置於六十三頁之後。法國外交部檔案館藏《耶穌會
傅聖澤神父帶回的中國典籍目録》中譯本有《易經象解》六册,署劉蘭秀撰③,疑
即是此本。梵蒂岡藏抄本《十四夾板内書單》與《書單》均著録"《易經詳解》六
本",可見爲傅聖澤舊藏。早在康熙四十年(1701)傅氏寫自南昌的書信中,已經

①吕留良《周易口義後序》,《吕留良全集》第 1 册,第 143—144 頁。
②李鵬《中國古代圖書出版營銷研究》,學習出版社 2013 年版,第 290—302 頁。
③《法國外交部檔案館藏中法關係史檔案彙編·巴黎分館卷一》,第 371 頁。

提及此本①。除梵蒂岡外，目前僅知《中國古籍總目》著録遼寧圖書館藏一部。從《吕留良全集》卷前所附書影來看，與梵蒂岡藏本應爲同一版本。

三元堂新訂增删詩經彙纂詳解八卷

（館藏號：Borg. cin. 88）

　　題清吕留良撰。此書之情況與《三元堂新訂增删易經彙纂詳解》類似，雖稱吕氏作，但頗有疑問。如其卷前序言謂：“筆洞徐公是以有《删補》一書，《删補》出而後學争託焉，雖童蒙小子，每置一於案頭，朝誦而夕温之。何則？以從來之解《詩》者，未有如徐君之詳明也。及江子晋雲援《删補》而作《衍義》，其理愈晰而愈詳。”“筆洞徐公”之“洞”一作“峒”，指徐奮鵬，著有《十刻詩經删補便蒙解注》等。晋雲即江環，有《新鍥晋雲江先生詩經闓蒙衍義集注》。此二書即非書坊託名，亦屬吕氏批評的講章之類，不應反於此倍加推崇。又如，其卷端既題徐奮鵬删補，又題徐自溟重訂，然自溟即奮鵬之字，二者實爲一人。經查日本内閣文庫藏明萬曆二十三年（1595）静觀室刻本《新鍥晋雲江先生詩經闓蒙衍義集注》，其内容與本書多有重合。例如，此本在卷一“國風”下，引伊川程氏、安成劉氏、三山李氏與朱子之説，又附有按語。其後又解賦、比、興之意，皆與江氏之書同。由此可見，此書很可能是書坊彙集幾部科舉類著作，删補合併而成，未必真出於吕氏之手。但其體例比較規整，每詩前有“全旨”，總括全詩大義。每詩各章下大致分三部分：第一部分卷前凡例稱爲“内注”，主於訓釋字義，疏通文意，以圈符相分隔。第二部分敷衍其義，類似於科舉考試之範文。第三部分爲“主意”，講解作文之法。其後或引諸家之説以證成之。無關於科舉者，如對鳥獸、草木、山川、都邑、器物、禮樂等内容的注釋，一律删去不録，頗便於應舉者參考。再蒙吕氏大名，故在康乾時期非常流行。據學者統計，僅乾隆年間各地督撫禁

① Nicolas Standaert, "Jean-François Foucquet's Contribution to the Establishment of Chinese Book Collections in European Libraries," *Monumenta Serica：Journal of Oriental Studies* 63（2015）：366.

毀者即達百餘部,其中貴州兩次查繳共計九十部之多①,可見其印行之多,流傳之廣。但經禁毀之後,即行世稀少。

　　梵蒂岡藏本爲清康熙間刻本。此本一函十册,半頁八行三十四字,小字雙行同。白口,單黑魚尾,四周單邊。版心上題"詩經合參詳解",中題篇卷數,下題頁數。卷端題"臨川筆峒徐奮鵬删補,金甫晋雲江環輯著,天池徐自溟重訂,禦兒晚邨吕留良彙纂,甬上滄柱仇兆鰲參閲"。書名頁題"詩經詳解,太史仇滄柱先生鑒定,吕晚邨先生彙纂"。前有康熙十九年(1680)吕留良《詩經詳解序》《詩經總讀》《詩經彙纂合參詳解凡例》。全書十卷,卷一爲國風周南、召南,卷二邶風至王風,卷三鄭風至豳風,卷四小雅《鹿鳴》至《湛露》,卷五《彤弓》至《何草不黄》,卷六大雅《文王》至《板》,卷七《蕩》至《召旻》,卷八爲頌。其版式行款與《易經彙纂詳解》基本一致,乃同一時期之産物。卷六第六十一、六十二頁原誤倒置。法國外交部檔案館藏《耶穌會傅聖澤神父帶回的中國典籍目録》著録此本②,梵蒂岡藏抄本《十四夾板内書單》與《書單》亦均有記載③,可見爲傅聖澤舊藏,康熙四十年(1701)傅氏寫自南昌的書信中已提及。梵蒂岡藏本之外,《中國古籍總目》著録有清初三元堂刻本,卷一至二爲抄配,藏復旦大學圖書館;又有清康熙刻本,藏復旦與福建師大圖書館。以《吕留良全集》卷前所附福建師大藏本書影核對之,與梵蒂岡藏本字體略有區别,似非同一版本。廣漢圖書館亦藏一殘本,僅存卷四至五。總體而言,梵蒂岡藏本仍屬罕見,且可確定爲刻於康熙四十年之前,對研究此書版本頗有意義。

家禮五卷附録一卷

（館藏號：R. G. Oriente. III. 287. 1-2）

　　宋朱熹撰。此清康熙吕氏寶誥堂刻本,屬《家禮》五卷本系統,較爲稀見。約在康熙二十三年(1684),吕留良之子吕公忠答書陸隴其,謂"新刻《朱子遺

---

①李鵬《中國古代圖書出版營銷研究》,第290—302頁。
②《法國外交部檔案館藏中法關係史檔案彙編·巴黎分館卷一》,第372頁。
③《十四夾板内書單》著録爲《詩詳解》,《書單》著録爲《詩經詳解》,均爲十本。

書》六種，又《朱子家禮》及《小學》《近思録》合刻各一册"①，所謂《朱子家禮》當即是此本，由此可推定其刊刻時間。此時吕留良已經去世，刊刻工作應是由吕公忠主持。此本二册，半頁七行十六字，小字雙行同。白口，單白魚尾，左右雙邊。版心上題篇目，中題書名與卷數，下題頁數。書名頁除大字題"朱子家禮"之外，尚有篆書白文牌記"禦兒吕氏寶誥堂重刻白鹿洞原本"。前有朱熹《家禮序》，陳設序次圖，木主全式、分式圖，以及嘉定六年（1213）潘時舉識語。附録之末有淳祐五年（1245）周復跋文。從其有陳設圖一點來看，當是從明刻本翻刻者，而明刻本又出自宋本②。法國外交部檔案館藏《耶穌會傅聖澤神父帶回的中國典籍目録》著録有一部兩卷本的《文公家禮》③，今見梵蒂岡藏《家禮》類著作凡三部，一爲寶翰樓本《文公家禮儀節》八卷四册（館藏號 Borg. cin. 154），一爲藴古堂本《文公家禮儀節》八卷八册（館藏號 R. G. Oriente. III. 262），均不符，只有此本之册數與之相符。且與此本同置於一函的《周濂溪先生全集》（存卷一至卷三，館藏號 R. G. Oriente. III. 287. 4）也見於該目録。梵蒂岡藏抄本《十四夾板内書單》與《書單》亦均載"《文公家禮》二本"。可見此本爲傅聖澤舊藏，卷中有少量西文批注，當亦出於傅氏之手。查《中國古籍總目》等目録，均未見有此本之記載。目前所知，僅美國普林斯頓大學圖書館藏有一部④，從著録來看，與梵蒂岡藏本當爲同一版本。

文公家禮儀節八卷

（館藏號：Borg. cin. 154）

明丘濬（1421—1495）撰。丘氏字仲深，號深庵，海南瓊山人。幼而穎悟，讀書過目成誦。正統九年（1444）舉廣東鄉試頭名，景泰五年（1454）登進士，廷試

①卞僧慧《吕留良年譜長編》，中華書局 2003 年版，第 316 頁。

②明刻本情況參見彭衛民《禮法與天理：朱熹〈家禮〉思想研究》，巴蜀書社 2018 年版，第 357—358 頁。

③《法國外交部檔案館藏中法關係史檔案彙編·巴黎分館卷一》，第 390 頁。

④普林斯頓大學東亞圖書館編《普林斯頓大學圖書館藏中文善本書目》，國家圖書館出版社 2017 年版，第 55 頁。

二甲第一名。歷任編修、侍講學士、翰林院學士、國子監祭酒、禮部侍郎、禮部尚書、户部尚書等職。卒謚文莊。著述尚有《大學衍義補》《朱子學的》《世史正綱》等。生平詳見何喬新《贈特進左柱國太傅謚文莊丘公墓志銘》及李焯然《丘濬評傳》。

　　《文公家禮儀節》成於成化十年（1474），即丘濬服喪已畢後，入京供原職之年。據丘氏序文所言，其撰述此書，是因感"禮之在人家，如菽粟布帛然，不可斯須無之"，但世儒能讀書者不能執禮，佛、道二家因竊弄之。其故在於禮文深奥，事未易行。而朱子《家禮》爲"萬世人家通行之典"，遂取而約爲儀節，易以淺近之言，使人人易曉而可行。所謂"儀節"即行禮之具體程序步驟。例如卷一《通禮》下"出入必告"一條，丘氏即於其下附"儀節"云："主人下階立，鞠躬，拜，興，拜，興，平身。詣香案前，跪，焚香，告辭曰：孝孫某將遠出某所，敢告。歸則云歸自某所，敢見。俯伏，興，拜，興，拜，興，平身。"此處朱子注文僅言"再拜焚香"云云，丘氏則將其行禮之每一步驟均詳細列出，使得其操作性大大增强。此外，還根據當時的實際情况，對禮文進行了增補、調整、修改及通俗化處理①。《四庫全書總目》稱其"取世傳朱子《家禮》，而損益以當時之制，每章之末，又附以《餘注》及《考證》"②，體例完備，簡便易行。故撰成後頗爲流行，明清間翻刻改編之本無慮二十餘種，且有削去丘氏之名，改署羅萬化、楊慎編者③。此外還流入朝鮮、日本，並在彼翻刻流傳④。

　　梵蒂岡藏本爲清初吴郡寶翰樓刻本。此本一函四册，半頁九行二十字，小字雙行同。白口，單黑魚尾，四周單邊。版心上題"家禮儀節"，中題卷數與篇數，下題頁數，最下方偶鎸字數。卷端題"宋新安朱熹編，明瓊山丘濬輯"。書名頁題"文公家禮，增訂大全，丘瓊山先生手輯，吴郡寶翰樓"，並鈐"姑蘇原本""張永興堂書紳記"朱文長方印。卷前有成化十年（1474）丘濬《文公家禮儀節

①趙克生《丘濬〈家禮儀節〉及其禮學貢獻》，《人文論叢》，2020 年第 1 輯。
②永瑢等《四庫全書總目》卷二五，第 206 頁。
③參見趙克生文與彭衛民《禮法與天理：朱熹〈家禮〉思想研究》，第 366—373 頁。
④參見吾妻重二著、彭衛平譯《朱熹〈家禮〉的和刻本》，《濟南大學學報（社會科學版）》，2019年第 5 期。彭衛平《太山遍雨：明清時期東亞國家"家禮"文獻的刊刻和影響》，《深圳大學學報（社會科學版）》，2019 年第 3 期。

序》，《文公家禮儀節目録》及《引用書目》，其中《引用書目》首頁誤裝於丘氏序文之前。法國外交部檔案館藏《耶穌會傅聖澤神父帶回的中國典籍目録》著録《文公家禮》四部，其中四册者有二，疑署名"Puon Yue Chan"者即此本①。梵蒂岡藏抄本《十四夾板内書單》只有二册之本，即前文所述的寶誥堂本《家禮》，至於《書單》方出現四册本。據此推測，此本應是傅氏在離開北京前往廣東，至返回歐洲之前一段時間所購買者。此本印不甚佳，多有漫漶之處，但不很常見，查《中國古籍總目》及各種研究類著作，似均未有著録。僅知法國國家圖書館尚藏一部，乃巴黎外方傳教會舊藏②。更值得注意的是，梵蒂岡藏本曾經改裝，於每頁後插入空白頁，作有中西文批注頗多，天頭地脚與行間亦有批注，可能多與傅聖澤有關。例如，卷一第五頁正面首行"有事則告"天頭即批曰："《文公家禮》，陽羨何先生重定，月山潘先生增輯。本四，二十八頁。有病則禱，有疑則筊卜。"此當是據别本《家禮》引録之，以相發明。又書名頁之後有一空白頁，抄録有一篇名爲《祖宗筊杯卜》的文章，全文如下：

　　凡人公婆即祖父母，俗語叫亞公婆，臨終斷氣之後，或兒孫置筊杯於死人之手，掀其手擲之於地下，看是陰是陽或勝。使後日每年凡遇公婆生晨③死忌，必設饌供養，燒紙化寶，向公婆靈前祈禱，望公婆庇佑他發財，及合家平安、百事如意等項。必將此筊杯擲地。若擲得死手時之杯，則説公婆靈魂歡喜，來歸享領鑒格了。但人死後七日名曰頭七，又七日名曰二七，七七四十九日名曰末七。凡遇七，喪家必請道士，設祭饌，喃無供養。兒孫孝婦，合家痛哭。若富宦家，必有四親六眷擺祭，用豬羊果品，將紙扎成金銀山、寶藏庫、童男女，俱向靈前燒化。惟三七最重，親朋街鄰，各設祭文一軸。文内稱頌他生前德行，仕宦則讚他功勛垂蹟於朝野，商民則讚他孝友純良、教子有方。文内結尾必曰：靈其有知，來格來嘗，嗚呼哀哉，尚饗。此

---

①《法國外交部檔案館藏中法關係史檔案彙編·巴黎分館卷一》，第 390 頁。"Puon Yue Chan"疑是"丘瓊山"之誤書或誤認。中譯本譯爲"潘子善"，似非。

②館藏號 Chinois 3204。參見張西平主編《歐洲藏漢籍目録叢編》第 3 册，廣東人民出版社 2020 年版，第 1804 頁。

③"晨"，當作"辰"。

是中國俗例,儒釋道三教俱如此。若是大富之家,每逢七,則延僧或道十二人或二十四人,鋪壇設醮,三晝連宵。各六親將紙牌位,寫各人亡過的公婆或父母或妻兒的名字,兩傍安供,名曰附薦。大和尚登座高壇,餘僧傍座,看經拜懺,名曰破地獄、放焰口、超幽施食。紙牌上有名字的,及無人承奉的,即無主孤魂,皆得來享,藉佛力得昇仙界,脱離地獄,或轉託投生等語。此榜樣出《目連救母傳》,每七月十五中元,赦罪地官,盂蘭大會,或僧或道,各開緣簿,標紅募化十方。宰官善男信女,隨緣樂助分金,詣壇附薦。儒者間或有知此是無根之談、虚蔎之事。故歐陽修《覺斯古文》有云:祭如豐不如養之薄也。今之儒者亦樂爲之何? 人人如是,亦不過俗例流傳,要掩生人之眼目,存自己的孝義,使後代兒孫作榜樣,他日思念祖宗父母劬勞之意思也。

此文未詳所出,傅聖澤之所以要將其抄録在《文公家禮》前,大約是因其與喪禮、祭禮有一定關係,且契合於傳教士"合儒闢佛"的主張。此本在漢學研究方面的價值,亦由此體現出來。

書名索引